मिस्टर खरसेल

वाणी
पृथ्वी

राधामोहन महापात्र

हिन्दी रूपान्तर
डॉ. शंकरलाल पुरोहित

वाणी प्रकाशन

वाणी प्रकाशन

4695, 21-ए, दरियागंज, नयी दिल्ली 110 002

फ़ोन : +91 11 23273167 फ़ैक्स : +91 11 23275710

शाखाएँ

अशोक राजपथ, पटना 800 004, बिहार

कॉफ़ी हाउस कैम्पस, महात्मा गांधी मार्ग, इलाहाबाद 211 001, उत्तर प्रदेश

महात्मा गांधी अन्तरराष्ट्रीय हिन्दी विश्वविद्यालय, वर्धा 442 001, महाराष्ट्र

सुल्तानिया रोड, मोतिया पार्क, भोपाल 462 001, मध्य प्रदेश

www.vaniprakashan.com
marketing@vaniprakashan.in
sales@vaniprakashan.in

MISTER KHARSEL
by Radhamohan Mohapatra
Hindi Translated by Dr. Shankarlal Purohit

ISBN : 978-93-89915-84-6
Novel

प्रथम संस्करण 2020

मूल्य : ₹ 495

सिटी प्रेस, दिल्ली-110 095 में मुद्रित

वाणी प्रकाशन का लोगो मक़बूल फ़िदा हुसेन की कूची से

समर्पित

Forest facts and animal behaviours are sometimes stranger than fictions, fantacies and human imaginations.

जंगल की घटनाएँ एवं जंगल अधिवासी तथा प्राणी के चित्र–चरित्र कभी कभी मनुष्य के सोच से ज्यादा आश्चर्यजनक होता है ।

मिस्टर खरसेल

पूरा कथानक पढ़ कर भी यह जान पाना कठिन है कि 'मिस्टर खरसेल' का अर्थ क्या है ? हालांकि यह एक पालतू हाथी का नाम है ।

ओड़िशा में ही नहीं, सारे विश्व में मानव सभ्यता का विकास हो, इसका अर्थ है पशु सभ्यता का संकोच ! उनके सारे साधनों पर हाथ डाल उन्हें अपने लायक बनाना । उनके संसाधनों को लगभग छीन लेना । वन्य प्राणी पीछे हटते रहे, अपना बचाव करते रहे । हमने आखिर उन्हें दीवार के सहारे तक पहुँचा दिया । कहाँ जायें ? उनकी यह लड़ाई जीवन जीने की लड़ाई है । भुवनेश्वर एक प्रतीक है । कटक से उठा कर राजधानी भुवनेश्वर लाये । चारों ओर जंगल कटे, जमीन समतल हुई । यहाँ तो पीने का पानी या घर बनाने के लिए जरूरी जल स्रोत तक न था । खोदा गया, नदी को रोक कर पानी लाया गया । तब कुछ रास्ता मिला । पर वन्य प्राणियों के लिए यह संकट बढ़ता गया । न उनका खाद्य, न विश्राम और न उनका विचरण स्थल मिला । संकट आ गया । सबसे ज्यादा समस्या में हैं हाथी । कहाँ जायें ? वे आज जो रास्ता देख रहे है, वह हाथियों के लिए नहीं । जंगल कट गए, उनके लिए न घास, न पेड़ कुछ नहीं बचा । इतने सीमिज साधनों के कारण वे विद्रोह पर उतर आते है । गाँव, खेत, शहरों की ओर झुंड बना कर अपनी उपस्थिति बचाने चल पड़ते है । शहरी मानव भयभीत है । भुवनेश्वर का सबर्बा हाथी की उपस्थिति देख घबरा उठा है । इन झुंडों को खेत उचाड़ते, गांवों में घूमते देख सब असमंजस में पड़े है । यह वास्तव में प्राणी – मनुष्य के बीच उपजे द्वंद्व का सहिचित्र है ।

खरसेल इसी भूमिका पर हाथी का व्यवहार दर्शनीय है । प्राणिविज्ञानियों ने हाथी को सबसे अधिक सचेत और संवेदनशील प्राणी कहा है । हाथी मूक है । पर उसकी अपनी भाषा है, अपने संकेत है और अपनी प्रक्रिया व्यक्त की शैली है । इस प्रकार मानव एवं वन सर्वश्रेष्ठ जीव के बीच संवाद स्तापित होता है । अगर दूर जाते हैं तो जीवन दुर्विसह हो जाता है । फिर जब तक न जुड़े दोनों ही भटक जाते हैं ! मगर हाथी अपनी सहज प्रवृत्ति के अनुसार महावत के प्रति अनुरक्त है । उसके बिना लगभग पागल जैसा हो जाता है । इस पर हम सभ्य समाज में उसे गोली मारने का निर्णय लेते है, उसे गैरसामाजिक करार देते है । हाथी का सारा व्यवहार ही न समझने वाला बन जाता है । परंतु लेखक सारी स्थिति जान कर हस्तक्षेप करता है । एक-एक कर उन सारे उलझे तारों को सुलझाता है । हाथी का जीवन पटरी पर आता है । यह सारा कथानक राष्ट्रीय प्रगति में वनवासी के राजनीति नियंत्रक मंत्रीपद तक पहुँचने की कथा को भी शामिल कर लेता है । यह कथानक पूरे समाज चित्र और चरित्र को साथ लेकर चलता है । यद्यपि लेखक स्वयं उच्चपदाधिकारी है, पर हाथी के साथ उसकी संवेदना हमारे अंदर घट रहे मानवीय भाव पर अंगुली निर्देश कर रहा है । हम भूल गए कि प्राणी और मनुष्य एक दूसरे के कंप्लीमेंटरी है । तभी उनके जीवन में समस्यायें और हमारे जीवन में संघर्ष पैदा होता है । जब तक मनुष्य का यह संवेदनशील अंश सक्रिय नहीं होता, इस पृथ्वी पर जीना दुर्विसह होगा ।

राधामोहनजी ने अपने नौकरी युग में ओड़िशा के वन-जंगलों का भरपूर आनन्द उठाया । उस इलाके में जीवन की शर्तें और उनके कायदे सबसे खूब परिचित हुए । इस सारे अनुभव को ओड़िशा में साहित्यिक रूप दे कर अपने ओड़िया कथा साहित्य को काफी समृद्ध किया है ।

वे अनेक उपन्यास, कहानियाँ, रचनाएँ-बाघ, जंगली जानवर, अदिवासी, पर्यावरण प्रदुषण आदि के उपर लेख लिखकर बहुत प्रशिद्ध हुए है । हाथ में बंधूक पकड़ कर वन की सैर करना उन्हें बहुत पसंद था । समय

गुजरता गया, ईश्वर उनके हाथ से बंधुक छुड़ा लिए और एक कलम पकड़ा दिए। उस दिन से वे एक तपस्वी के तरह जंगली जानवर के सुरक्षा और प्यार में डूबे है। वे 'ओड़िशा के जिम कॉर्बेट' के नाम से पाठको में जाने जाते है। साहित्य अकादमी पुरस्कार के साथ ओड़िशा सरकार ने २०१६ में उन्हें 'प्रकृति बंधु' पुरस्कार से भी सम्मानित किया है।

वैसे विभिन्न उपन्यासों में विभिन्न स्थितियों और चरित्रों को सामने रखा। परंतु प्रस्तुत उपन्यासात्मक जीवन कथा में एक नई दिशा की ओर संकेत है। वैसे तो प्राणियों को केन्द्र में रखकर उनके बारे में बहुत लेख लिखा गया है। परंतु एक प्राणी और मानव समाज को एक दूसरे का अंगांगी रूप में साथ जीवन का चित्र विशेष महत्व रखता है। यह मनुष्य का ही एक रूप है, उसके बिना मानव जीवन अधुरा है। तभी तो भारतीय वाङ्गमय हाथी संबंधी कथानकों से भरपूर है और सबसे बुद्धिमान, बुद्धिदाता गणपति का स्वरूप माना जाता है, पूजा जाता है, वंदनीय है।

एक बार फिर आधुनिक, वैज्ञानिक, भौतिकवादी जीवनशैली में इस हाथी को राधामोहनजी ने नये रूप में देखा है और खुब रोचक ढंग से पाठकों को 'खरसेल' सा रू-ब-रू कराया है। हिंदी पाठकों के लिए भी यह अनुभव स्वरूप में मोहक होगा, विश्वास है।

—डॉ. शंकरलाल पुरोहित

प्रथमांक

| १ |

मेरे जंगल परिक्रमा के दौरान कई बार हाथियों से आमना–सामना हुआ है । यह रोमांचक अनुभव होता । घने, निर्जन अंधकार में जंगल में तूरी की तरंग जैसे हाथी की आवाज कानों में गूंजी है । मेरे हृदय में पुलक भर जाती । वनचारी के प्राण में उन्मादना भर जाती । वास्तव जीवन की खूब व्यस्तता और कोलाहल के हलाहल से सामयिक छूट लेकर ऋषि–मुनियों की तपोभूमि, जनहीन, जंतुबहुल अरण्य की श्यामल पर्वतराजि में विचरण करते समय मैंने अनुभव किया है एक भिन्न विरल–विमल पृथ्वी के नैसर्गिक स्वाद का आनन्द ।

बीसवीं सदी के छठे–सातवें दशक की बात । तब वन–जंतु के शिकार पर उतनी कड़ाई न थी । थके हारे जीवन–जंजाल में कुछ समय मिलने पर वनभूमि का आकर्षण मुझे खींच लेता । घनघोर जंगल में समय बिताना मुझे अच्छा लगता है । कई बार मैं अपने प्रिय साथी 'वंशी, बही, बंदूक' लेकर घने जंगल के बीच फारेस्ट डाकबंगलो में या पर्वत शिखर पर पेड़ की छाया में पत्थर पर बैठ या चट्टान पर लेट कर आँखें खोल इंद्रिय चेतना सजग रख समय बिताता हूँ । अनुभव करता हूँ, पेड़ के पत्ते झुक कर मानो तैयार हैं हँसते–हँसते स्वागत करने । घने अरण्य की राह यह वांङ्मय निर्जनता, भीमरी का झिंगझिंग स्वर, रंग–बेरंगे पक्षियों का कूजन –काकलि–कलरव मन में पुलक भर देता है । समूचा शरीर सिहर उठता है । एक भिन्न भाव –जगत में डूब जाता हूँ । अनुसंधित्सु मन, वन फूलों की महक में भर जाता है । इस अनूठी श्यामल शोभा में मोहित होकर मैं अपनी सत्ता खो देता हूँ । यह मेरी रुचि है, आदत है शायद बचपन से । यह वनाकर्षण आज तक मुझे बांधे है इस ढलती उम्र में भी । सुविधा पाने पर अरण्य कभी छोड़ता नहीं ।

उस दिन । न धूप, न शीत, एक तरह का नातिशीतोष्ण वायुमंडल । फागुन का महीना । लोग फाग खेलते हैं । पेड़–पौधे भी । कोमल श्यामल पत्तों से वृक्ष हँस उठते हैं । मानो सब्ज रंग की होली खेल रहे हैं । सब जगह फागुन – चैत बसंत में मृदु मलय मन हर लेता है । उत्सव लगा रहे, तब मेरा मन वन –बसंत के आकर्षण में मुझे अधीर कर देता । वर्ष के इस श्रेष्ठ समय में छुट्टीवाले दिन फुरसत के समय घर में बंद कमरे में रहने में कोफ्त होती है ।

आफिस का काम, और जिम्मेदारी का बोझ, कई दिन हुए वन भ्रमण संभव नहीं हो पाया । पर मन था वन में । तब मैं कोरापुट(आजकल रायगड़ा) जिले के गिरिपर्वत भरे, तटिनी पखारे, चिर हरित रायगड़ा में पोस्टेड था । छुट्टी के दिन और फुरसत के समय का ध्यान रख मुनिगुड़ा –

अंबादुला के निकट जंगल भरपूर पहाड़ से घिरे पेड़े–पौधों से परिवेष्ठित 'बेलघर' फारेस्ट डाकबंगलो में कुछ दिन डेरा डालने का तय किया । इस इलाके में पहले वनाभियान के दौरान प्राथमिक पर्यवेक्षण में बंगले की स्थिति देख लुभा गया । बंगले के पिछवाड़े पर्वत शिखर से लुढ़कता–लुढ़कता छल–छल करता छोटा झरना । लगता मानो अपूर्व छंद और लय में गुनगुन स्वर मिला गीत गाता है, अपूर्व भावावेश पैदा करता है यह झरना । प्रकृति पिपासुओं के लिए एक खूब मनोरम और चित्ताकर्षक जगत तैरते सफेद मेघों के घूंघट में उँचे उँचे पर्वत की चोटियाँ आसमान के चूम रहे हैं। मेरे जैसे लोभीयों को यह जगह स्वर्ग सा लगता है । चित्र–सी प्रकृति पर आँखें टिक जायें । पलकें झपकाने को मन ही न करे । 'तुंग शिखर, कुंज कानन' के बीच ..... यही अनुपम मेरी धरा है !

बेलघर बंगले के लिए डिपार्टमेंट की अनुमति जरुरी है । नौकरी में पद, मेरा व्यक्तिगत परिचय मेरी मदद करता । अनुमति ही नहीं, आत्मरक्षा के लिए बंदूक, रायफल, पिस्तौल या रिवाल्वर का विवरण जांच किया जाता । इन हाथियारों का उपयोग आत्मरक्षा के अलावा न करने का एफिडेविट हस्ताक्षर करना होता है । मैं हथियार छूकर कहता – मेरे वन भ्रमण के समय ऐसी कोई दुस्थिति न उपजे कि हथियार का उपयोग जरूरी हो जाये । अतीत में बन्दूक ने कई बार जान बचाई है । हालांकि आज मैं जीवित हूँ, कुछ जंगल अनुभूति लिखने के लिए बचा हूँ । इस में मेरी यह दुनाली खास महत्वपूर्ण रही । खतरनाक, हिंस्रजंतु भरे, शायद घोर वन में यह हथियार मेरे साहस का उत्स, शक्ति और सहचर रहा है । हथियार की खासियत पर कुछ कहे बिना इस प्राणरक्षक की अवज्ञा होगी ।

संबलपुर (वर्तमान झारसुगड़ा) के हेमगिरि वनांचल का आंतरिक इलाका डाघोरा है । वहाँ चिरमरा एक आदिवासी बहुल गांव है । दिन में

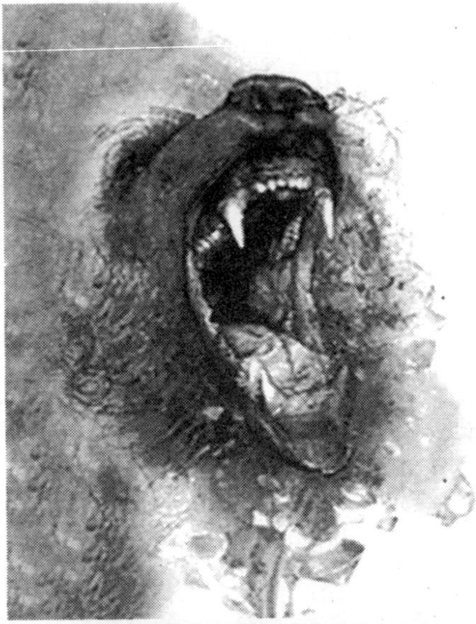

हक्का पद्धति में पत्थर पर बैठे शिकार घाट में प्रतीक्षा में था एक नरखादक भालू की हत्या करने की योजना थी । जंतु पकी जगह विशाल भालू मेरी ओर बिजली की तरह लपका । तुरत मैंने ट्रिगर दबाया । बारह बोर की दो एलजी छोड़ी, पर छूटी नहीं । आँखें कौंध गई । अकल गुड्डुम हो गई । मैं मुड़ ही रहा था कि भालू दाहिने घुटने पर काट वहाँ से काफी मांस ले गया । मेरी दुनाली की दूसरी नली में गोली भरी थी । दुबारा हमला किया । उस मुँह फाड़ में मैंने बन्दूक की नली भर दी । दुबारा घोड़ा दबाया । अबकी बन्दूक ने धोखा नहीं दिया । अब की ठांय-ठांय की जोरदार आवाज के साथ वह भालू सात हाथ दूर जा गिरा । सिर छत्तू हो गया । लगभग शरीर से अलग हो गया था । मैंने तनिक चैन की सांस ली । छाती जोरों से धड़क रही थी । इधर घुटने में खूब जोर दर्द । मानो एक पैर है ही नहीं । घुटने से नीचे खून में लथपथ । मेरे शिकार गुरु प्रेम तिवारी कप्तान साहब फर्स्ट एड बाक्स से स्पिरिट, आयोडिन, नियोस्पोरिन निकाल मरहम - पट्टी करने लग गए । घुटने में पतले अंगोछे से कस कर मुझे चिरमरा गांव ले आये । इसके बाद संबलपुर अस्पताल में

भरती कराया । घुटने की पाली (हड्डी)चूर-चूर हो गई थी । स्पेशलिस्ट के परामर्श पर मुझे लीलावती अस्पताल मुंबई में भरती कराया गया । वहाँ घुटने में नट-बोल्ट लगाकर इलाज किया । छः महीने रहा । स्वस्थ हुआ । प्रतिज्ञा की कि अब कभी जंगल नहीं जाऊँगा । पर कितने दिन के लिए ? आदमी का नशा क्या इतनी आसानी से छूटता है ? नये वर्ष की शपथ दूसरे ही दिन छूट जाती है । प्रसव पीड़ा के समय औरत चीखती है कि फिर कभी बच्चा पैदा नहीं करुं । मगर कितने दिन के लिए टिकता है यह जच्चाघर का संकल्प ? फिर मेरी वैसी ही शपथ पानी की लकीर बन गई । यह देह अगर लोहा तो वन इसके लिए चुंबक है । फिर खींच लिया वन के आकर्षण ने । बाद में वह बिना फूटी गोली जांच -परख के लिए ली । प्रसिद्ध 'एलई' कंपनी की अलफामेक्स केट्रिज थी । प्रिंट पर देखा अभी इसकी उपयोग अवधि और दो साल है । मगर गोली चली क्यों नहीं ? बिना फूटी गोली के साथ 'एलई' कंपनी को रजि. डाक से शिकायत भेजी । लंदन में एक मित्र सेंटक्लेयर मेकमिलन हिना के रिश्तेदार का सहयोग लिया । बाद में पता चला एलइ कं. खत्म हो गई है । कंपनी के उत्तराधिकारी निर्मातागण त्रुटि के लिए क्षमापत्र भेज चुप रह गए । मैंने और आगे कुछ नहीं किया । जंगल का नशा फिर चढ़ा । वनाकर्षण ने खींचा । जंगल अभियान दुस्साहसिक खेल है । हमेशा खतरा और विपरीत स्थिति का सामना करना पड़ता है । खिलाड़ी को खूब सतर्क रहना होता है । भाग्य की भूमिका माननी होती है । शक्तिदायक यह बन्दूक ही वहाँ मेरा बल, साहस का उत्स, दंभ की परिभाषा और जंगलाभियान का मूल भी है ।

बेलघर में कुछ दिन रहने की योजना सुन मेरे कुछ मित्र शहर से दूर इस सूने निवास में साथ छुट्टी बिताने को उत्सुक थे । रोजमर्रे के रुटीन जीवन से कुछ हटकर , भिन्न परिवेश, बाह्यजगत के दर्शन, प्रकृति की अनिर्वचनीय

शोभाश्री देखना किसे अच्छा नहीं लगेगा ? उनकी इच्छा टाल न सका । किसी को जल्दी मना नहीं कर पाता मैं । हालांकि मित्रों के बीच बाहर घूमना मजेदार होता है । इसके लिए समभाव वाले मित्र जरूरी हैं । हँसी खुशी में समय कटता है । प्रत्यक्ष जंगल अनुभूति कुछ न कुछ बढ़ती है ।

उस दिन जल्दी आफिस का काम खत्म कर जरूरी खाद्य सामग्री, साज सरंजाम ले कर शाम तक निकल पड़े । कमांडर फोर व्हिलर किराये पर ले ली । कार से फोर व्हीलर जीप जंगल के रास्तों पर ज्यादा निर्भरयोग्य होती है । वहाँ पर खाना बनाने के लिए साथ में सनातन विशोयी को भी ले लिया । वावर्ची के काम में उस्ताद ठहरा । बराद के मुताबिक खाना फटाफट बना देता है । बीच–बीच में पारिश्रमिक का लोभ दे कर विशोई को साथ लेता हूँ । मेरे साथ मित्र धुरंधर विश्वाल , आलोक घोष और गणपति नारायण नाथशर्मा (जी पी एन नाथशर्मा) थे । रायगड़ा में सामग्री लेते समय नाथशर्मा मिल गए बजार में । मिलनसार, मधुरभाषी । हँसी–मजाक, ठट्ठा करने में धुंरधर । खादीधारी, धर्मपरायण आदमी । आंचलिक ग्राभ्यबैंक में मैनेजर हैं । हमारी वनगमन की सुन साथ चलने को मन बनाया । स्वागत किया ।

शाम से पहले बेलघर पहुँचना था । मगर रायगड़ा में ही साँझ हो गई । नाथशर्मा के घर और भी देर हो गई । उनकी छः साल की अनिता बहुत लाडली थी । शनिवार था । पहले दिये वादे के मुताबिक भैया सहित, सिनेमा जाना था । वह तैयार थी, मां के साथ । मगर नाथ शर्मा का साथियों के बीच कहीं और जाने की सुन जिद पकड़ी । सिनेमा न सही, आपके साथ चलूँगी । 'हम दूसरे जरूरी काम से जा रहे हैं ।' मिसेज नाथशर्मा को अनिता को संभालने को कह जीप में बैठे । दूर कठिन राह में बेलघर का निवास । हमारा रात्रि यापन का कार्यक्रम विलंबित हो रहा था ।

रायगड़ा से मुनिगड़ा ६६ कि.मि. है । मुनिगुड़ा चौराहे से भवानीपाटना रोड २६ कि.मि. जाने पर अंबादुला है । वहाँ से नेशनलहाइवे

छोड़ने पर बेलघर पहुँचा जाता है । २५ कि.मि. गेंगुटिया ऊँची-नीची, ऊबड़-खाबड़ रास्ता । बेलघर के लिए एक और रास्ता मुनिगुड़ा - बालिगुड़ा (९० कि.मि.) के बीच तुमड़ीबंध ब्लाक से बेलघर २०कि.मि. है । मगर रायगड़ा से वाया अंबादुला कुछ कम दूर है, अत: मैं इसे ही चुनता हूँ ।

मेघमुक्त आकाश में चौथ का चांद डूबने की घड़ी ! जल्दी चलें । बीच में कुंवारमुंडा गांव । आदिवासी इलाके का बड़ा गांव । वहाँ से पूर्व परिचित साथी सुबल को लिया । उसने रास्ते में गाइड का काम किया । जरूरत पड़े तो परामर्श देता है । फॉरेन टूरिस्टों की गाइड की तरह । घोर निर्जन रात, हिंस्र बहुल दुर्गम जंगल के अंदर, विपद घेरे में, जीवन-मरण की समस्या के समय बहुत सहायक होता है यह गाइड ।

।२।

मेरे फारेस्ट गाइड सुबल भोई में संत कवि भीम भोई की तरह कवि प्रतिभा नहीं । जीवन को नर्क में नहीं धकेलता, और न ही जगत उद्धार की वार्ता सुनाई । मगर दूसरों को अभयदानकारी, साहसी, शांत, सरल, सत्यधर्मा संस्कारवान कंध मानव मेरे जंगल दौरे में ऐसे अंतरंग सहयोगी का साथ अविस्मरणीय रहता है । अत: सुबल के बारे में दो बात कहनी हैं ।

कुंवारमुडा गाँव में कुछ-कुछ दूरी छोड़ कर तीन बस्ती हैं - सवर्ण(१०%), असवर्ण(१५%) और कुटिया कंध(७५%) हैं । कंधों में

लेखक आदिवासी हाट से सामान खरीद रहे है ।

भी तीन जात हैं - मालिहा कंध, कुटिया कंध, डंगरिया कंध । ज्यादातर छुट्टियां मैं किताबों में बिताता हूँ या स्तानीय हाट में। उदेश्य होता इलाके के आदिवादियों की भाषा और संस्कृति के संबंध में कुछ जानना । घने पहाड़, वन, जगंल, गुफाओं में रहने वाले जंगली लोग कितने छंदकपटहीन और सरल तथा सत्याश्रयी हैं, देखकर आश्चर्य लगता ! उनकी भाषा बिना जाने अरण्य के जीव, वृक्ष-लता, गिरि-पर्वत, वन आदि के बारे में जानना असंभव है । अत: मैं जिस इलाके में जाता हूँ, वहाँ की लोक-मुख की भाषा सीखने की चेष्टा करता हूँ । कुछ-कुछ सीख लेता हूँ । मुनिगुड़ा मंगलवार हाट में कंध लोग 'आशामाई' और मेटा मेंजू(स्त्री-पुरुष), 'मासिंगा, बुक, अट्रासांग्री' (डाला, टोकरी, पैसारा) में जंगलजात सामग्री, जैसे कांदुल दाल, शहद, सोंआ, अलसी, झुडंग, सहजन, इमली, बैंगन, फूलझाड़ू, मुर्गे, आदि बेचते हैं । ज्यादा पैसों के लिए वे खींचतान नहीं करते । बड़े व्यापारी थोक में खरीद कर खूब मुनाफा कमाते हैं । मैं हाट से मुर्गा लेता । रायगड़ा बजार में दस रुपया वाला मुर्गा यहाँ दो-तीन रुपये में मिल जाता है । खरीदते समय कुछ भाषा में चीजों को क्या कहते, पूछ कर मैं लिख लेता । वे लोग खांटी ओड़िया तो समझ लेते, मगर वे बोलते ओड़िया मिली अपनी देसी कुई भाषा । हम शहरीलोगों के लिए वह कुछ कठिन होती ।

उस दिन मंगलवार हाट का दिन था । कुछ चीजें खरीद रहा था । उनके कई पर्याय पूछ लिये । वह बताता रहा, मैं लिखता रहा । वह शुद्ध ओड़िया बोल पा रहा था । लगा कुछ पढ़ाई भी की है । औरों से वह कुछ भिन्न लगा ।

पूछा - "क्या नाम ?"

मेरी जिज्ञासा जान कहने लगा -"आपने पूछा, 'तुम्हारा नाम?' कुई में है -निदल ए निदल' ! मेरा नाम सुबल भोई है सा'ब । हम जात में कुटिया कंध हैं ।" उसने आप कहा तो मैं समझ गया पढ़ा लिखा है ।

‘‘पढ़ाई कितनी ?’’ मैंने पूछा ।

‘‘माइनर पास हूँ ।’’

मैं समझ गया कि अनुभवी सुबल की मदद हमारे जंगल घूमने में ली जा सकती है ।

–‘‘तुम्हारा गाँव ?’’

–‘‘कुंवारमुंडा ।’’

–‘‘बेलघर से कितनी दूर ?’’

–‘‘बारह मील याने उन्नीस किलोमिटर ।’’

मील से मैट्रिक कि.मि. चटपट बता दिये । हम न बता सकें । कागज पर हिसाब लगायें, या केलकुलेटर लेकर बतायें । ज्ञान का दायरा मैं जान गया । अधपढ़, मगर लगा वह शिक्षा में दीक्षा ले चुका है । पूछा –‘‘ जंगल घुमाकर रास्ते, जगहें दिखा सकोगे ? वन्यजंतु, पेड़, पहाड़, पर्वत, रास्तों के बारे में बता सकोगे ?’’

वह हँसा । सफेद दांत दिख गये – ‘‘हाँ सा’ब ।’’

बातों से लगा वह जंगल का कीड़ा है । रायगड़ा के आवास पर बुलाया । पता लिख कर दिया । सामान के दाम से कुछ अधिक पैसे दिये । उचित पैसे रखे, बाकी लौटा दिये । मैंने कहा –‘‘ रखो ।’’

उसने कहा, ‘‘उचित से जादा लेने से झिकांरी देवी रुष्ट होगें ।’’

मैं चौंका । लगा यह कौन सा कंध है ? उसके व्यवहार से मैं संतुष्ट था ।

उस दिन रविवार, सुबह । जाड़ों के दिन । पहाड़ी रायगड़ा । ग्रीष्म, शीत और वर्षा का प्रकोप कुछ ज्यादा होता है । घर के आंगन में आराम कुर्सी पर बैठ हलकी धूप में अखबार पढ़ रहा था । देखकर आश्चर्य में रह

गया । चार दिन पहले पिछले मंगलवार हाट में देखा । किसी रविवार आने को कहा था । बिना गलती रविवार को मेरे आवास पर हाजिर । कितना सरल, निष्कपट, निष्ठावान, वचनबद्ध यह वनवासी आदमी ! आश्चर्य में भर गया । वास्तव में वंदनीय है । बैठक में बुलाया । सोफे पर बैठने में संकोच कर रहा था । खड़ा रहा । मोटी–मोटीर आँख लिए ।

–''बैठो सुबल । सोफे पर बैठो ।''

–''ना सा'ब, नीचे बैठता हूँ ।''

–''अरे, ना, मेरे अतिथि, बंधु, कोई संकोच न करो ।''

बड़े संकोच में वह विनय पूर्वक सोफे पर बैठा ।

–''चाय लोगे ?''

''ना, जी, मैं चाय, बीड़ी, पिक्का कुछ नहीं लेता ।''

लगता है संस्कारवान कंध है । मेरी आँख चौड़ी रह गई । आम कंध से अलग है । मैं सरकारी क्वार्टर में अकेला था । उसके लिए मील की व्यवस्था की। वैसे मेरे साथ डाइनिंग टेबुल पर बैठ खाने को संकुचाने लगा । पर मैं जिद्दी । मैं आदिवासी लोगों को हृदय से श्रद्धा करता हूँ, वह कैसे जानेगा ? अपने दृष्टिकोण से उसने समाज में हाकिम बाबू को देखा है । पर अपने ढंग से उसे समझाया – मैं कौन हूँ । क्या मेरा पेशा है, और अपनी रुचि के बारे में । जो हो मेरे साथ डाइनिंग टेबुल पर बैठ खाने में कुंठा छोड़ न सका । बातों ही बातों में काफी जानकारी हासिल की । कहा –''सा'ब पांच के बाद कुंवारमुंडा के लिए बस नहीं है । देर होने पर जाऊँगा कैसे ?''

–'' तो यहाँ रुक जाओ, सुबल ! कल सुबह चले जाना !''

वह राजी नहीं हुआ । ङ्ग'और काम है, दायित्व है ।''

–''कैसे काम ? कैसा दायित्व ?''

कहा–''झींकारी पूजा ! इसे हम 'पोढ़ पर्व' कहते हैं । हमारा सबसे बड़ा त्यौहार ! अगले मंगलवार से यह शुरू होगी ।''

''पोढ़ पर्व पर कुछ बता पाओगे ?''

जैसे परीक्षा में निबंध लिखने की तरह वर्णन करने लगा – ''झिंकारी देवी हमारी ठाकुरानी है । इलाके की,जंगल की मां है । सलप या महुवा लकड़ी से बनी छावनी बनी है । यह पूजा पौष माह के प्रथम मंगलवार से शुरू होकर माघ माह के आखरी दिन शेष होती है । गाँव के पुरुष ढोल, मादल, धूमसा, टमक बजा गाँव–गाँव फिरते हैं । अन्य गाँव के युवक झिंकारी मां के पास आते हैं । गाँव की उनका बालायें आग जला कर स्वागत करते हैं । गावदी जवान उन्हें लाजा के लड्डू, कंद, कद्दू और कुछ अच्छी चीजें उपहार में भेंट कर प्रेम निवेदन करते हैं । इस समय कोई युवती किसी युवक के हाथ से कोई चीज ग्रहण कर ले, उसे व्याह कर ले । वह आग साखी रहती है । वे पति–पत्नी बन जाते हैं । फिर गाँव में खाना–पीना होता है । माघ माह के अंतिम हफ्ते में दिशारी(पुरोहित) गणना कर पोढ़(भैंस) बलि पर्व करते हैं । इस पर्व के तीन दिन पहले भैंस का सिर छेदन के लिए प्रयुक्त कुल्हाड़ी बेजुणी(पूजक) शोभायात्रा में जाकर पहाड़ की एक गुफा में रखता है । गाँव का लुहार इस कुल्हाड़ी का पिता होता है, कुल्हाड़ी उसकी कन्या होती है । बेजुणी नाचते–नाचते गुफा तक जाकर कुल्हाड़ी लाता है और लुहार को सौंपता है । लुहार नया हत्था लगा कर पूजा करता है, लाल कपड़े में ढांक देता है । अपनी कन्या कुल्हाड़ी में के आगे वह मुर्गे की बलि देता है, उसे कुल्हाड़ी झुला देता है । खरीदी भैंस को नहला कर माथे पर सिंदूर लगा बलि वाले दिन तक चरने –फिरने छोड़ देते हैं । अब वह भगवती झिंकारी मां की भैंस हो जाती है । जिस की बाड़ी में जाये, रुकावट नहीं, वरन स्वागत करते हैं । इसे सौभाग्य मानते हैं । इसके बाद भैंस के चारों पैरों में रस्सी बांध उसे छेत्रगोड़ा (देवता) बना कुल्हाड़ी के साथ घर–घर फिराते हैं ।

जिसकी जो मनौती होती है, चांदी, पीतल, अलमूनियम के कड़े, कपड़े साड़ी आदि कुल्हाड़ी से बांध देते हैं । फिर दिशारी द्वारा तय लगन और समय पर तीसरे दिन रात में सब झिंकारी के पास उपस्थित होते हैं । गाँव का मुखिया 'जानी' 'बाण हंडी' में कुछ पटाखे रख झिंकारी तक आता है । बेजुणी अपनी पूजा शुरू कर देता है । इधर दिशारी तारा–नक्षत्र हिसाब करता है । लग्न आते ही पटाखा छूटता है । ठीक तभी शुरी बलि होती है । पटाखे की आवाज पर बंदर की हुंकार सुनाई दे, उसे शुभ माना जाता है । यदि उस समय कुत्ते चिल्लाये, अशुभ कहते हैं । बाद में भैंस लाकर तीन लकड़ी के खंभों में भरती करते हैं । लग्न देख दिशारी के कहे अनुसार पटाखे छूटते हैं । अब दिशारी द्वारा चुने आदमी कुल्हाड़ी से भैंस के सिर का छेदन करते हैं । सारे धांगड़े –धांगड़ी, पुरुष–स्त्री भांत –भांत के मद, जैसे खजूर का मद, महुवे का मद, रांधा मद, दुकान का मद आदि पी कर ढोल की ताल पर नाचते हैं, गीत गाते हैं । बलि मांस को पका कर पंक्ति भोजन करते हैं । इसके बाद जानी गाँब के सामन्त और दिशारी को एक तप्तकोष खाट पर बिठा कंधे पर ले रास्ते पर आते हैं । इस दौरान कोई अतिथि आता है, उसे भी खाट पर बिठा नाचते हैं, कुछ प्राप्य अदा करते हैं ।

पोढ पर्व का वर्णन करने के बाद सुबल ने साहस संचय कर कहा – अबकी आप हमारे पोढ पर्व के अतिथि होंगे, सा'ब ?

मैं अचानक हाँ–ना कोई जवाब नहीं दे सका । क्योंकि वह दिन छुट्टी होनी चाहिए । मेरी नीति है पहले राजकार्य, फिर पितृकार्य या अपना कार्य । जीवन में दायित्व और कर्त्तव्य में जरा भी आलस्य नहीं किया । कार्य की उपेक्षा मेरे लेखे में नहीं । कार्य दिवस में मैं ठीक दस बजे पहुँचता और काम करता, यहाँ तक कि रात आधी होने तक । क्योंकि छुट्टी वाले दिन मैं अपने में डूबा रहता । आफिस चिंता को मैं कार्यालय की चारदीवारी में छोड़ आता । पर सुबल का अकृत्रिम अनुरोध याद रखा और वादा किया कि सुविधा देखकर जाऊँगा ।

विदा के समय कुछ नोट उसकी जेब में ठूंस दिये । पर उसने नहीं लिये । मेरे पांवों में गिर पड़ा – ये कैसी अचंभे की बात ! मैं अवाक था । जंगल पर निर्भर करने वाला, वन की चीजें हाट–बाजार में बेच कर जीवन निर्वाह करता है सुबल । इतनी दूर बस का किराया खर्च कर आया है, मगर पैसा देने पर नहीं लेता । सच, धनी कौन ? मुझे लगा मैं दरिद्र हूँ । कितना विशाल है इस आदिवासी का हृदय ! इनका दारिद्र्य हमारे दृष्टिकोण में है, पर इनका हमारे प्रति दृष्टिकोण अलग है । सफेद झक पोशाक पहन लेने वाले सभ्य आदमी को ऊँचे आसन पर रखें । भगवां संबोधन करें । पर वे मन से धनी हैं । इनके संस्पर्श में आकर मैं जीवन में वनचारी बन गया।

सुबल के व्यवहार ने हिला दिया मेरा हृदय । इस परिप्रेक्ष्य में उसकी पृष्ठभूमि में रचि कितने वास्तव में धनी कौन है ? महान की बात याद रहती ।

“धीवर की एक कथा। कहानी छोटी है । नाम भगवान । लोग उसे कहते भगिया । वंसी कांटे में चारा लगा नदी या तालाब में मछली पकड़ना रोज का काम था । इसमें वह खुश । मछली पकड़ना उसका व्यवसाय, पेशा, नशा कहें तो अत्युक्ति नहीं होगी । महानगरी से कुछ दूर निचले इलाके में एक झोंपड़ी में रहता वह और उस की स्त्री सारिया और छोटा बच्चा बलिया के साथ । रोज बहुमंजिले होटल के सामने से अपनी वंसी, जाल और अपना सीमित सरंजाम ले कर नदी की ओर चल पड़ता । सूर्योदय से सूर्यास्त तक कलकल निनादिनी चिरस्रोता नदी का तीर उसका प्रिय स्थान होता । धूप, वर्षा, शीत उसकी देह के मीत हैं । खुली देह । प्रकृति का अपरूप सौन्दर्य और परिवेश का माधुर्य उसे मुग्ध मोहित करता । कभी तेज धूप तो कभी स्याह मेघ तो कभी पवन की थर्राती ठंडी लहर । कोई उसे अपने लक्ष्य से विच्युत नहीं कर सकता । कब सोल की तरह तैरती नाव दिखेगी, उस पर भगिया का बगुले–सा ध्यान रहता । सूर्यास्त पर खेल खत्म होता । मछली, थाल, वंसी लेकर घर लौटता ठीक होटल के सामने उस राह पर । भगिया की रोज की जिन्दगी ।

रोज आते - जाते देखते उसे एक गोरे साहब । होटल की ऊपरी मंजिल पर वे रहते । मन में उत्कंठा होती । एक दिन भगिया लौट रहा था । साहब नीचे उतर फाटक के पास टोका -

-"थाल में क्या है ?"

-"मछली ।"

-"कितनी ?"

-"देख लें !"

-"कुछ जीवित, कुछ मरी छोटी-छोटी वमी, सेवल, बलुवा, बालू गरड़ा, चेंग, कोचली ...

-"बस, इतनी ही ?"

-"जोमिली ! कभी थाल भर जाता, कभी आधा । काम चला जाता है ! बाबू !"

-"मछली का क्या करते हो ?"

-"आधी बेचता हूँ । आधी अपने लिए ले जाता हूँ ।"

-" घर पर कौन है ?"

-" छोटा बेटा बलिया और घरवाली सारिया ।"

-"सारिया क्या करती है ?"

-"बच्चे की देखभाल । चूल्हे के लिए लकड़ी बीन लाती है । सहिजन के पेड़ से पत्ते तोड़ लाये । मिरच से मिरच । मेरे लाये मसाले को सिल पर पीस ले । भात संडा मछली का झोल और सहजन पत्तियों का साग । कितना मजा, बाबू !"

दयार्द्र विदेशी सा'ब खेद व्यक्त करता । यह दिन भर की मिहनत ! फल मिलता कुछ छोटी -छोटी मछली । कितने अज्ञ हैं ये ! दुनिया कहाँ

पहुँच गई है । प्रगति , अग्रगति, उन्नति में तैयार विश्व । जीवन धारा की परवाह नहीं इनको, शायद पुरातनतम अंधकार युग के लोग । आह ! विदेसी साहब ने कहा –"एक बात कहूँ, मानोगे ?"

–"क्यों नहीं मानूंगा ?"

–"ये देखो ! मैं अंतर्राट्रीय माछ जाल निर्माता कं. का प्रबंध निदेशक हूँ । एक तरह से मालिक हूँ । मछली पकड़ने के तरह–तरह के नाइलान जाल बना कर हम देश –विदेश को भेजते हैं, काफी पैसे कमाते हैं । तुम पुराने जमाने की वंसी से मछली पकड़ना छोड़ ! इतने श्रम में कितनी मछली पाते हो ? मैं तुम्हें मुफ्त जाल देता हूँ । बैंक से रुपये करा देता हूँ ट्रालर खरीदने के लिए । राजी ?"

–"फिर ?"

–"ट्रालर मालिक बनोगे । ढेरों मछली बेच सेठ बनो ।"

–"फिर ?" भगिया ने पूछा ।

"–फिर जहाज में बैठ मछली पकड़ना । कई लोग काम करेंगे । करोड़पति मालिक बनोगे ! समझे ?"

–"फिर क्या होगा बाबू ?"

–"आराम से सोना !"

–"सोने के लिए इतनी बात ? मैं तो वही काम अब करता हूँ, बाबू । मछली का झोल और भात खाकर चैन से सोता हूँ । गहरी नींद, चैन की नींद ! कितना आराम, शांति !"

वे ही प्रकृति की सरल संतान , छोटी, थोड़े में संतुष्ट, चैन –शांति के दुर्लभ मानव ! हम अपार धन की लालसा, इच्छा, अभिलाषा, आकांक्षा में फंसे रहते हैं । मानव धन, पद, पदवी के पीछे हांफते –हांफते भागते हैं, पर

अपनी बहुमूल्य शांति खो देते हैं, सुख की नींद दूर हो जाती है । एक इच्छा पूरी होने पर चिंता सौ गुना बढ़ती है । सुख की नींद कहाँ ? इनसे बहुत कुछ सीखना है ।

आज आधुनिक जीवन की जटिलता बढ़ रही है, ऐसे में धनी की परिभाषा में कई मत व्यक्त हो रहे हैं । जो थोड़े में संतुष्ट, वही संतुष्टि में धनी विवेचित होता है । आदमी की इच्छाओं का अंत नहीं । एक आर्थिक दार्शनिक कहता है – आपकी आधी इच्छा आशा पूरी होने पर दूसरी ओर आपका दायित्व और चिंता का बोझ दूना होता चलता है ।

***

कुछ दिन पहले रायगड़ा शहर में जिला स्तरीय कर्म नियुक्ति कार्यशाला कलक्टर की अध्यक्षता में हुई । इसमें नियुक्ति विभाग के बड़े अफसर और जिला के अधिकारी थे । एक जिला अधिकारी को निमंत्रित किया था । कार्यशाला में विचार रखना पड़ता है । क्या कहें ? एक 'फिक्शन' मेरा दिमाग में आया। उसका नामकरण किया 'देवमंत्र' जो था ' ऐसा मंत्र बता दें, सारी यंत्रणा, सारी आशंका दूर होगी । मंत्र के जपते ही दूर होगी सारी आशा, इच्छा, आकांक्षा ।''

भगवान उवाच –'' मैं जानता हूँ, ऐसे मंत्र के लिए सदा व्याकुल हो, खूब विकल हो, मंत्र पाने हेतु परेशान और विकल हो ।

इतनी मिन्नत, आर्त पर भी मंत्र है अधूरा, कुछ दिखती, कुछ छिपी है उसके चरित्र की धारा । फिर भी तथास्तु प्राप्ति का इतना सहज है ! कृष्ण प्राप्ति कभी सहज लब्ध हुई ? इसके लिए चाहिए केवल तितीक्षा, तपस्या, नहीं तुम्हारी प्रतीक्षा।

फिर भी तुम लोग बहुआकांक्षित मंत्र के लिए सदा चेष्टा करते हो, विकल हो, अधीर–अस्थिर हो । यह नूतन मंत्र तुम्हें क्यों आवश्यक है ? जिससे दूर होगी प्यास और अफसोस ! संसार के सब प्राणियों की बजाय तुम सबसे अधिक पा रहे हो, दुनिया भर के सुख- संभोग , शौर्य और सौन्दर्य .... जीवन का उपभोग करने को तुम्हारे पास अनेक उपादान हैं, द्रव्य भरे हैं भंडार में, कुबेर की संपदा है । फिर भी तुम संतुष्ट नहीं, जितना दो उतना लो । मैं अनंत इच्छा, दुर्वार लालसा से भरा।

पर यह महान मंत्र पकड़ाई में न आने का कारण पूछने पर तुम कहते हो – सहज पकड़ाई में आने पर मूल्यवान मंत्र मिल जाता है । सहज पता चले उसका रूप । तब भक्त देखेंगे – इस साधारण बात के लिए इतनी व्यथा । तब इसमें क्या गुण है या नूतनता या अपरिमित गुण है !!

पर भक्त मंडल का आर्त आवेदन अशांत ज्वार की तरह बढ़ते – बढ़ते जा रहा है । उनकी मांग ... केवल मुझे और मुझे ही दो !

स्रष्टा – भगवान की चिंता बढ़ी । ब्रह्मांड का श्रेष्ठ जीव–मानव पैदा किया, पर उसे नहीं कर सके संतुष्ट । केवल दो –दो के लिए मानव की आकुल प्रार्थना । सकल दान के बाद भी प्राणी कभी संतुष्ट नहीं । जीवन भर असंतुष्ट रहे । ऐसे रोज करोड़ों प्राण छटपटा रहें । इस छटपटाहट में जीवन बीत जाता है । अंत में बड़ा अफसोस माथे पर ले धरती से विदा लेता है । इस जीव को क्या दिये संतुष्ट होगा ? इसी चिंता में हैं परमेश्वर, क्यों कि धरती पर इस सर्वोत्कृष्ट जीव के स्रष्टा वे स्वयं हैं। जीव शांति और तृप्ति में जीवन बिताने पर वह होगा आनंदित । अत: प्रतिकार का सूत्र स्रष्टा के लिए जरूरी हो उठा । अत: अभिनव मंत्र अन्वेषण और उद्‌भावन में चिंतित हैं, व्यस्त हैं, क्योंकि वे सबके परम पिता, जगत के स्रष्टा हैं, जैसे हर पिता संतान की सुख–समृद्धि के लिए सदा चिंतित रहें ।

भक्तों की चिंता बढ़ गई । उनके कहने पर बात कानों में पहुँचती नहीं । अत: लोग काम हासिल कराने पकड़-धकड़ की व्यवस्था करते हैं । जैसे शिव को तुष्ट करने वाहन वृषभ् को तुष्ट करना होगा । अत: वे विष्णु की धरती शक्तिरूपा जग जननी मां महालक्ष्मी की मिन्नत करने लगे पूजक - प्रतिनिधि के माध्यम से । कहा -''हमारी बात सांवरे को जताओ ! हम मांग -मांग कर थक गए हैं । उन्होंने नहीं सुना । सुनेंगे कैसे ? उनके कान नहीं, सदा सुप्त, दारुभूत मुरारी हैं वे । अमृत अनंतशयन में हैं । सब ने समवेत हो कर मां अन्नपूर्णा लक्ष्मी देवी के चरणों में मन दिया । जगद्धात्री नारी शिरोमणि हैं । करुणा का भंडार ! नारी हृदय संतान की मिन्नत में शीघ्र पिघल जाती हैं । वे क्या चुप रह पायेंगी ? कहा -वत्स, धैर्य रखो, धैर्य ही सफलता की चाबी है । समय, सुविधा और अवसर देख मिन्नत को प्रस्तुत करने का वचन दे दिया भक्तों को । एक शुभ मुहूर्त में जगतनाथ जब अनंत शयन मुद्रा में निमज्जित थे एवं लक्ष्मी के पद्मकोमल हाथ श्रीनाथ की सेवा में लगे हैं, लक्ष्मी के मुख से मानव का आर्त- आवेदन सुना महाप्रभु ने । सुनकर कहा -''सुनें अन्नपूर्णा, मानव की कहानी । जितना दान देने पर भी उनकी इच्छा पूरी नहीं हो, अनंत उसकी आशा, अतल, असीम उसकी इच्छा । पर आपके परामर्श के अनुसार मैं दान देता हूँ एक सर्वोत्कृष्ट मंत्र । इसे जप कर सर्व दुःख दूर होंगे मानव जाति के। पूरी होंगी मानव इच्छा, आशा, आकांक्षा !''

मन देकर श्रद्धा से सुना महालक्ष्मी ने एवं मंत्र की महान ध्वनि मुँह से बार-बार दुहराई । अद्भुत था वह स्वर, नैसर्गिक वह ध्वनि, अतुलनीय वह लय थी । चारों ओर लहरें फैली । अगले दिन भक्तजन श्रीमंदिर प्रागंण में जमा हुए, मंत्र उचारण सुना । मुग्ध चकित जन एक स्वर में कह उठे -

''श्रम से नहीं बड़ा पुण्य । श्रम से भरे शून्य स्थान ।।

ॐ श्रम एब जयते । ॐ श्रम एव जयते''।

तालियां ही तालिया ।

नीति वागीश गणपति नाथशर्मा श्रमविभाग की जिलास्तरीय वर्कशाप में उपस्थित थे । उस दिन मेरा वक्तव्य सुनकर टिप्पणी दी –"जागकर सो रहे आधुनिक आलसी आदमी पर अच्छा तीर चलाया । लगता है, आप बंदूक चलाने में वैसे ही दक्ष हैं, ईश्वर विश्वासी राह भटकते आदमी पर चाबुक सटकारने में भी पारंगम हैं । लिखते क्यों नहीं ?"

धन्यवाद देकर नाथ शर्मा से कहा –"कलम कागज हो और स्याही न हो तो लेखक होना सहज है ?" अब उपलब्ध कर रहा हूँ नाथ शर्मा का परामर्श ।

***

अब सुबल की ओर चलें । उसकी बस का समय हो चला । ड्राइवर से कहा – टिकट कर इसे बिठा आओ । तब से घनिष्ठता और अंतरंगता बढ़ गई । सुबल के कहने पर मैं पोढ़ पर्व में शामिल हुआ । सुबल ने जो कहा, वही देखा । वहाँ पर्व के विधान से मुझे तख्तपोश –खाट पर बिठाया । आदिवासी नाच हुआ। पावना के रूप में सुबल को ३००रु. दिये । वह 'जानी' को दे दिये । 'पोढ़ पर्व' की तरह नूआखाई पर्व, कांदुल पर्व, पौष पर्व, मकर पर्व, मेरु पर्व, दुरेह पर्व पालन करते हैं । यही उनका मुख्य चित्तविनोदन है । दुरेह पर्व पालन घरों की लिपाई–पुताई कर साफ करते हैं । हाथी, बाघ, कुत्ते के चित्र बना मांडना करते हैं। गाँव में इस छोर से उस छोर तक छप्पर लगातार लगे होते हैं । दो घर के बीच माटी की दीवार होती है । सामूहिक जीवन है । तेल का दीप, डिबरी, लालटेन बहुत कम जलाते हैं । प्राय: चूल्हे के प्रकाश में काम चला लेते हैं । सांझ ढलने के बाद सोना ही रह जाता है । जल्दी सोना – जल्दी उठना । घर के जानवरों को घर के सामने खुले में ही बांध देते हैं ।

कुत्ते पालते हैं । जंगल में फिरते समय साथ में कुत्ता रखते हैं । स्त्री -पुरुष बच्चे सब बरामदे में सोना पसंद करते हैं । घर के पुरखे को सोने के लिए खाट दी जाती है । बाकी लोग जमीं पर सोते हैं । कंध जब जो मिले खा लेते हैं । संचय की परिभाषा नहीं जानते । उनकी जीवन शैली सरल है । उस अकृत्रिम समाज में घुलने का अवसर मुझे मिला ।

मुझे एक बात याद आई । एक बार एक सेंठ का पोता गाँव घूमने आया था । घूम फिर अपने दादाची से बोला -"दादाजी, गाँव में रह कर मैंने जाना कि ये लोग बहुत धनी हैं । हम बहुत गरीब ।

दादाजी ने पूछा -"कैसे ?"

पोते ने कहा -" हमारे घर पर एक -दो कुत्ते हैं । वे चेन से बंधे रहते हैं । जब कि इनके घर में इतने -सारे कुत्ते ! सब मजे में बाहर खुले फिरते हैं । हमारे वहाँ घर की छत पर एक स्विमिंग पूल है । वह भी छोटा । इनके घर के पीछे इतना लंबा स्वमिंग पूल नजर ही न पहुँचे ! हमारा बगीचा छोटा-सा । इनका बगीचा आकाश छूता है । हमारे घर में सर्वेंट माइक्रो ओवन में खाना बनाती है । इनके यहाँ जलती आग में रोटी सेंकें । वाह ! क्या स्वाद है ! हाँ, दादाजी, एक बात और है ! मैंने देखा, हम वहाँ रात-दिन किवाड़ बंद रखें । उनके किवाड़ एक दम खुले । कभी वहाँ ताला नहीं । हम इतने गरीब क्यों हैं ? दादाजी !"

दादाजी मुस्कुरा कर पोते की निगाहों में झांक रहे थे ।

***

जब सुबल मेरे पास रायगड़ा में आता, कभी खाली हाथ नहीं आता । कभी एक-दो मुर्गे लाता, कभी जंगली मांस, शहद या कांदुल ले आता । पैसे दो तो नहीं लेता । मैं कुछ सामान , जैसे पेंट, शर्ट, गंजी, गमछा दे देता । वह इनकार नहीं कर पाता ।

ताज्जुब है सुबल विवाहित ब्रह्मचारी है । एक तरह विपत्नीक या विच्छेदी है। एक सुन्दर कन्या 'सुनकी' ने पोढ़ पर्व पर उससे लाजा के खाजा स्वीकार किया था । नाड़ी(आग) को साक्षी रख विवाह किया। मगर विवाह साल भर भी नहीं टिका । उसे साड़ी पहनना सिखाया । सलवार-कमीज पहननाये। पर उनमें आग्रह न था । अगले साल पोढ़ पर्व पर दूसरे धांगड़ा से लाजा के खाजा स्वीकार कर कंदमूल लिये, विवाह रचाया। पास के गाँव धरसदी में रहने लगी। कंधों में विवाह और तलाक मामूली बात है। सुबल भोई ने दुबारा ब्याह नहीं किया। एक भिन्न स्वभाव का आदमी है । बापू ने जितना भी कहा, राजी नहीं हुआ । बाप मरा, वह अनव्याहा रहा । पूछा - सुबल दुबारा ब्याह क्यों नहीं करते ? कहा - उस संसार जाल में बंधने को मन नहीं । अब बंधनमुक्त जीवन है । एक आदमी को क्या चाहिए ? यह जंगल तो यथेष्ट है । जंगाल भला, मैं भला । जीविकार्जन में दिक्कत नहीं । इस मालभूमि इलाके के लिए कुटिया कंध डेवलपमेंट एजेंसी (KKDA) द्वारा स्थापित माइनर स्कूल में पढ़कर माइनर पास कर ली है । पढ़ाई में अच्छा था । सब का वह श्रद्धाभाजन बना । आर्थिक दिक्कत के कारण आगे बढ़ न सका । इलाके में पर्व-त्यौहार में जी-जान देकर काम करता है । गाँव का मुखिया, ज्ञानी, दिशारी, सामंत, बारिक के साथ अच्छा संपर्क है । साहुकार-महाजन से कंधों के लिए ऋण की सुविधा करा देता है । उन्हें सामान खरीद -बिक्री की व्यवस्था कर देता है । मूल-ब्याज समेत लौटाता है साहुकारों को ।

बातों में पूछा -"सुबल, तुम्हारी सुनकी से भेंट हुई ?"

उसने कहा -" हाँ, कई बार, गाँव के पास ही स्थायी निवासी सुरिया के साथ रहती है " ।

-"कोई प्रतिक्रिया या ईर्ष्या नहीं होती ?"

सरल स्वर में कहा –“ ईर्ष्या क्यों ? जिसने जिसे चाहा, उसमें रमा । इसमें दुःख कैसा ? हमारी जात में ऐसे विवाह की रीत है । सुनकी को मेरा रंग–ढंग चाल–चलन नहीं सुहाया । उसे जंगल में फिरना अच्छा लगा । मैं क्यों आपत्ति करता ? पर सा'ब, यह और उसका आदमी दुःख में हैं ।”

–“क्यों ?”

–“सुनकी बहुत काम वाली है । जंगल से फूलझाड़ू संग्रह नियमित करती । बांध कर हाट में बेच आती है । उसकी फूलझाड़ू पर सरकार की नजर पड़ी । सुना है TDCC (ड्राइबल डेपलपमेंट कार्पोरेशन) और (ITDA) (इंटीग्रेटेड ट्राइवल डेवलपमेंट एजेंसी) के कर्मचारियों ने ताकीद की । वन विभाग ने फूलझाड़ू संग्रह और विक्रय पर रोक लगाई है । उनके अलावा कोई संग्रह –विक्रय नहीं कर सकता । सुरिया सदा सलप का मद पीकर नशे में चूर रहता । सरकारी लोगों को गाली गलौज किया, कुल्हाड़ी ले मारने दौड़ा । कहा –“जंगल हमारा है । हम फूलझाड़ू बेचेंगे, हमें जो रोकेगा उसे काट देंगे ।” सुनकी ने अपना काम जारी रखा । किसी की परवा नहीं की । धुर्सी गाँव के आधे परिवार उनके हैं । घर में ट्रकों में फूलझाड़ू भर कर रखे । गाँववाले सुरिया से डरते । किसी को फूलझाड़ू काटने नहीं देता । एक दिन वनखंड अधिकारी, पुलिस फौज, मजिस्ट्रेट बाबू ने सदलबल चढ़ाई कर दी । पुलिस के हाथ में बंदूक ! सुनकि के घर की सारी फूलझाड़ू ट्रक में लाद कर मनीमुंडा टीडीसीसी गोदाम में ले गए । सुरिया और सुनकी को थाना हाजत में बंद कर दिया । तब से सुनकी का बेपार बंद ! बेचारी !!

ऐसा संवेदनशील समाचार छपा था । पढ़कर मैं दुःखी हुआ । धुर्सी गाँव के सुबल की पूर्व पत्नी सुनकी शिकार हुई, यह अब जाना । लगा आदिवासी उन्नयन का ढिंढोरा पीटने से उन्नति नहीं होगी । कानून को

वास्तववादी होना होगा। हालांकि आदिवासी विभाग में इस पर काफी शोर शराबा हुआ था । पर तूफान की आयु कितनी ? कालक्रम में आकाश से मेघ छंटने की तरह सब शांत । सुबल बोला – सरकार बड़ी है । बड़ों को कोई उत्तर नहीं दे सकते । सिर नवा रह जाना ठीक है । सुबल की मनोवृत्ति की मन ही मन तारीफ की । सहनशीलता ने मुझे प्रभावित किया ।

सुबल कहता – अंधकवि भीमभोई हमारी जात वाले हैं । उनका संसार न था । भीम थे महाप्रभु ! भक्ति कविता याद है –

‘‘प्राणिंक आरत दुख अप्रमित
देखु–देखु केबा सहु ।
मो जीवन पछे नर्के पड़िथाउ
जगत उद्धार हेउ ।’’

(प्राणियों का दुःख अपार है, देख–देख कितना सहता रहे ।
मेरा जीवन जाय नरक में, जगत का उद्धार हो जाये)

मैं सुबल की कविता प्रवणता से अभिभूत था । सुन्दर हस्ताक्षर में लिखता। सुनकी से ब्याह के बाद एक बार कुई भाषा में बुली ओड़िया छंद, लय, यतिपात डाल सुन्दर कविता लिखी, मुझे सुनाई –

‘‘एतेर मेतो झाकर झांए
हाट फेरंता बाटरे नाएं ।
आजिबा झोला र कूले
बसबां जाइ जंगल खूले ।
बन भितरे जलिब नियां
उठिब नाइँ धुआँ ।

न थिब लाड, न थिब डर ।
न थिब खेरु भाए (गाँवसाला)
घेनाघेनि, घिचाघिचो, अबरा –आवरि
केहि देखिबे नाहिं ।
एतेर मेतेर झाकर झाएं ।
हाट फेरंता बाटरे नाए ।
धांग्रा धांग्री नाचरे थाए ।
मनर ताति छुइला जाए ।
काला बिटबिट बनुआ राति,
सकाल हेलारु फिटिला छाति ।
केते कालरु उठिला निआं ।
जगत देखल, सुरुज धुंआं ।
लाजेइ धरि कला हुदरी ।
परदेशिया गीत गाइला ।
मनरे तार सुर मोहिला ।
आस रे आस नाचुणी माई ।
पझड़ तले बसियां जाई ।
न थिब लाज, न थिब डर, न थिब सोकभार ।
घेनाघेनि, घिचा घिची, केई देखिबे नाहिं ।।

सुवल द्वारा अंकित सुनकि का चित्र

वाह ! मैं चमत्कृत था । कविता भाव पर मुग्ध था । इनको संशोधन कर पत्रिका में छापने का अनुरोध किया सुबल ने । उसकी देसी भाषा मिली कविता को छूने का साहस न था मुझ में । मैं कौन पंडित हूँ ? सुबल ने कहा

– हमारे पूरे उत्तर पश्चिम ओड़िशा में गाँव से शहर तक नुआखाई पर्व आनन्द उल्लास से धनी–गरीब सब पालन करते हैं । नुआखाई गीत सुनाया –

नुआ खाई थिं नुआ खाई
गंगा यमुना जाउ बहि ।।
नुआ पाएन नुआ रंग ।
नुआ जीवन नुआ ढंग ।
सरग राखे प्रेम लहरी ।
बाहार भितर जाइ भरि ।
लहड़ी मारि सरु दुख ।
उझाल मारि आसु सुख ।
मिलन डंगा जाऊ भासि ।
नुआ खाई भेटभाट ।
सरबे मुंडे सुखथाट ।

सुवल द्वारा अंकित
सुनकि का चित्र

वह केवल कविता प्रवण न था । डॉटपेन लेकर सफेद कागज पर कलाकार की तरह सुनकी का सही चित्र आंक दिया । उसे स्मृति स्वरूप रख लिया । तीन फोटो कॉंपी मुझे दी । मैं विस्मित था । ऐसा कला रसिक ! उसे वनमाल्लिका कह सकते हैं । सुअवसर बिना मुरझा जाते हैं ।

खैर, सुखपुण्य कविता, उसके बिना सुनकी का अफसोस रह गया । कुई नहीं सीखी । सुबल मगर सीखने में उस्ताद है ! उस पर लिखें तो और एक ग्रंथ हो जायेगा ।

। ३ ।

कुंवारमुंडा गाँव से तीन कि.मि. पर पहाड़ की तलहटी में ट्रेंच खोदी है – १०’ चोड़ी, ८’ गहरी हाथियों के लिए । बेलघर अभयारण्य में हाथी आश्रयस्थल है । दल के दल आते हैं खाद्य और पानी की तलाश में । अनाज खाते ही नहीं, नष्ट भी कर देते हैं । उत्पात मचा देते हैं । अत: अरण्य में चारों ओर लक्ष्मण रेखा की तरह ट्रेंच खोदी है । इसे पार कर बस्ती में न चले जायें । पितापल्ली से हलके वाहन और भारी वाहनों की आवाजाही हेतु लकड़ी के पुल बने हैं । पट्टों पर से सहज आ–जा सकते हैं । पर्वतीय इलाके में इस प्रवेश द्वार पर कुछ समय रुकना पड़ता है । गाड़ी खड़ी करें । पट्टे लगायें, गाड़ी पार करें, पुन: हटायें, उसमें समय लगता है । अत: यह टी ब्रेक का समय है । चायपानी कर गाड़ी स्टार्ट करते हैं । राह में कहीं रुकने की मनाही है । क्योंकि हिंसक जंतु, राह विपद पूर्ण है । सबके लिए दुस्साहसी अभियान है । मेरे लिए नया नहीं । मैं खुश रहता हूँ । मानो शहर से गाँव लौट रहा हूँ । खतरनाक रास्ता है, अत: हेडलाइट और .३१५ रेमिंगटन की दुनाली राइफल सजग हाथ में रखता हूँ । राइफल से ऑटोमेटिक मशीन गन की तरह गोली दागी जा सकती है ।

पर्त दर पर्त पहाड़ पर चढ़ कर फिर नीचे उतर वाहन से यात्रा जारी रहती । कमांडर जीप की छत खोल मैं सतर्क खड़ा रहता । इससे रास्ते के दोनों ओर हेडलाइट डाल देखने में सुविधा रहे । रात का अंधेरा घिर रहा ।

आकाश की काली छांह में तारे सफेद टगर फूलों से टिमटिमाते हैं ।

हमारे सामने महाबली बाघ ने सड़क पार की । –"बाघ –बाघ " कह उल्लसित हो उठे । मोहन बाबू दर्प से खड़े । हाथ में हथियार, फिर डर कैसा ? सब में हिम्मत विश्वास । सामने एक और पहाड़ी चढ़ाई ! देखा सूंढ हिलाते हाथी समूह । काले स्याह विशालकाय शरीर! रास्ता रोके हैं। मानो कोई हड़ताल पर हैं । लांघ कर जाना असंभव। गाड़ी स्टार्ट में रख रोका । ड्राइवर ने ब्रेक पर पैर रखा है । आगे बढ़ना खतरनाक । मेरी हेडलाइट और जीप की लाइट बंद कर दी । पार्किंग लाइट जलती रही ।

सुबल से पूछा – इस अभयारण्य में कितने हाथी हैं ?

–" ठीक कह न सकूंगा । पर बहुत हैं । दलों में फिरते हैं । हर दल में दंतावल है । मुरबी । अपना इलाका चुना है । दंतावल बहुपत्नीक है । हथिनी बच्चों को लेकर रहे । दंतावल दूसरे दल में नहीं जाता । जाने पर युद्ध हो । युद्ध में कमजोर बूढ़ा दंतावल धक्के खा कर या घायल हो मर जाता है ।"

पूछा –" तुम्हें नुकसान नहीं पहुँचाते ?"

–"नहीं । हमारे परिचित हैं । ज्यादातर इनसे हमारी भेंट दिन में हो । उनकी क्षति करने पर वे हमारी क्षति करें ।"

सुबल को कहा – "रास्ता रोक रखा है । हटते नहीं । अब ?"

सुबल –"चिंता न करे । कुछ समय बाद वे खुद चले जायेंगे । वे जान चुके हैं कि इस राह हमें जाना है ।"

–"कैसे जाना ?"

–"मेरा अनुभव है। आदमी देख खुद ही दूर हो जाते हैं। वे जानकार जंतु हैं।"

सुबल उतरा । पास सूखे पत्ते इकट्ठे कर आग लगा कर जीप में बैठा। आग धू–धू जली। मास्टर बच्चों को पूछने की तरह मैंने पूछा –"यह क्या ? क्यों

किया ?''

-''वे आग तक नहीं आते । लुआठे से डरते हैं ।''

वाह ठीक कहा । पर हम वैसे ही रहे । न आगे न पीछे ।

पूछा -''सुबल कितनी देर रहें ?''

उसने कहा -'' कोई ठिकाना नहीं । पर अपसर जाना पक्का है । हम जोर से बातें करना ठीक होगा । बातों से वे जान लेंगे कि हम कितने हैं ?''

शाबासी दी । तुम्हें जंगल का ज्ञान है । निडर हो !

साथ में ट्रांजिस्टर रेडियो था, खबरें सुनने । मैंने ऑन किया । एफएम बैंड चालू किया, गीत बजे । सुबल ने रोका । ''जी, बंद कर दें । हाथियों को गाने अच्छे लगे तो हटेंगे नहीं । गीत इन्हें अच्छे लगते हैं । उन्हें बुरा न लगे तो सूंढ हिला गीत सुनते हैं । छाज की तरह कान खड़े कर गीत सुनें । पास से हटें नहीं ।

मैंने बंद कर किया । सुबल को शाबासी दी । पीठ थपथपायी, तारीफ की। अनुभव खूब है ।

सुबल बोला -'' आपस में बात करें । डरने की बात नहीं ।''

क्या बात करें ? विषय ? मेरे साथी सहमे थे । डरे थे । राइफल थामें लिए मैं खड़ा था । राइफल लिए सतर्कता के साथ । बार-बार ताकीद थी - बंदूक न चलाना । वे गुस्सा होंगे । कांड कर बैठेंगे । गोली से घृणा है । प्रतिक्रिया करते हैं ।

सुबल मेरे मन की कैसे समझे ? मनोभाव और रुचि कैसे पहचाने ? हाथी के सामने कभी बंदूक नहीं चलाता। वरन प्रणाम करता हूँ । आत्मरक्षा हेतु सावधान रहना पड़ता है । हथियार सह सर्तक रहूँ । याद है । १९७६ ई. । कटक के बारबाटी स्टेडियम में इंग्लैंड -भारत पांच दिवसीय स्टेट चल रहा। मैं झारसुगड़ा से गुरु कैप्टन प्रेमसागर तिवारी संग खेल देखने आ रहा था ।

क्रिकेट प्रिय खेल है । भारतीय दल में पेसबालर न था, स्पिन बोलर विशन सिंह बेदी, प्रसन्ना और चन्द्रशेखर थे । चंद्रशेखर का दाहिना हाथ पोलियोग्रस्त । बांये से स्पिन बोलिंग करता । जोरदार गुगली और चाइनामेन बोलिंग में अद्वितीय । मैं भी बांये हाथ से बंदूक चलाता हूँ । बचपन में सूर्यग्रहण खाली आँखों देखने के कारण मेरी दाहिनी आँख चली गई । पहले दिन खेल देखने के बाद रात में क्या करें ? प्रेम को जंगली मांस निहायत चाहिये । बजार का मांस पसंद नहीं । उनके व्यक्तित्व की यह खासियत है – रात में अंग्रेजी किताब पढ़ें या बंदूक लिए जंगल में फिरें । यही उनका जीवन है । पदार्थ अर्थ में कोई मोह नहीं । शाम को प्रस्ताव दिया – मोहन, चलो कोई खरगोश मारें । मैं मना न कर सका । राजधानी कटक से भुवनेश्वर १९५५ में उठ चुकी थी । स्कूल के दिनों में जानता था गंगनगर (युनिट छः) के पीछे एयरपोर्ट मैदान में हिरण आते हैं । हालांकि मैंने देखा नहीं । लेकिन तीर चला कर खरगोश मारा है । वाणीविहार (विश्वविद्यालय) में एम.ए. करने के दिनों में हमने चार नंबर वेस्ट हास्टल के पास खरगोश आते देखे हैं । सड़क के दोनों ओर झुरमुटदार जंगल, विभिन्न तरह के बेर के जंगल हैं। बहनोई की राजदूत मोटरसाइकल उठाई । पीछे बंदूक लेकर बैठे प्रेम । मेरे कंधे से झुला ली मेरी प्रिय .३७५ रेमिंगटन राइफल । देखा वाणीविहार के बाद सड़क पर पटिया गाँव वाले साइकल लिए गाँव जाने खड़े हैं । उन्हें देख हम रुक गए । बात क्या है ?

“जी, पागल हाथी मात उठा है । रास्ता रोके है । सरकार ने उसे पागल घोषित किया है । कोई पुलिस मारने में सक्षम नहीं । लाइट पड़ते ही तुरत दौड़कर वन में छुप जाता है । मेजर महांति जीप में वायरलेस सहित पीछा कर रहे हैं । गाड़ी की आवाज पर साल वन में छुप जाता है । हमारे गाँव वाले पटिया राजा के वंशधर गदाधर राय नहीं रहे, वे होते तो बात और थी – हम तो हाट वाले हैं । पेट के धंधे में रहते । भुवनेश्वर हाट व्यापार के लिए जाते हैं । वरना बालबच्चों का पोषण कैसे हो ? बाध्य हो आये हैं ।

साथ हो गाँव लौट रहे हैं । सुना है हाथी रास्ते में है ।''

–''कितनों को मार चुका है ?''

–''चार जनों को !''

चंदका अभयराण्य हाथियों के लिए निविड़ वासस्थल है । बचपन से सुना है कि हाथी गरमियों में कांजिया झील में क्रीड़ा करते हैं । इस पार से उस पार तैर जाते हैं । शिशु हाथी पार नहीं कर पाते । पानी में जाकर नहाते, पत्र खाते, पानी सिंगाड़ा खाते । पर पागल हाथी आदमी मारने की कभी नहीं सुनी । मस्ती के समय अकेला दंतावल दूसरे दंतावल संग लड़कर हार कर पागल होने की बात सुनी है । या शिकारी की गोली से घायल हो प्रतिशोध परायण होने की बात सुनी है। हाथी पागल क्यों हुआ ? गाँव वालों के पास उत्तर नहीं था । वन्यप्राणी पागल होना या बाघ नरभक्षी होना वनजीवन में नई बात नहीं ।

प्रेम ने कहा –''डरो नहीं, हम एस्कार्ट कर गाँव तक छोड़ आते हैं । देखते हो हेडलाइट, बंन्दूक राइफल ? हम शिकारी हैं । दो –दो बंदूक से मुकाबला करेंगे पागल का । हमें मारने से पहले वह मर चुका होगा । पर पकड़ाई में आये तब तो ?''

हम में उनको विश्वास हो गया । धीरे–धीरे मोटर साइकल से आगे चले । पीछे–पीछे वे थे । राइफल लिये प्रेम सजग थे । देखते ही गोली चलाने में उस्ताद । अचूक निशाना । हाथी मारने हेतु सरकार ने विज्ञापन दिया है । चलो सहज फायदा उठा लेंगे । पर रास्ते में हाथी नहीं मिला । पटिया पहुँचे । कृतज्ञता स्वरूप मिठाई वगैरह, चाय पानी पिलायी । लौटे । राह में दो खरगोश देखे । चार नंबर छर्रे से मारा । प्रेम का काम हुआ । लौटे झारसुगड़ा में क्रिकेट मैच देखा । मेरे दक्ष बंधु संबलपुर के डेनसर्गी गाँव वाले आर्तत्राण को पागल हाथी और विज्ञापन की बात कही । मैं हाथी नहीं मारता, वे जानते हैं । प्रेम भी । मेरी तरह आर्तत्राण भी जंतु, दौड़ने पर 'रनिंग शाँट' मारने में

उस्ताद है । जमीं पर फुटबाल फेंक कर या हाथ में उछाल कर .२२ राइफल से गोली मारने का अभ्यास किया है । पहले 'बुलशाट' के लिए राइफल को 'जिरोइंग' करना होता है ताकि आँख के बाल निशाने को भेद सके । पहले ३५ माडेल एयर राइफल पर अभ्यास करते हैं । उड़ते बेलून पर या नींबू या अंडे को निर्दिष्ट दूरी और स्थान पर रख कर । आर्तत्राण प्रसिद्ध स्वीकृति प्राप्त शिकारी हैं । खैर, उन्होंने पैदल चंदका जगंल में घुस कर हाथी खोजा । आदिवासी लोगों की मदद से पहचान .४००/४५० राइफल से हार्डनोज गोली से जमीन पर पटका । दूसरी की जरूरत न थी । फिर भी मृत्यु निश्चित करने शिकार नीति अनुसार दूसरी गोली चलाई । मद हाथी अठारह लोगों को मार चुका, कोलकाता से आये यूरोपीय शिकारी के प्राण ले चुका था । घोषणानुसार दोनों दांत लिये, कुछ अर्थ मिला । ऐसे ही बामड़ा और सिंदूरपंक में पागल हाथी को मारा । बाद में झारसुगड़ा कालेज के पास बाघ बड़रंभा अभयारण्य से चला आया । झारसुगड़ा शहरवासी आतंक में थे । तीन-चार दिन में एक आदमी, एक ग्याभिन गाय । एक भेड़ा मार दिया था । गाय मार दी, खा न सका । भेड़े को मार कर कुछ खा कर झुरमुट में छुप गया । शिकारी बंधु आर्तत्राण ने उसे मारा । सहज बाघ का चमड़ा मिला । बाघिन कमजोर और रुग्ण थी । बाघ की छाल टेनिंग कर मुझे भेंट कर दी । मैंने मां को ध्यान और पूजा हेतु गाँव बांकी चर्चिका भेज दी । महानदी की १९८५ की प्रलयकारी बाढ़ में घर बहा उसी में बाघ की छाल भी नदी में समा गई ।

।४।

हाथी के प्रति मेरे दृष्टिकोण, आचरण, उद्देश्य को सुबल जान गया । फिर भी वह गोली न चलाने बार–बार कहता रहा । मैंने उसे शाबासी दी । कहा – ''सुबल तुम यहाँ हाथियों को जानते हो, भेंट होती है । अपनी अनुभूति बता । उसने कहा – आप शिकारी साहब । जंगल की बात जानते हैं । अनेक जीव जंतु मिले हैं । आप जैसा वर्णन करते हैं, हम मूरख क्या कह पायेंगे ।''

''हाथी को हमने की नमस्ते, सुनें भाईगण समस्ते''–

एक बार बड़रंभा उषाकोठी घोर आरण्य इलाका, अंधेरी रात । वन में पैदल फिर रहे । किसी मीठे जंतु की फिराक में हाथ में दुनाली, सिर पर हेडलाइट, मुर्गाबाड़ी गांव का धुड़ू किसान आगे –आगे गाइड की तरह राह बता रहा । पहाड़ चढ़ चोटी तक पहुँचे । कोई जंतु न मिला । ख़ाली हाथ कैसे लौटें ? मैं समझ चुका कि हम कभी शिकारी – कभी भिखारी । कभी प्रबल कभी विरल । सदा फल की आश करना ठीक नहीं । तो परिश्रम व्यर्थ होगा ? वे छोटे जानवर मारने तैयार न थे । भरे जंगल में जंगली मांस बूंद भर, मीठा पानी नहीं, अत: मांस कुछ पाने व्याकुल होना स्वाभाविक था । तभी मेरे शिकारी बंधु – गुरु प्रेम प्रारंभिक अभियानों में खरहा, या हिरन या सेही जैसे कुछ सहज लब्ध शिकार का सुबह का नाश्ता रख लेते । कहते – बड़ी चीज की आशा कर हाथ की छोटी चीज की उपेक्षा पागलपन है । शून्य से

कुछ बेहतर हो, पर क्या करें ? कुछ मिले तब तो !

तभी पास में हाथी डाल तोड़ पत्ते चबाने की आवाज सुनी । हेडलाइट पड़ी । देखा दर्जन भर से ज्यादा वनैले हाथी डाल चबा रहे हैं । बच्चों को दे रहे हैं । बच्चे कोमल डाल, बांस पत्ती आदि खा पाते हैं ।

आगे दो कदम भी बढ़ना असंभव । पीछे हटना भी कठिन , क्यों कि हाथी पास है । बांयी ओर विशाल गर्त । उस में गिरे तो अता-पता न रहे । सोचा खड़े रहें । कुछ समय । तभी बाघ दहाड़ा । शिशु हाथी और हथिनी दल से अलग नहीं होते । बाघ लुक छुप पीछा करता है । हथिनी बच्चे को धकिया हमारी ओर आती लगी । मैंने उसे नमस्कार किया । राइफल ठीक कर सतर्क हुआ । देखा वे मेरी ओर नहीं आ रहे । दहाड़ में घबरा कर इधर-उधर हो गए हैं । हाथी मारना मेरा लक्ष्य नहीं । वरन दूर सरक सुरक्षित रहना ठीक होगा । पास विशाल पत्थर के निकट विराट , बरगद तुरत हम पेड़ पर चढ़ गए । आपस में ऊँचे स्वर में बातें करते रहे । ताकि हाथी आवाज सुन दूर चले जायें । होशियार हाथी सदा आदमी से दूर रहना चाहेगा । चालाक -चतुर मानव की हिंसा से वे अवगत हैं । शिशु हाथी की सुरक्षा निमित्त बाघ से दूर रहने की तरह आदमी से भी वे दूर रहते हैं । बाघ की हाथी शिशु पर नजर रहे, आदमी की नजर दंतावल के कीमती दांत पर नजर रहती है । धनलोभी शिकारी हथिनी को नहीं मारते ।

सिर्फ दंता हाथी को मारा , दांत के लोभ में । हमारे टिकरपाड़ा में हाथियों की संख्या न बढ़ने का कारण है कि शिकारियों ने दंताहाथी मार डाले । केवल रह गई हथिनियां । छोटे हाथी को वयस्क होने में २०/२५ साल लग जाते हैं । ऐसे में प्रजनन बिना हाथी -संख्या कैसे बढ़े ? अधिकारियों ने कुछ हाथी मंगवा कर टिकरपाड़ा अभयराण्य में छोड़ने का निर्णय लिया, वंश बढ़ाने के लिए ।

हाथी की सूंड २० फुट लंबी तक जा सके । ऊँचे पेड़ से कोमल डाल-पात खाने में लंबी सूंढ का उपयोग करता है । अत: और उपाय न देख कर पेड़ के मध्य

भाग तक चढ़ गए । घोड़े पर बैठने की तरह इधर एक पैर उधर दूसरा लटकाकर बैठे । सिर पर चमगादडों की चर–चर ने हमारा ध्यान खींचा । चमगादड़दल केवल फलाहारी होती हैं । गूलर, बरगद, पीपल, देवदार, अमरूद, चीकू आदि फल उनके खाद्य हैं । खेचर जाति की होने पर भी वे स्तनपायी हैं । अंडे देने की बजाय सीधे बच्चे को जन्म देती है पेड़ के ऊँचे कोटर में । बिल्ली के भाग से छींका टूटने की तरह , धुड़ू हुलस उठा । कहा – बाबू, कुछ चमगादड़ मारो ना ! इसका मांस बहुत उपकारी है । सांस रोगी के खूब गुण करे मेरे पिताजी सांस रोगी हैं ? साल भर पहले एक चमगादड़ फांस में डाल मार खाने दी थी । एक–दो चमगादड़ खा लेने पर रोग ठीक हो जाता है । सा'ब ! मैंने कहा – ''इंतजार कर, गोली की आवाज पर हाथी गुस्सा हो जायेंगे । चमगादड़ तो पेड़ से चिपकी हैं । धीरज रखो ।''

लगभग आधे घंटे बाद स्पाट लाइट सिरवाली डाल पर फेंकी । पेड़ की ऊँची डाल पर देखा –चकित रह गया । अहिराज फन फैलाये झूलती

चमगादड़ निगलने में लगा है ! प्रतिवाद में चमगादड़ चारों ओर चक्कर काट रही । अहिराज बहुत विषैला होता है । कहते हैं सूं-सूं कर मुँह से गरल निकाल अपने शत्रु पर फेंकता है । लेकिन हम पर वैसा कुछ नहीं किया । हम दोनों को देखा । वह सकपकाया । मानो अधनिगले शिकार को छोड़, हम पर छलांग मारेगा । अत: बंदूक की मक्खी उपर साध ली । (२५ मिटर की दूरी पर) आगे रोशनी डाली । बूंद पर भी निशाना हो तो ठीक लगेगा । मैंने ट्रिगर दबा दी । फलाफल जानने में देर न लगी । फन पर लगी । फन और अधनिगला चमगादड़ छिन्न-छिन्न हो गया । सांप लटपटा कर गिर पड़ा । गाइड धुडु सांप का हाल जानने व्यस्त था । साधारणत: यही होता है । मैंने रोका, क्योंकि पास में हाथी हैं । बहुत प्रतिक्रियाशील प्राणी । बाघ से घृणा है । अचानक गोली खाया बाघ, दंताहाथी, वराह, गयल आदि ने कई शिकारियों की जान ली है, इस असावधानी के कारण । अत: सुबह तक हम पेड़ पर ही रहने को कहा । उसके लिए दूसरी बैरल चेंबर में बारह बोर का छर्रा भरती कर चमगादड़ों पर हेड लाइट डाली । एक साथ दो तीन चमगादड़ गिरे । सुबह ले लेंगे । तब हाथी जगह छोड़ जा चुके होंगे । अपने खाने की तलाश में ।

सुबह क्यों ? धुडु ने पूछा । सांप मरने पर जंतु नहीं मिलेगा । मेरा अपना अनुभव बताया । हर आदमी के अपने विश्वास होते हैं । इन्हें अंधविश्वास कह लें। ये धारणाएँ कालक्रम में दृढ़ होती हैं । व्यक्तिगत होती है ये बातें । एक बार मेरे ऊपरी अफसर गोपाल महांति के एजबेस्टस के घर में झारसुगड़ा में चूहे के लिए सांप ने काफी उत्पात किया । सपरिवार रात भर बाहर चौक में सोये । सुबह मुझे बुलाया । आया । जाकर देखा – नाग न था, ढामण का सिर दिख रहा । पास से एक छर्रा चलाया काम तमाम । दिन भर कुचिण्डा गया, साथ में साथी था प्रेमा । कभी गोरस बेचन हरि मिले, एक पंथ दो काज ।

पास बन्दूक थी । आफिस काम के बाद शाम को ही वन चारण । रात भर फिरे । खरगोश तक न दिखा निष्फल । तब से धारणा मन में जम गई सांप देखा, वहीं से वापस लौटते हैं ।

सुबह होने को आयी । सिंदूरा खुलने का समय । पूर्वाकाश में रक्तिम आभा। सूर्योदय का पूर्वाभास ... प्रभात का मनोरम दृश्य ! पर धुड़ु का उधर ध्यान नहीं । यह तो रोज का दृश्य है । इसके लिए । मेरी पीठ पर लदे बैग से थर्मस निकाल कागजी गिलास में चाय ली । तारे अदृश्य हो चुके । अब धीरे-धीरे उतरे । सांप मुड़-माड़ मर चुका । मोटी लकड़ी से सीधा किया । बारह हाथ लंबा, सोलह अंगुल मोटा । आँख फाड़ कर कहा - आज तक इतना बड़ा अहिराज न देखा ।

कहा - इतना बड़ा सांप मारना मेरा उद्देश्य न था । पर हम जिस हाल में थे । बंदूक चलानी पड़ी । ऊपरी डाल पर भयंकर अहिराज , नीचे हाथी दल । हम पर अहिराज आक्रमण की संभावना ज्यादा थी । उसके मरने का जोग था । किसी के वश की बात न थी । मरना था -मरा ।

।५।

अब तक मेरे मित्र और सुबल मुझ से गंभीर हो हाथी एवं अहिराज की बात सुनते रहे । देखा बेलघर हाथी वहीं पर अड्डा जमाने लगे हैं । उठने का नाम न ले । इतनी देर एक जगह हाथी क्या कर रहे हैं ? न चलते, न चरते ! क्या करें सुबल ? मैंने पूछा ।

–''कुछ और इंतजार करें, सा'ब । वे चले जायेंगे ।'' सुबल ने हिम्मत दी । उसने कहा –''आपकी कहानी अच्छी लगती हो । एक और कहानी कहें ।'' औरों ने समर्थन किया ।

अनुभूति की पेटी टटोली । वर्षों पुरानी बात याद आयी । आँखों के आगे तैर गया सिमिलिपाल अभयारण्य का नहणा बंगला । पर्वत के शिखर पर ऊँचे – ऊँचे साल, पीपल के घेरे में प्रकृति की गोद में सुरम्य विश्रामस्थली यहाँ हिरण, सांभर को ट्रेंच के उधर नमक दिया जाता है । बाघ उनकी घात में होता है । रात में बंगले के चारों ओर बाघ चक्कर काटता है । खिड़की से दृश्य देख सकते हैं । पास में है जोरंदा जलप्रपात, कुछ दूर पर है बरेहीपाणी प्रपात । इधर पर्वत, उधर प्रपात । बीच में अतलातल गहराई नीचे देखी तो आँखें पहुँच न सकें । विपरीत शीर्ष से झरता है प्रपात । सब्ज शैल का अंतर चीर बिजली की लकीर । शुभ्र – जल स्रोत की जलधार । अंधेरे आकाश में बिजली की लकीर । खूब मनोरम दृश्य । बंगले के पास पर्वत पर हाथी पांव–सा बीस फुट खूंटों का कैबिन खड़ा । सीढ़ी की तरह लकड़ी के बने मचान पर चढ़ना होता है । पट्टों की छत पर टीन का छप्पर बना है बंद गोलाकार लकड़ी की कोठरी । बाहरी दृश्य देखने बड़ी–बड़ी खिड़की हैं । रात्रियापन के लिए काफी उपयोगी और आरामदायी । दर्शक

पर्यटकों की भीड़ साल के बारहों महीने । तब मयूरभंज महाराज ने शिकार के लिए बनाया था । मयूरभंज स्वाधीन राज्य था । देश में राजशासन में राजा, राजकुमार, योद्धा की दक्षता बाघों के शिकार संख्या पर होती । यहाँ बंद लकड़ी के कमरे में बैठ राइफल का निशाना लगाने की सुविधा है । इस लकड़ी के मंच से तीस हाथ दूर पर प्रशस्त जलाशय है । बाघ, हाथी व अन्य वन्यजंतु पानी पीने आते हैं । हाथी यहाँ जलक्रीड़ा करते । शाम के बाद नहणा बंगले में अपना सामान रख हम हाथियों की जलक्रीड़ा देखने चले लकड़ी के कमरे में । अंधेरा आते ही हाथी दल बांध बच्चों के साथ पानी में चले । अंधेरे में भी हाथियों की जलक्रीड़ा दृश्य साफ नहीं दिखता था । स्पॉट लाइट पड़ते ही वे चौंक उठे । दंता गर्ज कर सतर्क हो तुरही बजा जलाशय से उठकर जंगल में घुस गए । तभी दुष्ट बाघ ने दहाड़ मारी । धमाके की आवाज कानों में पड़ी ।

हो क्या गया ? गोली किसने चलायी ? बंदूक मेरे पास । हाथी हड़बड़ा गए । एक तो लाइट, दूसरे गोली की आवाज, तीसरे बाघ की दहाड़ । अतः हाथियों को कौन सम्हाले ? दल का बल । एक दल होता है जो किसी की परवाह नहीं करता । हाथी मात उठें तो उनका मुकाबला करना मुश्किल है । आसन्न विपत्ति सोच कर वे समवेत गरज उठे । उनका गरजन निशा की निस्तब्धता तोड़, प्रतिध्वनि उठी । हाथी प्रतिशोध परायण हो उठे । लकड़ी के कमरे के नीचे सीढ़ी के पास जीप खड़ी थी । जीप को सूंढ से उठा कर गड्ढे में पटक दिया । हम त्रस्त होकर भार पर रह वह भयानक दृश्य देख रहे थे । अब क्रोध कम हुआ । धीरे-धीरे वन में चले गए । हाथी भय से सुबह से पहले नीचे आना असंभव था । सुबह का इंतजार । फ्लास्क में चाय खतम । उधर रसोई के लिए कह आये थे बंगले में । जायें कैसे ? चिंता हो गई । रात भर बिना खाये केबिन में रहे । बदमास खून चूसने वाले मच्छर कांटों की तरह परेशान करते रहे । सूरज का इंतजार ।

वनरक्षी सुबह हालचाल जानने आया । पूछा आवाज कहाँ से थी ? हमने कहा - हम भी नहीं जानते । वह अचंभे में पड़ गया । हमें चिंता कि

जायेंगे कैसे ? जीप की दशा क्या ? गड्ढे में से जीप निकालना दुरुह । मजबूत रस्सी बांध गड्ढे से खींचना बड़ा मुश्किल ।

आखिर जमादार की मदद मांगी । आश्वासन दे कर कहा – पास में घर बनाने के लिए जेसीबी की मशीन और क्रेन का उपयोग करते हैं बड़े–बड़े पत्थर तोड़ उठाने में । तो क्रेन ही भरोसा । अर्थ लोभ दिखाया । सारा खर्च उठाने का विश्वास दिया । अग्रिम पैसा दिखाया । तब दया कर क्रेन लाकर जीप खींच निकाली । तब तक दुपहर हो चुकी थी । किसी ने कुछ नहीं खाया था । पेट गरज रहा । ऐसे अरण्यचारण में भूखा–प्यासा रहना पड़ता है । मेरी तो आदत है । खाना न हो, पास होता है झरने का पानी । पर साथी लोग शहरी, शौकीन हैं । भूख कैसे सम्हालें ? पास हरड़– बहड़ा – आंवले के कसैले पेड़ । जामुन भरपूर कच्चे । बकरियों के खाने की तरह सब खाने लगे जामुन । बिना मुँह धोये । भूखे पेट खट्टा आम भी स्वादिष्ट लगता है । पेट भर दे । खट्टे–मीठे–तीते का फर्क नहीं पता चलता जब पेट भूख से गरज रहा होता है ।

इधर ड्राइवर गाड़ी उठाने में लगा । गाड़ी निकाली । कहा – जीप गाड़ी की हालत देख रहे हैं ? कल रात जीप टायर फटने की आवाज थी । जंगल रास्ते के लिए मैं पिछले टायर में हार्ड पंप दे लाया था । रास्ते में कोई कांटेदार गिटी फंस गई । गाड़ी स्थिर होने पर टायर फटा । ठीक तभी दुष्ट बाघ के दहाड़ने की आवाज जंगल में फैल गई । साथ में हाथियों का चिंघाड़ना था ।

खैर, स्टेपइन टायर तैयार था । ड्राइवर ने बेटरी, कार्बरेटर, क्लच, ब्रेक, गीयर सब चेक किये । सब ठीक हैं । क्रेन चालक का प्राप्य और जमादार को कृतज्ञता ज्ञापन की । सामान लेकर सीधे जशीपुर आ गए । थोड़ा जलपान कर बारिपदा लौटे । मेरे वन भ्रमण में ऐसी कई छोटी–बड़ी अनुभूतियाँ स्मृति संग्रालय में रखी हैं ।

। ६ ।

आज यहाँ रास्ता रोके बेलघरिया हाथी दल पर स्पॉट लाइट डाली । आश्चर्य की सीमा न थी । विरल दृश्य था । ग्याभिन हथिनी प्रसव पीड़ा में कष्ट पा रही है शायद । इतनी देर हाथी रास्ते पर हम लोगों की उपस्थिति पर भी रुके रहे, पहले कभी नहीं देखा । कारण पता चल गया । इस जंगल में बाघ भी कम नहीं । बाघ बहुत बदमास जंतु है, हिंस्र भी कम नहीं । बाघ का आक्रमण स्वभाव, हाथी का आत्म रक्षात्मक स्वभाव । बाघ के आक्रमण को ध्यान में रख कर हाथियों ने यहाँ घेरा बना कर जच्चाघर निर्माण किया । हाथी बुद्धिमान जानवर होता है । पास में आदमी हो तो बाघ नहीं आता । मैं जानता हूँ कि हाथी आपस में कलह –झगड़ते नहीं ।

आश्चर्य की बात, हथिनी प्रसव काल में धाय हाथी आपस में मदद लेती हैं जच्चा हथिनी, आदमी तरह कभी-कभी स्तनपायी चमगादड़ और डॉलफीन दिखाई पड़ जाती हैं । यहाँ एकाधिक बच्चों की हथिनी मौसी होती हैं । मौसी हथिनी शिशु का पालन करती, माँ की भूमिका निभाती हैं । माँ अगर किसी कारण मर जाती है, धर्म माँ की तरह वह साहसी हथिनी शिशु का पालन करती है, हाथियों के इतिहास में अनेक दृष्टांत हैं । मगर एकाधिक धाय होने की कोई नजीर नहीं । जंगल में हथिनी पुवाल पर बच्चा जनम देती हैं । मगर यहाँ खुली सड़क, आदमियों के सामने ! हालांकि यहाँ चारों ओर घना जंगल, लता-पेड़-पौधों के जंगल, आदमियों से वे परिचित होते हैं । सुबल बता रहा था । पालतू हथिनी .... सर्कस की हथिनी कैसे प्रसव करती हैं । ठीक साधारण पालतू जीव की तरह । फर्क केवल जगह का होता है ।

सुबल हथिनी के प्रसूति की जान कर उत्साह में भर गया । जीवन में ऐसा दुर्लभ दृश्य कभी नहीं देखा मैंने भी । भाग्य की बात ! मेरी जिज्ञासा बढ़ गई । मैं उल्लसित हो उठा ।

मगर सिमलीपाल में हाथियों द्वारा जीप उछालने की बात सुन बंधुगण घबरा उठे थे । हमें यदि राह रोके हाथी हमारी उपस्थिति पर उत्क्षिप्त होकर जीप फेंक दें, शिमलीपाल की तरह, तो तुरत जान ही चली जायेंगी । बाल-बच्चे होंगे अनाथ । डरके मारे वे लोग पत्ते की तरह कांप उठे । सुबल ने हिम्मत देकर कहा - मैं हूँ । वे मुझे पहचानते हैं । मेरी बोली पहचानते हैं । वहाँ के हाथियों की तरह ये क्रोधी नहीं । यह मैंने खुद देखा है । सा'ब लाइट डाल कर गौर से देखें, मेरा परिचित 'दंतावल' इस दल में है या नहीं ? हमारी भुतुणी हथिनी का स्वामी है? मनुष्य तो उनका इतिहास है ।

मैंने अज्ञता प्रकट की । सुबल वह विरल वृत्तांत कहने लगा- तीन साल हो गए । ट्रेंच खोदने का समय था । नदी -नालों में कहीं पानी नहीं । भूतखिया पहाड़ के पास कूंए की तरह गहरी पोखरी में कुछ पानी था । कुछ

हाथी पानी पीने यहाँ पहुँचे । कम होने के कारण पानी छू नहीं पा रहे । किनारे पाँव रखते ही तट धंस जाता । हाथी डर गए । पर एक हथिनी प्यास न सह कर अंदर घुस गई । पानी में इधर-उधर हुई, खेली, भरपेट पानी पीया । पर ऊपर नहीं आ सकी । ऊपर पाँव रखते ही तट धँस जाता । बार-बार चेष्टा की । थक गई । उपाय न देख सूंढ ऊपर उठा दी, चिंघाड़ने लगी । जंगल कांप उठा । अन्य हाथी जाने में डर रहे, दलपति दंताहाथी तट पर बड़ा पत्थर रख पाँव रखे, चिंघाड़ उठा ।

मैं उस दिन जल्दी ही आ गया था । सुबह-सुबह हाथी क्यों गरज रहा ? भूतखिया पहाड़ तक गया । पत्थर के उधर ओट में रह देखने लगा । ठीक उलटी दिशा में पत्थर रख दंताहाथी सूंढ उठाये चिंघाड़ रहा ताकि, लोग सुन सकें ।

मैंने पूछा हाथी क्यों ऐसा कर रहा था, उसने बताया - हाथी अपनी विपत्ति लोगों को बता देना चाह रहा था ।

"परंतु क्यों ?" मैंने पूछा ।

इससे सब को जता देना चाह रहा है कि बुद्धिमान मानव की सहायता बिना हथिनी कभी ऊपर नहीं आ सकेगी । आदमी पर उसे विश्वास है । सचमुच मुझे देख दंताहाथी ने गरजना बंद कर दिया । पत्थर पर से अलग पाँव हटा कर कुछ कदम पीछे हट गया । पेड़ की ओट से वह देखने लगा कि मैं क्या करता हूँ । अथवा कर सकता हूँ ।

मैं हाथी के आचरण से समझ गया । ऊँची आवाज में कहा - इंतजार करो । मैं अकेला क्या कर सकता हूँ ? गाँव जाता हूँ, कुछ और लोगों को ले कर आऊँगा । दंताहाथी समझ गया । कुछ इसी तरह से फें-फें कर चुप हो गया । वह आवाज मुझे उसकी 'हाँ' जैसी लगी । मैं अपने साथ की साइकल लेकर गाँव कुंवारमुंडा की ओर भागा । देर करने पर लोग ट्रेंच खोदने निकल जायेंगे । गांव की औरतें क्या यह काम कर सकेंगी ? पैडल पर जोर लगाया । गांव के

साहुकार जनार्दन साहु को बताया । भला आदमी है वह । मेरी बात सुनते हैं । लोगों के लिए उनसे उधार लेता हूँ, रुपये लाकर ऋण उतारता हूँ । सब मुझे चाहते हैं । उनके परामर्श से उनके साथी और साहसी लोगों को लेकर भूतखिया पोखर आया । तब तक दुपहर हो चुकी थी । कुल्हाड़ी कटारी से जंगल के लंबे-लंबे बल्लम, बांस काटे, गड्ढे में सीढ़ी की तरह लगाये । गांव से लायी मोटी रस्सी में बाघवा फांस बना कर हाथी की सूंढ पर फेंकी । नथुने होकर सूंढ में फांस लगी । रस्सी को सूंढ में लपेट लिया। दूसरे छोर पर रस्सी को किनारे के पेड़ से कस कर बांध हम सबने रथ खींचने की तरह रस्सी खींची । हाथी ने बल्लम पर पैरों का बोझ दे कर, ऊपर आना शुरू किया । निकलने के बाद रस्सी पेड़ से खोल दी। पर सूंढ से रस्सी खोलना संभव नहीं हुआ । जंगली हाथी के पास कौन जाये ? सूंढ से पांच हाथ दूर से रस्सी को कटारी से काट दिया। पूंछ की तरह रस्सी का कुछ भाग झूलता रह गया।

मैंने पूछा -''सूंढ में बंधी रस्सी ने कोई दिक्कत नहीं की ?''

-''जी ! वो बात बाद में । अब तक दंतावल पेड़ के पीछे से सब देख रहा था । हमारे पास नहीं आ रहा था । वह समझ रहा था शायद कि पास जाने पर उद्धार काम में वाधा हो सकती है । क्योंकि डर कर गड़बड़ न हो जाये । दंतावल खुश । कृतज्ञता की चिंघाड़ मारी और हथिनी को लेकर जंगल में चला गया ।

हमारे पास हमारी बस्ती के दो मजबूत 'नाकुड़ी'(कुत्ता) 'धीमा' और 'जीमा' आये थे । बहुत सहायक पालतू जीव हैं । आदमी के साथ-साथ पीछे या आगे चलते हैं जंगल में । धनु शिकार के समय भाग कर वन में से शिकार को खोज कर लाते हैं । हम गड्ढे से हथिनी निकाल रहे थे, वे जोर-जोर से भौंक रहे थे । देखते रहे कि हम क्या कर रहे हैं । हथिनी ऊपर आने के बाद उसके पास पहुँचे । निर्भय हो उसे सूंघा -सांगी करने लगे । हथिनी को भी उनसे कोई डर न था ।

मैं चकित हुआ हथिनी की उद्धार कथा सुन रहा था। रोमांचित होता रहा ।

ऐसी विपद में आदमी की मदद हाथी लेते हैं । इस के कई उदाहरण हैं । प्रसिद्ध शिकारी और हाथी के झुंड उस्ताद 'फ्रांक निकोलस कहते हैं – ''एक बार सूर्यास्त के समय मैं दंतावल की पीठ पर बरगांग झरना पार करते समय हाथियों की आवाजाही के मार्ग पर हाथियों के पाँवों के ताजा निशान एवं बाघ का पंजा पड़ा देखा । अभी झरना पार किया है । क्योंकि चिन्ह गीले थे । अभी तक सूखे न थे । लगता है शिशु के साथ हथिनी का बाघ पीछा कर रहा है। तभी हाथी की गर्जन सुनाई पड़ी। देखा हथिनी लंगड़ा-लंगड़ा आयी और अपने घायल पांव को आगे किया । किसी ने कभी मांस झपट लिया। ताजा खून झर रहा था। उसने अपनी सूंढ मेरे दंताहाथी की सूंढ से लगा कर अपना दु:ख जताया। बाघ के बारे में फरियाद की और मुड़ कर हमें उस स्थान को निमंत्रण किया जैसा लगा । वह आगे बढ़े । ३०-४० हाथ दूर रास्ते के किनारे घने बेंत के झुरमुटे के पास हाथी के बच्चे की दुर्दशा दिखायी । दो साल का बच्चा होगा । सिर का मांस प्राय: न था । हाथी का शिशु छटपटा रहा थी । माँ बाघ की ओर सूंढ दिखा रही थी । कांटेदार झाड़ी इतनी घनी थी कि फ्रांक निकोलस अंदर जाने में कठिनाई अनुभव कर रहे थे । बाघ दिख नहीं रहा । कुछ समय पंजों के चिन्ह का पीछा किया। बाघ नहीं दिखा। चालाक बाघ पसर कर कहीं छिप गया है शत्रु को देख कर। उसकी आदत है। पर हथिनी बच्चे को छोड़ जा न सकी कहीं । सूंढ से सहलाती रही उसकी देह। अपने घायल पैर को देखती रही । उसका आवेदन था दुष्ट बाघ को दंड दिया जाये। खोज-खोज कर वह नहीं पा सकी । पता नहीं कहाँ छिप गया। अंधेरा घिर रहा। निकोलस के पास टार्च न थी । वे कैंप लौट गए। बाघ मारने में असमर्थ रहे । हाथी शावक छटपटा कर मर गया होगा या बाघ खा गया । क्योंकि मां बुरी तरह जख्मी थी। अगर कोई दंता हाथी न आया हो तो दोनों की दशा अनुमान कर सकते हैं ।

कैंप के सहयोगी हाथी शावक को यों तड़पता छोड़ क्यों चले आये ? यह बात पूछी तो कहा – विवेक ने वाधा दी । मां के सामने शिशु को गोली मार हत्या करना विवेकहीन कार्य लगा। मां का दुःख–दर्द और बढ़ जायेगा। यह शिकार के नियमों के विरुद्ध होता। अगले दिन सुबह जो दृश्य देखा, हृदय विदारक था । जो अनुमान किया था, सच था । रात में सुरक्षा देने कोई दंताहाथी नहीं था । दंताहाथी जागने वालों से डर कर दूर भाग गये थे । कुछ हथिनी बच्चों के साथ थी उन्हें पकड़ा नहीं गया था । इनको पकड़ाई में आने पर भी छोड़ दिया गया था। रात में शिशु को बाघ खा गया। कुछ हड्डियाँ पड़ी थीं। उनके पास सूंढ से हड्डियों की ओर संकेत कर बाघ को मारने का निवेदन कर रही थी । लंगड़ा–लंगड़ा कर चल रही। निकोलस हाथी की पीठ से उतरे। पांव के घाव पर दवा, एंटीबायोटिक लगा बेंडेज कर दिया । गौर कर देखा बाघिन के साथ कुछ बाघ शावकों के पद चिन्ह भी हैं । स्पष्ट था कि बाघ बच्चों सहित आया है और हाथी शिशु को खा गया । हथिनी बेटे का यों खाया जाना अपनी आँखों देखती रही होगी, आँसू बहाती रही । उधर बाघिन अपने शावकों को खाद्य देने हाथी शावक को खुशी में मार रही होगी । जीवित रहने का प्राणियों में आक्रमण – प्रत्याक्रमण की यह जंगली संघर्ष धारा अजीब है । हथिनी को प्राथमिक चिकित्सा के बाद दंतावल हाथी की सहायता से हाथीशाल तक लाकर चिकित्सा जारी रखी । स्वस्थ होने के बाद छोड़ दिया । पर हथिनी वहाँ से नहीं गई । इस बीच दंतावल के साथ संबंध बढ़ गया था। संगम हेतु उन्हें रात में बरगांग अभययारण्य में छोड़ दिया गया। हाथी जितने शांतिप्रिय होते हैं, उतने ही प्रतिशोधपरायण। शेरनी को खोज रहे हैं । एक दिन बाघिन अपने शावकों के साथ फिरते समय इनके फेर में पड़ गई । हाथी दंपति उधर बढ़ चले । दंतावल ने एक ही बार में दांत पेट में घुसेड़ दिया । हथिनी ने पंजे तले रोंद डाला। शेरनी के मरने की बात जान निकोलस देखने आया । देखा दंपति प्रतिशोध लेकर कितने आनन्द में हैं । वनैले हाथी आदमी की सहायता लेने में कोई आश्चर्य न था। सुबल को साहस की शाबासी दी । अब समझा उस इलाके के हाथियों से यह क्यों नहीं डरता ।

हाथी कितने बुद्धिमान और मनुष्य का ज्ञान,शक्ति, सामर्थ्य, वृत्ति आदि के बारे में कितना जानते हैं । इसका एक और उदाहरण दिया जा सकता है । कुछ दिन पहले रायगड़ा में 'जिलास्तरीय नियुक्ति कर्मशाला' आयोजित की गई थी । जिलास्तरीय अधिकारी के रूप में जुगल किशोर पढ़ियारी ने कार्य में योग दिया था। उस दिन सम्मेलन कक्ष में मेरे वक्तव्य देने के बाद मुझे धन्यवाद दिया । कुछ दिन हुए हास्पिटल में मुख्य चिकित्साधिकारी बन कर आये थे। हफ्ते भर बाद अस्पताल में उनसे दुबारा भेंट हुई । आफिस के दिनों मैं सुबह उठकर प्रात: भ्रमण पर जाने का आदी हूँ । मेरे क्वार्टर के पास ही एक मोटर साइकल वाले ने पीछे से धक्का दिया। मैं आहत हो गिर पड़ा । पाँव से खून निकल रहा । क्वार्टर की बजाय अस्पताल जाना पड़ा। डा. पढ़ियारी ने पहचान लिया। दवा दी, एंटीबायटिक इंजेक्शन दिया । अपने कमरे में ले गए । सम्मेलन में मेरे वक्तव्य को याद किया । सौजन्यवश मैंने उनका जन्मस्थान, पूर्वनियुक्ति स्थान, नौकरी के अनुभव आदि पूछे। इससे पहले वे कालाहांडी जिले के भवानीपटना मुख्यालय में मेडिकल अफसर थे । प्रोमोशन पाकर रायगड़ा आये हैं । अपना जन्म स्थान जूनागढ़, घने जंगल पहाड़ों से भरपूर वह पश्चिमी इलाका । अत: बचपन से जंगलों से परिचित हैं । रोगी सेवा के लिए दुर्गम इलाकों में जाना पड़ता जंगल, घाटी, पहाड़ी दर्रा पार कर । यहाँ के हाथियों पर अपना रोमांचक अनुभव सुनाया –

इधर डेंगू बुखार फैली थी । पांड्रा, सुरकी, बाहालपुर आदि दुर्गम गाँवों में रोगी सेवा कर स्वास्थ्यकेंद्र लौट रहे थे मोटर साइकल पर । जंगल घाटी इलाका । देखा सामने बीच रास्ते पर विशाल दंतावल खड़ा है ! उसके बगल से पार कर जायें ? अगर दंता सूंढ से मोटर साइकल को पकड़ ले ? आतंक भर गया । स्टार्ट बंद कर कुछ सोचा । वह रास्ते के बीच खड़ा हो सूंढ पूंछ क्यों हिला रहा है ? आते – जाते कई बार हाथी देखे हैं । गाड़ी वगैरह देख रास्ता छोड़ देते हैं । झुरमुट में घुस जाते हैं । यह रास्ता क्यों रोके है ? शायद दंतावल मेरी मदद

मांग रहा है । हाथी पीछे-पीछे सरकता मोटर साइकल को पूंछ से छूने तक आ गया । समझ गया कि पीछे-पीछे आने को कह रहा है किसी दुर्घटना ग्रस्त जानवर की सेवा के लिए । क्या जान गया है कि मैं डाक्टर हूँ ? रोगी सेवा मेरा कर्त्तव्य और धर्म । पर आदमी के मन की बात समझ नहीं पाता मगर हाथी समझ लिया । मोटर साइकल किनारे टिकाया, टार्च और मेडिसिन बाक्स निकाला । दंतावल के पीछे चला तो पीठ दिखा दी लेट कर । पीठ पर बैठ गया । जंगल में घुसे । २०० गज बाद देखा हथिनी और शिशु हैं । शिशु दूध पी रहा । दंतावल ने उतार दिया । टार्च से देखा -हथिनी दाहिना पांव उठाये है । जमीं पर टिका नहीं पाती । देखा पांव में बांस का टुकड़ा घुस गया है । खून बह रहा । अब सारी बात समझ में आ गई । साहस कर फरचल को दोनों हाथ से जोर कर खींच निकाल दिया । वहाँ गौज, दवा लगाकर कस कर बांधा । चिकित्सा के दौरान दंतावल पास रह कर कान हिलाकर हवा करता रहा । हथिनी ने भी सेवा स्वीकार कर सूंढ उठायी । घायल पांव जमीन पर टिकाया । चैन लगा । चल सकी ।

अब दंतावल ने पीठ नीची कर दी । डाक्टर को बिठा लिया । दंतावल हथिनी और शिशु मोटर साइकल तक आ गए । विदा संवर्धना प्रदान की । सच होने पर भी यह अनुभव डाक्टर की सहायता कहानी -सा लगता है । डाक्टर के अनेक उदाहरणों में डाक्टर पढ़ियारी की हाथी सेवा उल्लेखनीय बन गई ।

।७।

मेरे मित्र सुबल के गज उद्धारण की कहानी और अनुकोप का विवरण पता नहीं सुन रहे थे या नहीं । पर वे डर कर सहम गये थे । गणपति नाथ शर्मा विष्णुसहस्रनाम उच्चारण करते जा रहे संभाव्य विपद से रक्षा हेतु। पर आलोक घोष की दशा बेकाबू । पेट और कूल्हे थामे जीप में उठ बैठ कर रहे । पेट में दर्द । पूछा – क्या हुआ ?

वे अम्लरोगी हैं । खाने–पीने में व्यतिक्रम होने पर नहीं सम्हाल पाते । डाक्टर के परामर्शानुसार ही संयम और सावधानी से खाते हैं । मांस–मछली के प्रति खूब गहरा आकर्षण है । आमिषी स्वभाव ठहरा । पर मसाला –मिर्च वाली तरकारी हजम नहीं होती । आज मसालेदार झींगा की तरकारी कुछ ज्यादा ही खा गए । अब सम्हालो ! गाड़ी में बैठे तब से अस्वस्थ लग रहा । खट्टी डकार पर डकार । मेरे आने की बात सुन कर लोभ न सम्हाल सके । कुछ जरूरी दवायें लेते आये । दो अंगुली दिखा कर कहा – 'दो' जोर से लग रही है(हाजत हो रही) । उलटी भी आ रही । अत: पेट और कूल्हे दबाये हैं ।

कहा – आलोक बाबू, थोड़ा और सम्हाल लें । उन्हेंने कहा – कोशिश करता हूँ । ... वरना यहीं गाड़ी में ... । कह मुँह बाहर कर दिया । ढेरों उलटी कर डाली । बदहज्मी खाने –गंध से पता चल रहा । बैग से चेन खोल डिब्बे से ऐंटासिड़ निकाल निगली । बोतल से थोड़ा पानी मुँह में डाल

दवा निगल ली ।

अच्छा लगा ? पूछा ।

–संभाल नहीं पाता । दिशा जाना है । आधघंटे से रोके हूँ ।

अब ...

कुछ समय और । हाथी ने प्रसव कर दिया । रास्ता छोड़ देगा । चरने को जंगल में चले जायेंगे । कहा–"ना ... मोहन बाबू, ना ... ! यहाँ ....

एक –गंदी हवा में वायुमंडल भर गया । फिर तरल विषाक्त गंध । अंडरवेयर पेट से निकले पदार्थ में गीला हो गया । पांव तक बह गया ।

"ठहर...ठहर. ! सुबल, बाबू को नीचे ले जा , वरना ...."

पास झरमुटे में रात पहर वाले सियार छुपे होकर चिल्ला उठे । पास के पेड़ पर उल्लू ने टुट–टुट कर पुकार लगाई । झींगुर वैसे ही निरंतर आवाज करता रहा । अंधेरी रात की गंभीरता बता रहा था अंधेरा । घना अरण्य अंधेरी रात ! शहरी सहमे हुए ।

सुबल ने जोर देकर कहा – "आयें, कोई डर नहीं । मैं हूँ । नीचे आइये, बाबू ।"

आलोक ने कपड़े बदल गमछा लपेटा । गंदे कपड़े पोलिथिन में पैक किए । सुबल का हाथ पकड़ उतरे । गाड़ी के पीछे दिशा गए । कहा कितनी शांति ! चैन आया।

मगर हाथ धोने पानी ? पुराने अखबार से काम चलाया । सुबल का हाथ पकड़ चढ़ गए । पश्चात्ताप के स्वर में कहा – बाप रे ! यहाँ इतने सारे हाथी ?

खैर, एक–एक कर हाथी जंगल की ओर चल पड़े । हेड लाइट फेंक देखा – हथिनी नवजातक को अगले पांव फैला कर स्तनों से दूध पिला रही है । बड़े हाथी शिशु को घेर कर सुरक्षा के घेरे में रखते हैं । उनके कुछ चित्र

लेंसवाले केमरे से उठाये । रोशनी की कमी से कुछ चित्र धुंधले रहे । विरल दृश्य देख मैं तो विभोर हो गया । यह कितना बड़ा सौभाग्य !

अब बेलघर बंगले की ओर चलो । पेट्रोल बचाने ड्राइवर ने स्टार्ट बंद कर दिया था । स्टार्ट की चाबी घुमाई । पर ये क्या ? घर्र–घर्र हो रह गया !

क्या हुआ ? सब का एक स्वर ।

–जी, बैटरी डाउन !

– डाउन बैटरी क्यों लाये ? मैंने खीझ में पूछा ।

–चार्ज में बिठाने का समय न था । गैरेज में थोड़ी देर दिया । मालिक ने बुलावा भेजा । तुरत बेलघर जाने का आदेश दिया । हम नौकरी करने वाले ! उपाय न था ।

–बैटरी की बात नहीं बताई ?

–कहा था । बोले धक्के से स्टार्ट होगी । आप सब मिलकर धक्का दें । गीयर मैं स्टार्ट देता हूँ । ढलान में है । स्टार्ट होगी ।

आखिर हम उतरे । खैर, जीप स्टार्ट हो गई । लाइट जलाई, उतनी तेज न थी । भगवान को विनती कर रहे थे कि आगे रास्ते में हाथी न मिलें ।

बंगले में पहुँचने से पहले नाथ शर्मा को हँसी में कहा – आलोकजी को डर के मारे कपड़ों में दस्त हो गया । तुम तो दनादन वनराज्य में हमारे साथ आये । डर के मारे राम–राम क्यों कर रहे थे ? तुम्हारा नाम है गणपति गोपाल नाथ शर्मा ! गणपति को वनपति से कैसा डर ?

नाथ शर्मा ने हँस कर कहा – कोई काम हासल करना है, नीचे वालों को छोड़ ऊपरवालों को पकड़ो । बिना वाधा के तथास्तु मिलेगा । अत: नारायण को सृष्टि का सर्वोच्च कर्ता मान कर भज रहा था ।

– तो गणपति को बाघवारी ... कहते हो ?

– अरे बाप रे ! राम–राम गणेश विघ्नेश ईश्वर के पुत्र हैं । पुत्र की जगह पिता को कहा, संपर्क ठीक है, तभी ।

– पर यह अनुशासन विरोधी है । नीति के खिलाफ ।

– बात यह है मोहन जी, जीवन घातक रोग के लिए कम पावर की एंटीवायेटिक की जगह ऊंचे एंटीवायोटिक ली .... वैसे विष्णु को पकड़ा ।

– मगर हाइपावर एंटीबायोटिक से शरीर में एंटीबाडी प्रतिषेधक शक्ति करती है । फिर रोग पर काट नहीं करती ।

– जी, फिर रोग ही नहीं होगा । प्रतिषेधक ली है ।

– कैसा प्रतिषेधक ?

– दुबारा ऐसे जंगल में घूमने नहीं आना । बस .... बहुत हो गया ...

– जो हो, आकांक्षित वन–जंगल में पहुँचे । आधीरात । अखंड

अंधकार का राजत्व । चारों ओर जंगली घनी कालिमा पुती है । उपभोग ।

गाड़ी की आवाज सुन जगवाली करते चौकीदार ने सलाम कर लोहे का फाटक खोल दिया । सब अंदर थे ।

रात देर हो गई । खाने–पीने की व्यवस्था में सनातन जुट गया । बैग, बस्ता, कार्टून में चीजें भर टार्च की रोशनी में रसोई घर में रखे ।

दुर्गम जंगल में बिजली नहीं, होते हैं पेट्रोमैक्स, लैंप, लालटेन । हम ने ली थी जरूरत के लिए कुछ मोमबत्तियाँ । बेटरी वाली टार्च भी थी । किरासिन डाला । मेंटल लगाया । दियासलाई के लिए कोने की ओर चला । वहाँ ठाकुरजी को धूपबत्ती के लिए दियासलाई की जरूरत होती है, रखी है । पर एक ही तीली थी । पेट्रोमैक्स में पंप देकर दियासलाई लगाई । तीली जल कर बुझ गई । एक तीली और चाहिए ।

–जी दियासलाई है ? पूछा ।

सुबल को याद आया । सनातन से रास्ते में दियासलाई ले लकड़ी लगाई हाथी राह रोकने पर ।

सनातन, दियासलाई है ? पूछा ।

सुबल के सिर आफत । लकड़ी लगाने के बाद तीली लाना भूल गया था । सिर पर हाथ रख लिया । खुद को कोसने लगा । रुआंसा हो गया । जी गलती हो गई । दियासलाई राह में छोड़ आया ।

अब खाना कैसे बनेगा ? बड़ी समस्या ! आग कहाँ मिले ? यहाँ आग का विकल्प दस कि.मि. जाने पर दियासलाई मिले !

उपाय ?

आग की जरूरत मन ही मन सब कर रहे । बिना उसके रसोई ठप्प । बिना रसोई आदमी का जीना मुश्किल । तभी जगन्नाथ के रसोई घर में आग कभी नहीं बुझती । युगों से अहर्निश जलती रहे । तभी मुनि–ऋषि ने यज्ञ

चलाया अखंड दीप अहर्निश चलाया । अग्नि अनल है, उत्ताप है, शक्ति है, ज्योति जनार्दन है । अग्नि निर्वापते अंधकारम्, अग्नि तेज सनातनम् ! अत: वास्तव में त्रिनेत्र (सूर्य, चन्द्र – अग्नि) में अग्नि । विशेष देवता के रूप में हिंदू पुराणों में वर्णित हैं । पंडित पुराणविद् नाथ शर्मा ने अग्नि महात्म्य पर छोटी–सी टिप्पणी कर कहा – ऋग्वेद के अनुसार अग्नि परम पुरुष के मुख से जन्मी हैं । अग्नि पुराण के अनुसार कश्यप ऋषि के औरस से अदिति से अग्नि का जन्म हुआ है और स्वाहा उनकी पत्नी हैं । स्वाहा के गर्भ से पावक (वैद्युत आदि) पवमान (घर्षणोत्पन्न अग्नि) एवं रुचि (सौराग्नि) नाम के तीन पुत्र हैं । तीन पाद की तरह स्थूलाकाश, लंबोदर, रक्तवर्ण हैं । कहीं –कहीं अग्नि तीन पाद, सात बाहु, दो मुख एवं बालारुण तुल्य पिंगलवर्ण कहा गया है ।

रात में सनातन खाना कैसे बनाता ? सूखा खाद्य जैसे बिस्कुट, मिक्सचर खा कर सोना है । मैंने कहा – सुबह व्यवस्था करेंगे ।

सुबल राजी नहीं हुआ । मेरी भूल पर सब भूखे रहेंगे, उसका विवेक नहीं माना । प्रस्ताव दिया – बाबू चलिये, गाड़ी लेकर वहाँ लौटें । वहाँ दियासलाई छोड़ आया हूँ । मैं जीप पीछे धकेलता हूँ । सब कुछ मदद करें, ड्राइवर सत्यानंद गाड़ी स्टार्ट कर देगा ।

पर ड्राइवर आगापीछा कर रहा था । वह माप कर पेट्रोल लाया था गाड़ी में । पेट्रोल कम हो गया तो ?

मैंने खीझ में कहा – पेट्रोल कुछ और रखा क्यों नहीं ?

–सर, कौन जानता था कि ऐसा होगा ?

हमेशा आपद–विपद सोच, जरूरत से कुछ ज्यादा चीज रखी जाती है । किन्तु मूर्ख सनातन लाया एक माचिस ! एक और लाता तो क्या बिगड़ता ? कितना पैसा लगता ? खीझ कर क्या लाभ ? अरण्य रोदन कर क्या होगा ? क्षोभ से तो समस्या का हल होगा नहीं । अवस्था देखकर व्यवस्था करनी होती है ।

रात में खाना जो हो, सुबह मुझे चाय जरूरी है । देर से या जल्दी सोने से फर्क नहीं पड़ता । उषाकाल में बिस्तर छोड़ता हूँ । बचपन से आदत है । सुबह शोच निवृत्त होकर एक दो गर्म भापवाली कड़क चाय जरूरी होती है । चाय का सरंजाम है, पर बिना आग के चूल्हा कैसे जले ? चाय बेनेगी कैसे ? अतः सुबल का प्रस्ताव ग्रहणीय है । पेट्रोल पूरा हो, कम पड़े । बाद में देखेंगे । पर अब माचिस की जरूरत है । जहाँ छोड़ा वहाँ जाकर लाना ही उपाय है ।

।८।

मुझे याद है, एक बार घोर जंगल में आग की कमी महसूस हुई । मेरे शिकार गुरु और जंगल साथी केप्टेन प्रेम सागर तिवारी साथ थे । गहरा संपर्क, उनकी बात बार–बार याद आ रही थी । प्रेम नहीं रहे । वैष्णव, नैष्ठिक परिवार से थे, पर मांस लोभी । बिना मांस के खाना नहीं लेते । कुछ न मिला तो बीस बोर की शाटगन लेकर या एयर राइफल लेकर बाहर एक राउण्ड घूम आते । खूब मितभाषी । छोटे जंतु खरगोश या पक्षी शिकार के लिए छर्रा या एयर राइफल एलजी कार्टरिज मध्य आकार के जानवर का उपयोग करते । बड़े जंतु के लिए ऊँचे पावर की राइफल होती । कभी कबूतर, कुंभज कभी गिलहरी या मध्यम आकार का जानवर मार लाते, चटनी बन थाली भर भात खाते, डकार लेते । कहते –खूब मजा ... स्वादिष्ट है !

एक बार जंगल में हम जुगलबंदी, दुस्साहसी निशाभियान पर थे । हेड लाइट डाल पैदल चलना पसंद करते । रेढ़ाखोल(संबलपुर) का पड़ियाबाहाल का आंतरिक इलाका । एक भी जंतु नहीं दिखा । बेमौसम की बौछार से शीत लहरी बह चली । ऊँची चट्टान पर बैठ थकान मिटा रहे थे । पीठ पर से बैग उतार प्रेम ने फ्लास्क निकाला । मग में चाय उंडेली । मगर ठंडी हो गई । कुर्ते से माचिस निकाली । गीली हो गई । पत्ते लकड़ी जला चाय गरम कैसे करे ? बौछार में पत्ते भी गीले ! वे सिगरेट प्रिय थे । सुलगायें कैसे ? जरा आग के लिए विकल हो उठे । बिना चाय और सिगरेट दो कदम

जाना मुश्किल ! कोई काम न हो । गोली चलाते समय बांये हाथ की अंगुली में सिगरेट होगी । चार मिनार उनका ब्रांड है । प्रेम का दिमाग काम कर नहीं रहा । यहाँ आग कैसे मिले ? उठकर आगे बढ़े । एक जगह आग जलती देख खुश हो गए । पास गए । कोई चिता जल रही थी । पास के गांव वाले शवदाह कर रहे थे । अचानक वर्षा आने से अधजली चिता छोड़ चले गए । आग धू-धू जल रही है । मिल गई ... मिल गई... कह चैन की सांस ले चीखे । सिगरेट सुलगा ली । दो कश लिए । चाय के मग को गरम कर उबाला । सुड़कने लगे । मुझे चाय पीने कहा । मैंने मना कर दिया । कहा - आग पवित्र चीज ! भस्म करना उसका काम है । वहाँ छुआछूत नहीं । चूल्हे की आग और चिता की आग में फर्क नहीं । फर्क होता व्यवहार करने वाले के मन में । आदमी की दुर्बल धारणा ने पार्थक्य की दीवार बनाई है । अंधविश्वास का घोर विरोधी है प्रेम । खूब वास्तववादी निर्भीक आदमी है । गीली माचिस सेंक कर गरम कर ली। मन को चैन आया । मग भर चाय और चारमिनार सिगरेट पीकर चले शिकार की ओर । शिष्य के रूप में मैं पीछे चला । सिर की फोकस लाइट पड़ी मैदान में चर रहे खरगोश पर । लाइट से खरगोश अगले दोनों पैरों पर खड़ा हो गया । कंगारु की तरह सिर ऊँचा किया । २०बोर की बंदूक से गोली छूटी । लक्ष्य भ्रष्ट होना न था । वहीं गिर छटपटाने लगा । सुबह हो रही । फिर चिता के पास लौटे । एक ओर शव को चाटे जा रही चिता, दूसरी ओर खरगोश को भूना, बिना छाल उतारे। उस भूने खरगोश को ला बोतल के पानी से मुँह धोया । शाल पत्तों पर मांस छील कर खाने बैठ गए । भूख थी । कहा - भूना जंगली मांस स्वादिष्ट है । खाना है ? मैंने मना किया । देख रहा था उनकी जंगली प्रवृत्ति और निर्विकार चरित्र ! कहने लगे - जिस आग में जलता है, जीते जी उस आग का उपभोग करने में दिक्कत कहाँ ? आग नहीं जानती व्यवहारकारी का उद्देश्य, अभिप्राय । हमारा पेट क्या है ? एक चूल्हा, खाद्य निशेधन केंद्र !

शरीर की इन्द्रियां मन को धोखा देती रहें । तभी ऋषि-मुनियों ने कहा - दृढ़ मनोबल से इंद्रिय नियंत्रण करता है । कहते हैं - इंद्रिय विकारग्रस्त

शिष्य, लेखक एवं गुरू प्रेम सागर

आदमी दुःख पाता है । निर्विकारी दीर्घजीवी होता है । जीवन का गहन तत्व समझ कर अपना कर्मफल स्थिर करते केप्टेन प्रेमसागर तिवारी ।

उनकी चिट्ठी हाथ में आते ही आँखें तैर गई । उन फूल की तरह खिले अक्षरों पर। मुझे लगा प्रेमी–प्रेमिका के पत्रों में शायद· इतना उच्छ्वास, आंतरिकता, प्रवणता नहीं होती होगी ! पत्रों में अनेक तथ्य, अनेक सामग्री, अलंकार, पाद टीका, विपणी और टिप्पणियाँ थीं । जंगल का हूबहू चित्र कागज के अक्षरों में छपाइ गए हैं ! वन्यप्राणी उनमें आवागमन कर रहे । घने जंगल के पेड़ चुपचाप सांस छोड़ रहे हैं । वन फूलों की महक हवा में उड़ रही है । वन विहगों का कूजन, काकली कानों में सुगम संगीत भर रही । विजन अरण्य के पल जीवंत हो उठते हैं ।

हमारे जंगल भ्रमण के दौरान कई बार प्रेम भारत–चीन सीमांत युद्ध के दौरान (अक्टूबर – नवंबर १९६२) दुखद विपर्यय पर गहरी सांस छोड़ते । तब वे नेफा में सैनिक सेवा में थे । विश्वास घातक चीन ने पंचशील नीति का उल्लंघन कर पीठ में छुरा भोंका । अचानक हमारी धरती पर रौंदता चला आया । भारत युद्ध के लिए तैयार ही न था । चीन सैनिक मेकमोहन रेखा पार कर भारत की नानचू घाटी तक चढ़ आये । ब्रिगेडियर जेपी दलवी को युद्ध बंदी कर ले गये । तब हमारे रक्षा कारखानों में छुरी बनती –व्यंग में कहा प्रेम ने । युद्ध के गोला वर्षा और घोर घमासान उन्होंने अपनी आँखों देखा है । लेकिन विश्वसमुदाय एवं अंतर्राष्ट्रीय गुट निरपेक्ष सम्मेलन के दबाव के आगे, प्रधानमंत्री नेहरू के लगभग आत्मसमर्पण के कारण (जिसके लिए वे वाध्य हुए थे) आक्रमणकारी चीन के साथ संधि की थी । हालांकि बाद में शांति स्थापित हुई बाद में प्रेम सेना से स्वतः छुटी ले अपने निवास संबलपुर चले आये । ब्रिगेडियर दल्वी रचित 'हिमालयन ब्लण्डर' के पन्ने पर प्रेम भारत की असमर्थ पर 'लज्जा लज्जा' कह टिप्पणी करते । भारतीय सैनिक साहसी हैं । परंतु हथियार बिना साहस कैसे दिखायें ? गांडीव बिना अर्जुन, गदा बिना

भीम, साधारण आदमी जैसे बन जाते हैं । हथियार में योद्धा का बल है, वीरता है ।'' उनकी टिप्पणी पर मैं बार-बार वाह करता किन्तु १८-५-१९७४ के दिन प्रधानमंत्री इंदिराजी ने पोखरन में जो एटमबम परीक्षण किया, 'हंसते बुद्ध' ने दुनिया को दिखा, प्रेम विभोर हो उठा । भारत सरकार को धन्यवाद दिया था । फिर प्रधानमंत्री अटल बिहारी वाजपेयी के काल में १३ मई, १९९८ में 'अपरेशन शक्ति' के नाम से भारत का द्वितीय न्युक्लीअर परीक्षण (पोखरण-२) से हम बहुत प्रसन्नचित होकर प्रधानमंत्री जी को बधाई दिए थे । इसूसे विश्व में भारत की ताकत और शक्ति को प्रदर्शित किया गया है । इसको विश्व मे शांति प्रतिष्ठा के लिए प्रधानमत्री जी ने समर्पित किए थे ।

हमारे अलग होने के बाद प्रेम के साथ हमारा संपर्क पत्रालाप से कई दिन चला उनके स्वर्गारोहण तक ।

मैं उनके पत्र की चातक-सा प्रतीक्षा करता । एक-एक महत्वपूर्ण दस्तावेज होते । उनके विभिन्न व्यक्तित्व के साक्षी उनमें कुछेक को उद्धृत किया जा रहा है :

बुर्ला

२३. जुलाई १९९७

''प्रियतम मोहन !

मां भगवती तुम्हारे साधु उद्यम को सफल करें । (वनदेवी को वे 'मां' कहा करते)

तुम्हारा २९ जुलाई का संक्षिप्त रम्यपत्र पढ़ कर बहुत खुशी हुई । ओड़िशा में अब तक किसी लेखक ने अपनी अनुभूतियां लेकर जंगल क्रीड़ा पर विशेष कुछ नहीं लिखा । हमारी पुस्तक निश्चित सर्वादृत होगी । प्रशंसा प्राप्त करेगी । क्योंकि हम दोनों ने वास्तव में जंगल क्रीड़ा खेली है । कम लोग अपने विलासपूर्ण बैठक कक्ष और आमोदपूर्ण बेड रूम छोड़ कर इस भयंकर खेल में डूबे हैं । खतरे से भरे घने जंगल में, हाड़कंपाते शीत में, प्रचंड चिलकती धूप में जरा भी परवा किये बिना, जहरीले सांप, सरीसृप, क्रोध भरे

भालू भयंकर आदमखोर बाघ –चीतों का सामना किया है कई–कई बार । हम जैसे कितने लोग ऐसे खतरनाक खेल खेलते हैं ? सिर्फ एक साहसी राजसी दिलवाला ही ऐसा खेल खेल सकता है। तुम इस मामले में अधिकारी हो । दृढ़ संकल्प हो । अदम्य साहसी हो, अचूक निशानेबाज, जंगल के शैतान की परवाह नहीं । निशाने की अनूठी अनुभूति है । तुम्हारी पुस्तकों में जो वर्णन है, मैं ही उसका प्रत्यक्षदर्शी साक्षी हूँ ..... ।

चार दिन हुए गांव से लौटा हूँ । आज समय मिला तो छोटा–सा खत लिखा है। बाद में विस्तार से । इस बीच जब गाँव में था, अंत्येष्टिक्रिया आदि दशाह कर्म संपन्न करने के बाद एक पोटली चावल, कुछ बासन, छत्ता, लालटेन, कपड़े, पांच सौ रुपये ब्राह्मण को दान दिये । गाँव में अच्छी वृत्ति है, मैं इसे छोड़े हुए था, कभी जीवन से हत्यारा शिकारी, कभी शिक्षक, कभी मिलिटरी अफसर, कभी जनेऊ, विवाह, दशाह आदि कर्म में नैष्ठिक पुरोहित --- वास्तव में जीवन मंच पर एक अजीब अभिनेता के रूप में अवतीर्ण हूँ – बंधु –बांधव एवं परिवार वालों के लिए हंसी –विनोद और आमोद प्रमोद की कुतूहल भरी टिप्पणी । सच, नहीं क्या ?

तुम्हारे सारे विघ्न असुविधा, दुश्चिन्ता पार करने में मां वनेश्वरी सहायक बनें ...।

– स्नेह और आंतरिकता सह सदा तुमहारा प्रेम्

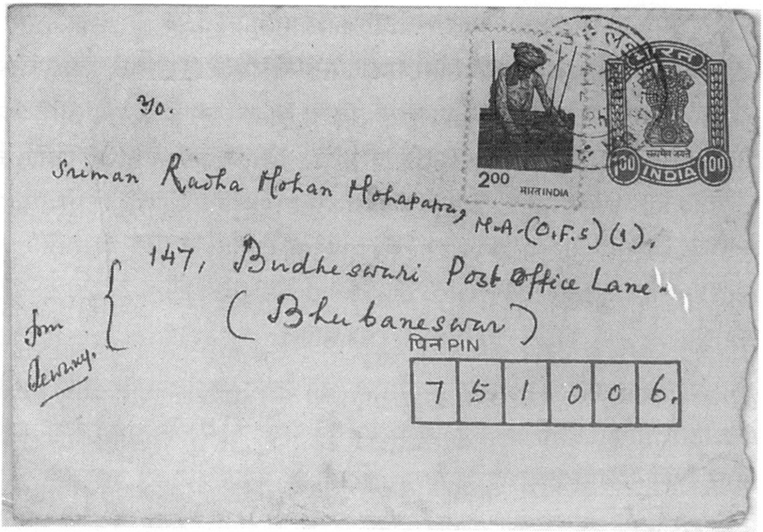

बुला।
९ मई १९९७

परम प्रिय मोहन !

हमारे गाँव के एक मुसलमान वार्सिंदे को पत्नी के हाथ का पकाया खाना पाने की सुविधा हुई है । वह अच्छी रसोइया है । हफ्ते में तीन दिन मांसाहार करे । मैंने रोज आधा लिटर गाय का दूध की व्यवस्था की है । बीच-बीच में पुरोहिताई करता हूँ । मेरे अधीनस्थ मेरे जूनियर को आधा जजमानी दे देता हूँ क्योंकि वह पास में बैठ पूजापाठ करा देता है ।

देखो मोहन, धोती -कुर्ते में तुम्हारे प्रेम के अजीब रूप का मूल्यांकन कर पाते हो तो ? प्रेम तो मोहन की अविछेद्य छाया है । वह समाज में प्रचलित कुप्रथा और अंधविश्वास से बहुत दूर है ।

गांव में रहते समय प्रतिदिन प्रात: भ्रमण का अभ्यास जारी रखे हूँ । सुबह चार बजे उठ कर शौचादि से निवृत हो दो कि.मि. पैदल चलता हूँ । जवानी की सी ताजगी आ जाती है । सुबह की सिहरती हवा, जिसका आनन्द हमने कई-कई बार लिया है । वह जीवन को गतिशील और सक्रिय करती है ।

प्रभात भ्रमण के समय तुम मेरे मन को आच्छन्न किये होते हो । कितनी आनन्दमयी है वह अनुभूति ! हमारा शिकारी जीवन और कभी लौटेगा नहीं । पर स्मृति में सदा जीवंत है । रात के अंतिम और दिवस के उषान्त में क्षितिज की रक्तिम आभा का गोलाकार आग्निपिंड धीरे-धीरे लोहित होता, अपना सारा संसार फैलाता । ऊपर उठता । विभिन्न रंग की अनन्त नीलिमा में उद्दाम उजास कर जाता । विभिन्न विहंगावली के कूजन, काकलि में चारों ओर मुखरित हो उठता । प्राणप्राचुर्य भरा वातावरण मुखरित हो उठता । शयालोभी व्यक्ति प्रकृति के इस स्वर्णिम अलंकार का उपभोग कभी नहीं कर पाता ।

दूर हिरणों की आवाज, सांभर का डकारना, काकू-काक करते चित्तेदार हिरण, चीतों का छलांग भरना, निशाचर पक्षी की आवाज साहसी और हिम्मतवालों द्वारा ही सुनी जा सकती है । एक पेग पी कर कुर्सी पर लुढ़कते लोग क्या सुनेंगे । क्या देखेंगे ? झाड़ी का धुंधला दृश्य ही उनके हृदय में भय भर देगा। लंबी रस्सी भी उन्हें सांप-सी लगेगी, देखते ही उछल पड़ें। उन्हें ये सब काल्पनिक कहानी लगे। हमारे खतरनाक अनुभवों एवं खेलों की आलोचना करने वाले कायर और डरपोक कहे जायेंगे। क्यों, ठीक है ?''

उनकी चिट्ठी हाथ में आते ही आँखें तैर गई । उन फूल की तरह खिले अक्षरों पर । मुझे लगा प्रेमी-प्रेमिका के पत्रों में शायद इतना उच्छ्वास, आंतरिकता, प्रवणता नहीं होती होगी ! पत्रों में अनेक तथ्य, अनेक सामग्री, अलंकार, पाद टीका, विपणी और टिप्पणियाँ थीं । जंगल का हूबहू चित्र कागज के अक्षरों में छतरा गए हैं ! वन्यप्राणी उनमें आवागमन कर रहे । घने जंगल के पेड़ चुपचाप सांस छोड़ रहे हैं । वन फूलों की महक हवा में उड़ रही है । वन विहगों का मीठर स्वर कानों में सुगम संगीत भर रही । विजन अरण्य के पल जीवंत हो उठते हैं ।

– हमेशा तुम्हारा प्रेम

आज वे स्वर्ग में हैं । उनकी विरल अम्लान आत्मा की सदगति कामना करता हूँ, स्वर्ग से उनका शुभाशीर्वाद मेरे लिए काम्य है ।

अब दियासलाई हेतु धक्का दे जीप स्टार्ट करनी है । सुबल, धुरंधर बाबू, पं. नाथ शर्मा ने गाड़ी को धक्का दिया । मगर वे सब जाने में डर रहे । कहीं फिर हाथी मिल गए तो ? सामना कौन करेगा ? मेरा साथ जाना जरूरी हो गया । आलोक बाबू बंगले में रहे । उनका परिधान केवल गमछा और तैलिया भर था । अपने गंदे कपड़े सर्फ और साबुन से साफ करने में जुट गए । वरना लौटते समय क्या पहनेंगे ?

मेरे जाने का एक कारण और था । एक काम भूल गया था । हाथी हटाने आग जला दी थी । हटने के बाद बुझाना भूल गया । इधर पेट की गड़बड़, हाथियों का सामना ... सारी समस्या के बीच आग बुझाना भूल गया ।

मगर जंगल और जंतुओं का सबसे बड़ा शत्रु है यह आग । जरा-सी पतंगी सारे जंगल को ध्वंस कर देती है । तभी हम खूब सावधानी बरतते हैं । हालांकि प्रेम बीड़ी -सिगरेट के परम भक्त हैं , पर सदा लाइटर का उपयोग करते हैं । कभी दियासलाई लगानी पड़े तो जलती सलाई और बीड़ी -सिगरेट अच्छी तरह बुझा जूते से कुचल एकदम बुझा देते हैं ।

गरमी के दिनों में कई बार बनाग्नि का भयावह दृश्य देखा है । वर्षा या आग बिना सृष्टि नाश, आग बढ़े सृष्टि नाश- की बात उपलब्धि की है । बरगढ़ के बारपहाड़ बांस- जंगल में सबसे करुण दृश्य देखा है । मानो अनलासुर जीभ से चाटता जा रहा श्यामल वन को, हुताशन की रोशनी मानो स्वर्ग को छू रही है । बांस वन में आग लगने पर गांठ पट-पट शब्द होता है । जमीं पर सूखे पत्ते जल -जल कर द्रुत गति से आग चारों ओर फैलती जाती है । जीव-जंतु छोटे से बड़े तक जान बचा दूर भाग छूटते हैं । सांप, खरहा, सेही, गोधी, सरिसृप आदि उग्र आग में जल जाते हैं । जमीं पर सूखे पत्ते, पेड़ों पर घोंसलों में अंडे जल जाते हैं, पक्षी शावक नष्ट हो जाते हैं । इस आग को बुझाना संभव नहीं होता । बरषा में हँस उठा वन राख का ढेर बन जाता है ।

जंगल में जैव विविधता कुछ समय में उजड़ जाती है । आदमी की असावधानी जिम्मेदार होती है । फिर से हराभरा होने में पीढ़ी दर पीढ़ी वर्षों लग जाते हैं । वृक्ष, वन और वन्यजंतु क्षय का अन्यतम कारण बनाग्नि हैं ।

प्रलयकारी बनाग्नि के विपरीत दिशा में जायें, जंतुओं की आर्त चीख मिलेगी । सुन सकेंगे । बांस की गांठ फूटती दिखेंगी । वहाँ हमने अधजली सेही देखी । प्रेम उठा लाया । बिना परिश्रम पाये फल की तरह लगा । बारपहाड़ अभयारण्य सेही का वासस्थल है । संबलपुरी में उसे 'साइमूसा' कहते हैं । मांस स्वादिष्ट होता है । एक सेही में चार-पांच किलो मांस होता है । मोटे बांस में मांस भर बांस जलाते हैं । वह जलने तक मांस पक जाता है । उसका स्वाद भुलाया नहीं जा सकता । लोग इसे झींक पक्षी कहते हैं । यह चतुष्पदी स्तनपायी प्राणी होता है । सबसे उपकारी उसकी सींक(कांटे) उपयोगी है । एकूपंचर में सूई के बदले इसकी सींक उपयोग करने पर वात, रक्का, रुमाटिज्म, स्पौंडिलाइटिस रोगी उपकार पाते हैं । प्रेम का कहना है कि इसकी सींक से पेरालिसिस रोगी भी उपकार पाते हैं । ये जड़ीबूटी चिकित्सा उसने जंगल के गाइड डोलपाणी आदिवासी फेना किसान से सीखा है ।

सेही विलुप्त वन्यजीव है । इसकी देह में थूथन, नीचे के पेट और चारों पांव छोड़ कर पैनी सैकड़ों शूल होती हैं । वे सख्त और सिर पर तीली की तरह बड़ी होती हैं, पूछ की तरफ ढल कर प्राय: एक फुट की होती हैं । थोथी सींक पर काले-सफेद पट्टी होती हैं, रोशनी पड़ने पर चक-चक करने लगती हैं । रात में स्पॉट लाइट पड़ने पर आँखों की अपेक्षा सेही की सींग से स्थिति का पता सहज चल जाता है । खतरे में पड़ने पर वह अपनी देह फुला लेती है । खूब उत्तेजित हो उठता है । देह में पैनी-पैनी सींक पीछे की ओर ढल कर खड़ी हो जाती हैं । शत्रु का सामना करने वह पीछे -पीछे चलती है तिरछी । शत्रु शिकार करने जब पीछे से दबोचता है, ये पैनी सींकें उसके मुँह में या देह में चुभ जाती हैं ।

सेही पीछे आक्रमण क्यों करे, शरीर में शूल क्यों हुए ? इस पर पुराणों में कहानी है । त्रेता में राम रावण युद्ध में अनेक तीर चले थे । महा प्रतापी रावण श्रीराम से निहत होने के बाद लंका युद्ध समाप्त हो गया । युद्धभूमि में युद्ध वाले तीर बिखरे थे । एक असुर जाति का व्याध उनको लेकर शिकार के काम में लगाने लगा । अनेक जीव लोप पाने लगे ।

एक बार व्याध ने आकाश में उड़ते से ही तीर छोड़ा । एक पंख टूटने पर लंगड़ा-लंगड़ा कर चलने लगा । एक पेड़ तले तप कर रहे कश्यप ऋषि के आगे गिरा । पक्षी छटपटा रहा । ऋषि का ध्यान टूट गया । चिकित्सा की गई । बिना दोष व्याध ने दंड दिया । इस का दुःख हुआ । व्याध खोजते हुए आश्रम में आया। कहा – महाभाग मेरा पेशा है ।

''जीव मार कर जीव खायें, वह जीव बैकुंठ को जाये ।।''

मुझे शिकार करने का अधिकार है । मारना धर्म है मेरा ।

ऋषि ने समझाया – किसी निर्दोष को बिना कारण दंड दिया । उसका वध कर पाप किया । परिणाम है सम परिमाण में दंडित होना ।

व्याध ने कहा – ''यह कैसे होगा ?''

ऋषि ने कहा –''जीव मार जीविका निर्वाह सृष्टि में धर्म विरुद्ध है । ईश्वर ने हाथ-पांव दिये हैं ! जीने का बल दिया, निरीह निष्पाप प्राणीवध से पाप होगा। प्रायश्चित करना होगा । व्याध काम छोड़ मानवधर्म पालन कर, तब सद्गति होगी ।''

व्याध जिद पर अड़ा रहा । शक्ति परीक्षा का आह्वान दिया । आहत पक्षी को तीर मार जीवन समाप्त करना चाहा । इस बीच सेही के पहला तीर पीछे की ओर ढल कर लगा था । तपस्वी ने देह को पूरी तरह शरों से आच्छादित कर दिया। तपस्वी और व्याध आमने-सामने बातें कर रहे थे, तभी सेही ने पीछे-पीछे हट व्याध की देह में वह शर भोंक दिया । शर देह में चुभते गए । वहीं प्राण त्याग दिये । तबसे कहा जाता है सेही पक्षी नहीं रहा, क्योंकि दूसरा पंख न

था उड़ने के लिए । जमीं पर चौपाया स्तनपायी प्राणी बनकर रहा । तब से प्राण रक्षा के लिए शत्रु को पीछे हट कर आक्रमण करता है । सेही के कांटों से व्याध भी उसका शिकार नहीं कर पाता । वरन आक्रमण कर बाघ तक आहत हो घायल हो जाता है। तब वह नरभक्षी बन जाता है । अंत में मनुष्य से ही मारा जाता है । अत: वन में शिकारी जावनर सेही से हमेशा दूर ही रहते हैं ।

उस दिन प्रेम सहज मिले अधजले सेही को लेकर घर लौटे ।

।९।

कर्त्तव्य के नाते मैं सुबल को लेकर जीप मैं बैठा । पर वहाँ दियासलाई कहाँ थी ? आग सुलगाते समय सुबल ने लकड़ी के पास रखी थी । सूखे-पत्तों में आग जलते -जलते बढ़ी और माचिस जला डाली । परंतु सुबल की अकल की दाद देनी पड़ेगी । मैं आग बुझाने जारकिन में पानी ला रहा था । वह बड़ी डेकची में पानी लाया । आग बुझाते समय कुछ आग डेकची में डाल दी । जंगल के सुबल से हमें बहुत कुछ सीखना है । मैंने उसे शाबासी दी । वह धन्यवाद का पात्र था सबसे कहा । बंगले लौटे ।

हमारे पास काफी आग थी । पेट्रोमेक्स जलाई । बंगला उजाले में जगमगा उठा । घड़ी की सूई बराबर चल रही । बारह के बाद एक पर पहुँची सुई । कैलेंडर की तारीख बदली । नाथशर्मा ने पंजिका देखी । तिथि, वार, नक्षत्र, ग्रह, राशि की गणना कर डाली अंगुली के पोरों पर । मुहूर्त निकाला । आज संवत्सर विश्वावसु, कुंभ माह, पापनाशनी एकादशी, २१ पुनर्वसु, मिथुन दिन, सूर्योदय ५.५८ बजे, सूर्यास्त ५.३५ बजे । दिवा रात्रि प्राय: समान हैं । केवल फलाहार । पाक खाद्य निषेध । ग्रह पूजा करते हैं । दिनमणि दिन पर पहुँचने से पहले प्रत्यूष में स्नान कर कपाल में चंदन का टीका लगाते हैं । तिथि अनुसार विभिन्न रंग की खादी की पोशाक पहनें । गौरवर्ण, पतली देह । एकदम निरामिष । वे बोले कुछ नहीं खाना ! एकादशी उपवास के कारण । बस एक सेव और केले से काम चल जायेगा । आलोक घोष ने कहा -मैं अस्वस्थ हूँ । इलेक्ट्रोलाइट के पैकेट हैं ।

पानी में घोल कर पीने के बाद कुछ नहीं चाहिए । बाकी मैं और धुरंधर बाबू, सत्यानन्द और सनातन के खाने की बात । इतनी रात गए खाना किस लिए ? धुरंधर बाबू तो 'रामाय स्वाहा, रावणाय स्वाह' बाले आदमी हैं । बंधु धुरंधर विश्वाल धृतिकांत आदमी । रायगड़ा जिले में ट्रेजरी आफिसर हैं । धीरे बोलते और सुनते हैं । सब को सम्हाल लेने वाले । मुझ पर अगाध आस्था है । हम जो सूखे बिस्कुट, पावरोटी, चनाचूर लाये थे, वही खा कुछ घंटे बिताने को तैयार । चूल्हा जलाने की जरूरत क्या है ? पेट की मांग, मुख लालसा रोकी । सबने नियंत्रण किया । अत: अधभूखे बिस्तर पर चले गए ।

चांदनी भींगी रात । सूने परिवेश में बीच-बीच में हाथियों की चिंघाड़ या फिर बाघ की दहाड़ सुनते रहे ।

प्रात: उषाकाल । सूर्योदय से पहले उठ गया । दो कप चाय सुड़क ली । रीबाक जूते, नाइक पेंट, बनियान और टोपी पहन ली । पुख्ता खिलाड़ी - सा राइफल लिए सुबल को साथ लेकर मोरम रास्ते पर पैदल चल पड़ा । सुबह वन परिक्रमा के लिए तैयार हुआ ।

बंगले की अवस्थिति, वनराज्य की प्रभाती शोभा का वर्णन करने मेरे पास भाषा नहीं । यहाँ कोई आगंतुक पहुँचे तो काले मुख वाले बंदर जान जाते हैं । खाद्य की आशा में पत्थर की दीवार पर लाइन लगा लेते हैं । कुछ बच्चे मां की गोद में होते हैं । वे कभी साथियों के बीच उछल कूद करते हैं । मैं स्वभाव से परिचित था । अत: पके केले, पावरोटी, चने, मूंगफली अलग से लिए था । आगन्तुक अतिथि देखते ही आगे बढ़ हाथ से खाद्य छीन लेते हैं । मूंगफली के छिलके कौशल से दांत से छील कर कच्चे बीज खाते हैं । सेके चने के छिलके उतार लेते हैं। आदमी की तरह मुँह में डालते हैं ।

इधर बंगले के पिछवाड़े पेड़ों पर नेपाली चूहे उछल कूद कर फल खा रहे थे। बड़े बरगद -पीपल पर अनेक तोते बैठे फल खाने में लगे । सारी भी उनसे

होड़ कर रही । पक्षियों के कलनाद में परिवेश मुखरित हो रहा । मैं चमत्कृत हो पक्षी जगत को मुग्ध भाव से देखता रहा पक्षी जगत की दृश्यावली ।

इनकी संख्या कोई जान सके ? पक्षी गिनने का कोई तरीका या सूचना भी है ? पक्षी विशेषज्ञों का तरीका मैं नहीं जानता । हमारी अपनी पद्धति है । दल की आनुमानिक संख्या निरुपण करने वे आकाश में उड़ते समय गिनते हैं । दलपति आगे छोर पर होता है, अग्रगामी दिग्दर्शक की तरह । बाकी उसके पीछे संघबद्ध हो उड़ते हैं । इस समय उनके उड़ने रोम्बस क्षेत्रफल का अनुमान लगाते हैं । अनुमानतः लंबाई X चौड़ाई X ऊँचाई ÷ २ = उत्तर । मान लो एक समय उड़ते क्षेत्र (एरिया) का आँखों से अनुमान सिर से पूंछ तक बीस फुट होता है, बीच में चौड़ाई दस फुट होती है, ऊँचाई (मोटाई) एक फुट हो – याने पक्षी की मोटाई फुट भर हो, तो क्षेत्रफल होगा २०’ ×१०’ ÷ २ = १०० पक्षी हुए ।

पक्षी संख्या दल की सांद्रता पर निर्भर करती है । यह एक अंदाज भर है । शतप्रतिशत ठीक नहीं । (१०% इधर-उधर होगा) आधुनिक वैज्ञानिक प्रणाली में पशु-पक्षी गणना भी ठीक नहीं हो सकती । कुछ इधर-उधर सब जगह होता है ।

तभी बाल सूर्योदय की सुनहली कोमल धूप में कुछ कठफोड़वा पर्वत की तलहटी में ऊँचे बरगद पर बैठ बटफल पर लंबी चोंच मार रहे थे । देह की तुलना में चोंच बड़ी है । पक्षियों में इतनी बड़ी चोंच इसी की देखी है । पशुओं में हाथी के दांत जैसे सबसे बड़े होते हैं, सूंड भी सबसे बड़ी होती है और पृथ्वी जगत में कठफोड़वा की चोंच सबसे बड़ी होती है ।

नाथशर्मा रेशमी धोती पहन छापा-तिलक लगाए श्लोक बोलते हुए बाहर आकर सूर्य को नमस्कार कर दर्शन करते समय पक्षी पर नजर पड़ गई । विरल पक्षी । वर्षों से वे इसकी मानो तलाश में थे । वात रोगी । डाक्टरी दवा काम नहीं करती । जड़ी बूटी का इलाज चल रहा है । कविराज ने कहा है । इस पक्षी को खाने से वात-पित्त नष्ट करता है । इसका मांस, देह में रक्तसंचालन करता है । कई लोगों को कहा, पर कहीं मिला ही नहीं ।

नाथशर्मा जानते हैं मैंने घर पर दो पक्षी पाल रखे हैं । खूब यत्नपूर्वक रखा है । उनका घोंसला ठिकाना बना कर खूब छोटे चूजे सब्ज जंगल में से लाकर मुझे सुबल दिये । वह जानता था कि मेरी पत्नी प्रतिभा भी वात रोगी है । मैंने दोनों चिड़ियों को मयूर पालने की तरह पाला । लेकिन पालतू पक्षी को मार कर मांस खाना एकदम अरुचिकर और अनुचित भी है । हालांकि नाथ शर्मा की नजर मेरे पाले पक्षियों पर थी, लेकिन साहस नहीं कर पाता । परवर्ती समय में दोनों पालतू पक्षी (रुमा और रामा) चिड़ियाखाना को दान कर दिया ।

लेखक एवं पत्नी प्रतिभा के हाथ में उनका पाला हुआ रुमा एवं रामा

अत: नाथ शर्मा कठफोड़वा दल देख खुश हो गये । उनके लिए एक पक्षी मारने का अनुरोध किया । मैंने पूछा – तुम तो निरामिष हो, फिर मांस कैसे खाओगे ?

पंडिताऊ जबान में कहा – आतुरे नियमो नास्ति । अत: इसमें रुकावट नहीं । आतापि भक्षित येन, वातापिच महाबली, तोषित समुद्र येन, सोगस्ति मे प्रसिद्धतु ।' आवश्यकता पड़ने पर महर्षि अगस्त असुर रूपी पक्षी का मांस खा गए, समूचे सागर को चुलू कर गए ।

मैंने नाथशर्मा से कहा – शर्माजी ! पशु पक्षियों में नारी सतीत्व का और निष्पापपूर्ण दांपत्य का श्रेष्ठ ठिकाना इसी पक्षी में मिलता है । गर्दन से पूंछ तक ३० इंच लंबी, केवल पैनी पतली चोंच लंबी है । चोंच से यह दीमक, मकोड़ा आदि कीड़े तथा फल संग्रह करता है इसके अलावा निविड़ अरण्य में ऊँची सूखी लकड़ी के तने में दोनों खोद-खोद कर उसमें बंद घोंसला बना लेते हैं । यहाँ गर्भिणी प्रवेश कर अंडे देती है, शावक उड़ने तक इसीमें रहती है । कठफोड़वा घोंसले का मुँह बंद कर खाद्य डालने जितना छेद रखता है, ताकि शावक अंडे से ५० दिन होने तक बढ़ सके ।

कठफोड़वा एक बार में चार अंडे देती है । अर्थात् मादा कठफोड़वा ७० दिन तक कारावास में रहे । इस दौरान मादा और शावक खाद्य का दायित्व पुरुष कठफोड़वा का है । ऐसा अनन्य दांपत्य अन्य पशु –पक्षियों में दुर्लभ है ।

पंडितजी की आँखें चौड़ी हो गई । अपने ढंग से कहा –" सृष्टि के श्रेष्ठ जीव मानव का जीवन बचाने और उसकी चिकित्सा हेतु परमेश्वर ने पशु–पक्षी – उद्भिद का विनियोग करने से वारण नहीं किया ।"

अत: आवश्यकता और स्वास्थ्य रक्षा की अनिवार्यता को महत्व देकर मैंने १२ बोर की बन्दूक के चेंबर में बी.बी. छर्रा भरा । इसमें ५० छोटी–छोटी सीसे की गोलियाँ । बी.बी. छर्रा का क्षेपण रेंज धीरे बिखरे ७० फूट तक जाये और एक फुट व्यासार्ध में । लक्ष्य स्थल पर पक्षी पास - पास बैठे हैं । एक शॉट में कई शिकार मिलें । मैंने ट्रिगर दबाया, दो पक्षी गिर पड़े । आतुरे नियम नास्ति ! नाथशर्मा ने एक लिया और दूसरा पत्नी प्रतिभा के लिए रखा । वे भी तो वात रोगी हैं । उन्हें भी वैद्यराज ने यही परामर्श दिया था । वन में फिर वे कठफोड़वा ढूंढ रहे थे । दुष्प्राप्य था । ऐसा मौका कौन छोड़े ।

पड़ा पक्षी देख नाथशर्मा एकदम खुश ! आना सार्थक हो गया । धन्यवाद के समय कह दिया । निशाने की भी प्रशंसा की । कहा – द्रौपदी स्वयंवर में अर्जुन की तरह अचूक निशाना था ! बन्दूक में अर्जुन की तरह धुरंधर हो ।

मैं हँस पड़ा –''कहाँ रामचन्द्र, कहाँ पर रामया नाई ?'' हालांकि कभी अंधेरी रात में अगणित ताड़ पेड़ों से घिरे अमरबेल भरे खुब्ज पुष्करिणी (सरबाइहाल पोखर, झारसुगड़ा शहर के उपरांत में) चकवा को फड़फड़ाते सुन मैंने चार नंबर छर्रा उपयोग कर एक गोली में चार साइबेरियाई पोचार्ड(सँस) केवल शब्दानुमान से स्थिति जानकर मारे हैं । स्पाटलाइट डाली है, शायद ही कभी गोली चलाई उन्होंने । मैं बांये हाथ से गोली चलाता, एकदम ठीक निशाना बैठता। नरभक्षी चीते को झुरमुट पर छलांग मारते समय भी गोली मार ढेर किया है। ''लेखक की – जंगल की जमानबेदी में विस्तअत वर्णन है ।

१९७३ में झारसुगड़ा में रहते समय एक रविवारी छुट्टी वाले दिन संबलपुर आया था । संबलपुर वाले महांतिपाड़ा के धुरंधर बन्दूक चालक युवा शिकारी मित्र आर्तत्राण बख्शी, मेरे कालेज सहपाठी एवं हमारे विभागीय अफसर प्रभात पटनायक तथा उनकी नवविवाहिता पत्नी तथा अध्यापिका सुप्रभा पटनायक – हम दो मोटर साइकल पर राष्ट्रीय राजमार्ग पर झारसुगड़ा लौट रहे थे । आर्तत्राण के हाथ में थी .२९ बोर वाली ब्रोनो ब्रांड राइफल, जिसकी गोली छोटी, २.५ मि.मि.। छोटी हरीमिर्च –सी लंबी और नोंक धनिया के दाने की तरह । आर्तत्राण की मोटर साइकल के पीछे मैं बैठा था , प्रभात बाबू के पीछे थी उनकी पत्नी सुप्रभा । सड़क के दोनों ओर घना जंगल । जगह–जगह धानखेत, किसानों ने रोपनी कर रखी थी। प्रभात की नजर पड़ी – कोई पचास मिटर पर रोपनी पर कुछ सफेद बगुले बैठे । किनारे गाड़ी रख हमें रुकने का इशारा किया । मेरी परीक्षा करने एक बगुला दिखा

उसकी आँख भेदने को कहा । मैंने आर्त से राइफल ली । खड़े-खड़े गोली चला दी । बगुला गिर पड़ा । पानी में वे दौड़ कर बगुले को उठा लाये । देखा बगुले के सिर पर आँख भेद कर गोली निकल गई । प्रभात ने शाबासी दे कर कहा - ''तुम तो धनुर्धर अर्जुन को भी लांघ एकलव्य की तरह निशाना साध पाते हो ।'' उनके मंतव्य पर धन्यवाद दिया । कहा -''कपटी गुर-द्रोण ने एकलव्य से दाहिने हाथ का अंगूठा गुरु दक्षिणा के बहाने कटा लिया । मेरे वनगुरु 'प्रेम' थोड़े में संतुष्ट हैं । निष्कपटी मांसाहारी आदमी हैं ।''

तभी नाथ शर्मा ने उल्लसित हो मेरे कान में कहा, मानो मुझ पर आस्था दृढ़ हो गई है - मुझे एक और वन्यजीव चाहिए । दे सकोगे मोहन बाबू ?''

मैंने पूछा -'' वह कौन-सा ? संभव होगा, चेष्टा होगी !''

-''बज्रकपोत ।''

-''बज्रकपोत का क्या होगा ?''

-''वह क्या होता है जानते हो ?''

-''जंगल में चतुष्पदी, छोटा स्तनपायी प्राणी ।''

उसने कहा -''ना, मोहनजी, छोटा प्राणी नहीं । कलियुग का अनमोल जीव है । उसके पूर्वयुग का इतिहास अनूठा है । द्वापर में वह था भरद्वाज पक्षी । भरद्वाज की कहानी नहीं जाने ? नहीं पढ़ी महाभारत ?''

मैंने अज्ञता व्यक्त की ।

-''सुनो ! कौरव -पांडव जहाँ युद्ध कर रहे थे, वहाँ भरद्वाज पक्षी ने अंडे दे रखे थे । वहाँ सैनिकों और घोड़ों आदि के पदाघात से अंडे नष्ट होने की संभावना देख पक्षी ने भगवान से प्रार्थना की । भगवान परम दयालु हैं । बिना दोष दंड नहीं देते । भक्त भरद्वाज को अभयवर दिया । युद्धारंभ से पहले

अश्वत्थामा हाथी के गले से घंटी टूट कर गिरी, अंडों को बचा लिया । इतने लोग मरे, अंडे बच गए । उनसे बच्चे निकले । युद्ध के अंत में लोगों ने घंटी उठा ली । बच्चे उड़ गए । पर अब कलियुग आया । सब लोप होने लगे । युधिष्ठिर ने स्वर्गारोहण किया । भरद्वाज पक्षी ने पार्थना की – क्यों कि काल ने सब उलटा होगा । नीति नियम न रहेंगे । मानव,पशु, पक्षी सब रक्तमुखी होंगे । भगवान के अमर आशीर्वाद प्राप्त भरद्वाज की स्थिति क्या होगी ? भगवान ने कहा – कलि में भरद्वाज एक प्राणी रूप में परिचित होगा । बज्रपात में भी जीवित रहेगा । अत: उसका नाम होगा 'बज्रकपोत' वह असामान्य पक्षी है । मछली– से उसके हाथ, मोटी चमड़ी । वह चमड़ी मुझे चाहिए !''

–''ब्रजकपोत की छाल का क्या करोगे ?'' मैंने पूछा ।

–''इसकी कोई अंगुली में मुंदरी बना कर पहन लेने पर अर्श भगन्दर रोग, मलकंटक आदि दूर होते हैं । वैद्य इसे अव्यर्थ बताते हैं । धार्मिक विश्वास है मुंदरी पहनने वाले की आपद–विपद में रक्षा होगी । अपमृत्यु नहीं होगी । रोग व्याधि दूर हो जाये । 'अकाल मृत्यु हरणं, रोगव्याधि निवारणं' इस मुंदरी का गुण है ।''

–''यह सच है ?'' मैंने पूछा ।

–''इस पर पौराणिक कथा है । हर कोई बज्रकपोत चाम काम न दे । भगवान ने भरद्वाज पक्षी से कहा – तुम धराधाम पर मरोगे जरूर । पर जीवित अवस्था में कोई नहीं मर सके । एक बात है, सूर्य ग्रहण या चंद्र ग्रहण तेरा अशुभ समय है । तब तू गड्ढे या बिल में छुपा रहेगा । बाह्य आना । वैद्य – ज्योतिषी के अनुसार जिस बज्रकपोत को ग्रहण के समय मार कर चमड़ी की अंगूठी पहने, उसे व्याधि न हो, अपमृत्यु नहीं हो । ग्रहण के समय इसे मार सकते हैं ।''

मैंने अचंभे में पौराणिक कथानक सुन आँखें चौड़ी कर ली । यह तो असंभव अनुरोध है, दुरुह कार्य है । यह दुर्लभ जीव, विलुप्त प्राणी है । जंगल भ्रमण में कभी इसे नहीं देखा । हाँ चित्र देखा । चिड़ियाखाने में देखा है । ग्रहण के समय पता लगाना और वध करना असंभव लगा । मैंने बता दी अपनी अक्षमता। कहा – ब्रजकपोत पर मेरी धारणा नहीं । बस पोथी ज्ञान है । यह सरिसृप जाति का पक्षी है । सारी देह में छिलके होते हैं । अजीब प्राणी है । औरों से इसका गठन भिन्न है। सारी देह पर हड्डी जैसे ढाल का काम करते हैं । देह पर रोंये या कांटे चिपटे होते हैं, ये फिर छिलके बन जाते हैं ।

पेट के नीचे मोटे रुखे रोंगटे छिलकों के नीचे दिखते हैं । ब्रजकपोत का एक और गुण है – शत्रु देखने पर वह संकुचित हो सिमट जाता है, अस्त्र सज्जित गेंद–सा दिखता है । इसकी मांसपेशी इतनी सख्त कि एक बार सिमटने पर उसे खोलना कठिन होता है । इसे न सांप मार सके, न बाघ खा सके । अपने अगले पंजों के लंबे नाखूनों से माटी खोद गड्ढा बना लेता है । खूब दक्षता से पेड़ पर चढ़ दीमक, मकौड़े ढूंढ–ढूंढ खा जाता है । पूंछ से पकड़ रखने की शक्ति है । अत: पेड़ चढ़ते समय जकड़ रखने की शक्ति रहती है । गड्ढे में रहता है । किसी अंधविश्वास में पड़कर बेमतलब इस विरल जीव का वध करने की कोई इच्छा नहीं मुझ में । जरूरी होने पर, अनिवार्य हो पड़ने पर ही बन्दूक चलाता हूँ ।

नीतिवागीश नाथ शर्मा ने मेरे कथन का समर्थन किया । मेरी नीति से वे सहमत थे ।

।१०।

सुबल को साथ ले प्रात: भ्रमण को चल पड़ा । रास्ते में हाथी के पदचिन्ह, बाघ के पंजे के निशान, वराह, कुटरा, गयल, हिरण के खुर चिन्ह पता चल जाते हैं। जगह–जगह उनका मल पड़ा है । इस इलाके में अनेक जंतु हैं ।

चलते – चलते बातों में मैंने 'भूतखिया' पोखर देखने की इच्छा व्यक्त की। उसने बताया –'पास ही भूतखिया पहाड़' है और उसके नीचे है 'भूतखिया पोखर' हम दोनों गए ।

एक नंगी पहाड़ी । नीचे कंगड़ा, बांधन, साल, पीपल आदि पेड़ कांटों के झुरमुट के घेरे में पोखर है । उसमें कुछ पानी है । वर्षा में पानी भर जाता है । 'भूतखिया' अजीब नाम है । जरूर नामकरण में रहस्य है । किसने दिया यह नाम, सुबल ?

–"बाप–दादा के जमाने से सुनते आ रहे हैं ।"

–"कभी देखा है भूत यहाँ ?" मैंने पूछा ।

–"ना, लोकमुख से सुना है । भूत पत्थर के कोटर में रहता है । जो उधर से जाये, दबोच कर खा जाता है । अत: लोग उधर से नहीं जाते ।"

–"कभी मानव नहीं खाया उसने ! पिताजी ने अपने पिता से सुनी थी वर्षों पहले कोई गोरा परदेसी शिकार पर आया था । भूतपोखरी के तट पर मंच बनाकर वहाँ पोखर में पीने आने वाले जानवरों का शिकार होता । एक

बार दिन वे जंगल में फिरते समय एक चीते की गरज सुनी । देखा –एक बड़ा अजगर मझौले चीते को आधा निगल चुका है । साहब ने गोली चला दी अजगर पर । एक गोली में दो शिकार ! अजगर और चीता । तब बेलघर बंगला इतना बड़ा न था । एक टिन व छप्पर का घर । साहब आकर रात में वहीं विश्राम करते । खाना–पीना करते । किताब पढ़ें या जंगल में घूमें । लकड़ी के काम की तदारख करते । रात में शिकार करते । मृत चीते और अजगर को लेकर चमड़ी उतराई । चमड़ी मुनीगुड़ा ले गए । तब से और भूत नहीं दिखता ......''

अब रहस्य समझा ।

–''तो भूत था अजगर ! क्यों सुबल ?''

–''मैंने कभी नहीं देखा । सुनी बात है ।'' सुबल बोला । बाप–दादा से सुना है कि बिदेसी सा'ब ने अजगर व चीते मारने के बाद भूतखाने राक्षस का उत्पात नहीं हुआ । जब पहले गोरा सा'ब इधर आया, वन के पेड़ गिनने । बेलघर अभयारण्य में अनेक कीमती वृक्ष थे । साल, पीसल, बांधन, कंगड़ा आदि । पुराने पेड़ व्यवसाय हेतु काट कर नये सागवान के पेड़ वहाँ खाली जगह लगायेंगे । यह ब्रिटिश योजना थी । अत: पेड़ों को उम्र के अनुसार काटने की योजना थी । उनको चिन्हित करना था । विदेसी सा'ब उसके लिए वहाँ था । ऐसे घूमते –घूमते एक बार उसने हाथी कंकाल देखा । ताज्जुब हो गया । यहाँ हाथी कंकाल कैसे ? घटना की जांच करने लगा । भूतखिया पोखर के पास की बात । खोज से पता चला कि यहाँ अजगर और हाथी की कोई बड़ी लड़ाई हुई है । हाथी अपनी राह जाते समय अजगर पर पांव पड़ गया होगा । अपना मुँह खोल सूंढ पकड़ ली । अब हाथी की सांस रुंध गई । जान ले कर खड़े–खड़े हार गया । उसके खोज अजगर पर थे । पर अजगर भी मुक्ति नहीं पा सका । आखिर मृत्यु मुख में पड़ा । अत: हाथी पर आक्रमण कर हाथी को खाना उस का उद्देश्य न हो । केवल असुविधा

और दिक्कत में पड़ अपनी जान बचाने उसके मुँह से हाथी की सूंढ पकड़ने में सफल रहा । पर इस विशाल अजगर की विशेषता है कि एक बार मुँह में फंसा तो उल्टी कर भी मुँह में से निकालना अजगर के लिए न था । वह चाह कर भी उलटीकर उसे बाहर नहीं निकाल पाता । क्योंकि मुँह में तुरत सख्त दांत वंसी कांटे की तरह आगे ढल जाते हैं । भक्षण किये पदार्थ को विपरीत दिशा में जितना जोर से खींचने पर भी वह बाहर नहीं आ पाता । पदार्थ के आकार के अनुसार मुँह बेलून –सा फूलता जाता है । क्रमशः दोनों अजगर और हाथी का जीवन खत्म होता गया । वह हाथी के पांव तले अजगर की चूर–चूर मेरुदंड की हड्डियाँ सूचना दे रही । मृत हाथी और अजगर के मांस को जंगल के बाघ, बघेरा, सियार, और मेहतर दल आहार कर हड्डियों के टुकड़े छोड़ गए । अनुमान और अनुसंधान से सारी बातें साहब समझ गए । इस हाथी के पिंजर हाड़ों को सावधानी से स्थानान्तर कराया । उसे लंदन के ब्रिटिश जूलाजिकल म्यूजियम में सुरक्षित करने की योजना बनाई आगामी पीढ़ी के रिसर्च के लिए । बेलघर अभयारण्य से संगृहीत यह हाथी पंजर हांलैंड के म्यूजियम में देखा जा सकता है । ब्रिटिश लोगों की जिज्ञासा और रिसर्च मानसिकता माननी पड़ेगी । इस पृथ्वी पर से विराट जीव 'डायनोसार' सृष्टि की विकास प्रक्रिया एवं परिवेश परिवर्तन से क्रमशः लोप हो गए । बाद में उनके फॉसिल संग्रह कर डायनोसार के कंकाल प्रस्तुत हुए । उसका संभाव्य चित्र अंकित किया ।

ऐसा समय आ सकता है जब धरती पर से विशाल जीव हाथी लीन होने की आशंका दिख रही है । अतः सत्य –तथ्य – उपादान भविष्य पीढ़ी के लिए सहेज रखने हेतु संग्रहालय बनाये हैं । बाद में मेरे इंग्लैंड दौरे के समय बेलघर अभयारण्य से संगृहीत इस हाथी कंकाल और उसके इतिवृत्त को म्यूजियम में सूचना पृष्ठ से जान सका । संग्राहक का नाम था मि.एडगर विलियम रेबेरो । संग्राहक के मनोभाव की प्रशंसा कर 'विजिटर बुक' में लिखना नहीं भूला ।

दो बातें मुझे याद हैं । अजगर और चीते एक गोली में दो शिकार । शाटगन एलजी करट्रीज में नौ गोली रहती हैं । लक्ष्य पर एक या ज्यादा गोली चीते और चीते के सिर को भेद गई होगी । पर चीता धूर्त शिकारी होता है ।

शायद चीता छोटा था । पुख्ता चीता होता तो वह अजगर का सिर काट कर छिन्न भिन्न कर देता। प्यास मिटाने बच्चा चीता गया है पानी में, तभी अजगर ने पानी में सिर डूबे हाल में लपलप पानी पीते समय सिर दबोचा । या चीते की असावधानी से देह में लिपट गया होगा । हड्डियाँ तोड़ डाली होगी अपनी अपरिमित शक्ति के द्वारा । कुछ कहते हैं अजगर भैंस में लिपट उसकी हड्डियाँ तोड़ उसे निगल लेता है । हालांकि मैंने ऐसा दृश्य नहीं देखा । वैसे ट्रिपल ए(एएए) छर्रे से कार्ट्रिज से अजगर मारा, इसमें ३५ गोलियाँ होती हैं । स्कूल में पढ़ाई के दिनों में महानदी की बाढ़ में बहकर आते अजगर नाववालों ने देखा है । कई अजगर किनारे लगने पर थल भाग में चले जाते हैं । वहाँ पर वे भेड़, बकरी, बछिया, कुत्ता, बंदर, पक्षी, सरीसृप आदि को समूचा निगल

जाते हैं । ऐसे कई उदाहरण हैं । कुंभीर और अजगर की लड़ाई तो वीडियो कैमरे में रेकार्ड कर रखी है । कुंभीर के विशाल मुँह में अजगर का मुँह । पर मरने से पहले लंबी देह कुंभीर को लपेट भींच लेती है, बाध्य होकर उलटी करता है । गले में फांसी की तरह अजगर गले की डड्डियां तोड़ देता है, फलत: सिर पर चोट खाया अजगर खिसक आता है, पर कुंभीर की मृत्यु हो जाती है।

मगर मांसाहारी सांप शिकार को निगलता है । कभी-कभी अपने से बड़ा भी निगल जाता है । तब मुँह खाद्यनली और पेट बेलून सा फूल जाता है । साँस में दिक्कत नहीं । ऐसे में साँस नली बाहर आती है । साँस सीधी फुसफुस में जाती है।

उपकूल के धोया इलाके में अजगर नहीं रहते । वे बरसात में बाढ़ के पानी में जंगल से बह आते हैं । बाढ़ का पानी उतरने पर वहीं समतल में रह कर जीवन बसर करते हैं । बाद में मेरे एक सहपाठी मित्र शत्रुघ्न उर्फ सतूरा तेज बहाव में पडे एक

अजगर की चपेट में आ गए । भाग्य तेज था, बच गए । वह रोमांचक कहानी है।

हमारे धोया इलाके में सेठ किशनलाल कापड़िया का वाणिज्यिक साम्राज्य था । महानदी के डेल्टा में ग्रामीण इलाके में विशनलाल का काफी बड़ा विस्तार था । वे सरकार के स्टोरेज एजेंट थे, जनता के लिए चावल, गेंहू, दाल, किरासिन आदि रोजमर्रे की चीजों के कंट्रोल डीलर थे । पंद्रह गोदामघर जगह–जगह बनवाई थी । इस इलाके में प्रतिवर्ष बाढ़ का तांडव चलता है । प्रकृति की कराल काया में जीवन जगत विडंबित हो उठता है । बहुत से बह जाते हैं, कुछ डूब जाते हैं । बाढ़ पीड़ित जन घर–बार छोड़ कर नदी तटबंध, पेड़, छत आदि पर आश्रय लेते हैं । इस प्राकृतिक आपद में परेशान होकर भी गांव नहीं छोड़ पाते । बाढ़ का पानी जितना मरणांतक हो, घर का आकर्षण नहीं तोड़ते । वही मेरा घर। दैव कोप का न कोई डर । लोगों को आदत पड़ गई है ।

धोया इलाके वालों को आशा थी कि अब बाढ़ का डर नहीं होगा । ऊपर हीराकुद, बाढ़ नियंत्रण हेतु दृढ़ नदीतटबंध बन चुके हैं । पर हालत वैसी की वैसी है । नदी में बालू भरने से थोड़ा पानी हो तो भी उफान आ जाता है । जनपद डूब जाता है । मानव जितना प्रकृति पर काबू पाना चाहता है, वह परवाह नहीं करती । नियंत्रण में न रहे । उसका उद्यम विफल हो जाता है ।

उस साल बाढ़ का पानी खूब आया, भयंकर अभूतपूर्व था । निरंतर वर्षा ऊपर इलाके, निचले इलाके – हर तरफ बाढ़ की विभीषिका । कराल तांडव ! किशनलाल ने ऊँचा भवन बना लिया था । इस इलाके का वही एक कोठा था । अकेले रहते, नौकर, चाकरों सहित । बेटे–बहू सब रहते कटक शहर में । वहाँ पैतृक संपत्ति है । अपने सप्लाई के काम में लगे रहें । सुबह से रात तक । जगह–जगह गोदाम, जमा माल की तदारख करते, हिसाब देखते ।

दो दिन पहले मौसम विभाग से सतर्क सूचना थी । सात दिन में दूसरी

बार बालेश्वर से ५० कि.मि. दूर समुद्र में लघुचाप हुआ है । क्रमश: उत्तर की ओर घनीभूत होकर मूसलाधार वर्षा और वात्या की संभावना है । धीवरों को समुद्र में न जाने की सलाह दी गई है । खतरे का मुकाबला करने प्रशासन को सतर्क कर दिया है । पर किशनलाल को इसकी परवाह नहीं । हर साल ऐसे ही विपद की सूचना आती है । वात्या अपनी राह, पहले से घबराहट कैसी ? वे टिप्पणी करते – मेघ की खबर सरकारी इश्तहार में, मेघ का चेहरा मौसम कार्यालय की दीवार पर । मेघ देख देख सिर के बाल पक गए, यह कुल का व्यापार है, पुरखों से ऐसे ही चलता आया है । वरन ऐसे समय में दो पैसे का फायदा ज्यादा हो सकता है । अवस्था देख व्यवस्था करनी है –अधीनस्थों को समझा दिया । पर सचमुच तेज वेग में पानी चढ़ आया । ऊपर और निचले इलाकों में भारी वर्षा हुई है । बाढ़ का पानी उफना और तटबंध में टूटन आ गई । सारा इलाका पानी में भर गया । लोगों के घर–बार टूट कर बह चले । जीव –जंतु, लोग बाग तैरते दिखे । दुर्दशा का अंत नहीं । दु:ख ही दु:ख । हृदयविदारक दृश्य ! मां है, गोद का बच्चा नहीं । बच्चा है, मां नहीं । सेठजी पक्का घर छोड़ कहीं नहीं गए । हर साल बाढ़ आती है, पर उनके घर को नहीं छूती । सोचा वही होगा । सरकारी बातें बढ़ा चढ़ा कर होती हैं। पर अबकी बाढ़ अलग थी । कल्पना से हट कर । धू–धू करता जल बढ़ता गया। घर में घुटनों तक पानी । तेजी देख लगा घर डूबेगा । तब होश आया । तैरना जानते होते तो भी बात थी । बचाने कोई नहीं । उपाय ? कान में मृत्यु की पुकार .... । कितनी दूर ... ?

सेठ खूब कृपण, मितव्ययी । अपने खान–पान, कपड़ों की ओर ध्यान नहीं रहता । घर में गमछा पहने रहते । इधर पानी छाती तक आ गया । हाथ में रुपयों का थैला । सिर पर कैश बक्स रख सीढ़ियां चढ़ने लगे । छत तक चली गई सीढ़ियां । उठते समय गमछा उलझ कर रह गया । सीढ़ी की रॉड में । एक हाथ में थैली, दूसरा सिर के बक्से पर ! गमछे को जल विसर्जन, खाली देह ऊपर उठे । बक्सा एवं बैग सिवा

लज्जा निवारण के लिए कुछ न था । अकेले वन्या का तांडव देखने के सिवा क्या कर सकते ! इसके बाद अंधेरी रात ! पानी का गर्जन और उत्ताल लहरें । छाती थर्रा जाती । कुछ दूर स्वप्नेश्वर महादेव का मंदिर आधा डूब चुका । उन्होंने स्वप्नेश्वर को याद किया । जीवन भर की कमाई का मूल्य क्या है? आदमी नंगा जनम लेता है, नंगा ही जलकर विदा लेता है । कितना शून्य और असार है !

वर्षा कम हुई । पर जलस्तर कम नहीं था । वरन बढ़ रहा । अमावस के कारण सागर के ज्वार का जोर था । सिर पर हेलिकाप्टर ने चक्कर काटा । खाद्य सामग्री, रिलीफ सामग्री, पानी के पैकेट इधर-उधर डाल रहे । किशनलाल ने ऊपर देख आवाज लगाई – ऊँचे स्वर में । किसी ने न सुनी । न खाद्य, न वस्त्र, न पीने को पानी, न रोज वाला दवा का बक्सा । नहीं –नहीं के राज्य में जलबंदी हैं ।

देखा कोई आठ-दस साल का बालक काठ के लक्कड़ पर बैठा उनकी ओर बहता आ रहा है ! वे आश्चर्य में भर गए । विकल हो आवाज लगाई । बालक निकट हुआ । दीवार से लगते ही ऊपर उठ आया वह बालक !

–"अरे – सतूरा ! तू ।"

– "हाँ, मैं सतूरा ! सौरा का बेटा ! आपने पहचाना ?"

–"हाँ, बेटा ! कैसे न पहचानता ! तेरा बापू सौरा मेरा कितना प्रिय न था ! विश्वस्त था । कितना समझाया, नहीं माना वह । क्योंकि उसका बदनाम हुआ । बता, बेटे, इसके बाद लोग काम नहीं करते ? शौच में अपवित्र हो न जायें अत: सोने की चेन और दो अंगूठी बक्सा पर रख मैं पैखाने गया । आकर देखा, सोने की चीजें वहाँ नहीं । उनमें किसी ने चोरी की है सोने की चीजें । पुलिस थाने में लेकर जिरह की । पिटाई की । मैंने कभी कहा कि सौरा ने सोने की चीज चुराई है ? चीजें तो मिली नहीं । फिर सौरा काम पर नहीं

आया । काम छोड़ चला गया । अच्छा, अब वो कहाँ है ?

–"बाढ़ आ रही है, खबर पाकर दौड़ा आया । मेरी मां और छोटी बहन कुईं को किसी ऊँची जगह आश्रय देने ।"

–"और तू ?"

–"बापू ने दायित्व की बात कही । तू स्कूल की चाबी रख । रखवाली करना । तैरना जानता है । पानी से डरना मत । बाढ़ आये तो स्कूल के ऊपर चढ़ जाना । ठीक है !"

मैंने हाँ कर दी । पानी में तैरना अच्छा लगता है । घंटों तैर लेता हूँ । चित तैरना, डुबकी तैरना, पेट के बल तैरना, खूब जानता हूँ । पिछले साल हमारे हेडमास्टरजी चौद्वार तैराकी प्रतियोगिता में ले गए थे । प्रतियोगिता में पहला ईनाम मिला ।"

सेठ देखते रहे आँखें फाड़े !

–"तो तेरा बापू सरिया स्कूल में काम करता है ?"

–"हाँ, चौकीदार ! बगीचे का भी काम कर लेता है । मैं वहाँ पढ़ता हूँ ।"

–"किस कक्षा में ?"

–"छठी कक्षा में !"

–"बाढ़ में कहाँ रहा ?"

–"टिन की छत पर । वहाँ से आपका घर दिखता ।"

वहीं से खाली देह बैठे आपको देखा । हेलिकोपटर को हाथ हिला कर बुलाया । वे कुछ नहीं सुन सके । सोचा – कल से मेरी तरह बिना खाये होंगे । सब तो डूब गया । हेलिकोपटर ने स्कूल छत पर कुछ पुड़िया डाली । फिसली, मैंने एक पकड़ी । आप छत पर हाथ हिला रहे थे । आप हमारे मालिक ! यहाँ सारे गोदाम तो आपके हैं । चिवड़ा, चावल, दाल, आटा, गेंहू लेकर लोगों में बांटते हैं । अन्नदाता क्या भूखे रहें ? वह रिलीफ पुड़िया दूँ !

पर कैसे ! नजर पड़ी तैरते लक्कड़ पर । आधा डूबा, आधा पानी पर । लाल गमछा कमर में लपेटा । पानी में कूदा । तैर कर लक्कड़ पकड़ा । चढ़ गया । आपकी ओर बहाव था । आप की दीवार तक आया । दीवार से छत पर आ गया । मुँह में थी पोलिथीन पुड़िया । भींगी होगी । पता नहीं उसमें क्या है, मालिक !

कमर से गमछा खोल सेठ की कमर पर लपेटा ताकि कुछ लाज ढंकी रहे ।

सेठ किशनलाल की आँखें भींग गई । बच्चे की बुद्धि ! शाबाशी दी । लगा आदमी की दौलत धन में नहीं, हृदय में है, मानवीयता में है । छि: मेरी संचित दौलत, धन सब सामान है । वह यदि जीवन ले, तो शत्रुसम, नहीं तो क्या है ? भाग्य अट्टहास कर रहा था ।

जिस बाढ़ में लक्कड़ पर बैठ सतुरा आया, वह लक्कड़ गया कहाँ ? दो दिन बाद बाढ़ का पानी कम हुआ । असल बात का पता चला । वह लक्कड़ न था । बहते दो अजगर जगंली रस्सी की तरह गुंथ कर मिले थे । सहवास की तरह मिले जुले, बहते हुए स्रोत में आ गए । सतूरा उन पर सवार हो गया । सतूरा मकान पर उठने के बाद सेठ के घर में रह गए । घर से पानी छंटने के बाद विराट अजगर सोये मिले । नीचे उतर सांप जैसा देख सिहर गया । बाहर आ कर चीखे सांप–सांप! बचाओ ... बचाओ । ग्राम सरपंच ने प्राणिविभाग वालों को खबर दी । आकर कौशल से जू के लिए ले गए । पिंजरे में रखा । मादा अजगर ने कुछ अंडे दिये उन्हें भी वे साथ ले गए । बाढ़ कम हो उतरी । पर किशनलाल के मन में स्रोत जारी था । जीवन भर खूब पैसा कमाया, कानों में कोई कह रहा था –सब मूल्यहीन है ...!

मन में बहम भर गया । घोर पाप से घर में विशाल सांप आया । अजगर निगलने में कितना समय लगता ? महाकाल के हाथ से बच गए ... बच्चे के कारण। भगवान बालकृष्ण द्वारा कालियदलन की बात याद आ गई ।

इस सतूरा ने दो सांपों पर बैठ मुझे घोर विपद से बचाया । मौत के मुँह से दबोच लाया इस संसार में ! मामूली बात नहीं । सतूरा ईश्वर की संतान है । अब किशन के मुँह पर सच था। धनी का है धन । गरीब का है मन । धन बड़ा या मान चौटा बदल किशनलाल ने कहा – सतूरा दीर्घायु हो !!

***

मेरे जानते अजगर दुनिया में सबसे बड़ा सांप होता है । ग्यारह मीटर तक लंबा हो सकता है । उसकी गोलाई हाथी के पांव के बराबर हो सकती है । यह सर्व भक्ष, आलसी, निद्रालु जीव है । पर भूख के समय खूब सक्रिय और चंचल हो उठता है । पुराणों में अजगर की शक्ति पर काफी लिखा है । नल दमयंती की कहानी में आता है । जब दमयंती अकेली घोर अरण्य होकर पिता के राज्य जा रही, अजगर ने उसकी देह चारों ओर से घेर ली । वह सांप पेड़ की डाल से झूल रहा था । भाग्यवश एक व्याध ने दमयंती का क्रंदन सुना । झूलते अजगर के मुँह पर तीर छोड़े । अजगर गिर कर मर गया ।

अजगर आक्रमण कर आदमी को धीरे–धीरे निगलने की घटना बचपन में पढ़ाई कर रहा था उन दिनों । अजगर को मार मेरे बड़े दादा रायबहादुर खगेंद्रचंद्र महापात्र के पास ईनाम के लिए लाया गया । तालबस्त गांव चंदका जंगल का एक अंश है । चंदका (चक्रधर) अधेड़ ग्वाला था । गायों के लिए घास काट दो –तीन बोझ लेने की सोची थी । उसने काम शुरू कर दिया । आध घंटे बाद उसे लगा कोई बांया हाथ पकड़ खींच रहा है झुरमुट के अंदर । अरे हथेली विराट अजगर के मुँह में है । हथेली खींचने से पहले ही अजगर बढ़ कर उसके पांव में लिपट गया । मुक्त होने के लिए जितनी चेष्टा करता रहा, नहीं सका । क्रमश: लिपटता गया उसकी देह पर । अब चकरा ने ऊँची आवाज में चीख

लगाई । चीख-पुकार सुन पड़ोसी कुछ दौड़े आये । तब तक कोहनी खींच चुका था । पीछे से काट डाला सांप को । वह मर गया । फिर भी मुँह से हाथ नहीं निकाल सका । अत: अजगर और उसे बैलगाड़ी में डाल बांकी अस्पताल ले गए । डाक्टर ने आपरेशन कर अजगर और चकरा को अलग -अलग किया । यह दृश्य देखने सैकड़ों की भीड़ जमा हो गई । बचपन में भी मैं उस दर्शक मंडली में था ।

मुझे याद है बचपन में जब होश संभाला तब की बात है - एक मृत अजगर बैलगाड़ी में लाद कर लाया गया । बैठक घर (विचार कक्ष) के सामने लाकर रखा गया । बात यों हुई । सरोज बाबू बांकी अस्पताल में कंपाउंडर हैं । उनका घर वहाँ से १५ मील दूर तालबस्त है । डमपड़ा से बांकी पांच मील है । अस्पताल में रोगी सेवा कर, बांकी बाजार से सौदा खरीद शाम को साइकल पर डमपड़ा होते हुए वे गांव लौटते । जंगल का रास्ता । अंधेरी रात । बांकी में सिर्फ तीन चार साइकल थी । इसे उन दिनों 'शून्य यान' कहा करते ।

सरोज बाबू रोज की तरह लौट रहे । मौसम अनुकूल । डमपड़ा पार कर गए । अब पथरीला रास्ता । रास्ते के दोनों ओर घोर जंगल । हेंडल पर लालटेन झूल रही । धीमें उजाले में पेडल तक ही दिखे । अचानक अगला पहिया एक चिकने पत्थर पर चढ़ गया । फिसला । अरे ! यह कोई पत्थर नहीं । क्या है ? चित गिर पड़े सरोज ! साइकिल कहीं, वे कहीं । लालटेन फिसल कुछ दूर छिटकी। किरासिन बिखरा और लपटें फैल गई। मानो आग की लपटें उठ रही। इधर अंधेरे में सरोज को लगा उनके पांव को सरीसृप कब्जे में कर रहा है । सचेत होकर देखा दोनों पांव एक बड़े अजगर के अधिकार में जा चुके हैं । धीरे-धीरे शरीर को खींच रहा है अपने विराट मुँह में । पांव बड़े गह्वर में जाने की तरह अंदर धंस रहे ! पांव की ओर से निगलते जा रहा है । कुछ ही मिनट में उनकी जीवंत देह अजगर का आहार

बन जायेगी ! क्रमश: घुटनों तक वह निगल चुका है । छिपकली के मुँह में पतंग छटपटा कर फिर चुप हो जाये मृत्यु अनिवार्य लगी । फिर भी एक बुद्धि जागी । डूबते को तिनके का सहारा ! मन में साहस बना । दोनों हाथ सचल हुए । जोर से रोने लगे । कंधे पर बड़े फीते वाला बैग झूल रहा था । उसमें अस्पताल में आपरेशन का सामान और धारधार चाकू रहता ।

एक पल देर न कर बैग में से चाकू निकाला । उससे अजगर का मुँह चीरने लगे । होंठ दोनों ओर कटते गए । आकाश में पंचमी का चांद क्षीण चांदनी देने लगा । क्रमश: शक्ति शेष होती गई । खून में वह जगह लाल हो गई । अजगर निश्चिंत हो पड़ गया । मुँह से पेट तक चीर डाला । धीरे-धीरे सरोज ने पाँव खींचे। देखा खून में डूबे हैं पाँव । कहीं कोई घाव नहीं । लेकिन काफी पीड़ा थी । कांपती देह को संभाला । बैग को ठीक-ठाक किया । चाकू को साफ कर चूमा ! यह पास था, अत: जान बची । पांवों का खून पोंछा । लालटेन बुझ चुकी । उठाकर हेंडल पर झुलाया । चला-चला कर वे गाँव की ओर आये । दो मील । सब ठीक था । पर वे साइकल चला न सके । बड़ी विपद से बचे । यम के मुँह से निकले हैं । ईश्वर को प्रणाम किया । बांकी की अधिष्ठात्री देवी चर्चिका के प्रति मन ही मन कृतज्ञता व्यक्त की । देवी की कृपा न होती तो आज मौत से छूट नहीं पाता, मन में दृढ़ विश्वास हो गया ।

अगले दिन सुबह गाँववाले उस घटना स्थल पर पहुँचे । मृत अजगर को बैलगाड़ी में लाद कर हमारे घर विचारकक्ष के सामने उपस्थित हुए । परदादा (रायबहादुर) ने कंपाउंडर सरोज बाबू को पचास रुपये के पुरस्कार की घोषणा कर कहा – आदमी विपद के समय मृत्यु का सामना करता है, इसमें सरोज बाबू का साहस औरों के लिए अनुकरणिय है ।

मगर अजगर विषहीन साँप है। पुराणानुसार केवल अजगर में विष था । उस युग के साँप अजगर से विष लेकर विषैले हुए हैं । तब यह विष दुग्ध-

सा उज्वल और प्रखर था । यह अजगर 'ईव' नामक नारी को अपनी गुफा में ले गया । उसे कहा – मेरी देह पर चित्र अंकन करो ! वह चित्र आजकल अजगर की देह पर देख सकते हैं । उस अजगर का विष इतना प्रखर था कि यदि रास्ते पर किसी आदमी के पगचिन्ह को काट ले, वह आदमी कितनी भी दूर हो, मर जायेगा । उस अजगर ने मुनष्य की मृत्यु अपनी आँखों कभी नहीं देखी । अत: एक कौवे से कहा – जा देख आ, पगचिन्ह को डंसने से कोई मरा या नहीं । कौवे ने एक घर के पास आकर देखा वहाँ लोग जोर-जोर से नाचगीत कर रहे हैं । आदिम आदिवासी कोई मरने पर अपनी सामाजिक प्रथा के अनुसार नाचगीत करते हैं । क्योंकि वह देवता बन स्वर्ग जाता है । कौवे ने जाकर बताया । वहाँ आनन्द मना रहे हैं । अजगर बहुत गुस्सा हो गया । पेड़ पर चढ़ सारा विष उगल दिया । इस विष को दूसरे साँप खा गए । अब वे विषधर हो गए, अजगर तब से निर्विष साँप बन गया ।

विशाल साँप अजगर संबंधी किंवदंती हो सकती है । पर उसकी स्थिति और चित्र भिन्न है । आजअब भी १८०० प्रकार के साँप हैं । इनमें १५०० प्रकार के साँप भारत में हैं । उनमें ७४ प्रकार के विषैले हैं ।

पुराणों के अनुसार दक्ष प्रजापति की कन्या और कश्यप मुनि की एकतमा पत्नी कद्रू के गर्भ से साँपों का जन्म हुआ है । नागराज वासुकी सहस्त्र फन धारी हैं । पृथ्वी को धारण किये हैं । अनंत फनधारी अनंत स्रष्टा भगवान विष्णु की शैया रूप में क्षीर सागर में तैरने की बात पुराणों में है । राजकवि कृष्णसिंह महाभारत के आदि पर्व में सर्पवंश और उनके नामों पर वर्णन है :

बहुत भुजंग हैं मही पर,
कितने सो कहें विस्तार से सभा में ।
पहले कद्रू पुत्र शेष देव हुये,
उनके अनुज बासुकि कहलाये ।

ऐरावत, तक्षक, कर्कोट, धनंजय,
मणिनाग, पूरण और कालकेय ।
पिंजरक, एकापत्र, नील, अनील,
वामन, कलमाक्ष, आर्यक, शबल ।
उग्रक, कलश, पोतक, सुरमुख,
विमल, पिंडक, आप्त और दधिमुख ।
शंख, बालिशिख, निष्ठावक, करेटक ।
पिंगल, नहुष, बोमुदगर पिंडक ।
बाह्यकर्ण, हस्तीपद, जो अश्वतर ।
वृत्त, संवर्तक, कुषाण्डक, कुंजर ।
शंखमुख, पिंडारक, जो क्षेमक ।
कर्कश, आकर्कश, बिल्वल, हिलक
कुण्डोदर, महोदर, करवीर,
पुष्पदंष्ट्र, बिल्व पांडर शंखशिर ।
मूषकाद, पूर्णभद्र, हरिद्रक,
श्रीवह, अपराजित, जो ज्योतक ।
कौरवी, धृतराष्ट्र, शंखपिण्ड ।
विरजा, सुबाहु, फरक, अलिपिण्ड ।
हस्तिपिण्ड, सुमुख, होमगृह, कुठर ।
कौणपाशन, कुमुद, तित्तिर, प्रभाकर ।
कदम, बाहु, मूलक, नाग ।
ये सब नागों के महाभाग ।।

आश्चर्य है कि विषधर नागों की पुराणवर्णित यह संख्या ७८ है, आधुनिक वैज्ञानिक पद्धति से की गई गणना ७४ है । अर्थात् दोनों लगभग समान हैं । वैज्ञानिक गणना में भी १०% कम-ज्यादा स्वीकार्य है । पुराण

वर्णित विषय के साथ आज विज्ञान युग की गणना पद्धति की संख्या निर्णय में समानता देखें तो यह आश्चर्यजनक है ।

भारत में इतने साँप रहते हैं कि इसे सांपों का देश कहा जाता है । तभी कालबेलिया(केला) जाति बनी है जो साँप खिलाने को जीविका बना कर है । इसीलिए भारत कालबेलियों का देश कहाता है । पर क्रमश: साँपों की संख्या कम होने लगी । साँप पकड़ने या मारने पर प्रतिबंध लगाये गए । कालबेलियों की जीविका चली गई । मेरे जंगल घूमने के दौरान गाँवों में कालबेलियों के संस्पर्श में आने के कारण साँप संबंधी जिज्ञासा को खुराक मिली है ।

एक बार एक सपेरा बांबी के पास एक साँप को पकड़ने की कोशिश में पसीना-पसीना हो रहा था । धू-धू जलती दुपहर । नई राजधानी भुवनेश्वर की सड़क सुनसान । देखा छाती भर ऊँची बांबी के पास सपेरा झुका है । यह हाल देख मेरी उत्कंठा बढ़ गई । पास गया । देखा वह साँप की पूंछ कस कर पकड़े है । छोड़ता नहीं । साँप कहीं मुँह फिरा चोट न कर दे, अत: हथेली से बांबी का मुँह बंद कर रखा है ताकि जंतु की साँस रुँध जाय । बांबी में जितना गड्ढा, वह कमरे की तरह बंद । दूसरे में जा न सके । यह बात सपेरा जानता है । अत: नेवले जैसा जीव बांबी में जाकर उसमें पानी भर जंतु को पकड़ा जाता है । मैं उसकी दशा देख जान गया कि वह किसी की मदद चाहता है । पर सपेरे की भाषा जगह-जगह अनबूझ हो जाती है । उसने इशारे में समझाया तो मैं समझ गया । उसकी पिटारी और कंधे पर रखने की बहंगी कुछ दूर थी । बहंगी निकाल पिटारी लेना चाहता था । अत: तुरत पिटारी निकाल बहंगी बढ़ा दी जो पांच फुट लंबी थी । अब देखा तमाशा ! जोर लगा साँप को खींच लाया - पूँछ पकड़ ऐसे झुलाये रहा । फन खोले हवा में रस्सी -सा हिलता रहा । वह अपने दादा से सीखे हुए था । कुछ समय बाद जमीं पर टिका अचानक फन पर बहंगी से दबा दिया । मुँह खोलते

ही बीच में संडासी–से चीमटे से पकड़ा और आगे के दांत उखाड़ डाले । अब वह विषहीन था । वह बूढ़ा नाग था । मैंने कहा– इसे खेल कौन सिखाये ? उसके कहे मुताबिक झोली में से डमरु निकाल थमा दिया । डमरू बजा –डम्‌डम्‌ डम्‌ ! सपेरा ने कहा – भालिया .. ,भालिया नाग जीभ लप लपाता पूँछ पर खड़ा हो गया अपनी नृत्य भंगिमा में । तभी सपेरा घुटनों के बल बैठ साँप की ओर हाथ हिला कह रहा था – भालिया –भालिया .... शुरू किया नागेश्वरी में 'पद्मतोला गीत'

"ब्रजराज नगर में कागजकल,
हीराकूद में अथाह जल ।
हमारी राजधानी भुवनेश्वर,
देखों यहाँ हैं कितने दफ्तर ।
बाबू लोग देंगे भरपेट खाना
हाथ जोड़ों इन बाबुओं के सामने
भालिया – भालिया – भालिया ..."

सूँ– सूँ कर देह फुलाकर जमीं पर साँप चोट मारता । फिर फन उठा नृत्य करता ।

मैं अचंभे में देखता रहा । पद्मतोला, नागेश्वरी संगीत राग ! यह स्वर की करामात है । शब्द या मंत्र नहीं मुझे यही लगा ।

खेल पूरा हो गया । पांच फुटे नाग को अपनी गोबर लिपी डेढ़ फुट व्यास की पिटारी खोली, सर–सर साँप उसमें जाकर बंद हो गया ।

अब साँप पकड़नेवाले भी कई निकल आये हैं । सांप उतना भयंकर नहीं गिना जाता । कुछ शौक से साँप पालते हैं । उनसे श्रद्धा में खेलते हैं । उनका विष संग्रह कर व्यवसाय करते हैं । कुछ जाति के लोग साँप मार उनका मांस खाते हैं । जल में रहने वाले तोड़ी और बमी मछलियां शायद साँप जाति की हैं । इनका मांस लोग खूब खाते हैं । अरब देशों में एक सपेरा जाति थी जो बूझ कर

देह में डंसवाती थी । इससे बिष का बुरा प्रभाव उन पर नहीं पड़ता । धीरे–धीरे विष प्रभाव से मुक्त हो जाते । इस जाति के प्रतिष्ठाता थे 'सिजनाइजरे' तब वे अनुयाइयों को लेकर रेगिस्तान में दूर–दूर तक साँप पकड़ने गए थे । कुछ समय बाद भूख लगी । खाने के लिए एक साथ चीखे । उनकी आवाज सुन खीझ कर अरबी में कहा –''कुलसीम' (विष खाओ) । दलपति पर विश्वास था । तब से वे विषधर पकड़ कर खाने लगे । उनकी संतान विषमुक्त होती हैं । परंतु विशेषज्ञों का कहना है कोई जीव विषमुक्त नहीं होता । यहाँ तक कि आदमी किसी को दांत से काट ले, विषाक्त हो जाता है । बिल्ली चूहा, बंदर आदि आदमी को काट लें तो आदमी मर सकता है । हर जीव अपनी आत्म रक्षा हेतु और आक्रमण तथा प्रति आक्रमण के लिए प्रकृति से अस्त्र पाता है । किसी का अस्त्र भयंकर, प्राणघाती, तेज, किसी का सामान्य, नगण्य, और सिर्फ आत्म रक्षा के लिए होता है । अजगर इतना विशाल होता है, उसमें विष की थैली नहीं होती । प्रकृति स्रष्टा ने किसे क्या किया है, अब भी रहस्यमय है । साधारण साँप का विष या मुँह की लार जहर का रंग राख जैसा होता है । उसमें कोई स्वाद नहीं होता । परंतु तंप, गोखर, नाग का विष मिर्च की तरह तीखा होता है । मात्रा के अनुसार विष खाने वाले इसे पुष्टिकर , बलप्रदायक, हजम करने में सहायक वस्तु कहते हैं । साँप का विष होम्योपैथी चिकित्सा में प्रयोग होता है । अफीम क्या है ? एक प्रकार का विष, शक्ति दायक है । अधिक खाने पर प्राण घातक होता है । हर विषधर की थैली में कुछ विष होता है । यह साँप चोट करने के बाद थैली खाली हो जाती है । फिर विष बन कर संगृहीत होता है । इसमें कुछ समय लगता है । इस दौरान काटने पर घाव हो, मगर विष का प्रभाव नहीं होता । अत: हर साँप दंश से आदमी मरे यह सोचना भ्रमपूर्ण है । कुछ में विष से नहीं, भय से मृत्यु हो जाती है ।

सृष्टि में जीव उत्पत्ति धारा में साँप का यह शिव और अशिव रूप मानव समाज में श्रद्धा और भय का कारण होता है । तभी हमारे समाज में साँप कहीं पूजित तो कहीं सर्प–क्रूर – कह कर घृणित और चर्चित है ।

विषथैली वाले नाग दंश का प्रभाव दस मिनट से दो घंटे में प्रकट होता है । क्षत पर धीरे–धीरे कष्टदायी जलन शुरू होती है, साँस तेज होती है । कुछ समय बाद रोगी

जड़वत हो जाता है । दंश की जगह फूल जाती है । उससे फीका राख रंगी खून निकलता है । सारी देह कमजोर और शिथिल हो जाती है । वाक्‌शक्ति कम हो जाती है । मुँह से झाग निकलते हैं । साँस धीमी होने लगती है । अंत में प्राण त्याग करता है । अत: डंसने के लक्षण और विष की मात्रा पर डंसने की भयावहता निर्भर करती है । हर आदमी साँप को असाधारण दृष्टि से देखता है । इस जीव में विशेष विचित्रता दिखाई देती है । यह मूक और वधिर होता है । पर जमीन पर पीटने पर वह इधर –उधर चला जाता है । इसके पैर नहीं होते । देह पर टिक कर गति करता है । देह गोलाकार होती है । तभी जल्दी भाग नहीं पाता । गति घंटे में तीन मील से अधिक नहीं हो पाती । रास्ता नरम हो तो गतिविधि जान पाते हैं । ठोस धरती पर चिन्ह नहीं । जिस साँप का गतिपथ बांका टेढ़ा वह विषैला होता है । जिसका अपेक्षाकृत सरल वह विषहीन होता है । इसमें व्यतिक्रम भी हो सकता है । हर साँप अंडे से पैदा होता है । अंडे से बच्चे बाहर आते हैं । मादा साँप अंडे देती है । अंडे को फोड़ बच्चे बाहर आते हैं । हर अंडे पर एक चिपचिपा रस होता है । इसीसे एक अंडे दूसरे से जुड़ा रहता है । ज्यादातर अंडे किसी गड्ढे में या बालू तले या किसी उजाड़ स्थल पर देती हैं । धूप – ताप में अंडे पड़े रहें । यह ताप अंडे को इंक्यूबेटर की तरह ऊष्माने में मदद करता है । कुछ सांपिन स्वयं को गोल बना उसमें अंडे रख सेंकती हैं । इस समय साँप की देह का ताप बाहर के ताप से कुछ अधिक होता है ।

कुछ ही साँप ऐसे हैं जो चमगादड़ की तरह सीधे बच्चे जन्म देते हैं ।

ऐसे सांप को ओवोविपारस (OVOVIVI PAROUS) कहते हैं । इनके स्त्री–पुरुष मिलने के बाद पहले अंडे बनता है मां के गर्भ में । वह गर्भ से बाहर न आ कर मां के गर्भ में ही ऊष्म होता है । फूटने पर बच्चा बाहर चला आता है । अत: इन्हें भी अंडे से होने के कारण 'अंडज' कहा जाता है । जो प्राणी गर्भ धारण कर सीधे बच्चे देते हैं, उन्हें 'जन्मज' कहा जाता है ।

तो 'जन्मज' – अंडज में फर्क क्या है ? एक माँ के गर्भ से माँ से अपना जरूरी खाद्य संग्रह कर बढ़ता है । अंडे के खोल में रह वहाँ प्रकृति प्रदत्त लार आदि से पूर्णांग होने तक खाद्य खा कर बढ़ता है । अंडे देना या

ऋतुस्राव हर मादा का प्राकृतिक स्वभाव होता है । स्तनपायी माँ के गर्भ से सीमित संख्या में रह जाते हैं। जहाँ असंख्य सृष्टि की आवश्यकता है, वहाँ देह में शुक्राणु और डिंबाणु मिल कर भी ऋतुस्राव आकार में बाहर आने तक को बाध्य होते हैं । बाहर पूर्णांग पाकर जन्म लेते हैं । मगर माँ शरीर में उत्पादन केंद्र पुं. शुक्राणु सहित भेंट न हो जो अंडा ऋतुस्राव में बाहर आता है, उसे 'बाया' या 'बो' अंडा कहते हैं । इसमें जीवन बीज नहीं होता, इससे कभी बच्चा नहीं होता । अंतमें अनुर्वर अंडे के रूप में उपेक्षा कर देते हैं ।

वास्तव में प्रकृति की लीला विचित्र है । यह सृष्टि उसका परीक्षागार है । पहले सृष्टि जगत में एक कोषी जीव यथेष्ट न होने पर 'उन्नत जीव' की सृष्टि हुई । वंशवृद्धि हेतु पु. और मादा दो श्रेणी को विभक्त किया । दोनों में ऐसे कुछ यंत्र या अंग बनाये जिनका नाम हुआ –कोष, अंडकोष, लिंग, योनि, जरायु, अंडकोष आदि पु. और मादा अंग जनेंद्रिय गठन में पार्थक्य बाहर जितना दिखता है, वास्तव में अंतर इतना नहीं । पुं. देह में होगा 'शुक्रकीट' या 'शुक्राणु' । मादा देह में होगा अंडा या डिंबाणु' । शुक्रकीट जहाँ बनता है, उसे अंडकोष कहते हैं । पुं. देह में अंडकोष दोनों चमड़े के थैले में झूलते हैं, इससे पुं. परिचय होता है । ठीक वैसे ही दो अंडकोष मादा में होते हैं । वे अंदर होते हैं, बाहर नहीं दिखते । पुं. अंडकोष दोनों एक नली में प्रवेश करते हैं । उसी नली की राह बाहर आकर जरायु या गर्भाशय (OVARY) से जुड़ते हैं । इस नली में वह मादा डिंबाणु जरायु की ओर आता है । डिंबाणु के गति पथ में यदि पुं. शुक्राणु जा मिले, तो नया जीव सृजन की शुरूआत समझें – स्त्री गर्भाशय में रह बढ़ने लगता है । पुं.– मादा संभोग एक सृष्टि निर्माण प्रक्रिया है, दोनों के सहयोग और संभोग से जन्म प्रक्रिया शुरू हो जाती है । पुं. अंडकोष से और मादा अंडकोष से शुक्राणु और डिंबाणु निकलने के अलावा एक महत्वपूर्ण क्रिया है, इन दोनों से रस झर कर रक्त मिलता है, वह दोनों में वय: प्राणि के लक्षण दिखाता है । जननेन्द्रिय पर प्रभाव डालता है । इससे पुं. मादा परस्पर उत्तेजित आकर्षित होते हैं, कलात्मक काम प्रवृत्ति और वंशवृद्धि के लिए । अगर वंशवृद्धि प्रकृति का लक्ष्य है, तो जन्म संख्या में, प्राणी – प्राणी में इतना फर्क क्यों है ? इसका कारण है । वंश बढ़ाने या वंश रक्षा हेतु जीव में काम प्रवृत्ति जगने के बाद प्रकृति ने व्यवस्था की है । विभिन्न परिस्थिति में जीव कैसे

बचेगा । जो जीव जितना शक्तिशाली, अर्थात् अपने बच्चों की रक्षा करने में समर्थ है, उसके बच्चे उस अनुपात में कम होते हैं । मानव, गाय, घोड़ा, हाथी आदि एक बार में एक बच्चा जन्म करते हैं । वे अपने बच्चे की रक्षा करने में अपनी शक्ति बल पर या परिस्थिति की सहायता से समर्थ हैं । पर जहाँ जन्मे बच्चे को दूसरा जीव खा जाये, या हवा–पानी के प्रकोप में नष्ट हो जायें, वहाँ जीव को अधिक बच्चे दिये हैं। एक मेंढक से बारह हजार बच्चे निकलते हैं । एक कर्ड मछली एक बार में नब्बे लाख अंडे देती है । समुद्र में तैरते –तैरते अन्य जीवों का आहार बन और प्राकृतिक कारण से मर–मर कर जितने बचेंगे, वे भी संख्या में काफी होंगे, ऐसी व्यवस्था प्रकृति ने की है । सृष्टि में प्रकृति ही सब से बड़ी माया रचती है । इसका रहस्य अब भी दुर्बोध्य है । प्रकृति की लीला खेल और उद्देश्य का अंत नहीं । सचराचर जगत के विस्मय तथा मेरे अनुभव और ज्ञानार्जन हेतु कुछ तथ्य रखे हैं ।

मेरे लिए सबसे विस्मयकर घटना रानी मधुमक्खी होती है । अपने जीवन में वह एक बार पुं.मधुमक्खी संग उड़ते समय संगम करती है । इस एक बार के बाद पुं. मधुमक्खी जमीन पर पड़ कर मर जाता है । और भी विचित्र बात है – अपनी इच्छानुसार पुं. और क्लीव (सैनिक) अंडे निकलते हैं । अत: रानी मधुमक्खी को 'इच्छामती' ठीक कहा है । मानव उसके छत्ते में मधु संग्रह के बाद खाली पड़े छत्ते में फिर अंडे भर देती है, मानो जगत को मधुमय करना उसके जीवन का व्रत है । अत: कुछ लोग रानी मधुमक्खी को उसके भिन्न और विशेषता के कारण 'स्वर्गीय कीट' कहते हैं । मैंने अपने सत्य उद्यान और सत्याश्रम में कई मधुमक्खी के तत्व मधुमक्खी पालन करने बोर्ड पर लिखा है –स्वर्गीय कीट तुम्हीं

नहीं तेरी कोई तुलना ।
धराधाम पर तू इच्छामती
नहीं तेरी कल्पना ।''

और आश्रम में कुछ राजहंस भी पाल रखे हैं । उनके स्थान के बाहर ओड़िया कवि के कुछ अंश लिखे हैं :

''जारे सारस पक्षी लांघ पारावार ।

तेरे लिए नहीं नर निषाद संसार ।।"

।११।

उन दिनों मैं बांकी स्थित चर्चिका मैं माइनर स्कूल पढ़ता था । पिताजी वांछानिधि महापात्र और मैं गायों के गुहाल में 'कमला' गाय के थन से ढामन सांप को दूध पीते देख अचंभे में भर गए थे । मैंने ऐसी कहानी उनसे पहले भी सुनी थी । यहाँ देवतुल्य पिता पर दो शब्द कहना समीचीन होगा ।

सांसारिक जीवन में उस इलाके के वे एक धार्मिक साधु पुरुष के रूप में परिचित थे । उनमें अहंकार कतई न था । अमायिक और सरल स्वभाव के थे । उनकी आराध्य थी अधिष्ठात्री देवी चर्चिका माता । बाढ़ आदि जितनी बड़ी विपद हो, रात में लालटेन ले कर चर्चिका के दर्शन करते, चाहे जगत प्रलय हो जाये । बांकी की हाट बाढ़-जल में डूबे, पानी में सिर पर लालटेन रख फूल डलिया लेकर मंदिर जाते । वे न पहुँचते तो रात की धूप- आरती विलंबित हो जाती । मां की स्तुति गाकर बात करते । घर का भला-बुरा जताते । इतने सरल, विमल और ईश्वर विश्वासी ! एक रहस्यमय घटना याद आ रही है :

मेरे बड़े भाई प्रियनाथ कृषि विज्ञान में स्नातकोत्तर पास, पढ़े-लिखे । विवाह के कई प्रस्ताव आ रहे थे । खोर्धा बघेटांगी गांव की कन्या माँ को पसंद आयी । कन्या पक्ष बात करने हमारे घर आये । पर कन्या को तो बेटा देखे । तब विवाह की बात हो । दो दिन बाद मंगलवार ठीक रहेगा । सब अचंभे में रह गए । बेटा तो ओड़िशा में नहीं, नागपुर में है । कृषि विभागीय

ट्रेनिंग पर तीन महीने के लिए वहाँ गया है । नागपुर काफी दूर है। रेल से भुवनेश्वर आने में तीन दिन लगते। संपर्क कैसे हो ? तार पहुँचने में एक–दो दिन लगें । आगे है रविवार । तारघर छुट्टी होगी । सब ने, माँ सहित उनकी बात को हँसी में टाल दिया । कहा महात्मा आदमी हैं, संसार की वे क्या जानें ? यथार्थ से दूर ठहरे । रात में चर्चिका माँ की पूजाकर पौढ़ कर आये । ममी से कहा –''डमी की माँ ! (बड़ी बहन को नेह में डमी कहते) मैंने तार कर दिया। माँ हँसी। कहा–सोम के बापू (मेरे बड़े भाई सोम हैं) ये पगलापन कब छूटेगा ?

हमारी जमींदारी थी । हलवाहे, नौकर–चाकर थे । घर की बातें, हमारी पढ़ाई, बेटी–व्याह, जमीं–जायदाद व्यापार मेरी मां दक्षता से देखती । संसार की जिम्मेदारी उनके माथे पर ।

मातृत्व और आदर्श का जीती जागती रूप थीं माँ रंजना महापात्र । उनके वात्सल्य नेह संग पारिवारिक शासन नियम और सत्यप्रियता दुर्लभ है समाज में । माँ–बाप की आखरी संतान थी मैं । मुझ से बड़े भाई थे सोम और प्रियनाथ । अच्छी पढ़ाई करते । मैं उनकी बराबरी नहीं कर पाता । पढ़ाई में कमजोर था । जिस उमर में किताबों से दोस्ती होनी थी, उस शैशव में बचपना और दुष्टामी काफी हो गई । माँ चिंतित और असंतुष्ट थी । रोज सुबह–शाम प्रार्थना के बाद पढ़ाई पर बैठना जरूरी था । इसमें कोई व्यतिक्रम नहीं चलेगा । कान ऐंठना, एक टांग पर खड़े रहना, मुर्गा बनना आदि सजा भोगो ! या फिर बेंत खाओ । बड़े दोनों भाइयों ने कभी सजा नहीं पायी । पर मैं कई बार सजा भुगत चुका हूँ । एक बार गरमी की छुट्टियों में दुपहर में बस्ती के साथियों को ले नदी किनारे वाले खेत पहुँच गए । ककड़ी, तरबूज भर पेट खाये । प्रत्येक एक–एक कुम्हड़ा हाथ में ले घर लौटे । माँ न थी घर पर । उनके 'रामकृष्ण गुरु ' भगवान मिश्र के घर गई थी । वे भी रामकृष्ण मठ की देखभाल में थी । घर आ कर देखा छोटा कुम्हड़ा रसोई में रखा है ।

माँ की जिरह और लाल आँख –" कुम्हड़ा कौन लाया ?"

सहमे स्वर में कहा –"मैं ।"

–" कहाँ से ?"

–"तटबंध के पास प्रधान पड़ा की बाड़ी से ।"

–" तो चोरी की है ! अंधे सनेई की बाड़ी से ।"

–"वह तो अपनी बाड़ी है । सनेई ने साझे में ली है ।"

–" उसने मुझ से ली है ? हमारी जमीं होने पर भी फसल का मालिक सनई है । उसे बिना कहे, चोरी की है ! यहाँ के आवारा छोकरों संग में पढ़ाई तो करती नहीं । चोर बना !"

अब माँ को कौन सम्हाले । दो हत्थी बांस की फरची लायी । पांव से सर तक पीट गई । मैं बेहोसी की हालत में । जगा हलवाहा और भीमा ने जितना रोका, कुछ न सुना । फरचल की धार ठोड़ी पर लगी । खून निकल आया । वह घर के सोने वाले कमरे की ओर भागी – कपड़ा, रुई, आयडीन लेने गई । आँसू भरे । मैं उठ कर भागा और बाड़ी के पिछवाड़े जा रात तक छिपा रहा गूलर के पेड़ के नीचे –तटबंध के पास । गंजी और हाफ पेंट पर खून के दाग सूख गए । माँ का मन कहाँ धीरज धर पाता । गुमास्ता, हलवाहा, टहलुवा लेकर नाम पुकारती खोजती चली । आखिर पा गई तो छाती से लगा लिया । कितनी रोयी ! मानो महानदी में आँसू की बाढ़ आ जायेगी । रोती रही । गुमाश्ते नरहरि, जगा, भीमा माँ को समझाते रहे । बच्चा है, बुद्धि नहीं हुई । बच्चे को यों नहीं पीटते । माँ के आँसू कम नहीं हुए थे । रात में सनेई को घर बुलवाया । "तेरे खेत से छोटा बेटा कुम्हड़ा चुरा लाया । तुम गरीब आदमी । मेहनत कर फसल उपजायी । छोटा है । जितना समझाओ, उसका बचपना छूटता नहीं ।"

अंधे सनेई ने कहा –''ना... माँजी ! बाबू और कुछ संगी ककड़ी, तथा कुम्हड़ा लेने की बात कान में पड़ी है । माँजी ! क्या वह हमारा बच्चा नहीं ? आपकी जमीं काट कर हम बाल–बच्चों का पेट भरते हैं । माँजी, मेरी गुहार है, उसे कुछ न कहें । हमें कष्ट होगा ।''

सनेई की बातें मां को संतुष्ट नहीं कर सकी । माँ मुझे उसके सामने ले गई । उसके आगे क्षमा मांगने कहा । सयाने बच्चे की तरह मैंने हाथ पकड़ माफी मांगी । कुम्हड़े को घर में रखने की बजाय सनेई के हाथों 'रामकृष्ण मठ' भेज दिया ।

बाद में बांकी में मेरी पढ़ाई नहीं हो सकी । नई राजधानी भुवनेश्वर चला आया । एक परिवर्तन का स्वर जाग उठा मन में । पढ़ाई की झोंक बढ़ती गई । बाद में छात्र जीवन में द्वितीय होने का सवाल ही न था । आज समाज में मैं आदमी बन खड़ा हूँ । केवल देवता सरीखी माँ के अनुशासन और आशीर्वाद से । माँ–बाप के जीवनादर्श की छाप बच्चों पर होना स्वाभाविक है । अब दाढ़ी बनाते समय ठोड़ी पर पिटाई का दाग आईने में देख माँ का चेहरा दिख जाता है । आँखें गीली हो उठती है । उसके दुखद देहांत के बाद बांकी विधायक की ओर से रंजना महापात्र (मेरी माँ) को मरणोत्तर समाजसेविका नारी के रूप में पुरस्कार और मानपत्र प्रदान किया । मैं ग्रहण करते – करते उनकी निःस्वार्थ सेवा और आदर्श समाज सेवा याद कर रो पड़ा । आज ऐसे परोपकारी समाज सेवी कहाँ रह गए !

प्रिय भाई के लिए लड़की देखने की बात ले रहा हूँ । मंगलवार भाई प्रियनाथ भुवनेश्वर –बांकी बस से उतरे । सब अचंभे में भर गए । भाई ने बताया – नागपुर ट्रेनिंग के दौरान कृषि संबंधी कुछ सूचना एवं कागजात लेकर कृषि विश्वविद्यालय भुवनेश्वर आना पड़ा । भुवनश्रेश्वर आकर गाँव कैसे छूट जाता ? माँ–बापू से भेंट हो जाय, फिर कल नागपुर लौटना है । ऐसी आस्था, भरोसा है चर्चिका माँ पर बापू का । सदा माँ – माँ कहते रहें ।

सदा उनसे बातें करते रहें । मंदिर शिखर को देख सदा कुछ कहते रहते हैं । गावँ के बच्चे उन्हें 'पगला दादा' कहते । मुँह पर सदा भजन, जगन्नाथ स्तोत्र, रामनाम स्वर चलता रहे । बांकी से कोई साधु , संत, बाबाजी या कीर्तनियां दल आता । उनमें मात उठते, डूब जाते । अभ्यागत भिखारी दुःखी-रंक कोई आता, खाली हाथ नहीं लौटता ।

गौ भक्त थे बापू । हमारे गुहाल में कई गायें थी । खेती-बारी के लिए बैल भी। किसी के पैर में फाटवा रोग हुआ, या छेरा (पतला गोबर) होने लगा, वे चिंतित हो जाते । खाना-पीना भूल सेवा करते । पशु डाक्टर को चैन नहीं लेने देते । दिन में ग्वाला गायों को लेकर उस छोर पर चराने ले जाता । गोधूलि में लौटने के बाद चलता उनका काम । प्रत्येक को तूड़ा, चोकर, खली, पानी, मांड, पुवाल, घास उनके कुंड में देते । उनको सहला पुचकार कर देह से कीड़े हटाते । बाड़ पर लालटेन झूलती । गुहाल ही में कभी-कभी रात बीत जाती । नौकर-चाकर । रात भर मच्छर-डाँस के लिए गोबर की धुंआ देते । सुबह गाय दुहना चलता । उससे पहले वे स्वयं गुहाल साफ करते । नौकरों को गुहाल सफाई करने नहीं देते । कहते -गौ में तैंतीस कोटि देवी-देवताओं का निवास है । गौ को माता कहते । गौ सेवा के समय वे कहते -''गौ माता सर्वाराध्या सकल सुरगणाः

दिव्यन्तेऽपि सर्वांग ।
सेवायां सर्व सिद्धि भवति च लोकानां
संपूर्णा चाभिलाषा ।।
धर्मार्थ काम मोक्ष तस्या कृपावलंबात्
सर्व सौख्यं च लब्धम् ।
तस्मानित्य पुंसः सुप्रसन्न मनसा
ध्यायेन् कल्याणदात्रीम् ।।''

कमला गाय

बापू इसका सरल अर्थ समझाते – गोमाता सब की पूजनीय है । सर्वांग में वहाँ देवता निवास करते हैं । उनकी सेवा करने से सर्वसिद्धि मिलती है । धर्म –अर्थ – काम –मोक्ष उनकी कृपा से प्राप्त होता है । सारे सुख मिलें । अत: मानव प्रतिदिन कल्याणी गौमाता की आराधना करे ।

दोल पूर्णिमा के पहले दिन गौस्नान पर्व हमारे घर में सामाजिक पर्व है । गौ धर्म उनका कर्म है । ऐसे लोगों को समय कहाँ मिले ? सूरज सिर पर आने तक काम लगा रहे । जरा फुरसत नहीं । कभी थकान लगे, विश्राम की जरूरत पड़े, गुहाल में पड़ी तखत पर मिटा लेते । वही तखत होता उनका शयन कक्ष । हाँ, मृत्यु के समय केवल माँ –माँ कह अंतिम साँस ली । अंत्येष्टि –दशाह कर्म के समय उनकी कच्ची बही से देखा – लिखा है ब्राह्मण भोजन के साथ एक हजार गायों को भर पेट खाद्य देने को कहा है । उनकी इच्छानुसार हम बेटों ने वह कार्य संपन्न किया ।

मेरे देवोपम पिता के आदर्श और अभिरुचि से अनुप्राणित हो बाद में बेलेश्वर स्थित फार्महाउस 'सत्य उद्यान बना' । 'सत्याक्षम' में कई गाँये थी । पर उपयुक्त गोपालक के अभाव में देखभाल मुश्किल हो गई । ग्वाला लक्ष्मण

भी मुझ से छुप अपने परिवार को ले पलायन कर गया । अतः वाध्य होकर गायें दान कर दी स्थानीय गोप्रिय गोपालक को । मेरे सूने गुहाल को कलाप्रिय पत्नी प्रतिभा ने अपने हाथो एक रुचि संपन्न काठकुटी बना दिया । प्रवेश द्वारा पर सुन्दर वंशीधारी मूर्ति आकर्षण ढंग से बना कर 'गोपालय' नाम दिया है । कभी – कभी सूनी रात में नींद न हो तो किताब पढ़ती है या देसी देहाती गीत या जगन्नाथ भजन गाती है या हलकी फुलकी वंशीधुन छेड़ती है नींद न आने तक ।

जीने का मन करता निर्जन दुनिया में ।
लोकारण्य से दूर सागर के निर्जन तट में ।।
मेध भरे नीलाकाश और ससागरा धरा ।
सांझ में यहाँ झाकते चांद और तारा ।।
सागर की ऊर्मि उत्ताल लहरें पर पड़ता स्वर
मन भर जाता अपूर्व सीमाहीन सत्ता में ।
आरण्यक शेभाश्री का स्यामल वेश,
कभी हँसता, कभी बरसता उन्मुख आकाश ।।

अखंड नीरवता में तैरती कोयल की कुहु तान ।
चारों ओर भरी बन सुषमा पक्षीकुल कूजन ।।
कपोत गूंजते फिरते दाने की तलाश करते ।
चतुर कौवा, गोरैया दिवा लोक में खेलते ।।
उड़–उड़ हवा में तैरती शुभ शंखचील ।
जीने में मन करता इस निर्जन दुनिया में,
लोकारण्य से दूर सागर के इस विजन तट में ।
मेघमय आकाश और ससागरा धरा,
सांझ को यहाँ झांकता चांद और तारा ।।
सागर का उर्मिल उत्ताल लहरों का तैरता स्वर,
मन में भर दे सीमाहीन किसी सत्ता को ।।
अरण्य की शोभाश्री विमल श्यामल वेश ।
कभी–कभी हँसता या बरसता वह आकाश ।।
अखंड नीरवता में तैरती कोयल की कुहु तान ।
चतुर्दिश भर जाती वन सुषमा और पक्षी कूजन ।।
कपोत कपोती गुटरगू कहते यहाँ दाने चुगने आते,
चतुर कौवा या गौरैया इधर–उधर खेलने आते ।।
पेड़ की डाल पर गाये, संगी से करने खेल
डाहुक पुकारता अब वर्षा आ रही ।
कुंभज आवाज देता पेड़ की डाल पर आसरा ।।
न यहाँ बाघ, न हिंस्रजानवर की भीड़ ।
केवल विराट अनाथ कृष्णसार खड़े ।।
पास में देखें मृग दंपति का मुक्त विचरण ।
कितना उल्लसित, पुलकित आनंद आचरण ।।
न शीत यहाँ, न ऊष्म, नाति शीतोष्ण अंचल ।

तल्लीन ,तन्मय मन सदा होता चल और चंचल ।।
कुछ दूर से सुन लें मंदिर की घंट ध्वनि शंखध्वनि ।
कवि प्राण भर उठे ईश्वर सत्ता अपूर्व मोहिनी ।।
अपार्थिव अमृतसम वह स्वर्गीय ओंकार की तान ।
नहीं कुछ मनोरम सच यह है मेरा तपोवन ।।

पिताजी से सुना है – गुहाल में तख्त पर वे विश्राम ले रहे थे तभी नींद की झपकी आ गई । उनकी गाय 'कमला' (अन्य के नाम – बउला, काली, सुन्दरी, चंपी आदि) ने हफ्ते भर पहले बछिया को जन्म दिया था । २१ दिन तक इसको नहीं दुहा जायगा और इस गाय को गोठ में भी नहीं छोड़ा जाता । गुहाल में 'कमला' और सात दिन की बछिया थे । अचानक नींद टूटी तो देखते हैं – विशाल धामण साँप कमला के पिछले दोनों पैरों को रस्सी की तरह बांध कर गाय के थन से दूध पी रहा है । कमला ने खुर नहीं हिलाये । कोई प्रतिरोध नहीं किया । उसका स्वभाव है – छोटा बच्चा भी थन से दूध ले सकेगा । पिताजी साँप का यह कांड देख अचंभे में भर गये । वह सारा दूध पी जायेगा ! बछिया फिर क्या करेगी ? परेशान हो उठे । वे किसी जंतु को मारते

नहीं । बस ... राम ... राम... माँ... माँ जपते हैं । धामण बहुत तेज होता है । पिताजी को जगा हुआ देख दूध पीना छोड़ बिजली की तरह गुहाल के पिछवाड़े बांस के झुरमुट में भाग गया । बिल्ली जाति (बाघ, चीता, ऊदबिलाव आदि) में चीता सबसे तेज होता है, वैसे साँपों में धामण सबसे तेज भागता है ।

धामण शिकारी जीव है । मांसाहारी व शाकाहारी भी है । दुधारु गाय का दूध पी जाता है । दूसरा कोई साँप गाय से दूध पीने का उदाहरण नहीं है ।

कुछ कहते हैं नागिन का पुं. धामन सांप से संगम होता है । दोनों में काफी सामंजस्य है, अतः नागबंध से मिलन होता है, मेरे खयाल से इन दोनों के मिलने होने वाला 'नागेणा' कहलाता है । जैसे बाघ के शुक्राणु से सिंही के डिंबाणु संगम से 'टाइगन' पैदा किया गया । मुँह सिंह और शरीर बाघ जैसा है । नागेश विषैला खूब होता है ।

पहले कुत्ते जैसे पशुओं में संकरीकरण से सफलता पाकर उत्साहित हुए फिर बिल्ली जैसे जंतुओं में संकरीकरण पद्धति का प्रयोग किया । टाइगन उनकी पहली सफलता थी । फिर...
पुरुष जगुआर के साथ चीता बाघिन,
पुरुष जगुवार के साथ सिंह,
पुरुष चीते के साथ बाघिन,
सिंह के साथ बाघिन,
पुरुष चीते के साथ स्त्री जगुआर,
बाघ, सिंह के साथ स्त्री जगुआर का संगम करा कर

क्रमशः जागुआर्ड, जागलियन, लियोगर, लाइगर, जियोपजाग, टागुआइ आदि

लिलिगर बाघ

नाम रखे गए, ल्योपजा, टागुआर, नाम रखे गए । अब लाइगर, और सिंह (लायन) में संगम करा कर लिलिगर बाघ पैदा किये जा रहे हैं । वे बिल्ली जाति के सबसे बड़े जानवर हैं ।

विलुप्त प्राय और विरल प्राणियों के संरक्षण और अभिवृद्धि में अमेरिका दक्षिण में कोरोलिना की मार्टिल समुद्री तट पर अन्तर्राष्ट्रीय टाइगर्स संस्थान है (TIGERS - The Institute of Greatly endeangered and Rare Species) वहाँ क्रास ब्रीडिंग और संकरीकरण पद्धति में काफी सफलता की जा रही है । जो आश्वासन का विषय है । वैसे हाथी और गेंडे के संग प्रक्रिया से नये वृत जीव की सृष्टि में प्राणिविज्ञानी रिसर्च कर रहे हैं ।

नागेणा विषैला खुब होता है । धामण शिकारी जीव है । मांसाहारी व शाकाहारी भी है । दुधारू गाय का दुध की जांता है । ऐसे एक लत लगी तो फिर बार – बार करते है । प्रतिरोध पर भी न माने । आदत से लाचार हो जाता है । पिता जी ने अब हर दुधारु गाय की रखवाली की व्यवस्था की । पर कुछ दिन बाद पास के गांव में हाल में ब्यायी गाय के थन से धामण दुध पी रहा था । कई तरह के साँपो के बिल है पास में पहाड़ी के नीचे इस गाँव में । उस दिन प्रसुता रात में श्वाकार सोने गई, पास में शिशु सोया । अचानक नींद दूटी। पत्नी की देह में साँप लिपटा । वह गहरी नींद में है । शिशु भी सोया है कुछ हट कर । साँप बच्चे की तरह स्तन से दूध पी रहा ! लाठी लेकर बढ़े। साँप तुरत छोड़ कर बिजली की तरह भाग गया । दुध चोर साँप । गरमी की छुट्टियों में गाँव गया था । इस साँप को मेने बहुत कष्ट से बन्धुक से मारा जब वह एक पेड पर एक पक्षी साबक को खाँ रहता था ।

।१२।

जंगल में ऐसे घूमते समय कुछ पता न चले । रातदिन इकसार लगे । भूख–प्यास गायब । सूरज बहुत ऊपर उठ चुके । बेलघर डाक बंगले लौट रहे थे । सुबल से पूछा –‘‘भूतखाया पोखर से तुम लोगों ने हाथी को निकाला । हाथी की सूंढ में खुली रस्सी बंधी । बात वहीं आधी रह गई । अब कहो ।’’

‘‘इधर ट्रेंच खुदाई चल रही । पूरी नहीं हुई । फसल आने का समय । बेलघर अभयारण्य के चारों ओर हमारे गांव – कंटपली, पड़िया बाहाल, कुंआरमुंडा, धुरसी, साबना, चंपानली, कतरकेला ... आदि । गांव के सहारे –सहारे खेती –बाड़ी की जमीन । किसानों को समवाय बैंक से ऋण मिले हैं । साल भर फसल अच्छी रही । फसल कटाई के दिन । धान कटाई चल रही । हाथी झुंड आकर धान खा जाते हैं । खाने से ज्यादा पांवों से रौंद नष्ट कर जाते । लोग ढोल बजाते, पटाखे छुटाते, आग के लुआठे खड़े कर हांकते हैं उन्हें नीचे की ओर । लेकर जंगल में छोड़ जाते हैं । अगले दिन फिर जैसा का तैसा । हाथी दल लौटते । लोग लाकर थाक लगाते हैं । धान अमल कर कुठल्ले में ढेर न करने तक आँखों में नींद नहीं । परंच गाँव की पंचायत बैठी । लोगों ने सरकार से गुहार की । पहले इन्हें काबू में करना होगा । रात–दिन ड्रोजर, जेसीबी मशीन, लाकर ट्रेंच खुदाई को तेज किया । फोर्स लगा हाथियों को ट्रेंच के उधर भगाया । बेलघर जंगल जाते समय पितावली में कच्चा पुल बनवाया । इस तरह हाथियों पर काबू पाया गया ।

‘‘मगर सूंढ में बंधी रस्सी का क्या हुआ ?’’ उत्सुकता में पूछा ।

बताता हूँ । खुले इलाके से सारे हाथी भगाये गए । भूतखाये पोखर से हमारे निकाले 'भूतनीहाथी' (भूत खाये पोखर के नामानुसार उसे भूतनी कहा।) कुई भाषा में नाम दिया 'आती' । एक दिन देखा उसे छोटा-सा छौना हुआ है । सूंढ में रस्सी बंधी होने व झुंड से अलग होने से दल से अलग हो गया था । बच्चा माँ के पीछे-पीछे फिर रहा । माँ के पिछले पाँव के बीच से दूध पीता । कुछ दिन का बच्चा था । भूतनी हाथी किसी पर आक्रमण नहीं करता । आदमी को देखकर सिर और सूँढ नीचे किये एक ओर हट जाता है । हम लोगों ने तो भूतखाया पोखर से उसे निकाला था । उसको विपद से बचाया था । अतः उसकी कृतज्ञता समझ रहे थे । शांत सीधी प्रवृत्ति है उसकी । किसी के बाड़ी बगीचे में घुसता नहीं । धान खेत उजाड़ता नहीं । गाली सुने, पत्थर की मार खाये, बस खाद्य पर नजर । वह जानता है झुंड में मात कर नष्ट करने पर आग का लुआठा पायेगा । अतः लोगों से मिल कर चले तो लाभ है । पेट को भरपेट मिलने पर वह संतुष्ट । पीने को थोड़ा पानी चाहिए । खेलने को पोखर ! गूंजा आड़ी बंध काफी है ।

हमारे गाँव कुंआरमुंडा होकर मुनिगुड़ा -रायगड़ा रास्ते के दोनों ओर विशाल साल के पेड़ और जंगली लतायें भरी । इस रास्ते से अनेक गाड़ियों का आना-जाना है । जाड़ों में धान अमल के बाद धानसंग्रहकारी संस्था ट्रकों में हजारों बस्ता धान परिवहन करती है । उस दिन धान भरा ट्रक था । रायगड़ा से चलान होता है । मिलर लोग चावल बना भारतीय खाद्य निगम को बेचते हैं । रायगड़ा व मुनिगुड़ा में बहुत बड़े-बड़े खाद्य गोदाम हैं । एफसीआई के । दिन दोपहर में हथिनी बच्चे के साथ बीच रास्ते पर खड़ी सूँढ हिला रही है ।

दिन में सड़क के बीच हाथी ! ड्राइवर ने ब्रेक लगा गाड़ी को सम्हाला । समूचा सिहर गया । हथिनी धीरे-धीरे ट्रक तक आयी । सूंढ से बस्ता खींच कर नीचे पटका । जोर लगा कर झाड़ा, भर पेट खाया । बच्चे को पास बुलाया । उसे भी धान खाना सीखना चाहिए । हाथी शिशु ने सूंघा । मां के अगले पांवों के बीच सूंढ डाल थन से दूध पीया । केबिन में खलासी और

ड्राइवर दोनों कांप रहे । यह अचंभे में भरे केबिन से मुँह निकाल देखते रहे ।

पेट भरा, बच्चे को ले जंगल में चल पड़ी । ड्राइवर ने स्टार्ट कर अपने गंतव्य की ओर गाड़ी चलाई । हथिनी का आचरण चारों ओर चर्चा में आ गया । फिर वह इलाका छोड़ कहीं नहीं गई । भूख लगी तो सड़क पर – रात हो या दिन । गाड़ी का इंतजार करे । जन या यान किसी को नुकसान नहीं करती । बस खाद्य पाने की प्रकृति है । यह जान बस, ट्रक, कार वाले यानी उसके लिए फल–मूल, लड्डू ले जाते । सूंढ बढ़ा लोगों के हाथ से लेती । बच्चे को देती ।

एक दिन कार पहुँची । डिकी खोलते ही खाद्य खाने लगी। भूख ज्यादा थी शायद । जो कुछ था, पेट नहीं भरा । अब कार को जाने की अनुमति देने के ढंग से खड़ी हो गयी।

दूसरे आने की प्रतीक्षा । यात्री बस आयी । रोकी । मानो पुलिस सड़क पर बस रोक लेती है। बस की खिड़की में सूंढ डाल खाद्य मांगा। उसका गुण व प्रकृति प्रचारित हो चुकी थी। विस्कुट से लेकर बरा, केला,

मिठाई, सेव, अंगूर, अमरुद सब सूंढ पर रखते रहे । यात्रियों का कौतूहल बढ़ा । हमारे लोगों का उत्साह बढ़ा । एक दिन महिला यात्री अपनी मनौती के अनुसार मुनीगुड़ा महाकाली मंदिर में चढ़ाने सामग्री लेकर जा रही थी। बस रुकी । भूतनी हाथी ने सूंढ बढ़ायी सारा भोग खा लिया । नारियल लेकर सड़क पर काले संगमरमर पत्थर पर पीट कर दो टुकड़े कर दिये । ककड़ी की तरह चबा गयी । औरत ने उसके माथे सिंदूर लगाकर प्रणाम किया। उसके बच्चे को भी सिंदूर लगा दिया। सुन्दर दिखने लगे। बाकी सिंदूर लेकर जिस पत्थर पर नारियल फोड़ा, वहाँ लेप कर दिया। फूल चढ़ाये, धूप दीप लगाये। अंबादोला का यह रास्ता जहाँ मोड़ लेता है, वह सिंदूर लगा पत्थर क्रमश: 'अंबादेई' ठाकुराइन बन गयी। अब वह भूतनी हाथी उधर न जाकर उस सिंदूरपुते अंबादेइ देवी के पास ठिकाना बना लिया। वह हो गई देवी की पूजिका । वनदेवी 'अंबादेई' और पुजारिन हुई हथिनी । देवी आविर्भाव की बात प्रचारित होने लगी । हथिनी की सूंढ में जो रस्सी बंधी थी – पोखर से निकालते समय, पास न जा चार–पांच हाथ दूर से हमने काट दिया था वह वैसे ही सूंढ में बंधी रही । सबने मान लिया कि यह कोई महावतहीन पालतू हथिनी है । यात्रियों में डर नहीं रहा । शिशु हाथी को 'शंकरबेटा' कहते । भूतनी को खूब भोग प्रसाद मिलने लगा। खूब संतुष्ट भक्तों के हाथ से नारियल ले उसे देवी पत्थर पर तोड़ना आकर्षण हो गया उनके लिए । सबके लिए आकर्षण बन गया यह दृश्य । देवी के पास लालमाटी के कुछ टेराकोटा भक्तों ने लाकर रखे । वह स्थान देवी का पीठ बनता गया ।

मगर एक दिन दुखद घटना हो गई। भूतनी को काफी प्यास लगी। धूप तेज। सूरज आग बरसा रहे। पास कहीं पानी नहीं। गोलबंध पोखर पर रात में जाती। पानी पीती, पंक में लोटती–जलक्रीड़ा करती। बंध के ऊपरी भाग में ३५ केवी बिजली का तार एक खंभे से दूसरे खंभे तक झूलता गया। भूतनी सूंढ में पानी भर बंध पर खड़ी हुई। पानी फेंका तो सूंढ लगी रस्सी तार में लिपट गई। तार खूंटे से टूट गया। उसे छू गया। बाद की घटना दुखद है। हथिनी छटपटाती रही। तुरंत प्राणवायु उड़

गई। सुबह दृश्य देख सब मर्माहत। शांत, सीधी, पुजारिन बिना दोष चली गई। इलाके की एवं वनवासिंदा बन चुकी थी। पिछली रात धीमा और चीमा सहित अन्य कुत्ते खूब भोंकते रहे। पर गाँव वाले उस अस्वाभाविक चीख को समझ न पाये।

पहले गाँव वालों ने झूलते तारों पर ऊपरी स्तर पर लिखित अभियोग भी दिया था। मरम्मत की उपेक्षा हुई। इसी कारण हथिनी को जान गवाँनी पड़ी। पर दुर्घटना होने के बाद क्या प्राण लौटेंगे? सहानुभूति और अंत्येष्टि पालन की। वन विभागवालों को खबर दी। मुश्किल से क्रेन ला कर उसे ट्रक

में लादा। सब भूतनी के विदा पर्व पर दुःखी थे। हृदयस्पर्शी और अवर्णनीय दुःख था। आसपास के गाँववाले फूल, चंदन, धूपबत्ती, सिन्दूर, संकीर्तन सह शोभा यात्रा में स्वतःस्फूर्त शामिल हुए। धीमा और चीमा दोनों। समाधि पर भूतनी की तरह काले संगमरमर पत्थर की मूर्ति खड़ी करने हेतु ग्राम कमेटी बनी। इसके लिए सरपंच साहुकार जनार्दन साहू ने दायित्व लिया है।

मगर सौभाग्य से शिशु 'शंकर हाथी' बच गया। वह माँ के मरने की नहीं जान पाया। मृत माँ को छू देता, वही दशा होती। वह उधर जलाशय में क्रीड़ा कर रहा था। लंबा बाँस ले कर तुरंत बिजली से अलग किया। बिजली विभाग वालों को खबर देकर उद्वेग जताया।

शंकर बेटा तो बच गया उसकी उसे खाना–पीना कौन देगा ? बिना दूध और देखभाल कौन करेगा ? जीयेगा कैसे ? हम पके केले, पपीते देते । कुछ चबाता, कुछ छोड़ता । कुछ महीने में हाथी बन गया । दांत उगने लगे। जन्म लोम छूटने लगे । वह काफी चुलबुला था । बच्चे गांव की सड़क पर 'शंकरबेटा' कह दौड़ते । खेलते । धीमा एवं चीमा कुत्ते भी खेला करते ।

मगर दो – तीन दिन बाद बच्चा कहीं अन्तर्धान हो गया । तीन दिन बाद घायल हाल में भैंसों के झुंड में मिला । हाथी शिशु पर बाघ की नजर होती है । शायद किसी बाघ के धक्के पर आ गया । किसी तरह बच गया । देह में नोंच खरोंच के दाग । भैंसों के झुंड में आ गया । भैंस बाघ से नहीं डरे । दलबद्ध हो वन में चरती हैं । भैंसों ने उसे सुरक्षा दी है । उमर बची थी । उसे कौन मारे ? भैंस दुहने वालों ने भैंस के थनों में मुँह लगाया ।

विद्युत विभाग की त्रुटि से सीधी हथिनी की मृत्यु और शिशु हाथी के

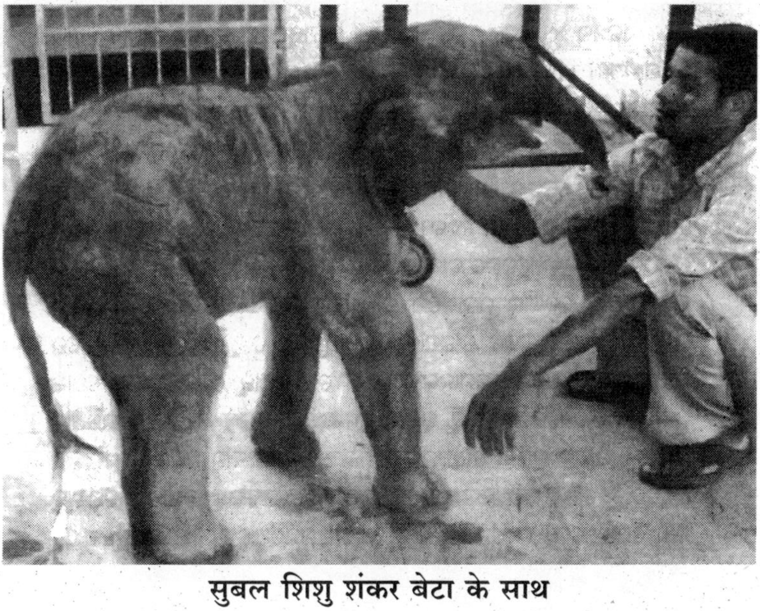

सुबल शिशु शंकर बेटा के साथ

उद्धार की खबर फोटो सहित हर अखबार में छपी । फोटो पर नजर गई रायगड़ा में डेरा डाले सर्कस के मास्टर मेनेजर बाबू की । कुछ दिन पहले सर्कस का चार महीने का हाथी शिशु फ्लू में मर चुका था । माँ बच्चे को ढूंढ रही, मेनेजर ने वनविभाग अधिकारी से संपर्क किया । मातृहीन शिशु को गोद लेने की इच्छा व्यक्त की । मना करने का कारण न था । मातृहीन तो मर जाएगा । अत: अनुमति मिली । मगर भैंस झुंड से लाने गए तब समस्या हुई । उन्होंने शिशु देने से मना कर दिया । वह मजे में दूध पी रहा था । पालपोस बड़ा करने में क्या दिक्कत थी ?

मना सुन मैनेजर वन अधिकारी तक गए । कहा – भैंस वाले हाथी पालना गैरकानूनी बताया । मैनेजर ने कुछ पैसे चुपचाप दिये, शिशु का दायित्व लिया । बच्चों को सिखाने में उस्ताद ठहरे । मैनेजर का सईसी गुण और पशुवत्सलता से मौसी हथिनी ने शिशु को अपनाने में कमी न रखी । सर्कसवालों ने गांववालों के अनुसार नाम दिया 'शंकरबेटा!'' ध्यान देकर स्वस्थ, सबल विख्यात कहना माननेवाला हाथी बना ।

मैंने मुग्ध चकित स्तंभित हो प्रत्यक्षदर्शी वृत्तांत सुना था ।

।१३।

ब्रेकफास्ट का समय कब का बीत चुका था ।

बंगले पर सब गुम बैठे हैं । चेहरे उदास ।

–‘‘नाश्ता किया? सुबल से हाथी की कहानी सुन मैं भूख–प्यास भूल गया था। सना ने क्या–क्या बनाया? कल रात की भूख के लिए अब दूना खा लेंगे! क्यों?’’ पूछा।

किसके मुँह पर जवाब था । सनातन सिर पर हाथ दिये किचन में बैठा।

–ङ्ग‘यों चुप क्यों ? फिर कुछ हुआ ?’’

–ङ्ग‘जी, नमक पैकेट नहीं दिया दुकानदार ने !’’

खीझ कर तेज आवाज में कहा – ‘‘लाये तब लिस्ट मिलाते। लिस्ट कहाँ ?’’

सनातन कार्टून से लिस्ट ले आया। नमक दो पैकेट एक माचिस .... वगैरह है। उसी हिसाब पैसे दिये हैं। कुल छ:सौ इकतीस रुपये हुए थे। नोट गिन उन्हें दिये ! किसे गलत कहूँ? दुकानदार या खुद को? खुद सब करना संभव नहीं होता। अत: अर्दली, अनुगामी, अधस्तन, सहयोगियों पर निर्भर करना पड़ता है। परिवार होने पर भी दायित्वबोध होना चाहिए। वरना ऐसी उलट पुलट, हैरानी, परेशानी भुगतो। जितना बड़ा यान, मशीन हो, छोटा–सा पेच या पिन हो, उसके बिना मशीन अचल। खाना पकाने में सबसे हलका नमक! बिना नमक क्या हो? खाना बेकार कर दिया। सब बिना खाये रह गए रात में। छोटी–बड़ी हर चीज का

अपना मूल्य है, गुण है। सब मन ही मन अनुभव कर रहे थे।

हंसोड़ पंडित नाथशर्मा श्लोक बोलने और मुहावरों में उस्ताद । शब्द सजा कर गीत रच लेते हैं । लवणं बिना ... अवस्था देख गीतकार बन गए –

लूण भोजन क्यों कर
लूणहीन व्यंजन मत कर ।
सब जानते लूण के गुण
पहले सीखो उसका परिमाण ।
बेसी डाले करता अनिष्ट
कम परिमाण अस्वादिष्ट ।
भोज भाग में पहले लूण रखो ।
पूजापाठ में गणेश को लाओ ।।

वाह ! नाथशर्मा का गीत मन को छू गया । मगर नमक के अभाव ने हमारी पिकनिक फीकी कर दी । नाथशर्मा ने अपनी ज्योतिष की पोथी खोल शुभ घड़ी, अशुभ बेला, ग्रह–नक्षत्र की स्थिति, वार दोष निवारण का उपाय प्रस्तुत किया :

वार	**करनेयोग्य**	**वस्त्र धारण**
सोम	दर्पण में मुँह देख बाहर निकलें	श्वेत वस्त्र
मंगल	मक्का या चने का दाना खाकर निकलें	लाल वस्त्र
बुध	गुड़ खा कर निकलें	श्वेत वस्त्र
गुरु	दही खा कर निकलें	पीले वस्त्र
शुक्र	राई या सरसों खा कर निकलें	श्वेत वस्त्र
शनि	कालीमिर्च खा कर निकलें	नील वस्त्र
रवि	पान पत्ता खाकर निकलें	गुलाबी वस्त्र

वार	**शुभ घड़ी**	**वर्जनीय राहु वेला**

सोम	अपरान्ह १.३०–३.००	पू. ७.३०–९.००
मंगल	दिन ११.०० –१२.३० मध्यान्ह	अ.३.००–४.३०
बुध	पू. १०.३० –१२.०० मध्यान्ह	पू. १२.००–१.३०
गुरु	पू.९.००–१०.३०	अ. १.३०० –३.००
शुक्र	पू. ७.३०–९.००	पू. १०.३०–१२.००
शनि	पू. ६.००–७.३०	पू. ९.००– १०.३०
रवि	अ. ३.००–४.३०	अ. १.३०–२.००

वे इस ज्योतिष कथन और वार दोष को पूरा मानते हैं । शनि को यात्रारंभ किया । उस दिन कालीमिर्च नहीं खा पायी । नील वस्त्र नहीं पहन पाया । अत: ज्योतिष की बात न मानी, यह दशा, हैरानी, दिक्कत होना ।

मैंने पूछा –''ज्योतिष क्या सच है ? कुछ हेतुवादी मत देते हैं, कई बार अनुभव से भी यह लगता है, पोर गणना, फलित ज्योतिष (एस्ट्रोलाजी) एक घांसू विद्या काकतालीय, कहानी अंदाजी, शायद मनगढ़ंत और भ्रमात्मक है, विज्ञान सिद्ध नहीं । स्थितिवादी गण विश्वास नहीं करते । वे ईश्वर का अस्तित्व भी नहीं मानते । बस, सदा चलायमान स्वत: स्रष्टा प्रकृति पर आस्था रखते हैं । मगर गणित ज्योतिष (ऐस्ट्रोनोमी) विज्ञान है । इतिहास कहता है – सभ्यता के उन्मेष काल से बेबिलोन में किसी को कुछ उन्नत आदिम जिज्ञासु मानव ने पहले अनंत आकाश की प्राकृतिक महाजागतिक घटनाओं पर गौर किया । लंबी अनुभूति से दिन व रात का समय, माह, वर्ष पर ज्ञानार्जन किया । ग्रीष्म वर्षा और शीत ऋतु का पूर्वाभाष दे सके । इससे वे भविष्यवाणी के वार्तावह बने । समाज में क्रमश: ग्रह–नक्षत्र गणना के आधार पर बारह भाग या घर बनाये । प्रत्येक को 'भाग' का प्रभाव लेकर राशि नक्षत्रों का नाम करण हुआ । शिशु के जन्म समय की राषि नक्षत्र निर्धारित हुए । यह है फलित ज्योतिष की उत्पत्ति और इतिहास । पर गणित ज्योतिषविद्या का अंतरीक्ष में अनन्त नभोमंडल के ग्रह तारामंडल नक्षत्रों की

स्थिति गति आदि पर निर्भूल हिसाब गणना ।

उन्होंने कहा –“ यह व्यक्तिगत विश्वास की बात है । विश्वास जबरन लाद नहीं सकते । मानो तो देव, न मानो तो पत्थर । वैसे ही यह गणना ग्रहण करने वाले पर है । पर आदमी का विश्वास अनुभव की कसौटी पर परीक्षा होती है । फिर कहा – हमें तो बाघ ने रास्ता काटा था ।

बाघ बिलाई एक भाई, रास्ते में देखे अशुभ होई ।
मैंने बात काटी – बाट में देखे गजराज । सब पूरण हो काज ।
‘ङ्कसब ठीक, सब ठीक, केवल आदमी बेठीक ।”
–ङ्क‘क्यों ?”
–ङ्क‘हम आये हैं जंतु देखने ।”
पर जंतु देखता आदमी को !
सुनले आदमी का चरित्र –वह जीव बड़ा विचित्र ।।
उसे दो आश्रय । वह सिर पर चढ़ जाय ।।
उसे कह दो भला । मुँह पर चढ़ती बला ।।
विश्वास उसे करो । क्षति वह करे ।।
सुख देख कर पीछे से वार करे ।
अतः भई सावधान ।
नाथशर्मा में रखो ध्यान ।।
मैंने उत्तर में पशु का समर्थन किया :
नहीं वह प्राणी इतर । आदमी से श्रेयस्कर ।
नहीं जानता छल कपट । पेट के लिए लगा नाट ।।

परिवेश मिनी कविता पाठ का बन गया । नाथशर्मा के हास्य –व्यंग्य में वातावरण हलका हो गया ।

अब सवाल था कि अधिक अरण्य रोदन न कर क्या खायें । उनकी तो एकादशी है, केवल फलाहार करेंगे । पर बाकी लोग ? पेट में जलन होने

लगी ।

सनातन को पूछा –" क्या–क्या बिना नमक के पकाया जा सकेगा ?" वह निरुत्तर था । कहा –"भात पकाओ ककड़ी टमाटर का सलाद, प्याज और पापड़ तल लो । फिर क्या हो नमक का ?"

चूल्हा लगाया । भूख में सब स्वाद – हमने दोपहर में खाना खाया । लौटने को प्रस्तुत हुए ।

रास्ते में पड़ेगा अंबादुला । उस भुतनी हाथी की समाधि । आँखों देखने को मन कर रहा था । कुंवारमुंडा से सिर्फ पांच कि. मि. पड़ता है । गांव के मुखिया सरपंच जनार्दन साहु और चार छः लोग साथ गए। समाधि स्थल पर एक लंबे पत्थर पर पूरा सिंदूर पोत कर वहाँ दुलाई बना दी। वहाँ एक पत्थर पर लिखवा दिया –'भुतनी हाथी का पवित्र पींठ' वहाँ स्थापना करेंगे उस हाथी की प्रतिमूर्ति । जहाँ लिपिबद्ध होगी अहिंस हाथी की जीवन कहानी । लोगों के महत उद्देश्य और उत्साह को धन्यवाद दिया। पांच सौ का नोट निकाल जनार्दन के हाथ में दिया। स्वेच्छा से उसने वह दायित्व ले रखा है । मेरा अनुकरण कर बंधु धुरंधर विश्वाल, आलोक कुमार घोष, गणपति नारायण नाथ शर्मा ने सौ –सौ रुपये सरपंचजी को दिये। माथे से लगा स्वीकार किये । वहाँ पर एक दान बक्सा रखी थी । इसका नाम बदल कर 'पुण्य बक्सा' रखने की सलाह दी । किसी मंदिर या धर्म संस्था में 'दान बक्सा' लिखना ठीक नहीं लगता मुझे । धर्म कहता है – उनके दान से संसार चलता है, उसे दान ग्रहीता कहेंगे ? सब सहमत थे। सनातन और सत्यानन्द ने भी पुण्य बक्सा में कुछ –कुछ डाला । देवी का सिंदूर ला कर माथे पर लगाया। मैंने एक बात और रखी – हाथी का नाम 'भुतनी' के बजाय 'गजलक्ष्मी' रखने का परामर्श दिया। क्योंकि सीधा स्वभाव अच्छे आचरण से 'गजलक्ष्मी' ठीक लगा। सहमत थे सब । मूर्ति बनाने के बाद किसी विशिष्ट वन्यप्राणी प्रेमी जनसेवक द्वारा उन्मोचन कराने का सुझाव दिया। इस पर्वतीय इलाके को मुख्य अहिंसा उपवन तथा शस्यश्यामला उपत्यका के रूप में बढ़ाने

का विचार बताया। गांव वालों ने संकल्प का स्वागत किया ।

जनार्दन ने एक और दायित्व दिया – मूर्ति उद्घाटन पर आप जरूर आना। हाथी पर जाना सुना है। आप एक पुस्तिका लिखना । लोगों में बांटेंगे। मैं लेखक नहीं। फिर भी कोशिश करूंगा। रायगड़ा का पता दिया, संपर्क करने को कहा। उनकी भावना मेरे मन में जम गई।

लौटते समय आंबदुला गाँव का रास्ता। कई बार गया हूँ, पर स्थान की महिमा नहीं जान पाया। पवित्र पीठ, पवित्र स्थान की ख्याति पाये। समाधि पीठ पर सिर नवा प्रणाम कर आया ।

सुबल से पूछा – सर्कस वाले शंकर बेटे को लेने के बाद खबर ?

उसने कहा – कुछ दिन बाद सर्कस रायगड़ा से अन्यत्र चला गया। शंकर बेटा की खबर हमें फिर और न मिली।

छः महीने पहले मैंने रायगड़ा में डेकन सर्कस देखा था। पशु पक्षियों के खेल देखने का आग्रह होता है । पर वहाँ कोई हाथी का बच्चा न था ।

मैंने वहाँ जाकर पता किया। प्रशासनिक मंजूरी की अवधि पूरी हो गई। ओड़िशा छोड़ना पड़ा– बिहार गए देस– विदेस फिर कर खेल दिखाना पड़ता है। यह भ्राम्यमाण संस्था है । स्थायी पता नहीं होता । शंकर बेटे को और फिर देख नहीं पाया । मेरा भी ट्रांस्फर हो गया । सर्कस की तरह मैं भी भ्राम्यमाण नौकरी वाला । एक स्थान पर स्थायी नहीं रह पाता। दुर्गम से दुर्गम इलाके देखने का सौभाग्य मिलता रहा ।

द्वितीय अंक

।१४।

इस बीच कई दिन बीत गए । समय घोड़े की तरह पीठ पर बैठ दौड़ रहा। पल-पल आगे छलांग। समय के साथ ताल दे कर चलने में चौथाई सदी बीत गई। बीस से ज्यादा बसंत निकल गए। पता ही न चला । नौकरी में प्रमोशन मिलता है। दक्षता लेकर । सेक्रेटेरियट में सेक्रेटरी बन कर आ गया भुवनेश्वर। हर महीने, एक जिले का टूर करना पड़ता सरकारी योजना की अग्रगति की समीक्षा करने । प्रोग्राम के अनुसार बौध जिले का दौरा था ।

बौध शहर के पास एक उपांत स्थल है। सड़क के पास कतार में लंबी धार है। रसाल आम्रकुंज । उसमें एक दिन परिवेश भीड़ भरा था। गाड़ी की स्पीड कम कर देखा, घेरे में खड़े लोग खेल देख रहे हैं। कौतूहल रोक न सका । दंताहाथी खेल दिखा रहा है। महावत की तुरी से आम्र कानन तरगांयित। अधेड़ मास्टर महावत हौदे पर बैठ बाजा बजा रहे हैं । खेल का निर्देश दे रहे । उसके सिर पर मोटे-मोटे कपड़े का साफा बंधा। कार को सड़क के किनारे रखा । वन और वन्यप्राणियों पर अपने अनुभव तथा मुट्ठी भर ज्ञान लेकर लिखना -पढ़ना शुरू किया। उसका खेल देख 'भूतनी हाथी' और बच्चे 'शंकर बेटा' की याद आ गई। ऐसे हाथियों को देख उनकी याद आ जाती है । कुंआरमुंडा के मुखिया का अनुरोध था 'भूतनी हाथी' की मार्मिक कहानी पर पुस्तिका लोकार्पित नहीं हो सकी । दूर रहने और नौकरी के दबाव से मैं उद्‌घाटन में भी नहीं जा सका । नौकरी में ऊपर उठो तो

दायित्व और काम बढ़ता जाता है । 'भूतनी हाथी' का काम आधा है। जनार्दन बाबू को शुभकामना ही भेज सका । गुणपुर गांधीवादी जनसेवक गोलक मुर्मु ने ग्रेनाइट की मूर्ति का उद्घाटन किया । 'मां अम्बा गजलक्ष्मी' के प्रांगण में आडंबर और उत्साह से उत्सव मनाया । उस साल से कुमार पूर्णिमा (आश्विन पूर्णिमा) के दिन गजलक्ष्मी पूजा वहाँ समारोह से पालन होता है । समाजसेवी मुर्मुजी इलाके की उन्नति के लिए उत्सर्गीकृत हैं – यह जान कर आश्वस्त हो गया ।

मैं बढ़ा देखा दंताहाथी, कुतिया और एक बंदर थे । महावत हाथी पर बैठ कभी चांगूबाद्य, कभी केंदरा, कभी डमरू बजाता और कभी वंशी की तान छेड़ता । कभी दाहिने हाथ की तीन अंगुली मुँह में डाल ऊपर उठाता और पिछले दो से चलता, कभी सूंढ उठा साँप डँसने की भूमिका करता । जब नागिन गीत की तान छेड़ता महावत वंशी की धुन बजाता । कभी सूंढ में फूल, चंदन धूप लेकर पत्थर पर चढ़ाता, नारियल फोड़ता । महावत दर्शकों को पूजा के लिए नारियल, लड्डू, तिल के लड्डू, केला, भोग के लिए मांगता । हाथी दर्शकों के हाथ से सामग्री सूंढ से उठाता, पुजारी –पंडित की तरह सिंदूर पुते देव पर रख अगले पांव से बैठ पूजा करता । उस समय बंदर पीतल की घंटी बजाता, फिर पूजा के बाद भक्त – दर्शकों द्वारा पूजित सामग्री एक–एक कर वापस देता । पत्थर से सिंदूर भक्तों के माथे पर लगाता सावधानी से ।

मेरी उत्सुकता बढ़ी । अपना पद–पदवी भूल दर्शकों को हटा सबसे आगे खड़ा हुआ । मेरे माथे सिंदूर के लिए महावत ने ऊंचे स्वर में कहा । मेरे हाथ में कुछ पूजा सामग्री न थी । महावत के कहेनुसार मैं एक कदम आगे बढ़ा । उसके निदेशानुसार हाथी ने सूंढ में पत्थर से सिंदूर लगा मेरे माथे पर लगा दी । मैं सिहर गया । पर्स से सौ का नोट निकाल सूंढ पर रखा । दक्षिणा थी । वह कागज और नोट समझता था । नोट महावत की ओर बढ़ा दिया ।

वैसे ही फुटबाल का खेल मजेदार था । कभी गोलरक्षक, कभी सेंटर फाँरवार्ड की भूमिका । कोई दर्शक गोल दे सकता है । बंदर हाथी के

अगले पांवों के बीच से गोल करने की चेष्टा करता । दक्ष गोलकीपर की तरह काम करता । तालियों की गड़गड़ाहट में वातावरण भर जाता ।

कुतिया की भूमिका ? अभिनव में कम न थी । पिछले पाँव पर खड़ी, अगले पाँव झुकाए जीभ निकाल नर्तकी की तरह वाद्य की ताल पर खेल करती । अब चला अंकों का खेल। ६''x६'' का त्रिभुजाकार लकड़ी के हर पट्टे पर १ से १० तक पट्टे पर मोटे काली स्याही से बड़े अक्षर लिए एक थाक में रख दिया । कुछ दूर वैसे ही १०''x८'' आयताकार लकड़ी के पट्टे पर एक से दस तक मोटे -मोटे सफेद स्याही से लिख थाक में रखे थे । इच्छुक एक 'महावत चुन कर' दस में एक संख्या बोलने कहेगा । वह संख्या बार-बार उच्चारण कर डमरू बजा कहेगा और 'मनु' कह बंदर को निदेश दे चौकोर पट्टे में से कही संख्या खोज निकालो । बंदर मनु संख्या खोज निकाल दिखाता है दो हाथों में लेकर । ठीक है - कह दर्शक तालियां बजाते हैं । अब 'मोती कुतिया' को आदेश होता । वह डीलडौल से सुन्दर कुतिया । मोती दर्शक के हाथ से संख्या का पट्टा लेकर तिकोने पट्टों की थाक से चुनने का आदेश होता । वह सही-सही संख्या खोज कर निकाल बाहर करती, मुँह में जकड़ दर्शकों को दिखा फिर घेरे में रखती । अब दो पट्टों पर लिखी संख्या का जोड़ निकालते । यह काम हाथी का होता । मास्टर तुरही बजा कर हाथी को दो संख्या जोड़ कर काले पट्टे पर लिखने का निर्देश देता । हाथी सूँढ से मोटी चाक लेकर काले पट्टे पर जोड़ लिख देता । तालियां और हर्षोल्लास से मैदान भर जाता । खेल का मुख्य नायक हाथी हट्टेकट्टे शरीर में लंबे सफेद दो दांत कलाकार की कल्पना से भी चमकदार दिखते । ऊँचा हाथी रंगमंच पर अभिनय करने जैसे सजा था । चादर पर आकर्षक चित्र बने । वैसे ही खिलाड़ी कुतिया और बंदर खेल की पोशाक पहन अवतीर्ण हुए थे खेल के प्रांगण में ।

अब चला घड़ी का खेल । महावत एक बैग से बेटरी से चलने

वाली घड़ी निकालता है, दर्शकों को दिखाता है। घड़ी में बारह बजे हैं । अत: महावत हाथी से पूछता है – शंकर बेटा, घड़ी में समय देखकर दर्शकों को बता दो कि अब खेल का समय खत्म हो रहा है। हाथी ने तुरत सूंड से तुरही बारह बार बजा दी। उसकी ताल मिला कर बंदर ने हाथ से पीतल का घंटा बजाया, बारह बार बजा दिया। ठन–ठन ठन ! मैं ताज्जुब में भर गया। अनाम महावत के पशुओं की शिक्षा के इंद्र जाल में बंध गया मैं ।

तीनों पशुओं का खेल देख आनन्द में भर गया। पशु भी अंक और भाषा समझता है! महावत के मुँह से भाषा की शब्द भंगिमा, सीटी, बाद्ययंत्र के प्रयोग और इशारा समझ निर्देश या संकेत माध्यम से काम करने की शिक्षा दी जाती है। यह पूर्व प्रस्तुति और पुन: प्रशिक्षण और अभ्यास से संभव है, ऐसी मेरी धारणा हो गई।

पशुओं की बुद्धि और खेल में खो गया । भूल गया अपना आफीसरीय दायित्व, कर्त्तव्य और समय ज्ञान । मुझे होश आया । निर्मेघ आकाश में सूरज की स्थिति बता रही थी – मुझे सचेत कर रही थी । हाथ बंधी घड़ी देख समय जाना । दुपहर हो चुकी ! उधर जिलास्तरीय अधिकारी इंतजार करते –करते खिन्न हो रहे । उन्हें लगा मैं कहीं किसी असुविधा में पड़ गया हूँ । अधिक विलंब अशोभनीय । विवेक कैफियत मांगेगा । इधर खेल चल रहा । थोड़ा बाकी था । वहाँ से चल पड़ा ।

जिला कार्यालय गया। कर्मचारियों ने स्वागत किया। अंदर स्वागत कर ले गए । स्थान ग्रहण के बाद योजना समीक्षा के कागज उलटाये । नजर कागजों पर, मन था कहीं दूसरी जगह । पशु खेल के चमत्कार मन में कौंध जाते ।

गेस्ट हाउस में लंच की व्यवस्था थी । टेबुल पर कई तरह के व्यंजन सजाकर रखे थे । ऊपर वाले अफसर आने पर ऐसा करते हैं । साधारण बात है । इधर–उधर कुछ लिया । अनमनापन दूर नहीं हो सका । चला आया विश्राम कक्ष की ओर । पर विश्राम तो दूर, आँख तक बंद नहीं हुई । मन

फिरता रहा भाव जगत में । पशुओं का गणित देख ताज्जुब में भर गया । बार –बार वही बात । पशु प्रशिक्षण दिमाग में चक्कर काटता रहा । ब्रेल लिपि का अध्ययन प्रशिक्षण के कारण यदि दृष्टिहीन अंधे गूंगे पढ़ पाते हैं, जीविका चला लेते हैं । पशु है तो क्या हुआ । ज्यादा प्रशिक्षण, सूत्र सिखाना, तालीम देकर अधिक शिक्षा की संभावना है । मामूली मास्टर महावत तीन पशु को पेट भरने की शिक्षा देकर घूम–घूम कर पेट भरता है, यह प्रत्यक्ष प्रमाण है !!

मन की भाव–रचना का व्यवच्छेद किया । ब्रेल लिपि उद्‌भावन अंधों के लिए युगांतकारी आशीर्वाद है । फ्रांसीसी लुइब्रेल थे । वे जीये कुल ४३ वर्ष (१८०९–१८५२) । पर तीन साल की उमर में खेलते समय आँखें चली गई । बड़े होने के साथ–साथ पढ़ने की जिद । शिक्षित होने की आकांक्षा बढ़ती गई । दृढ़ मनोभाव और संकल्प से पंगु भी गिरि लांघते हैं । विश्वास करें या नहीं, अदृश्य ईश्वरी शक्ति प्रेरणा होती है । विश्वास व्यक्तिगत अनुभव की बात होती है। मानो तो प्रभु, न मानो तो पत्थर । निष्ठा सृजन संकल्प और एक तपस्या है। उद्‌भावन करने वाले लोग तपस्वी होते हैं । वैसे ही आठवीं सदी के ग्रीक कवि होमर अंधे होते हुए भी 'इलियड' और 'ओडेसी' जैसी कालजयी कृति कैसे रचना कर सके । अंग्रेज अंध कवि जान मिल्टन ने 'पेराडाइज लॉष्ट' और 'पेराडाइज रिगेंड' दो लंबे काव्य कैसे रचे ? ओड़िशा में भीमभोई जैसे अंधे कवि ने किसी से कम सृजन नहीं किया । कुरुराज धृतराष्ट्र अंधे थे, परंतु शासन और साम्राज्य दक्षता से चलाया । हो सकता है ये बातें कवि कल्पना हों, अवांतर और असंभव लगें । मगर सत्य है ।

मेरा गाँव है बांकी । वहाँ एक अंधा था, सनाई या 'संत' कहते । किसान था । हल चलाता दिन में, रात में रात–दिन का फर्क नहीं पड़ता । हाथ में लाठी होती । वही दिशा बताती । उससे छू कर चीज जान लेता । अंधेरी रात में नदी शौच को जाता, नहाता । आश्चर्य की बात है । किसी के कूंए में बाल्टी या घड़ा रस्सी टूट गिर पड़ा, उसे बुलाते । लाठी स्पर्श

से बता देता कहाँ मीठा पानी मिलेगा । जहाँ कुंआ खुदता । उसने ब्याह किया, संसार बसाया । बाल-बच्चे कोई अंधे न थे । सदा कंकड़ फेंक कर झींगा मछली जान लेता, दूसरों से कुछ ज्यादा दक्ष मानता खुद को । लुई ब्रेल अंधे थे, अंधों के लिए लिपि निकाली । ईश्वर का आशीर्वाद, निष्ठा प्रचंड मनोबल - इसीसे उपलब्धि मिले ।

इस ब्रेललिपि की आधारभूमि क्या ? सिर्फ छः उभरे बिंदू ..... इन्हीं में ब्रेल का काम है । कागज पट्टे पर अंकित बिंदू अंगुली से स्पर्श कर आकार, आकृति, स्थिति, दूरी के आधार से वर्णमाला बन जाती है । लिपि बनती है । लुई ने दिखा दिया । बाद में ब्रेल में १४ उभरे बिंदू बने । फिर संस्कार आया । इससे सारे वर्ण इसमें समा गए कोई । आविष्कार अंतिम नहीं होता । आगे और भी ...।

महावत के खेल ने मुझे आछन्न कर रखा । पशु-पक्षी, कीट - पतंग, पेड़-पौधे भी आपस में वार्तालाप करते हैं । स्वर माध्यम से और अंगभंगिमा से भी। उनमें भाव है, भाषा है, भावना है । कूजन - काकलि की भाषा है । पर आदमी नहीं जान पाता । ज्ञानी कहाने वाला आदमी दूसरे आदमी की भाषा समझने हेतु दुभाषिये की जरूरत महसूसता है । पर पशु-पक्षी प्रेम की भाषा पहचान पाते हैं । श्रद्धा की परिभाषा जानते हैं । इस पर मेरा भी अनुभव है । नन्हें हिरन शावक को कुत्तिया से बड़ा कहा सका था ।

पशु -पक्षियों का आचरण, भाषा, भाव समझना काफी रिसर्च और पद्धति पर निर्भर है । विज्ञान से बड़े तकनीकी ज्ञान, कंप्यूटर , इंटरनेट ,गूगल युग (इसमें छूंछा छू) के जैव वैज्ञानिक विशारद इस ज्ञान विद्या का प्रयोग कर नई दिशा पा सके । लगता है हम पुराणों की पशु-पक्षियों की कहानियां, वार्ताज्ञान, झूठा नहीं, फालतू नहीं, कभी वास्तव रहा है । ब्रेल की तरह पशुओं में भिन्न ढंग की पद्धति का उद्भावन संभव हुआ । शिक्षा -साधन द्वारा इतर पशु जगत हो , नूतन भिन्न सभ्यता पा सके, इस में करोड़ों वर्ष लगे । भविष्य का चित्र बनता है । कई बातें सोच कर फिर प्रकृतिस्थ हुआ । भावना

से यथार्थ में लौटा ।

अपराह्न से सांझ तक आफिस काम । शाम को बंगले के सामने फूलों भरे उद्यान में पेड़ तले कुर्सी पर बैठा । सांझ की समीर ले रहा था । नीरवता मुझे प्रिय है । दूसरों को बंगले से विदा किया । इतने लोगों की यहाँ जरूरत क्या है ? हाथी, कुत्ता, बंदर, उनकी बात, शिक्षा, पद्धति और महावत की भूमिका जानने, अनुभूति सुनने महावत को बुलवाया ।

।१५।

‘‘**न**मस्कार, सर !’’

‘सर’ शब्द का प्रयोग शायद सीखा है, अनुशासन भी सीखा । सभ्य परिवेश में बढ़ा है । पहली ही भेंट में अनुभव हुआ । खेल के समय की पोशाक पहन रखी । केवल महावत के माथे पर मुड़े कपड़े के साफे के आलावा ।

–‘‘बैठो ! कुर्सी पर बैठो, महावतजी !’

–‘‘नहीं, सर, खड़ा हूँ । नीचे बैठता हूँ ।’’

कोई दिक्कत नहीं । कुर्सी मंगवाई है । कुर्सी पर आराम से बैठो । तुम्हारी निगरानी में चला खेल अच्छा लगा । मन को आकृष्ट कर लिया । तभी एकांत में गपशप के लिए बुलाया । कुछ दिक्कत तो नहीं ?

महावत बैठा। बड़े संकोच में। हाथ जोड़ कर। चेहरे पर संभ्रम का भाव। सहम कर बोला –‘‘ साहब बुला रहे हैं ! कारण? वन रक्षी बाबू, पुलिस बुलाते हैं, लाल आँख दिखाते हैं। हाथी बंदर रखे हैं, अनुमति ली है? लाइसेंस? मैं पांव तले पड़ता। हम मूरख आदमी, पढ़े नहीं, बस अ,आ, एबीसीडी जानते हैं। कानून न जानें। पढ़ाई कुछ नहीं। हाथी, बंदर से पेट भरता हूँ।’’

मैंने कहा – घबरा नहीं। ठीक से बैठ। चाय ?

– जी नहीं । वैसी आदत नहीं ।

उसे चैन आया । हलका लगा ।

–''नाम ?''

–''रवीन्द्र परमाणिक । साव 'रवि' कहें ।

–''घर ? जन्मस्थान ?''

–''जगतसिंहपुर ! पुरोहित पाड़ा !''

–''हाथी कहाँ मिला ? सिखाया किसने ?''

–''डेकन सर्कस का हाथी ।''

सरकस के नाम से मैं चौका । रायगड़ा बेलघर की बात याद आई । भूतनी हाथी, बात बदल कर 'गुण्ठुणी हाथी' रखा । गुण्ठुणी के बारे में गांव के मुखिया जनार्दन साहु के अनुरोध पर मुझे पुस्तिका बनाने का अनुरोध किया । वह अधूरा है । जानता हूँ गुण्ठुणी हाथी और हमारी माँ गजलक्ष्मी रूप में पूजी जाती है। जिज्ञासा दूनी हो उठी ।

–''सर्कस के संस्पर्श में कैसे आये ?''

–''बचपन से। पारादीप में डेकन सर्कस लगा था। हम जात से भंडारी(नाई) हैं। पिता उपेन्द्र परमाणिक की पारादीप में सेलून थी लकड़ी के केबिन में। सरकस वालों को नाई की जरूरत। पिताजी को बुला लेते। इस बीच जबरदखल कह मुनिसिपेलिटी वालों ने हमारी कैबिन हटा दी। कैबिन भाड़े पर लाये थे। जायें कहाँ ? पिताजी सर्कस वालों के बालकाटने के काम पर रह गए। महीने भर सरकस रहा। फिर दूसरी जगह। मैं छोटा था । मुझे और माँ को सरकस में रख लिया। जगह–जगह फिरते रहे।

–''माँ–बापू हैं ?''

–''वो तो कब से जा चुके ।''

–"तुम?"

–"कहाँ जाता? पिता हाथियों की देखभाल करते। उनके बाद मैं। बड़ा हो चुका था।"

–"यह हाथी कैसे मिला?"

–"रायगड़ा में सर्कस चल रहा था । तब छोटा था । सरकस में चार माह का शिशु बीमार पड़ मर गया । हथिनी बच्चे को बिसूरने लगी । खेल में बाधा होने लगी। मैनेजर सत्यनारायण नायडू चिंतित। संयोगवश पास बिजली के खंभे से एक हथिनी छू कर मर गई थी । छोटा शिशु था। मैनेजर खबर पाकर गया। बिल्ली के भाग से छींका टूटा। हाथी शिशु को बाघ के मुँह से बचाकर चिकित्सा की। इस हथिनी को दिया। उसने मिलाया वह ठंडी पड़ी। मैनेजर ध्यान रखते, मैं भी। खेलता। मैंनेजर उसे 'शंकर बेटा' कहते । मैं भी वही बुलाता ।

"शंकर बेटे! शंकर बेटे! तू यहाँ ?" मैं चीखा ।

घटना के इंद्रजाल में आकस्मिकता का संयोग। मेरे हृदय में चमक भर गयी। विस्मय में आँखें खुली रह गई। हृदय चमत्कार में खिल उठा। स्तंभीभूत हो रहा था। उठकर खड़ा हो गया । लौकिक आकस्मिकता जादुई पिटारे की कहानी से बढ़कर चित्र स्पर्शी थी । वर्णन करना कठिन है । अव्यक्त है वह उपलब्धि । घटना के फेर में वर्षों बाद बिछड़े प्रेमी मिलते हैं, आनन्दाश्रु में विभोर हो जाते हैं । 'शंकर बेटा' नाम सुना तो मेरा चिदानन्द कम न था । मानो कोई गुणी मूल्यवान वस्तु मेरे हाथ आ गई, अपने आप । बेलघर में सुबल से शंकर हाथी का वृत्तांत, उसकी मां गुंठनी हाथी का इतिवृत्त सुनकर मैं शंकर बेटे को अपनी आँखों देखने का प्रयास कर रहा था । डेकन सर्कस दूसरे प्रदेश में था, देखना संभव न था । गुण्ठुणी हाथी की मार्मिक कहानी लिखते समय मानस पटल पर शंकर उभर आया है। पर रचना

असंपूर्ण है, डेढ़ दशक से भी ज्यादा हो गए थे । महावत का हाथ गुण्ठुणी हाथी की संतान जानने के बाद मन कर रहा तुरत जाकर जवान शंकर बेटे को देख आये । पर मेरा अफसरी पद रुकावट बन रहा था । इस रात में । पर महावत रवीन्द्र क्यों समझे मेरे मन का उद्वेलन ? जो हो शंकर बेटे को रवीन्द्र ने पाला है, इतना बड़ा किया, ढंग से शिक्षा दी है । मुझे खुशी लगी ।

मेरे चेहरे पर प्रशांति फैल गई । शंकर बेटे ने मेरे चेहरे पर सूंढ से सिंदूर पोत दी ! कम खुशी की बात न थी । मेरा मन अर्से से ख़ोज रहा था । यह घटना ईश्वर की कृपा ही कहूँगा ।

पूछा – रवीन्द्र, सर्कस से बाहर क्यों आ गए?

– वे निकालने बाध्य हो गए।

–किस लिए?

–"सर्कस में पैसों की कमी हुई। वेतन देना भी कठिन हो गया। यों कष्ट में कुछ साल बीते। लोग भूखे–प्यासे रहे। कुछ खिलाड़ी, कलाकार, बेटे–बेटी, पति–पत्नी तो खुद छोड़ चले गए।"

–"फिर?" उत्सुकता में पूछा।

–"उन्होंने कई पशु–पक्षी पाले थे। हाथी, घोड़ा, बाघ, भालू, ऊँट, कुत्ते, बंदर, तोता, सारी, कबूतर आदि। पर इन्हें सम्हालना कठिन हुआ । जीव–जंतु खाना न पा दुर्बल होते गए । कुछ मर गए । अत: कुछ को बेचना पड़ा । कुछ दान कर दिये । चिड़ियाखाने को। आखिर मेरे इस हाथी शंकर बेटे को बेचने की बात उठी। मुझे पसीना आ गया। जिस दिन शंकर बेटे को उसकी माँ–मौसी सुन्दरी से अलग किया गया । वह मौसी उसे माँ से भी बढ़कर नेह–ममता अपनत्व दे कर दूध पिलाती। छोटे–से बड़ा किया। शंकर ने होश संभाला तब से उसे पाया, अत: सुन्दरी को माँ मान लेना ही

स्वाभाविक था। भौंदू उस शंकर की ऐसी आदत हो गई थी कि बड़ा हो कर भी अपनी मौसी के अगले दो पैरों में घुस कर घुटनों के बल झुक कर स्तनपान करता। शिशु तो माँ के लिए सदा शिशु रहता है। दर्शकों को वह बहुत कौतुकप्रद होता। तभी मुझे मेरी माँ 'तारिणी' की बात याद आती है । काश मेरी माँ संसार में होती ! जब सरकस का सामान बेचा जाने लगा, पालतू जंतु बेचे जाने लगे । अंत में 'सुन्दरी' की भी बारी आयी । वह थी स्नेहमयी, सूधी हथिनी । सरकस का खास आकर्षक । वहाँ हाथी संख्या बढ़ाने में उसकी भूमिका सबसे ज्यादा थी । मगर अब बेचने के अलावा चारा न था । जब गाड़ी अचल हो जाती है, उसके पार्टों को अलग-अलग कर बेच देना पड़ता है । कुछ पैसे पाने के लिए । घर में आग लगने पर लकड़ी का टुकड़ा पानी डाल बुझा कर रखते हैं ।

मुझे याद है जब सुन्दरी हथिनी को दस चक्कों वाले ट्रक में लाद क्रेता को सौंपा गया, शायद शंकर जान गया । एक विमूढ़ विकराल स्वर में गरज उठा, काफी छटपटाया, मानो सांकल तोड़ डालेगा । माँ के साथ चला जायेगा । पहले एक बार सरकस के स्थानांतरण के समय शंकर को पहले चढ़ा दिया था । बाद में सुन्दरी को । आज उसे छोड़ माँ को पहले लादने का कारण क्या है ? सुन्दरी विदा हुई । शंकर की आँख में आँसू । मेरी आँख भी गीली थी । पर सरकस वालों के पास उपाय क्या था ? शंकर ने तीन दिन तक कुछ नहीं खाया, न पीया । मैंने उसे सहलाया, कान पर चुंबन दे कर हिम्मत दी, समझाया - शंकर बेटा, तेरा दोस्त रवि तो है, तुझे छोड़ मैं कहीं नहीं जा रहा । सदा साथ -साथ रहेंगे । तेरी देह, मेरी देह में झूलते सांवरे ठाकुरजी का लाकेट बचपन से पहने हूँ, उसकी शपथ ले कर कहता हूँ, तू मेरा, मैं तेरा ! जीना -मरना साथ-साथ ... मेरे लाड़ले , सयाने कुछ खा ले ! सब डर गए थे । पशु जात है, कब क्या कर बैठे ! मैनेजर नायडू सर ने भी उसे काफी समझा-बुझा, मिन्नत कर कहा । खैर, हमारी बातें मान ली । उसने खाना खाया । जीने के लिए खाना जरूरी है ।

ध्यान हटाने के लिए शंकर बेटा को फुटबल दिखाया ।
फुटबल के साथ खेलने लगा और धीरे धीरे माँ सुन्दरी को भुल गया ।

बचपन से मैं घनिष्ठ था । मेरे पिता मरने के बाद मैं ही शंकर की देखभाल करता । कभी उसके खान पान में उपेक्षा नहीं की । अभाव के दिनों में मांग-मांग कर मैंने उसे खिलाया। बरगद -पीपल की डाल उसे देता। हाथी कितना खाता है, खाये । अब मैं ही उसका संगी था। उसका पेट न संतुष्ट होने तक मैं नहीं खाता। मुँह में निवाला जाता ही नहीं । उसे कुछ हो गया, मैं परेशान । हृष्ट -पुष्ट था । औरों से तगड़ा, खूब बड़ा दिखता । मुझे पल भर देखे बिना नहीं रह सके । चिंघाड़ उठे । मैं भी उसे देखे बिना नहीं रह पाता । मेरी बात समझता। मैं उसकी बात समझता । मेरा हर कहना मानता । उसकी ट्रेनिंग के लिए वेणुगोपाल सर थे। वे जानवरों से स्नेह करते। अपने बच्चों की तरह पालते । जब सर्कस के पक्षी बेचे गए, वे कोई संभाल न सके । पर उपाय क्या? मैं शंकर बेटे को कभी छोड़ न सकूं। मैनेजर को बताया । बात मुख्य मैनेजर तक गई । वे भी मुझ से बहुत खुश थे । आखिर उन्होंने

शंकर बेटे को मुझे दान कर दिया । कहा – इससे लेकर अपना जीवन गुजरो । जगह–जगह खेल दिखा कर गुजारा करो । सर, मैं तब से ...''

''सर! शंकर बेटे की शैतानियों पर क्या कहूँ? उसके कार्यकलाप तो प्रकृति विवरण की कहानी हैं । अचंभा लगाता है । वह पूरी तरह जवान हो गया है। हम टाउन और शहरों की बजाय ग्रामीण इलाकों की हाटों में खेल दिखाना पसंद करते हैं । क्योंकि पोखर, नदी, नाले के किनारे, घने पेड़ों के नीचे की जगह सुहाती है । सुविधा रहती है । रात में पेड़ के नीचे चारों प्राणी आसरा लेते हैं । खुले आकाश तले रह जाते हैं । धूप, शीत, वर्षा की तो आदत हो गई। रात भर शंकरबेटा कान, सिर हिला कर खड़े हो हमारी रखवाली करता है । दरबान की तरह । कभी –कभी खड़े–खड़े सो लेता है । मैं कभी उसकी पीठ पर सो लेता हूँ, कभी नीचे सो जाता हूँ । हाट से आधा मील दूर बड़ा घना पेड़ हमारा रात बिताने का स्थान होता है । कुछ दूर पर लहर दर लहर पहाड़ । हाट से सामान लेने आते । खाना पीना कर सोने गए । गरमी । बंदर 'मनू' सिरहाने, कुतिया 'मोती' पैताने सोती। नींद आ गई। वैसे नींद हलकी होती है ।

अचानक उठकर देखा शंकर वहाँ नहीं। छाती धड़क उठी। हड़बड़ा कर लालटेन से चारों ओर देखने लगा। शायद पास के जलाशय में पानी पीने गया हो, या किलोल करता हो। गरमी का मौसम है। बीच में ऐसा कभी –कभी करता। पानी में जा तटबंध पर आकर गारा बालू से अपने पर डालता चंदन की तरह। सूंढ से डाल लेता। अजीब आदत थी। फिर पानी में ला साबुन लगा साफ–सुथरा करते। हालांकि वह कीचड़ में लोटना, देह पर बालू डालना आदि मुझे बता कर करता। वह बिना बोले ही अंतर्धान! पानी के टापू पर नहीं दिखा । क्या मेरे हाथी को पुचकार बहला कर कोई ले गया ? बलवान शंकर को चुरा कर लेने की किसी में हिम्मत है ? मेरे हलक सूख गए। अंधेरी रात ! कहाँ ढूंढू ? कितने देवी–देवता को याद किया। मनौती की। सुबह हुई । जंगल भर में 'शंकर बेटे ... शंकर बेटे'

कहता, फिरा उसके पांव के खोज देख–देख चला । लकड़हारे जंगल से लकड़ी काट लौट रहे। विकल हो मैंने पूछा –"मेरे शंकर बेटे को कहीं देखा?"उन्होंने कहा – "एक मूसल दांत वाला हाथी और हथिनी रात भर पहाड़ पर मस्त हो रहे थे ।" मैं जोर से चीखने लगा –"शंकर बेटे ! शंकर बेटे !" शंकर ने शायद सुना । उसके कान बहुत तेज हैं । सूंढ की आवाज से उत्तर दे दिया –" मैं यहाँ हूँ ।" अब उसके प्रेम दीवानेपन को जाना । सर्कस में रह कर हाथियों के चरित्र और मस्त होने पर काफी जान चुका था । अतः पास जाकर देखा एक वन की छोटी हथिनी संग सहवास चल रहा । पशु जाति। क्या करें ? हर प्राणी का स्वभाव । मालिक को साथ देख अपनी शक्ति और बड़पन और भी दिखाने लगा। कुछ

समय बाद शांत हुआ। मेरे पास आकर क्षमा के ढंग से घुटनों के बल झुक कर माफी मांगने लगा। पीठ पर बैठने को कहा। पर मैं था गंभीर। मेरे चेहरे को वह समझ गया। उसे गालियां दे डाली। मेरे बिना कहे यों दीवाना! भविष्य में ऐसा न करना। ताकीद कर दी। मुझे बताये बिना ऐसा यौन चोरी का काम किया ? पछताने के ढंग से जमींन पर चारों पांव समांतर और माथा लगा लेट गया। उसका हाव भाव समझ गया। मैं पिघल गया। जैसे पिता के सामने बेटा माफी मांगने पर नरम पड़ जाते हैं। मेरी कड़क टूटी। आँख से आँसू झरने लगे। माथा सहला दिया, सारी देह सहला दी। उसके प्रशस्त कपाल पर चुंबन दे कर कहा - उठ शंकर! बिना बताये ऐसा कभी मत करना! वह खड़ा हुआ । माथा नीचे कर सहमति जताई । मैं पीठ पर बैठा । फिर अपनी रहने की जगह लौटे । तब से शंकर बेटे को रात में जंजीर से बांध रखने लगा । कारण वह समझ गया । वह अनुशासित हो गया, और भी प्रभुभक्त हो गया ।

आहार निद्रा मैथुन का प्रकृतिगत स्वभाव है । ऋतुकाल में कभी -कभी निद्रा और आहार की अपेक्षा यौन अग्राधिकार की मांग करता है । इसका प्रमाण १९६६ में नन्दनकानन (ओड़िशा का प्रसिद्ध प्राणीउद्यान) में देखा गया । चंदका अभयारण्य में एक बाघिन को अपना मनोनीत ऋतुकाल में न मिला । नंदन कानन के जाली घेरे में बंद 'प्रदीप' बाघ के पास कूद कर चली गई । अपने जीवन की स्वाधीनता सदा के लिए जलांजलि दे दी । वह नन्दनकानन में बाघ परिवार संग रहने लगी । विभाग वालों ने नाम दिया 'कानन'। अत: रवीन्द्र के शंकर बेटे ने यौन क्षुधा मिटाने जंगल में अनजान ऋतुमति हथिनी के संग संगम कर कोई अपराध नहीं किया । यह बात मैंने रवीन्द्र को समझायी । मेरे अंदर कहीं पुराणों का कोई तार गूंज उठा । केवल इन प्राणियों में ही नहीं, मनुष्य में भी यौन और सांसारिक जीवन प्राथमिकता चाहता है । विदेशी और अन्य धर्म -संप्रदायक वाले यौन और पुन:विवाह को महत्व देते हैं, ऐसी बात नहीं, हमारे एपिक महाभारत में इसका प्रभाव वर्णित है -

भगवान श्रीकृष्ण ने देह त्याग से पहले अपनी प्रियतमा को सुरक्षित धर्मराज युधिष्ठिर के हस्तिनापुर में स्थापन कराने प्रिय सखा अर्जुन को दायित्व दिया । कृष्ण के देह त्याग के बाद यादव बालाएँ परोक्ष रूप में विधवा नारी हो गई । पर कृष्ण की अष्ट पटरानी अपना जीवन तुच्छ मान अर्जुन के रोकने पर भी चिता में कूद गई । अन्य सोलह हजारों यादव नारियाँ अर्जुन के साथ हस्तिनापुर की ओर चली । इन्हें नरकासुर से उद्धार कर अपनी प्राणवल्लभा बनाया था । ये सब राजकुमारी, अपरूपा और सुन्दर थी । सबको कृष्ण का दिव्य सान्निध्य मिला । रथों में बैठ पंचनद पहुँचे । तब तक कृष्ण देह त्याग और कृष्ण प्रेयसियों के हस्तिनापुर की ओर जाने का संवाद पंचनद के सैकड़ों ग्रामवासी कृषक और गोपाल युवक पाकर इन सुन्दरियों को देखने रास्ते पर आ गये । रथों की कतार दूर तक पश्चिम में चली गई । पूर्व तक भी वैसे ही फैली थी । सुन्दरियों को देख रूप लावण्य में सौम्य युवक आकर्षित हो स्वयं नियंत्रण न रख सके । कृष्ण प्रियाओं को जबरन उठा ले गए । अर्जुन ने गांडीव उठाया । पर कृष्ण रहित वह शक्तिहीन हो गया। गांडीव और अक्षय तूणीर व्यर्थ हो गया। जबरदस्ती के चलते वे युवकों के साथ गांवों में चली गई। यह अपहरण न रहा हो। प्राणप्रिय कृष्ण इहधाम में नहीं रहे। वैकुंठ गमन कर चुके। हस्तिनापुर में आश्रित हो निर्वासन भोग करेंगी। इससे बेहतर सौम्यदर्शी तरुणों के साथ सांसारिक जीवन बिताना उत्तम समझा। अपहरण में मानो परोक्ष स्वीकृति थी। यौन जीवन और शृंगार हर प्राणी के लिए अपरिहार्य आवश्यकता है। शंकर बेटा हाड़-मांस का प्राणी ही तो है।

फिर मैंने कहा -''यह तो शंकर बेटे की बात हुई । कुत्ते, बंदर को किसने सीख दी ।''

-''मैंने हुजूर ! सर्कस में मास्टर सिखाता है, वैसे मैंने सिखाया, तालीम दी। इन तीन प्राणियों का मेरा संसार है । बहुत चालाक हैं वे । एक

शो पूरा होने के बाद दोनों पांव पर खड़े हो कर मनु(बंदर) हाथ में थाली ले दर्शकों को दिखाता । वे थाल में पैसे न डालने तक पीछा न छोड़े । अपनी खुशी से जो जितना दे । मनु पैसे लेकर मेरी ओर बढ़ा दे । मैं केवल तीली में आग सुलगा दूं । जलाने का काम उसका । ये लाओ, वो लाओ कहने पर समझ जाये । तुरत काम कर दे ।

गरमियों में मुझे पंखा झल दे । देह से पसीना सुखा दे । मेरे माथे की लीख–जूं निकाल दे । पेड़ पर चढ़े । बरगद की नरम डाल तोड़ नीचे डाल दे । शंकर उसे चाव से खा कर पेट भरता । फलवाले पेड़ से फल लाकर मुझे देता । आज खेल के बाद आम के पेड़ पर चढ़ कर खुद खाये पके आम । लाकर मुझे दिये। देशी, सुन्दरी आम थे । इतने मीठे । आप लेंगे ! कुछ लाया हूँ । चखिये ! कलमी के भी कान काट दें । स्वाद महक और मिठास में पासंग भी न पड़ें ।

मैंने जेब से सौ का नोट निकाल बढ़ाया । रवीन्द्र ने नहीं लिया । मैंने कहा – दक्षिणा बिना प्रसाद नहीं लेते । उसकी आँखें बड़ी हो गई । हाकिम बाबू को देखा है। कुछ देकर संतुष्ट करना पड़ता है । यहाँ तो बाबू दे रहे हैं । विपरीत बात । नोट सिर नवा कर लिया । भगवान का दान, लक्ष्मी ।

पूछा – और वह कुत्ता ?

''मेरा मोती भी कम नहीं है । पीछे–पीछे रहे । ठीक बाडी गार्ड की तरह ! मैं रात में दिशा फिराग जाऊँ, वह लालटेन दांत से उठा कर आगे – आगे चले। एक बार तो सांप काटने से बचाया। चकापदा गांव की हाट में खेल चल रहा । रात में गांव के छोर पर बरगद तले रहते । शंकर बेटा सांकल से बंधा । लता, झुरमुटों से भरी जंगली जगह । उस दिन शंकर बेटे की पीठ पर न सो कर बरगद की जटा का सिरहाना किये थे। लालटेन जल रही । एक तंप सांप रेंगता आया मेरी ओर । मोती की नजर पड़ गई सांप पर। उसके फन को दबोच बैठा। टुकड़े–टुकड़े कर डाले । मनु की खीं–खां सुन कर मेरी नींद टूट गई । देखा मोती का साहस । मैंने हाथी का अंकुश ले सांप को खत्म किया । सोचा मोती पर विष चढ़ गया होगा । अतः सुबह होने के बाद 'देहुरी' के पास ले गया । उसने मोती को औषध दी । बच गया वरना उसके प्राण उस पुर पहुँच जाते । प्राण अपने दांव पर लगा कर अपने बाबू को बचाया । ये ही मेरे बेटे, बेटी, जीवन हैं । उनसे जी रहा हूँ । उनके साथ मरुंगा । रवीन्द्र की आँखें भर आयी ।

मेरे रिश्ते में फूफा हैं दामोदर पटनायक उनके दो आधुनिक बेटे हैं । उनके लिए पालतू कुत्ते के आत्मबलिदान ने मुझे हिला दिया। बचपन की स्मृति तेज हो रही है। हमारा गांव महानदी के किनारे बांकी –चर्चिका से छः कि.मि. दूर है। ब्रह्मपुरा गांव। बांकी इलाके में सबसे बड़ा है। फूफा के दोनों बेटे मेरी ही उम्र के हैं। नरेन और सुरेन तब छः और नौ साल के थे । ब्रह्मपुर के

यूपी स्कूल में पढ़ते । स्कूल से लौट कर पिछवाड़े मैदान में गेंद से खेल रहे थे । गेंद पैर के शाट से जा गिरी धान की तली पर । टूटे तार के पास पहुँच गये थे । दिखाई देता नहीं । तार में बिजली चालू थी । भागमभाग में पैर पड़ गया तार पर । करेंट लगते ही दर्द के मारे चीख उठे दोनों । आवाज आसपास वालों और वहीं 'बूला' कुत्ते के कान में पड़ी । वह जान गया कि मालिक का बच्चा खतरे में है । बिजली की तरह छूटा उधर । तार दोनों के पांव में लग गया था । उसने दांतों में पकड़ तार खींचा । तार पांवों से तो छूट गया । मगर बेचारे कुत्ते के मुँह में लग गया । उसके मुँह से छुड़ाने कोई दौड़ा आता । 'बूला' वहीं करेंट लगने से मर गया । तब तक गांव वाले पहुँच चुके थे । आहत अवस्था में बच्चों को अस्पताल में भर्ती कराया । मैं उन्हें देखने गया था अस्पताल । कुत्ता कितना विश्वस्त है, अपनी जान खतरे में डाल मालिक की जान बचायी । वैसे ही महावत रवीन्द्र की प्रिय कुतिया 'मोती' है ।

केवल हाइब्रिड कुत्ते जैसे लेब्रेडर, अलसेसियशन, डोबरमेन, ग्रेहाउंड वगैरह पुलिस के कुत्ते बुद्धिमान नहीं होते । स्नेह, प्रेम, सीद्रिक हुए उनके हृदय को भी खूब छूती है । वे इनका प्रत्युत्तर और प्रतिदान देना नहीं भूलते । ऐसी घटना हुई कनाटप्लेस, नई दिल्ली में। यहाँ प्रसिद्ध हनुमान मंदिर है । कुट्टेवाला थे पुजारी। उन दिनों मैं वहीं था। बाबा के देहांत की खबर सुन श्रद्धासुमन चढ़ाने गया था। हनुमान मंदिर के चारों ओर इधर-उधर फिरते आवारा कुत्तों के बीच काफी समय बिताया था । बराबर खाना देते रहते । कालू, भालू, मालू, लालू... आदि कई नाम दे रखे थे। एक बार रात में पेट्रोलिंग कर रहे पुलिसवालों ने देखा – मंदिर के बाहर बाबा सो रहे हैं । चारों ओर घेरे कुत्ते बैठे हैं । क्या हुआ ! बाबा ने इहलीला संवरण कर ली । बाबा के पास किसी को आने न दें । इस बीच स्थानीय पुलिस खबर पाकर घटनास्थल पहुँचा । वे भी बाबा तक नहीं पहुँच पाये । मगर मंदिर के दूसरे पुजारी अंतिम कृत्य की सामग्री लेकर पहुँचे तो स्वत: अलग हट गए । पास

के श्मशान में शोभायात्रा में ले चले । कुत्ते भी साथ चले । चिता में आग लगी । सारे कुत्ते एक साथ चिल्ला उठे । चिता शांत होने तक सारे कुत्ते वहीं बैठे रहे । सांझ हो रही थी । कुत्ते वापस हनुमान मंदिर लौट आये । उसी प्रांगण में जहाँ बाबा सोये थे । देह त्याग किया था । जीवनकाल में दर्शन के समय बाबा ने मुझे हनुमान चालीसा दिया था । पाठ करते समय बाबा का चित्र मानस पटल पर झलक उठता है। अंतिम संस्कार के समय कुत्तों का दृश्य मर्म को छू जाता है ।

आवारा कुत्ते और मानव के बीच बंधुता और मानवीयता का निदर्श एक और जगह मिला । उन दिनों मैं बालेश्वर में अवस्थित था । पास के सहदेवखुंटा बजार में एक कूड़े के ढेर से नवजात शिशु को उठाकर कुछ लोग ले आये थे । उसके साथ तीन आवारा कुत्ते थे । उनका कहना था कि कन्या अखबार में लपेटी पड़ी थी । कूड़े के ढेर पर रात से ही । ये कुत्ते उस की रखवाली कर रहे थे पास बैठ कर । कोई कल्पना नहीं कर सकता कि शिशु कुत्तों के घेरे में है ! बाहर तो पुराना अखबार ही दिखता था । कूड़ा उठानेवाली पास गई तो वे भोंक उठे । तब बात खुली । कुछ सहृदयों ने शिशु को उठाया, थाने लाया गया । कुते पीछा नहीं छोड़ते । थानाबाबू बिश्वजित महांति ने डाक्टर बुलवाया । शिशु को एसआरसीडब्लू (Society of Indian Children's Welfare) के हाथ में अर्पित किया । फूलनाल लगे शिशु को खाने के बदले रखवाली करते आवारा कुत्ते ! पशुओं में यह उच्च गुण का निदर्शन नहीं ?

मेरे बचपन के देसी कुत्ते की एक बात और है – स्वाधीनता पूर्व की बात है। मेरे दादाजी रायबहदुर बांकी इलाके के प्रशासक, सर्वोच्चकर्ता थे । ब्रिटिश इंडिया के स्थानीय प्रतिनिधि । बांकी –कटक सड़क पर महानदी के किनारे देवीद्वार एक सुरम्य जगह है । पिकनिक, नौकाविहार और फिल्म

शूटिंग के लिए सुरम्य जगह । नदी के उस पार पहाड़ों की गोद में अंशुपा झील है । भारत की बड़ी मीठे पानी की मछलियों का भंडार है । यहाँ मछली पकड़ कटक शहर भेजी जाती हैं। दादा जी पर मछली नीलामी का दायित्व था । मछली पकड़ने के दिन घर, गांव में मछलियों की भरमार । उस दिन घोड़ावर और सुवर्णपुर गांव में थी हलचल। बुलिया बेहरा का गायों का झुंड था । रोज उन्हें चराने बाहर लेकर जाता । एक दिन अपनी दुधारू गाय की बछड़ी को नहीं देखा । कहीं झाड़ी में उलझ गयी ? झुंड से कहाँ गयी ? अगले दिन गोठ लेकर गया । पहाड़-जंगल खोज डाला। बछड़ी नहीं मिली । क्या बाघ खा गया ? कुछ दिन पहले बाहारपुर इलाके में बाघ मात उठा था । आठगड़ के एक बाणुआ (धनुष चलाने वाले) ने मंच बांध खजूर पर थोप में भेड़ा बांधा । अपनी छर्रेवाली बंदूक से मारा । पुरस्कार के लिए दादाजी के पास लाया । बाद में इस ओर बाघ का उत्पात न था । बाघ होता तो गांव वाले जान जाते । बाघ की दहाड़ पहचानते हैं । पर चुपके से हमले करने की बात भी जानते हैं । मगर बछिया कहाँ गई ? गांव वाले सतर्क हो गए । उधर जंगल की ओर न जाकर अंशुपा झील के किनारे सीमित रहे । फिर हफ्ते भर बाद वही बात ! अब की गोवर्धन बारिक की बछिया लापता हुई । इलाके में बाघ का नाम-निशान न था । बछिया कहाँ जाती हैं ? सुबह एक अचंभे की बात हो गई । देखा एक कुंभीर सूखी जमीं पर मरा पड़ा है । गांव के १५-२० कुत्ते उसे नोंच रहे हैं । उसके मुँह में अधनिगली गर्भिणी कुत्तिया लगी है । तो इसीने बछिया खायी हैं । कुंभीर मील भर दूर नदी से जंगल की राह अंशुपा झील में आ जाता है । रात में चुपके फिर नदी में जाता है अपनी जगह । बछिया पानी पीने झील जाती हैं, कुंभीर का शिकार हो जाती है । अधखाया कुंभीर बैलगाड़ी पर लाद दादाजी तक लाये। दादाजी ने पूछा - इसे मारा कैसे ?

–ङ्ख‘महाराज ! हमने नहीं, कुत्तों ने मारा !’’

–ङ्ख‘कुत्तों ने कैसे मारा ?’’

–‘‘चालाकी से नदी जा झील में छुपता, मछली खाता । इन सात दिनों में गोवर्धन की दो बछिया दुपहर में पानी पीने गई तो खा गया । हमने सोचा बाघ खा गया । मगर पानी में छुप कर वह खा जाता । फिर छुपे–छुपे जंगल की राह नदी में चल देता । मुँह में मरी कुतिया देखी । स्पष्ट है कि कुत्तों ने मिल कर घात लगा मारा है । गांव के कुत्ते कम लड़ाके नहीं होते । जब बाघ मातता है, कुत्ते ही गांव की रखवाली करते हैं । उसे गांव में घुसने नहीं देते । जब कुंभीर सरक–सरक कर जा रहा था, हमारे कुत्ते छोड़ते ? वे संख्या में बीस ! देखें, हमारे साथ उनमें दो–तीन हैं । बली हैं, काले हैं, गाय का दूध पी पीकर हट्टे–कट्टे ! कुंभीर का मुकाबला किया, उसे मारा ।

दादाजी की आँखें फैली रह गई । कुत्तों की ओर शाबासी निगाह में देखा । एकता का बल। पांच अंगुली बंद हो मुट्ठी बंध जाये। हाथ की शक्ति होती है। पानी में कुंभीर का बल, थल पर वह निर्बल। कुत्ता विश्वासी प्राणी। स्थल पर वीर सेना। गांव का जागृत प्रहरी। जान की बाजी लगा शत्रु से लड़ता है। दादाजी ने पुरस्कार के पैसों से इन साहसी कुत्तों को मांस खरीद कर खिलाने का परामर्श दिया।

हमारे लोग देसी कुत्तों को कितना न्यून नहीं मानते हैं !

***

बेलेश्वर (पुरी से कुछ दूर) मेरा सत्याश्रम है । निर्जन निवास फार्म हाउस में मेरे पालतू प्राणियों में ‘बाघा’ और ‘टीका’ दो आवारा कुत्ते भी हैं । बेलेश्न्र मंदिर के पास एक मोटी–मोटी कुतिया ने सुन्दर –सुन्दर कुछ पिल्लों

को जनम दिया । उनमें आँख खुलते ही दो पिल्ले मैं फार्म हाउस ले आया । खूब यत्न पूर्वक पालन किया । जैसे बड़े लोग बिलायती कुत्तों का पालन करते हैं, वैसे वहाँ उनको पालने का उद्देश्य था - सागर तट पर फार्म हाउस में चारों ओर झाऊँ, आकाशिया, काजू आदि के पेड़ हैं और थूहर की बाड़। नमकीन हवा में लोहे की बाड़ साल भर में जंग खा जाये। नष्ट हो जाये। अत: अभयारण्य में हिरण, वन के खरगोश कोई फसल नहीं होने देते। यहाँ तक कि अतिथिशाला और मेरी कुटीर के सामने लॉन और फूलों के कुंड तक नहीं टिके। इस बालुकामय कोणार्क - बालुकाखंड में झाऊ के पेड़ भरे हैं। या फिर काजू के झाड़ भरे हैं । ये हिरनों के खाने लायक नहीं। जंगल में इन तृणभोजी पशुओं के लिए खाद्य की कमी और जलाभाव भी दिखता है।

सागर तट पर अरण्य के बीच, मेरी एक मात्र स्थितिवान प्राइवेट तृणाछादित सब्ज भूमि इस शांत, स्निग्ध, कमनीय उद्यान इलाके को फलदार पेड़ों से कृषि विज्ञान पद्धति का प्रयोग कर खुद बनाया है । उद्यान में दर्जन से ज्यादा पानी से भरे पोखर हैं उनसे पेड़ों को साल भर पानी दिया जा सके । प्राणी जी सकें । यहाँ तक कि वे दिन में निर्भय हो उद्यान में फिर सकें, पानी पी सकें, कभी -कभी पेड़ की छांव में प्रसव कर सकें । यह आगंतुक और दर्शकों के लिए विरल दृश्य होता है । उद्यान का नाम है 'सत्याश्रम' । यहाँ विशाल दृश्य होता है । यहाँ हर तरह का जीववध निषेध है, बड़े-बड़े बोर्ड पर लिखा है -''जीवे दया, शिव भक्ति।

सुजन जनो की, यही होती नीति ।।''

हिरण व खरगोश की सुरक्षा निमित्त महंगा रात का चौकीदार रखने पर भी उन्हें सम्हालना मुश्किल हुआ । अत: उद्यान में अच्छा मजबूत देसी कुत्ता रखना ठीक लगा । उपयुक्त चिकित्सा, यत्न और अच्छे खाद्य के बिना गाय दूध-अमृत दे सकती है क्या ?

दो पिल्ले खूब स्वस्थ बलवान । उनको चुस्त होने के लिए डाक्टर से सलाह लेकर पूंछ कटाई । उनको बधिया कर। दिया । दोनों एक जैसे दिखते । फर्क यही था कि 'टीका' के माथे पर सफेद तिलक था । बैलगाड़ी बैल के गले में घंटी डालने की तरह घुंघरुवाली घंटी बंधी । छलांग भरते समय रुनझुन से परिवेश गुंजरित हो उठे ।

टिका एवं बाघा

मेरे साथ संपर्क अंतरंग और निविड़ था । टीका कुछ आलसी, खाकर खर्राटे लेता । उस पर बिल्ली या चूहा चढ़कर दौड़े तो भी कुछ नहीं करता । मगर बाघ बहुत चालाक, बुद्धिमान और स्वामीभक्त है । दूर से एक कि.मि. से भी मेरी गाड़ी देख ले या हार्न सुन ले, एक प्रकार का स्वर करता । नहरा-नहरा छटपट होता, मानो चेन तोड़ भागेगा । मैं फार्म पर न होता तो दिन में भी चेन बंधे होते । बाघा मेरे आने की जान अपनी अलग-अलग आवाज से लोगों को बता देता । लोग जान जाते कि मोहन सा'ब पास में आ चुके हैं । निश्चिंत हो चाबी लेकर फाटक खोलने चले आते । बाघा -टीका मालिक को देखकर आनन्द में हुलस उठते । मेरे पहुँचते ही

चेन खुलती । पहले दोनों पांव से आलिंगन करते । मुझ से लिपट जाते । उनकी आदत जान पहले ही मेरे कपड़े गंदे न हों, अतः दोनों को गाड़ी में रखे अलग तौलिये से ढांप देते । स्वागत-स्नेह का आदान-प्रदान कुछ समय चलता । उनके लिए लाये बिस्कुट, अंडे आदि खिला देता । मेरी उपस्थिति में खूब खुश ! वहाँ खुल कर घूमते । मैं प्रायः फार्म हाउस में रहता, मालिक की तरह नहीं, एक कार्मिक की तरह । श्रमिक बन कर । पेड़ों के नंबर थे, कंप्यूटर लेजर की तरह बड़ी कापी के पन्ने पर विवरण लिखा होता । रात में सोता तो बाघा पहरे पर जागता होता । कोई वन्य प्राणी प्रवेश करे, बाघ की तरह गर्जन करता । आक्रमण कर देता । आलसी टीका पीछे-पीछे जाकर सहयोग देता ।

अचानक एक दिन बाघा में व्यक्तिक्रम देखा । मैं स्तब्ध रह गया । क्षुब्ध हो चीखा -''क्या कर रहे हो, बाघा ! ये क्या ? बांस लेकर उसे पीटने दौड़ा । मैंने फार्म हाउस के कुछ मुर्गे पाल रखे थे । पहली पहर में मुर्गा जोर से बांग देकर मुझे अलार्म की तरह जगा देता । सूर्योदय से पहले जागने की मेरी आदत ठहरी । प्रभात काल का सूर्योदय और गोधूलि लग्न का सूर्यास्त का दृश्य यहाँ अत्यंत मनोहर दिखता है । चित्तार्षक और मुग्ध कर है । उस दिन बाघ ने मुर्गे की गर्दन पकड़ दूर भाग रहा ! मानो बिल्ली अपने बच्चे को पकड़ ले जाने की तरह । मेरे कर्कश निदेश और भर्त्सना सुन मुर्गे को वहीं छोड़ दिया । मेरी आवाज सुन वहीं खड़ा रह गया । वरना परिणाम स्वरूप दंड और पिटाई खाना पक्का था । उसके ऐसे कुकार्य के लिए दोनों हाथ से पकड़ चेन से बांधा, बांस से पिटाई कर दी, जैसे माँ-बाप बच्चे पर कड़ाई करते हैं । उसके विशृंखल आचरण पर कड़े शब्दों में गाली दी । पर मुझे लगा दोष के अनुरूप सजा नहीं हुई । माली सागर महापात्र को कहा 'चार फुट लंबी पतली प्लास्टिक की रस्सी ले आओ' (जब उन्हें एंटीरेबिज, विटामिन और कृमिनाशक, एंटासिड, इंजेक्शन देते समय मुँह बांधने उपयोग

करता हूँ) । मुँह बांधा, लकड़ी के जाली वाले केज में भर दिया । उस मुर्गे को भी उसमें डाल दिया । मुर्गे के लिए चावल, दाल आदि डाले । दोनों एक साथ केज में रहे । बाघा निरुपाय था । मुर्गा दाना चुगता, बाघा चुपचाप । मैं अखबार पढ़ता रहा । कुर्सी पर से गतिविधि देखता रहा । ठीक सजा मिली है । -गुस्से में कहता रहा । बाघा मेरी लाल आँखों को समझ रहा था, शाम तक दोनों केज में रहे । सागर माली ने कहा - यह मुर्गा बाघा और टीका के बर्तन में चोंच डाल उनका खाद्य खा जाता, उसमें लोभ ठहरा । अब समझा बाघा के क्रोध का कारण । पशु प्राणानुभवी के रूप में बाद में उसे छोड़ दिया । बाघा पश्चात्ताप के ढंग से दोष स्वीकार कर मेरे पास आया । देह सटा रहा, पांव चाटने लगा । रात में उसका खाना खुल कर दिया गया ।

अगले दिन विभिन्न परिवर्तन देखा । मुर्गा बाघा के पास दाना चुग रहा । क्रमश: उनमें दोस्ती हो गई । एक बर्तन में खाना खाने लगे । संपर्क गाढ़ा होता गया । यहाँ तक कि जब बाघा लेट लार टपकाता हो, मुर्गा उस पर चढ़ जूं और लीख चुग-चुग कर खाता । याद आती -

''कहाँ बंधुता, कहाँ प्रेम सुन्दर ।
जिसे पाकर देवता भी हो जाते नर ।।

इन पंक्तियों में वह परिवेश भरा है । अब अपने अनुभव से इस सत्य को जान लिया । देसी कुत्तों का देखभाल तालीम, आदर, ममता दे सकें, वे बात मानने वाले नौकर की तरह मालिक का काम करें । आदमी की आपद-विपद में बंधु बन जाते हैं । सर्कस के जीव जंतु क्या हैं ? यहाँ श्रद्धा व सहानुभूति की सीख सबको वश में कर ले । पर सृष्टि का श्रेठ जीव मानव अब तक पशुओं से इतना नहीं सीख सका । मन ही मन अपने विवेक से पूछता रहा ।

***

–"रवीन्द्र ये बंदर, कुत्ता कहाँ पाया ?" मैंने उत्सुक हो पूछा ।

–"फुलबानी के चंद्रपुर गांव में । पांच वर्ष हो गये उस बात को । अजीब घटना । चंद्रपुर के आसपास हाथी का खेल दिखा रहा था । लोगों से धान,चावल, फल, मूल मांग लेता । लोग खुशी–खुशी रखते सूंढ पर । कोई सूँढ छू कर प्रणाम करता, कोई पैसा देता । औरतें माथे पर फूल,चंदन लगाती । सिंदूर लगाती । सूँढ पर कैसे । फल लेकर वह मुझे दे देता । मैं पीठ पर बैठा होता । उसे खाने को धान, चावल देता । थैले में धान चावल संग्रह करता । हाथी को मैं पोसता, वह मेरा पेट भरता ।

रात में चंद्रपुर के छोर पर पोखरी के किनारे बरगद के नीचे, पोखर के पास टिके थे । दिन में बारिश खूब हुई थी । अत: खेल दिखा न सका, दूसरे गाँव से कुछ ला न सका । बार–बार बौछार । मैं छाते तले रहा । शंकर बेटा बरसात में भींगता रहा । वह खुश । बरसात तो मजा दे उसे । पानी से उठने को मन न करे । कुछ समय बाद मौसम साफ हुआ । बरसा टूट गई । हाथी की पीठ पर बैठ भिक्षा के लिए निकला । गांव के छोर वाले घर गया । फूस की छात, भींत पर मांडने । घर का बरामदा ऊँचा । शंकर ने खड़े हो सूंढ हिलाई । घंटी बजी । फिर फूं–फा कर आवाज लगाई । देर हुई । भिक्षा का स्वर दोहराया । लोगों से भीख मांगने का कायदा, तरीका सब सिखा दिया था । आवाज सुन एक अधेड़ औरत बाहर निकली । कंधे पर बंदर । चावल, सिंदूर, मंदार का फूल, चंदन दिये । अंत में सिक्का सूंढ पर रख दिया ।

शंकर बेटे ने रुपया लेकर मुझे थमा दिया । मैंने थाली से चावल ले लिये । चलते समय दाता की मंगल कामना में धन्यवाद के ढंग से सूंढ उठा आवाज की । आशीर्वाद दिया । फिर अगले द्वार पर बढ़ा । ये रोज का पेशा था मेरा ।

अगले दिन मौसम सूखा था । शनिवार हाट का दिन । ग्राहकों की भीड़। यहाँ कभी खेल नहीं किया था। दूर गांवों को चला जाता। मौसम डराता रहा। सोचा हाट के पास खुली अमराई में खेल दिखायें। बरसा हो तो, पास में बरामदे में औरतें आश्रय ले लेंगी। मेरी तुरही, ढोलकी, चंग, वंशी, घंटी बाजा सुन लोग जमा हो गए। खेल चला। दर्शकों के घेरे में वह औरत बंदर को कंधे पर बिठा देखने आयी थी। अजीब रात देखी, सर। बंदर के बच्चे को भूख लगी। उस औरत ने छाती से पल्लू सरकाया और अपना दूध पिलाने लगी। दर्शक मेरा हाथी खेल देखना भूल कर उसे देखने लगे। हलके लाल रंगी बंदर के बच्चे के कार्यकलाप देखने लगे अपलक । दूध पीता देख दंग रह गए । खेल खत्म होने के बाद पूछा– ''यह मजेदार बच्चा कहाँ से मिला मौसी?''

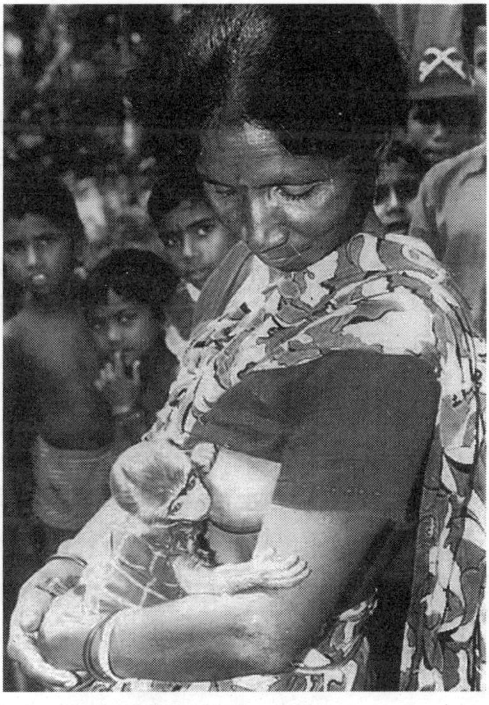

–''जंगल से । महुवा के फूल चुगने गई थी सुबह–सुबह । कुछ दिन का कोमल शिशु महुवे के नीचे पड़ा । सुक–सुक कर रहा ! दया लगी । उठाकर आंचल की ओट किया । सहलाया। सिकुड़ कर दुबका रहा । यहाँ बंदर का बच्चा कहाँ से आया ? पेड़ पर देखा । मेरे होश उड़ गए। विराट अजगर बंदरिया को निगल रहा था । केवल

पांव बचे थे । अंदर सरक रहे । शैतान के मुँह से बचना मुश्किल । बाघ को भी निगल जाये । पिछले साल बारहसिंगा को निगल गया था। पेट फूल गया । बस छटपटाता रहा । सांप ने बारहसींगा निगला है । यह खोज से और खींचतान के चिन्हों से पता चला । लोगों ने तीर, बरछा, लाठी लेकर मारा । काटा । पेट से बारह खींगा निकला । अजगर की छाल उतारी ढोलकी के लिए । हम जाति से बढ़ई हैं । मेरा घरवाला लकड़ी का काम करे । अनेक जानवरों के चमड़े से खोल, खंजड़ी, ढोलकी बनाता है । अनेक जानवरों के चमड़े से बाजे बनाता है । मुझे पता है । लकड़ी के खिलौने बनाकर हाट में बेचता है । मैं खिलौने में रंग लगाती हूँ, उनके कपड़े बनाती हूँ सूई धागा लेकर । वो भी खिलौनों के खेल दिखाता है । मेले में, पर्व-त्यौहारों पर । मेरे घरवाले को यहाँ ''खिलौने वाला बाबा'' और मुझे 'रंगवाली अपा' कहते हैं ।''

-''और वह मरा बारहसींगा ?''

-''उसे वे छोड़ते ? उसका मांस बड़ा स्वादी है । इस तरह हमारे जंगल में हर साल बकरी-भेड़ को अजगर के मुँह से लाकर भाजत करते हैं ।

-''अजगर खाये मांस को खाते हो ?'' आश्चर्य से पूछा ।

-''उसमें विष नहीं होता है । जगंल का धामन सांप है वह ।''

-''और महुवे पर बंदरिया वाले की दशा ?''

-''वह उसे निगल गया । बंदर मांस कौन खाये ? क्या जरूरत थी ?''

-''यह बंदर का बच्चा कहाँ से आया ?''

-''खास बंदर का बच्चा ! मां के पेट से निकला । कोटर में अजगर । उसका रंग लकड़ी की तरह । बेचारी जान न सकी । इधर से उधर छलांग मारते समय अजगर ने मुँह खोला । झपट लिया । बचना मुश्किल । मां

समझ गई । अत: बच्चे को छाती से छोड़ा नीचे फेंक दिया । मैं चाहे मरुं, बच्चा तो बचेगा । पशु होकर भी आखिर मां थी । संतान की दीर्घायु कामना करती है । बच्चा गिर कर मरने ही बाला था । मैं बिना फल का पेड़ ! अनेक देवी-देवता, मनौती, पूजा-पाठ किये कि कोख सूनी न रहे । एक बार पेट से रही । पर बच्चा हुआ -मृत। बहुत रोयी । बेटे के लिए विकल हो रही । मेरे स्तन भर गए । देखा बंदर का बच्चा भूख में छटपटा रहा । मुँह में चूची दे दी । स्तन दबा कर दूध पिलाया । वह दूध पीने लगा । तब से यह है मेरा बेटा । इसे पाला है । नेह लाड़ देकर इतना बड़ा किया । नाम दिया 'मनु' । बुद्धिमान है । सब समझता है । घर के काम में मदद करे, चीज इधर-उधर कर दे । भूख लगने पर जिद करे । बच्चा ठहरा ।

सृष्टि का वैचित्र्य ! मातृत्व की पुकार । ममता का कोई मोल नहीं । पशु हो, प्रेम की तुलना नहीं । मेरी नजर में कई उदाहरण आते हैं । कहूँ तो दोली भर जाये । भावना राज्य में डूबा था मैं । चुप सुनता रहा । बंदर की बात ।

रवीन्द्र कहने लगा – पर वह संपर्क ज्यादा न रहा । भगवान की इच्छा ऐसे ही थी । पता चला रंगी अपा अचानक चल बसी साँप के डंसने से । दौड़ा गया देखने । जो देखा विश्वास नहीं होता । फूस का घर । चूहों का अड्डा । बड़े नाग ने धान में चूहों पर आक्रमण किया । छान में पकड़ना आसान नहीं । दौड़ते चूहे पर झपटते समय सांप छान से गिर पड़ा । जाड़ों की रात । नीचे बिस्तर पर सोयी रंगी अपा । गाढ़ी नींद में थी । साँप ठीक सुलग रही उम्हाई पर गिरा । आग भरी उम्हाई के पास किरासिन डिबरी जल रही । उम्हई साथ डिबरी पर भी गिरा । किरासिन ढुलका और उम्हई (सिगड़ी) भभक गई । सांप ने छटपटा कर जलते समय जोर से काटा रंगी अपा के पांव को । सोते समय काटने पर विष जल्दी फैलता है । अपा ने पांव झटका । जले सांप को देख चीखी – सांप ! सांप ! बेहोश हो बिस्तर पर गिर पड़ी ।

फिर नहीं उठी । सदा के लिए आँख मूंद गई । मनु अपनी मानुसी मां की गोद में सोया था । यह सब अवाक हो देखता रहा । विपद समझ खीं–खां करने लगा । बंदर का बच्चा ! दरवाजा खुला था । पास में मोती सोया था, वह क्या करता ? केवल चीखता रहा । उसकी विकल चीख पर पड़ोसी उठ कर आये । दुखद दृश्य देख स्तंभित थे । सांप आग में जल मरा । रंगी अपा भी !

कुछ महीना पहले खिलौने वाले बाबा बीमार हो चल बसे थे । रंगी अपा का स्वजन कोई न था वहाँ, मनु और मोती के सिवा । शवदाह कौन करता ? गांववालों ने कहा –''रंगी अपा के साथ तेरी भावदोस्ती थी । सुख–दुःख में थे, अपा–अपा कहते । बरामदा दखल किया था, सुविधा – असुविधा में । उसे कौन मुखाग्नि देगा ? बंदर का बच्चा । तू रंगी अपा के क्रियाकर्म कर । अतः मैंने दायित्व लिया । सारा काम निष्ठा के साथ किया ।

–''मगर दशाह के बाद की घटना ने चिंता में डाल दिया । मैं बरामदे तले शंकर बेटा को खाने देने गया । वहाँ जंजीर से बंधा था । मंनु की आवाज और मोती का भयंकर भौंकना सुना । आकर देखा आंगन के कूंए से दोनों की आवाजें आ रही हैं । आर्त स्वर । आश्चर्य में भर गया । दोनों कूंए में । पानी । गहरे कूंए में पानी कम था । कूंए में एक और मोती मनु देख गुस्सा हो गए होंगे । यह सबका ईर्ष्या रोग है । उनके इलाके में प्रवेश करने वाले को बरदाश्त नहीं कर सकते । अतः शत्रु को भगाना था । दोनों कूदे । अंत मैं सावधानी पूर्वक उतरा रस्सी की मदद से । उनको निकाला । कल क्रियाकर्म में व्यस्त रह कोई ढक्कन लगाना भूल गया । खुला कूंआ । पानी लाने के बाद ढक्कन देना निहायत जरूरी था । सावधान किया । यहाँ न आने की ताकीद की ।

फिर एक दिन आईने में चेहरा देख एक और घटना हो गई । ड्रेसिंग टेबुल के लिए बढ़ई बाबा ने किसी परिचित ग्राहक से आर्डर रखा था ।

ड्रेसिंग टेबुल का काम हो गया, आईना नहीं लगा था । लाकर दूसरी जगह रखा था । वे अचानक चले गए । अत: बीच में रह गया । मैंने पेचकस से जोड़ दिया । लंबा आइना सुन्दर दिख रहा । घर में मोती -मनु बेरोकटोक जाते । दोनों ने काच में चेहरे देखे। उत्तेजित हो उठे । मुझ से एक एक कर मार खायी । लाकर दोनों को खड़ा किया मेरे पास । अपना चित्र देखा । काच में उनका मुँह घिसा । शायद समझ गए । आईना खोल कपड़े में लपेट रखा । कुछ दिन बाद आर्डर देने वाले का पता मिला। सामान भेजा । ग्राहक ने मूल मजूरी के ३०० रुपये मुझे दिये । तब से घर में आइना नहीं रखा । इतनी बातों से कौन पार पाये ? इनकी शैतानी संभालूं या हाथी का खेल करुं ?

महीने दो महीने कट गए । मेरा धंधा कुछ मंदा था । गांव के मुखिया से बात की। दायित्व से छुट्टी की बात कही । गांव सभा हुई । बढ़ई बाबा का कोई उत्तराधिकारी नहीं । उसकी संपत्ति सामाजिक संपत्ति बना दी । मनु-मोती मुझे दान दे दिया। तब से लाकर पाल-पोस चल रहा । मेरा पेशा - निशा एक हो गए।''

मुझे लगा रवीन्द्र के चारों ओर यह प्राणी संसार घेरे है । अपने प्राणी प्रेम और श्रद्धा से रवीन्द्र तीनों की आत्मा बन गया । उनके मन की बात जान पाता है । वे भी समझ लेते रवीन्द्र की भाषा । अंगभंगिमा से कुछ अबोध्य नहीं रहता ।

रवीन्द्र ने अपनी पूर्व अनुभूति बतायी - ''शंकर भयंकर झड़-वर्षा की पूर्व सूचना दे चुका था । हाट में खेल दिखा चंद्रपुर गांव के छोर वाले बरगद के नीचे बंधा था । अचानक चिंघाड़ उठा जोर से । अस्थिर सा लगा । कान हिला जंजीर तोड़ने लगा । बांया पांव उठाता -रखता । सूंढ पश्चिम में कर तरह-तरह से गरजने लगा । उसका अस्वाभाविक तूर्यनाद देख विचार

करने लगा । शंकर को खतरा नजर आ रहा है । क्या हो सकता है ? शाम ढल चुकी थी । देखा तो पश्चिम में घने काले मेघों का भयंकर रूप । शंकर अनुमान कर रहा है वात्या का। यह स्थान छोड़ सुरक्षित जगह की बात कर रहा है । पर इस समय कहाँ जायें? अब तक खाना भी नहीं बनाया । खाना बना कर खायेंगे तब कोई बात । याद आयी बंदर और रंग अपा की बात । पास है उनका घर । कुछ नहीं दिखा । लेकर शंकर को वहाँ ठहरा दिया । कुछ समय में इतने भयंकर मेघ ? बेमौसम तूफान ! मूसलाधार बारिश । बरसा आंधी का तांडव । अगले दिन दुपहर तक जारी रहा । तब धीरे-धीरे प्रकोप कम हुआ । आकाश साफ हुआ । इस प्रकोप में चंद्रपुर गांव के अनेक छप्पर उड़ गए । दीवारें ढह गई । ताज्जुब है उस बरगद की विशाल शाखा धराशायी हुई, जहाँ हमने आश्रय ले रखा था । कई पेड़ जमीं पर आ गिरे । शंकर के इस आचरण से कितनी बड़ी विपद से बचे । आँसू भर आये, बार-बार उसे सहलाने लगा । मेरा संसार बच गया, मेरे शंकर के कारण । अगले दिन रंगी अपा के बरामदे में रसोई जमी । रोज के रात के खाने में आधा बोरा पुवाल के साथ गुड़ मिले चावल खा चुका । फिर गरम-गरम सौ के करीब रोटी खाने बैठा । पेटू शंकर बेटा । साथ में थे मोती और मनु । तृप्त भोजन किया । तब से शंकर बेटा का मोती-मनु संग परिचय हुआ । गांववालों के लिए यह उपभोग्य दृश्य था ।"

मैं ताज्जुब में था तीन जानवरों के साथ रवीन्द्र की घनिष्ठता । आत्मीयता। यहाँ शुक मुनि की पुराण व्याख्या याद आ गई । महर्षि कृष्ण द्वैपायन व्यासदेव के पुत्र महान ज्ञानी शुकमुनि थे । उनको दिव्य ज्ञानी और ब्रह्म तत्वज्ञ कहा जाता है । अपना गुरु खोजने निकले । बिना सद्गुरु मोक्ष नहीं मिलता । सद्गुरु आश्रित होना था । अपार ज्ञान के अधिकारी गुरु तलाशते पहुँचे मिथिला नरेश जनक के पास । उनका अजीब रूप था । एक

पांव आग पर था , दूसरा घृत पात्र पर । घृत वाले पांव की जंघा पर पत्नी बैठी । यह देख शुकदेव ने नाक भौं सिकोड़ ली । दाहिने से यज्ञाग्नि में मंत्रोच्चार पूर्वक घृत डाल रहे । बांया हाथ पत्नी के मुक्त स्तन पर है । महामुनि ने रहस्य जानने जनक के मन में प्रवेश किया । देखा - जनक का मन निर्मल है, स्वच्छ, निर्विकार है । पंच चक्र में राम नाम है । जनक का मन चैतन्य राम चरणों में अर्पित है । लक्ष्य था निर्वाण प्राप्ति । बाह्य जगत से कोई संपर्क नहीं। वे निष्पाप निर्विकार स्थितप्रज्ञ हैं । अंत में जनक को अपना गुरु बना लेते हैं ।

इस कथा का उद्देश्य है – शुकदेव ज्ञान एवं तप बल से जनक के मन में प्रवेश कर सके । यहाँ रवीन्द्र अपने पशुओं को चाहने वाला मामूली आदमी । उन्हें आंतरिक स्नेह, श्रद्धा, के बल पर ही पशु मन में प्रवेश कर सका है । श्रद्धा उसका मंत्र है, आंतरिकता व्रत है । पिता की तरह उनका सुख–दुःख, सुविधा–असुविधा, मन इच्छा समझ सका है, शिक्षा देता है । वे भी मालिक गुरु की इच्छा का आदेश के अनुसार उत्साह आनन्द पूर्वक पालन करते हैं । परिवार में रागरोष,कलह जैसे आवेग –प्रत्यावेग दिखने पर विचारपति बन कर समाधान करता है । यहाँ मानव–पशु संसार स्वर्ग की तरह नहीं तो क्या है ? ऐसे मानव को प्राणी प्रेम और पशुवत्सल साधक ही कहा जायेगा ।

यह कल्पना नहीं । वास्तव जगत की मनछूती अनुपम जीवंत घटना है। चमत्कार–चमत्कार कह मैंने रवीन्द्र के जीवन, जीविका और जीव प्रेम की उच्छ्वसित प्रशंसा की। जीव इतिहास में जीवनलिपि स्वर्णाक्षरों में सुरक्षित रहेगी। आशीर्वाद दिया आनन्द में भर–चिरंजीवी हो रवीन्द्र। मन ही मन कल्याण कामना करता रहा।

देखा वह अनमना हो रहा है । कहा – देर हो रही है तुम्हें ? बोला – आपने बुलाया, हड़बड़ा गया डरसे । बिना खाना दिये उन्हें, चला आया । भूखे परेशान होते होंगे वे , मुझे याद करते होंगे ।

–रात हो गई । खाना खा कर जाओ ।

वह संकोच में भर गया । छलछलायी आँखों से कहा – मेरे परिवार वाले भूखे हैं । वे खा लें, तब खाता हूँ । आदत है । शंकर शाकाहारी है, वे सब भी । कुत्ता मोती तक । जिस दिन खेल नहीं होता, शैंपू लगा कर नहला देता हूँ ।

रवीन्द्र की निष्ठा और प्राणी प्रेम ने अभिभूत कर दिया । महावत रवीन्द्र ने मुझे चमत्कृत कर दिया । धन्यवाद देकर श्रद्धापूर्ण नेत्रों से विदाई के वक्त कहा – आज तेरे सारे खेल नहीं देख सका । समय नहीं । बोलो, अन्य खेल क्या है ? हर दिन एक जैसा शो होता है ?

उसने कहा – हर शो में खेल भिन्न –भिन्न होता है । कई तरह के हैं ।

– वे क्या हैं ?

कहा – एक घटना बताता हूँ । शो के अंत में गणेश पूजा चल रही थी । शंकर बेटा पुरोहित का काम कर रहा । तभी पात्र–पात्री का विवाह चल रहा था । इच्छुक दर्शकों में एक युवक और युवती को बुलाया जाता । दोनों कंवारे होते । साथ उनके मुरबी होते । यह झूठा विवाह होता । अनजान दोनों, आमने–सामने पीढ़े पर बैठते । युवती आंचल सिर पर करती । दोनों को सोल का मुकुट पहनाते । शंकर बेटा नारियल तोड़ वह पानी दोनों के मस्तक पर छिड़कता । ठाकुर से सिंदूर चंदन दोनों के माथे पर लगाता । घंटी बजाता । वर कन्या पर फूल बरसाता । वर कन्या नमस्कार करते पुरोहित शंकर बेटा को । सूंढ उठाकर वह ऊँचे स्वर में आशीष देता । दर्शकों का कुतूहल चरम पर पहुँचता । शुभ शंख ध्वनि से सारा इलाका कांप उठता । अंत में वंदापना होती धूप–दीप से । झूठा विवाह संपन्न । ठाकुर को अर्पित फल–फूल, भोग–प्रसाद दर्शकों में वितरण करते हैं । खेल खत्म। तब अपने –अपने घर जाते ।

ताज्जुब की बात है – तुलसीपुर हाट में खेल दिखाते समय युवक-युवती को देखा । युवती पांव में अलता, माथे पर सिन्दूर रेखा, आँख में काजल, साफ-सुथरे अच्छे कपड़े पहने । मानो नवदंपति हैं । गोद में वह युवती नवजात शिशु को लिए । पिंडी के नीचे आकर बच्चे को जमीन पर रखा, दोनों ने गणेश मूर्ति और शंकर बेटा को षाष्टांग प्रणाम किया । शंकर बेटा उन्हें पहचान गया । साल भर पहले कल्याणपुर हाट में ऐसा झूठा विवाह किया था । शंकर बेटा पुरोहित थे । बाद में दोनों के अभिभावकों की अनुमति से पास स्वप्नेश्वर महादेव के शिवाले में वैदिक रीति से विवाह बंधन में बंधे । साल भर बाद गोद में बच्चा । पता कर हमारे खेल की जगह पहुँचे । सूंढ हिला आशीष दी । भेंट में फल-मूल, साग लाये थे । चावल, लड्डू वगैरह । हमारी दिन भर की खुराक हो गई ।

यह घटना फैल गई । कई मां-बाप प्रस्ताव लेकर आने लगे । बेटों की कुंडली एक टोकरी में, बेटियों की दूसरी टोकरी से एक-एक निकाल कर देता सूंढ से। अमेल कुंढली अस्वीकार करके लौटा देता। कई विवाहों के जोड़े बनाये । नि:संतान दंपति को आशीष दे कर सिर व पेट में सूंढ छूकर विदा करता । आश्वासन देता । कई निष्फल दंपति फल पाने के बाद आशीष लेने आते । साथ में तरह-तरह की भेंट । बीमारों को सूंढ से छूकर ठीक कर देता । कई तो पेट का बेटा-बेटी जानने आते दरवाजे पर । शंकर बेटा को लड्डू खिला कर पूछते । ट्रेंड चालाक मनु स्टेथो लेकर दूसरी ओर धक-धक सुनता । गर्भवती के पेट को जगह-जगह छूता, अनुभवी डाक्टर की तरह । शंकर बेटा पास जाकर कान को पास कर भ्रूण संचालन की गतिविधि जान लेता । शिशु लिंग का पूर्वानुमान कर देता । सूंढ उठा कर संतान की सूचना देता । सूंढ उठा सुसरी तरह आवाज करता । बेटे की सूचना, सूंढ नीची कर जोकी की तरह हिलाने पर बेटी की सूचना होती । वह शत प्रतिशत सही होने का लोगों में विश्वास है । बिना हाट वाले दिन भी बरगद के आश्रयस्थल पर जनसमागम लगा रहता ।

बरगद तक रवीन्द्र को विदा देते समय मैंने अपना सिर सूंढ से छुआया । विराट कान सहला दिया । रात में नींद गायब हो गई । शंकर की कीर्ति और कृतित्व दिमाग में कौंधता रहा । उसके दिव्य गुण की बात मन में जम गई । सुना था पूर्वबंग, ब्रह्मदेश, न्यूजीलैंड, नेपाल, मध्य एशिया आदि इलाकों में बीज का धान बीज के रूप में लगाते हैं । अच्छी फसल होती है । सिंहल और थाइलैंड में नारियल के सूखे ढेर में उपयुक्त फल चुनता है । उनसे खूब नारियल होते हैं । हाथी का सिर स्वस्तिक का प्रतीक मानते हैं । अत: हाथी सर्व पूज्य जीव है । लगा किसी इंद्रजाल में बंध गया ।

अगले दिन फिर से प्रौढ़ शंकर बेटा और रवीन्द्र परिवार को देख आने को मन किया । पता चला खेल दिखाने अन्यत्र जा चुके हैं । टूर प्रोग्राम टालने का मन न था । जरूरी काम थे । फिर मैं कर्ममय जीवन परिधि में भुवनेश्वर के जीवन में लौट आया अविस्मरणीय स्मृति ले कर ।

।१६।

ऑफिस का काम बढ़ गया था। सांस लेने की भी फुरसत नहीं। केंद्र सरकार से पत्र आया। विलायत यात्रा का निर्देश था। न्यू स्काटलैंडयार्ड, मेट्रोपोलिटन पुलिस सेंटर, ह्वाइटहाल, लंदन से बुलाया–अपराधीकरण और आतंकवाद रोकने हेतु वेव साइट डेवलपमेंट कंप्यूटर ट्रेनिंग, उसका प्रयोग, प्रचलन पर एक वर्ष तालीम और प्रशिक्षण। कार्यक्रम पर पत्र से सब जाना। शीघ्र जाना है, एकदम जरूरी। पहले सरकार ने मेरा नाम सिफारिश कर पत्र भेजा था। तुरत विदेश यात्रा हेतु पासपोर्ट, वीसा के काम में लगा। पत्नी सहित विदेश जाना है। विदेश भ्रमण के मौके से अर्धांगिनी, धर्मपत्नी वंचित कैसे रहें!

मेरी विदेश यात्रा और परिवेशी जीवन तथा अनुभूति भिन्न बात हैं। पर यह मेरा अविस्मरणीय अध्याय है। जीवन में हर पल, हर समय आदमी की अनुभूति बढ़ती जाती है। लंदन में सपत्नीक साल भर रहने की मानसिक प्रस्तुति कर ली। वहाँ यार्कशायर में मेरे प्रिय मित्र तथा अतीत में सहपाठी रहे अनवर अली सस्त्रीक रहते थे, स्थायी वासिंदे बन चुके। अनवर भुवनेश्वर के पशु महाविद्यालय से स्नातक बनकर रिसर्च और जीविका की तलाश में इंग्लैंड गए। वहाँ लंदन के क्वीन मेरीस स्कूल आफ बायोलाजिकल एंड केमिकल साइंस में रिसर्च एवं अध्यापक की नौकरी मिल गई। पशुप्रेमी व प्राणी विज्ञानी के रूप में नाम कमाया है। एक साल पेइंग गेस्ट रहने का तय कर लिया। मित्र ने सहयोग का हाथ बढ़ाने में कसर नहीं रखी। वरन बहुत खुश हो कर उत्तर दिया। मेरी दैनंदिन पढ़ाई और

प्रशिक्षण के बाद अनवर के सान्निध्य ने मुझे काफी उपकृत किया। अनवर ने आयरलैंड निवासी गोरी प्रौढ़ा एलिजा से विवाह कर घर बसाया था। मेरी पत्नी को भी वहाँ संगिनी मिल गई, समय बिताना सहज हो गया।

अनवर और एलिजा की जीवन शैली ने हम दोनों को खूब प्रभावित किया। वे जानते हैं कि हम नैष्ठिक हिंदू हैं । तदनुसार अतिथि चर्चा करते । हमारी परंपरा में 'अतिथि देवोभव'' का प्रामाणिक चित्र देख चकित थे हम । उनके जीवन में मुसलमान और ईसाई का समन्वय है, हमारे कारण घर में वे कोई आमिष पदार्थ नहीं लाते । आमिष खाते तक नहीं । मुझे ताज्जुब लगा वे किसी ईसाई या मुसलमान से हट कर शाकाहारी भोजन करते । घर के प्रवेश द्वार पर लान के पास तुलसी चौंरा और केले का पौधा देख मेरे आश्चर्य की सीमा नहीं रही । हम गोबर से फर्श लिपाई करते हैं, दीवार पर रंगोली है । एलिजा हमारा धर्म भाव समझ कहीं से गोबर लाकर अपने फर्श की लिपाई करती, उस पर रंगोली बनाती, हमें कैसा लगा कहना कठिन है ।

मैंने कहा – ''हमारे लिए दोनों इतना बोझ उठाते हो !'' अनवर ने कहा–'' ईश्वर अल्ला तेरा नाम। मंदिर मस्जिद तेरे धाम ।''

मैंने कहा – ''तुम मुसलमान हो अर्थात् मुसलइमान ?'' अनुभव किया हमारे मित्र के हृदय का आभिमुख्य और मनोवृत्ति एक है । अनवर को हिंदू व मुसलमान धर्मग्रंथों का ज्ञान है । मुझे याद है ओड़ियावासी शेख जहरुल इसलामी ओड़िया में कोहिनूर पंजिका प्रकाशित करते थे । उन्हें इक्कीसवें अंतर्राष्ट्रीय ज्योतिर्विद सम्मेलन में प्रसिद्ध ज्योतिष महर्षि भृगु प्रतियोगिता में ''ज्योतिष विद्याचार्य' उपाधि मिली थी । मैंने उन्हें सफलता पर पत्र लिखा । अनवर ने धार्मिक सामंजस्य और समन्वय की बात कही । बोला मोहन –(Temple, Church, Masjid) सब छः अक्षर हैं । वैसे सब धर्म ग्रंथ (Geeta, Bible, Quran) में पांच अक्षर हैं । अंग्रेजी में कैसा मेल खाते हैं ये । '' मैंने कहा –''देख भाई, सब धर्म का रंग, वर्ण, लक्ष्य एक है,

समान है । सबका मालिक एक है, धरती पर सबका स्रष्टा वही एक है ।''

''क्षुद्रतम जीव से वृहत्तम प्राणी तक सब नवजात शिशु-शावक के जन्म पर आनन्द कर स्वागत करते हैं । उल्लास में जन्म गुंजार उठता है जन्मदाता के मन में। पर जीव की मृत्यु पर मन के कोने में विषाद का झटका होता है, प्रकाश्य में या परोक्ष में- यह अनुभव हर जीव-जीवन में है, बस प्रक्ट के भाव भंगिमा में भिन्नता है। आदमी कितना हृदयंगम कर पाता है क्षुद्र इतर जीवों के जन्म मृत्यु के आनन्द-विषाद भाव को ?

''हंतव्य पशु को जो जीवंत सब्जी कहते हैं, वे भ्रमात्मक हैं । मांस खाने से आदमी अल्पायु होता है । मांस खाने से शरीर में एक विष संचार होता है, इससे कोष उत्तेजित होकर कुछ समय में अधिक बार विभाजित होते हैं । स्वाभाविक में कोष जितने समय में विभाजित होते हैं, उससे पहले कोष विभाजित और उत्तेजित हों तो आयु काल घट जाता है । कसाई खाने में पशुदल से एक के बाद एक पशु काटने के लिए लेते समय दूसरे पशु देख कर समझते हैं कि अब हमारी पारी आयेगी । आसन्न मृत्यु के दुःख एवं भय, आवेग और उत्तेजना से शरीर में एड्रोनेलिन नामक रस क्षरण होता है, पशु का रक्तचाप बढ़ जाता है । पशु मांस विषैला हो जाता है । जीव की हत्या के समय उसके हृद्स्पंदन और सांस क्रिया अचानक बंद नहीं होती । मरते समय देह से प्राणवायु को लोप होने में कुछ समय लगता है । क्रिया का प्रतिरोध प्रतिक्रिया होता है, वैसे हत्या के समय मृतक के शरीर में एक मृत्युकालीन तेजष्क्रिय प्रतिक्रिया फलित हो कर मिलता है, फलतः शरीर में जीवन तरंग रहने तक स्नायु स्पर्श से थर्मोमिटर या रक्तचाप मापी यंत्र की तरह संवेदनशील एक इक्लेक्ट्रोनिक यंत्र से रेकार्ड कर सकते हैं, मृत शरीर में एड्रनलिन तेजष्क्रियता का परिमाण और प्रभाव उस संक्रमित विषाक्त मांस रक्त में मिला होता है, उसकी परमायु की दीर्घता दबाव डालती है, मांसाहारी भक्षक अल्पायु हो जाता है । इसकी परीक्षा निरीक्षण कर अनवर अभी भी रिसर्च कर रहा है । इस पर कई सैकड़ों परीक्षण दिवंगत जीवों और मांसाशी लोगों

पर कर चुके हैं, 'लंदन हेल्थ' मेगेजीन में क्रमश: प्रकाशित होकर खूब प्रशंसित हुए हैं । पचनशील इस विषाक्त मांस भक्षण के अपकार पर उनके अनेक लेख अंतर्राष्ट्रीय पत्रिकाओं में छपे हैं । मानव दीर्घजीवी हो, इसके गूढ़ रहस्य और इसके लिए मार्ग अन्वेषण में अनवर उत्सर्गीकृत हैं । मैंने दोनों को शाबासी दी । मृतक के शरीर कोष में मृत्युकालीन तेजष्क्रियता विश्लेषण यंत्र का नाम 'अनवर आवर' रखा है । अपनी आँखों से देख अभिभूत हो गया ।

अनवर ने किसी स्वास्थ्य द्रष्टा की तरह कहा –''मांस खाने पर रक्त में कोलेस्टरल जम कर हृदय रोग और उच्च रक्तचाप हो जाता है। मूत्राशय आदि रोगाक्रांत होते हैं, संधिवात भयंकर कैंसर आदि के मूल में मांसाहार होता है। एपेंडिसाइटिस तो मूलत: मांसाहार से होता है । दूषित मांस खाने पर एपिलेप्सी हो जाती है । मांस में अधिक प्रोटीन होता है । साथ में हाइड्रोकार्बन मिल कर हृदय के लिए विपद का कारण हो जाता है । मांस में रक्त मिला होता है, इसमें बेक्टेरिया जल्दी संक्रमित होते हैं । मांसाहारी लोग जरूरत से ज्यादा प्रोटीन या फैट खाने पर किडनी पर प्रभाव पड़ता है, यह नष्ट होने लगती है । मांसाहार खून में यूरिक एसिड बढ़ा देने के कारण वात रोग हो जाता है । शरीर में बुढ़ापा की सूचना मिलती है । आदमी आलसी हो जाता है, स्मरणशक्ति तथा बुद्धि कम होने लगती है । मगर दूध पीने से स्मरणशक्ति धीमता में वृद्धि होती है । शाकाहारी अधिक परिश्रमी एवं दीर्घ जीवी होते हैं । मांसाहारी तुलनात्मक रूप में अधिक क्रोधी, उत्तेजित एवं अपराध मनोवृत्ति संपन्न हो जाता है ।''

अनवर के रिसर्च के तथ्यों की तारीफ को प्रोत्साहन के लिए कहा– ''विश्व के महान मनीषियों के जीवन अध्ययन से पता चलता है कि महान वैज्ञानिक चार्ल्स डारविन, सर आइजेक न्यूटन, लेखक जीवी शॉ, लियो टालस्टाय, दार्शनिक वोल्टेयर, अमरीकी कवि इमर्सन, इटालवी चित्रकार लेनार्डो एवं बैंजामिन फ्रेंकलिन तथा अनेक महापुरुष पूरी तरह शाकाहारी थे । महात्मा गांधी के शाकाहारी जीवन ने विश्व को अहिंसा नीति और विश्वशांति

का मार्ग दिखाया । हमारे प्राचीन ऋषि–मुनिगण, जिन्हें हम द्रष्टा कहते हैं, वे शाकाहारी, फलाहारी थे । कहा जाता है कि वे सदियों जी सकते थे ।''

अनवर ने कहा – ''यह एकदम सच है ।''

किताबों आलमारी की थाम से 'काउंसेल आन डायट्स एंड फूड' की किताब निकाली । लेखक हैं एलेन वतहाइट्स । वे हैं ईसाई धर्म में 'सेवन एडवेंटिस्ट' के स्थापनकर्ता । इसकी शाखायें दुनिया भर में फैली हुई हैं । ईसाई धर्म में निरामिष आहार पर जोर दिया गया है । अनवर की सलाह थी कि इस किताब को पढ़ूं । मैंने किताब पढ़ी, बहुत अच्छी लगी । यह निरामिष भोजन पर उपदेशमाला है । विशेष कर मांसाहार मानव को पशु में परिणत कर देता है– व्हाइट्स ने स्पष्ट चेतावनी दी है ।

अब समझा अनवर दंपति की जीवनशैली का मूलमंत्र । उनके एकदम निरामिषाशी होने का राज । यह कोई धर्मतत्व नहीं, वरन विज्ञान रिसर्च के तथ्य हैं। मित्र को बधाई दी, उनके रिसर्च में सफलता की कामना की ।

अनवर मुसलमान है, पत्नी ईसाई । मांस, मछली मादक द्रव्य में डूबने की बात । पर वे इसके व्यतिक्रम हैं । चकित हो गया । वे आमिष के प्रति वीतस्पृह हैं, समकालीन मानव समाज को महत्वपूर्ण संदेश देता है । अनवर अपनी जीवन शैली और विचारधारा में भारतीय धर्मधारा से काफी प्रभावित है । वे स्वीकार करते हैं कि शाकाहार विश्व को भारत ने ही सिखाया, बड़ा वरदान है मानवता के लिए । पर पाश्चात्य देशों में निरामिष का अर्थ रोटी खाकर पानी पीना, उपवास करना समझते हैं । इससे शरीर की अधिक चर्बी कम करना, शराब से दूर रहना, झूठ न कहना आदि को समझते हैं । अर्थात् जीवन कोई हंसी–खुशी, मजा न हो, कठोर संन्यासी जैसा जीवन जीना । अत: वे निरामिषको बेवकूफी और पागलपन समझते हैं । अब पश्चिम अनुभव करने लगा कि उनके विचार भित्तिहीन हैं । अब प्रमाणित हो चुका कि निरामिषी का जीवन दीर्घ होगा, आरामदायक होगा । और सुखमय होगा ।

आश्चर्य होता है कि इस्लामधर्मी मुगल सम्राट भारतीयखाद्य परंपरा में उद्‌बुद्ध थे, उनकी जीवनशैली से प्रभावित हुए । बहुत हद तक उन्होंने भारतीय खाद्यपरंपरा अपना ली थी । जब मुहम्मद घोरी ने १२वीं सदी में आक्रमण किया, उसे गो मांस भक्षक म्लेच्छ कहा गया । उसे गोरी(गो - अरि) कहा गया था। अभक्ष-भक्षक - मुसलमान संस्कृति और खाद्यहार में लड़ाई क्रमशः जोरदार होने लगी । आखिर मुगलों ने अनुभव किया कि देश के पारंपरिक खाद्य -पेय को अपनाना ही श्रेयस्कर है । बाबर पहला मुसलमान था, जिसने अखंड भारत पर शासन किया । उसका पुत्र हुमायूं दूसरा मुगल जिसने अफगानिस्तान, पाकिस्तान, उत्तरी भारत पर शासन किया । १५४० में शेरशाह से हार कर शासन से हाथ धोया। फिर १५ वर्ष बाद दिल्ली पर अधिकार किया । उसकी शांत, धैर्य और सज्जनता से उन्हें 'इन्सान काबिल' अपाधि दी गई । भारतीयों के सम्मान में कुछ वर्ष वह निरामिष रहा । हिंदू भावना को आदर देकर गो मांस पूरी तरह त्याग किया । पुत्र अकबर अहिंसा पर आधारित जैन धर्म से प्रभावित था । अपने शासन के दौरान प्रति वर्ष छः महीने प्राणिहत्या न करना, मछली न पकड़ना, मांस न खाना आदि पर आदेश जारी किये थे । शिकार छोड़ दी थी । ज्यादातर मांस नहीं खाता । वर्ष में कुछ दिन के अलावा प्राणी हत्या पर कानून बना दिया । शिकार निषेध की बात ई.पू. तीसरी सदी में अशोक के बाद कहीं पर नहीं मिलता । केवल कलिंगाधिपति वीर खारवेल ने अपने शासन में जीव हत्या बंद करा दी । खंडगिरि उदयगिरि शिलालेख और गुफाओं से पता चलता है वे पूरी तरह जैन थे । दृढ़तापूर्वक अहिंसा के विश्वासी थे । कीट-पतंग मारने के डर से नाक और मुँह को कपड़े से ढक कर रहते । इतिहासकार अबुलफजल ने आइने अकबरी में लिखा है कि सम्राट अकबर में मांस के प्रति आग्रह न था । उनका प्रिय खाद्य था दही, खिचड़ी । अकबर कहता प्रकृति ने मुनष्य को कई भांति के खाद्य दिये हैं । पर अनजान और काल वश जीव हत्या कर अपने शरीर को कब्र बना रहा है । यह वर्जनीय है । जीवहत्या

और मांसाहार त्यागने का अर्थ है जीवन को सम्मान देना । विभिन्न धर्मों के समन्वय में उसने 'दीन-इ-इलाही' धर्म प्रचार किया । इसका अर्थ है ईश्वर संग एकात्म होना । ये नीतियाँ हैं दानशीलता, जीवे दया, विधवा का पुनर्विवाह, बाल विवाह और बलपूर्वक सती दाह निषेध । जैनियों के चतुर्मास्य में पर्युवेषण तथा महावीर जयंती पर पशुहत्या बंद कर दी । इससे अकबर हिन्दुओं के निकट हो गया । पूजनीय भी । उत्तराधिकारी जहांगीर ने पिता का आदर्श और परंपरा रखने का कार्य किया । गुरुवार को उपवास के रूप में अपनाया । पशुवध बंद करने के साथ अपने हाथों कोई पशु आहत न करने की शपथ ली थी । बाद में औरंगजेब इस्लाम का कड़ाई से पालन करता था । पर वह नैष्ठिक निरामिष था । केवल साग-सब्जी, फलमूल, मिठाई, साधारण खाद्य खाता । गंगाजल पीता । खिचड़ी, जंवार बाजरे के आटे की रोटी खाता, जो कि हिन्दू धर्म के अनुकूल था। औरंजेब का १७०७ ई. २१ फर्वरी को देहांत हुआ । शुक्रवार था । उसकी इच्छा थी शुक्रवार को देह छोड़ूं । अल्लाह ने पूरी कर दी । मृत्यु के पूर्व जो विराट सत्य आँखों के आगे दिखा, वह सिहर गया । उनका जीवन बचाने दरबारी ज्योतिष के पास पहुँचे । सब अशुभ परिणाम से बचने हेतु सम्राट एक हाथी और एक कीमती हीरा दान करें । औरंगजेब इनमें विश्वास नहीं करता था । अपने बारे में बह बहुत कंजूस था । उन्होंने अपनी विल में लिखा था मेरे बाद अपने हाथों बनायी टोपी की बाबद मिले चार रुपये दो आने का कपड़ा उनके शव पर कफन बनेगा । कुरान की नकल कर मिले ३०५ रुपये को फकीरों में बांट दिया जाये । वह कैसे हाथी या हीरा दान करेगा ? आगे लिखा था कब्र में मेरे सिर पर टोपी भी न रहे । कब्र पर कोई चंदोवा न रहे । कोई बाजा न बजे । उनकी अंतिम इच्छानुसार विशाल साम्राज्य के महाप्रतापी औरंगजेब को औरंगाबाद से बीस मील दूर खुलदावाद में एक साधारण संत की कब्र के पास कब्र दी गई । अत: जब दरबारियों ने उन्हें हाथी व हीरा दान की बात कही, वे बोल नहीं पा रहे थे, स्पष्टत: लिख गए - हाथी-हीरा दान हिन्दू

प्रथायें हैं । दरबार के मुख्य काजी को खबर दी – हाथी के मूल्य बाबद चार हजार रुपये भेज दें, उन्हें निर्देश दें कि यह पैसा गरीबों में बांट दें । अंत में लिखा – 'मेरी इस धूल माटी की देह को कब्रिस्तान पहुँचा दो, मामूली कफन में रख इसे गाड़ दो ।' अंतिम समय में दानधर्म का महत्व हर धर्म में माना जाता है । नैष्ठिक और कट्टर औरंगजेब ने उत्तर पीढ़ी के लिए अपूर्व ऐतिहासिक धार्मिक परंपरा रखकर प्राण त्यागे थे ।

अनवर से मुगल सम्राट के निरामिष भोजन और औरंगजेब के हाथी–हीरे दान का उपाख्यान सुन मैं स्तंभित हो गया । हाथी दान महापुण्य माना जाता है । उभय हिंदू एवं मुसलमान समुदायों में । औरंगजेब ने उस का परोक्ष में पालन किया। रवीन्द्र के हाथी शंकर बेटा के गुण चमत्कारिता याद कर आल्हादित हो गया। हाथी ,हीरा , गौ, सोना, संसार में मूल्यवान हैं । हाथी के प्रति श्रद्धा ने मेरे आनन्द को कई गुना कर दिया । शंकर बेटा का चित्र मन में गहरे अंकित हो गया ।

मित्र अनवर की ज्ञान समृद्ध तथ्यपूर्ण गवेषणापूर्ण जीवन धारा ने मुझे आश्चर्य में भर दिया । हम बहुत प्रभावित थे । कभी मांसाहारी न होने की शपथ ले ली। खाद्यरुचि तो आदमी की मानसिकता है, व्यक्तिगत बात है, जीने के अधिकार से जुड़ी है । अहिंसा आचरण सदा शांति लाता है । परिवार एवं समाज में सौहाधर्श स्थापित करता है । आचरण दूसरे पर लादा नहीं जा सकता । यह मानसिक ग्रहणीयता पर निर्भर है । जीवनानन्द खान पान में नहीं होता । वह तो आदमी के विचारों में होता है । यह मन की भावना है । इसका स्वाद चीजों में नहीं होता, चिंतन और चेतना में होता है । चित्त को स्थिर स्थितप्रज्ञ कर रखें तो सब स्वाद सुन्दर, उपभोग्य हैं । संयमी तपस्वी, ज्ञानी ऐसी चित्तशुद्धि करते हैं । यह बात मेरे शिकार गुरु प्रेम कहा करते । इंद्रिय परायणता को नियंत्रण करते हैं, यही मित्र अनवर अली का है जो निश्चित तपस्वी – आविष्कारक या वैज्ञानिक कहें जायेंगे मेरे विचार में । मानव जीवन एक साधना है । वे यशस्वी हों, जीवन पथ में पुण्य ही पुण्य

मिलें । मैंने मन ही मन अनवर के लिए मंगल कामना की ।

पिछले दशक में अनवर 'मृत्यु चेतना' और 'मृत्यु के बाद जीवन सत्ता' पर रिसर्च कर रहा है । उनके विचारों से मैं एकमत हुआ । भागवत में कहा है – जीव के सिर पर मृत्यु बैठी है । वह जीवन को हर क्षण निगल रही है । मेरे विचार में जिस दिन मानव जन्म होता है, उसी दिन मृत्यु साथ ले कर आता है । यह जीवन धारा है मृत्यु की प्रलवित प्रक्रिया । आयु क्षय होती रहती है । जीवन में हर पल वह मर–मर कर चलता है, अंतिम घड़ी में परीक्षा खत्म होने की घंटी बजने की तरह देह छोड़ प्राण वायु उड़ जाती है । कहाँ जाती है प्रणवायु ? प्राण चेतना है । प्राण या पवन देह से विद्युत बन जाये । देह जड़ पड़ी रहे । स्थूल रूप में देखें, जड़ भी अविनाशी है, जहाँ से आता उसी में विलीन हो जाता है । अर्थात् पंच तत्व –क्षिति, अप, तेज, मरुत, व्योम में मिल जाते हैं । फर्क केवल रूप रंग आकार है । जैसे चाक है, टूट कर चूरा हो जाती है, कुछ रंग माटी में मिले, कुछ चूर्ण हवा में, बाकी अन्य उपादानों में लीन हो जाती है । यदि साकार वस्तु अविध्वंसी, चेतना या आत्मा या प्राण क्यों गायब होंगे ? पर पवन रूपी प्राण अविनाशी, उनका स्थान कहाँ ? रूप कैसा ? आकार क्या ? अस्तित्व कहाँ ? यही रिसर्च की बात है ? यह निश्चित है कि जहाँ से आये, वहीं मिल गए, पदार्थ पंचभूत में मिल जायें, फिर सृष्टि प्रक्रिया में अवतीर्ण होते हैं , जब जीव का स्त्री–पुरुष क्रोमोसोम संयोग, मिलन, घर्षण से अकास्मिक रूप में होता है, उस उत्ताप से जीवन सत्ता या प्राण प्रतिष्ठा होती है – यही जीवन –मृत्यु का चक्र ।

जन्म –मृत्यु पर नचिकेता उपाख्यान में सम्यक धारणा मिलती है । नचिकेता बाजश्रवा ऋषि के पुत्र थे । ऋषि ने यज्ञ की दक्षिणा में सर्वस्व दान कर दिया । तब नचिकेता ने बार–बार पूछा कि मुझे किसे दान में देंगे ? पिता ने खीझ में कहा – यम को दान किया ! सुनकर नचिकेता यम के पास गया । तीन दिन निराहार रह यम से ब्रह्मज्ञान प्राप्त किया । पर यह ब्रह्मज्ञान क्या है ? श्रीअरविंद इसे 'सावित्री' महाकाव्य में दर्शाते हैं । सत्यवान एक निर्धारित

दिन मृत्यु पाने वाले थे, सावित्री ने इसे स्थगित करा दिया । महर्षि अरविंद के शब्दों में 'सावित्री परम सत्य है, नैसर्गिक शब्द है, स्वर्ग से उतर कर मर्त्य में देह धारण किया है । सत्यवान आत्म सत्ता के प्रतीक हैं । दिव्य सत्य वहन करती यह आत्मा मृत्यु के अज्ञात में मुट्ठी में चली गई है, मर्त्य मानव के रूप में । आत्मा है अविनाशी, अव्यक्त, अचिंत्य । शरीर जैसे स्थूल रूप में दिखे, आत्मा उसके ऊर्ध्व है । मनुष्य की जन्म-मृत्यु निश्चित है । 'जातस्य हि ध्रुवो मृत्यु । ध्रुवं जन्म मृतस्य च ।'' (श्रीमद्‌भगवद् गीता) जो जनमा , उसकी मृत्यु निश्चित है । जो मरा उसका जन्म निश्चित है । मृत्यु घट परिवर्तन भर है । जन्म-मृत्यु का रहस्य और आत्मा की पहेली भेद् करने अनेक योगी, मुनि, तपस्वी साधना करते रहे । शरीर और आत्मा के संबंध में कठोर चित्त तपस्या से अनेक गूढ़ रहस्य जान सके हैं । यह अतुलनीय है । यहाँ अपनी आँखों देखा उदाहरण देना समीचीन होगा । 'सत्याश्रम' (पुरी-कोणार्क मेरीन ड्राइव पर बनाया फल उद्यान) के सामने बेलेश्वर महादेव मंदिर है । मित्रों ने वहाँ कई पोस्टर लगाये हैं - 'वृक्ष हमारे बंधु । उनका नाम कृपासिंधु ।' यहाँ मेरी कुटीर 'गोपालय' के पास पर्यटकों के लिए जो कक्ष हैं उनका नाम 'निर्जन निवास' रहा है । सामने महादेव मंदिर में 'मौनी बाबा' रहते हैं । असली नाम कोई नहीं जानता । कहते हैं वे इंजीनियर थे । प्रचार से दूर रहते हैं । सदा द्वार बंद कर जप करते रहते । किसीसे बातचीत नहीं । सूर्यास्त के बाद संध्या से पहले कुछ समय बाहर निकलते हैं । फल-फूलों में कुछ हाथ लगा दें, फिर सिद्ध निवास में चले जायें । क्या खाते हैं किसी ने नहीं देखा । एक बार सेवक दुशासन भुजबल को बुला कर कहा - 'उस पुर जाकर देख आता हूँ । देह को ताला लगा सील करें। ४४ दिन बाद सील तोड़ ताला खोला जायेगा।' भुजबल डर गया । कमरे को ताला लगा सील करने का साहस नहीं हुआ - मंदिर संचालन समिति को कहा गया । समिति भी सुनकर अवाक हो गई । कहीं हत्या का अभियोग न लगा दें । पर बाबा ने शिष्य भुजबल के आगे इच्छा दुहराई । बाबा का यह खतरनाक प्रस्ताव कलक्टर को बता दिया गया । तदनुसार बांडपेपर पर बाबा के दस्तखत ले कर उन्हें अनुमति दी गई । सबकी उपस्थिति में (मैं भी

वहाँ था) कमरा बंद कर ताला सील किया गया। इलाके में अखंड नीरवता का दायित्व मैंने लिया। शिवालय में घंटी–घंटा, कोलाहल सब बंद किया गया। ठीक ४४ दिन बाद यज्ञ–कीर्तन किया, बाबा कह गए थे। निष्ठा पूर्वक कीर्तन सुबह से चला। कोई कोलाहल न था। गोधूलि के समय दरवाजे की सील तोड़ी गई। बाबा वैसे ही सतेज व सक्रिय हैं। हजारों लोगों ने चरण स्पर्श किये। शिष्य भुजबल के हाथ से नींबू शरबत पीकर बाबा ने जगत जन की मंगल कामना की। यह रहस्यमय विद्या क्या है ? अनेक भौतिकवादियों के मन में प्रश्न उठा है।

मौनी बाबा बहुत कम बोलते हैं। अन्य जगत में ४४ दिन भ्रमण के बाद उपस्थित भक्तों को कुछ शब्द कहने पड़े –

सांसारिक मानव सुख संधान में मात उठना स्वाभाविक है। पर चिदानंद प्राप्ति हर मानव का लक्ष्य होना चाहिए। केवल ईश्वर प्राप्ति में चिदानन्द प्राप्त होता है। पर सिद्ध पुरुष या सद्गुरु के बिना चिदानन्द असंभव है। जीवात्मा या पुरुष, भगवान हैं परमात्मा और बीच में हैं महात्मा या महापुरुष। इन्हें हम दिव्यात्मा कहते हैं। मनुष्य कैसे शरणागति होगा, इसका मार्ग ये दिव्यात्मा ही दिखाते हैं। महात्मा ईश्वरेच्छा से सब करते हैं केवल जीव कल्याण के लिए। क्योंकि सबके स्रष्टा हैं। पर नास्तिक का वैज्ञानिक मन कहेगा पहले ईश्वर दिखा। तब मैं साधना पूजा आराधना करुंगा। यह अजीब है। विवाह से पहले संतान असंभव है। पहले ईश्वर दर्शन और फिर भक्ति उंडेलना – यह तर्क कभी ग्रहणीय नहीं हुआ। इसके लिए सांसारिक मानव को चाहिये सत्संग। हम साधारण मानव विषय रस में ऐसे डूबे हैं, ऐसी स्थिति में है जेल के घेरे में तीन जन देख लें, सब को अपराधी मानते हैं। पर सब अपराधी नहीं हैं। उनमें एक दागी हो, बाकी उसके दायित्व में जेलर ओर न्यायपालक या राजा हो। अपराधी के संस्पर्श में जेलर आया है, उसके संस्कारित गुणों के कारण राजा से कह अपराध का दंड लाघव कर सकता है। ठीक वैसे जेलर जैसे महात्मा या सद्गुरु चाहें जीव को अपनी ऐश्वरीय शक्ति के बल पर मुक्त कर सकते हैं या दंड लाघव

कर सकते हैं । पर इसके लिए काय मनोवाक्य से शरणागत होना जरूरी है ।

मौनी बाबा के संक्षिप्त कथन से आकर्षित हुआ था । उन्हें मन ही मन दिव्यात्मा गुरु चुन लिया ।

मनुष्य के मृत्यु संबंध में अनवर ने अपने तथ्य रखे संक्षेप में । शरीर तत्वविद हेलिबर्टन के रिसर्च का उदाहरण देकर । मृत्यु हर आदमी के जीवन का अंतिम अध्याय है । बुढ़ापा आने पर दृष्टि शक्ति क्षीण हो जाती है, काटिलेज में केल्सीकरण होने लगे । मांसपेशियाँ कमजोर होने लगें । हजम शक्ति घट जाये । देह की क्रियायें अब पहले की तरह ठीक नहीं रहें । क्रमश: दुर्बल होने लगे । अंत में बंद होने का नाम है मृत्यु ! कई लोगों की मृत्यु का कारण होता है एक्सीडेंट । अप्रत्याशित दुर्घटना या अपमृत्यु । रोग ऐसी ही एक घटना है । जब यौवन चलता है, रोग आते हैं, प्रतिषेधक शक्ति के कारण पराजय स्वीकार कर लौट जाते हैं । उम्र के साथ प्रतिरोध शक्ति कम होने लगती है । तब कोई रोग आकर किसी अंग को ग्रसता है । शरीर शक्ति नहीं मुकाबला करने की । वहीं खत्म होता है उसका जीवन ।

सबसे आश्चर्य की बात है अनवर दंपति के जीवन की घटना जिससे वे मृत्यु, मृत्युपरवर्ती जीवन और दीर्घायु होने पर जिज्ञासा और रिसर्च जारी रखे हैं । उनकी सुन्दर पत्नी एलिजा बेंटिक थी विधवा । पहले पति हरक्यूलक ब्रिटिश वायुसेना में कैप्टन थे । उनका ४०१बोइंग जहाज मियामी से दूर दलदली जमीं पर गिर कर नष्ट हुआ । अनेक लोग मरे । कैप्टन की तुरंत मृत्यु हुई । पर सब को आश्चर्य चकित कर कुछ समय बाद चल-चल कर घर पहुँचे । दारुण मानसिक आघात प्राप्त घरवाले उन्हें देख अवाक रह गए । उड़ान पर क्यों नहीं गए, पूछा । उनका कहना था -विमान दुर्घटना ग्रस्त हुआ, मैंने प्राण त्याग किया । ताज्जुब ! घर लौटे हैं । पर ताज्जुब वे तुरंत गायब हो गए! एक और दिन यह कैप्टन अपनी पोशाक पहन मियामी से उड़ान भरने वाले विमान में बैठा । जब विमानयात्रियों को पता चला कि

कैप्टन पोशाक में एक यात्री है, पूछा वह कौन है ? निरुत्तर रहा । फ्लाइट कैप्टन को पता चला, वह पहचान गया कि यह तो दुर्घटना वाले ४०१ विमान का फ्लाइट कैप्टन हरक्यूलेक्स है ! वह तुरंत वहाँ से गायब हो गया ।

एक दिन विधवा पत्नी एलिजा बेंटिक को सपने में या परोक्ष में हरक्यूलिक्स ने कहा – दुबारा पढ़े लिखे वैज्ञानिक से विवाह कर लो । इसके बाद एक मौका आया । मेंटमोर टावर्स में एक जोरदार डिनर पार्टी चल रही थी । अनवर ने वहाँ एलिजा को साथ डांस के लिए आमंत्रण दिया । दिवंगत पति की बात याद आ गई । वह इनकार नहीं कर सकी । डांस के दौरान अनवर ने विवाह का प्रस्ताव रखा । अगले दिन चर्च में विवाह कर लिया । दिवंगत कैप्टन का एक और अनुरोध था एलिजा से – मियामी ४०१ फ्लाइट पर अकेली बीच-बीच में आना, दो टिकट कटवाना, एक एलिजा दूसरा जान । ऐसे बीच-बीच में एलिजा ने यात्रा की है । पास की सीट खाली रहती । वह कहती – मुझे दिवंगत पति का सान्निध्य मिलता है । मानो कैप्टन पास है, बात करता है .. आदि । साल भर तक यह अनुभूति रही । पर दुबारा विवाह के बाद एलिजा को यह अशरीरी अनुभूति नहीं हुई । एलिजा का कहना है कि कैप्टन की आत्मा की सद्‌गति हो गई । अब वह अनवर के साथ सुखी जीवन बिता रही है ।

ऐसे समय या छुट्टी में हम दोनों मित्र गपशप में अनेक भौतिक, आधिभौतिक, ज्ञान-विज्ञान, तात्विक चर्चा करते । मनुष्य कितने वर्ष जीना चाहिए । भारत में आयु के बारे में १०८ वर्ष की परमायु कहा है । वेदों में लिखा है मंगल कार्य में आशीर्वचन है – 'अष्टोत्तर शत संवत्सर जीवितारस्तु'' । कोई सौ से अधिक जीता है तो अपने को वह भाग्यवान कहता है ।

अनवर ने पूछा १०८ वर्ष परमायु कैसे हुई ? हलकी व्यंग कथा कही – विधाता जब सृष्टि कर रहे थे, सब प्राणियों को ४० वर्ष की आयु दी । सबको अपना कर्म करने कहा । आदमी सबसे बुद्धिमान । विनयपूर्वक ईश्वर से कहा – १० वर्ष शैशव कैशोर, फिर १० वर्ष यौवन –दांपत्य जीवन, फिर सांसारिक पारिवारिक

दायित्व , अंत में दस वर्ष रोग–व्याधि । ४० में कोई काम नहीं कर सकता । कुछ करने से पहले उम्र खत्म होने को आती है । भगवान संतुष्ट हुए –अर्जी पर विचार किया । इस बीच गधे ने विनती की – मेरा जीवन आदमी के लिए बोझ ढोते –ढोते कटा । यह ज्यादा हो गया । आयु कम करें । बीस वर्ष कम कर दिये । उसे मनुष्य को दे दिया । तभी कुत्ता अपना दु:ख बताने आया – आदमी की रखवाली करते –करते परेशान हूँ । अत: कष्टकाल कम करने की प्रार्थना की । भगवान ने २५ वर्ष कम कर आदमी को दिये । अब उल्लू आया । दिन में आँख रहते अंधा । घूम फिर न सके । रात में फिर –फिर चालीस साल जीवन बहुत कठिन है । भगवान ने २३ वर्ष घटा दिये, आदमी को दिये । इस तरह कुल १०८ वर्ष परमायु हो गई ।

व्यंग कथा सुन अनवर हँसते हँसते बेदम हो गया । उम्र पर कहानी है और उसकी वैज्ञानिकता बतायी । यहाँ एक बात ध्यान में रखें – पहले जीव बना, वह इतना छोटा था, दिखता नहीं । वह था एक कोषी । जब उम्र हो जाती है, वह एक से दो, दो से चार बंटने लगता है । किसी की मृत्यु नहीं होती । आद्य जीव प्रोटोजोआ जैसा था, दो होने पर वैसा रहा । वंश वृद्धि हुई मृत्यु नहीं । उसे अमर कह सकते हैं । पर बाद में प्रकृति में जो जीव बने, वे थे 'बहुकोषी' जब प्रकृति में बहुकोषी जीव बने, अब एक दो होने का प्रश्न न था । एककोषी के अंग–प्रत्यंग नहीं होते, उसे एक से दो करना सहज है, पर बहुकोषी एक से दो नहीं कर सकते । अत: वे अपनी संतानों के जरिये अमर रहेंगे, शरीर को ठीक दो भाग कर जीना असंभव है । माता–पिता का कुछ अंश लेकर संतान को गढ़ा गया । उसके सेल एक से दो होते हैं, पर समूचा शरीर एक से दो नहीं होता । जब जीव उन्नततर हुआ,तब सरल भाव से वंशवृद्धि प्रक्रिया से वंचित हुआ । अत: उन्नत जीव शरीर एक न एक दिन मृत्यु मुख में पड़ेगा । हिन्दुओं में यह परिचित है । हर धर्मतत्व में दृश्यजगत से अदृश्य जगत को लंबित है । पर विज्ञान के रिसर्च और खोज अदृश्य जगत से दृश्य जगत को लाकर आलोकित करता है ।

रात में डिनर के समय अनवर से पूछा – वास्तव में अनवर, मानव

कितने वर्ष जीता है ? पृथ्वी पर औसत आयु आदमी की क्या है ?

–"साठ वर्ष ।"

–"कैसे ?"

कभी–कभी कई बार अतिरंजित बातें कल्पना से कह देते हैं । कई जगह कब्र खोद पुराने युग के हाड़ निकाले – माटी खोदते –खोदते हजारों वर्ष के श्मशान का पता चला । उनसे जाना गया – पहले आदमी ज्यादा नहीं जीता था, अब औसत उम्र बढ़ रही है । कुछ देशों में सौ से ज्यादा उम्र के लोग हैं । मगर सब मिला कर औसत आयु आदमी की ६० वर्ष है ।

तर्क के बहाने हँसकर कहा – मित्र, वैज्ञानिक मनुष्य की उम्र ४५ वर्ष, शायद ४० वर्ष है ।

–"कैसे ?"

–"दिन रात आदमी तीन घंटा या ज्यादा सोता है, जीवन में बीमारी, दुर्घटना, मस्तिष्क रोग के लिए ज्यादा सोना, या कम कोमे में रहना स्वाभाविक नहीं ?"

–"हां !"

– "सोना तो जीवंत मृत है । क्योंकि चेतना नहीं रहती । इन्द्रियाँ निष्क्रिय और मस्तिष्क भी केवल सांस से हृदय रक्त संचालन करता है । इसे 'लीविंग डेड' या जिन्दाशव कहेंगे । अत: ६० वर्ष में एक तृतीयांश छोड़ दें, बचा ४० वर्ष । चालीस वर्ष जीना कहने में गलती नहीं । गधे–कुत्ते–उल्लू उपाख्यान से मेल नहीं खाता ?"

अनवर ने हँस कर कहा – "मोहन, लगता है तर्कशास्त्री हो । धन्यवाद के पात्र हो ! तुरंत मैंने कहा –"'पात्र' नहीं मित्र मैं तो 'महापात्र' हूँ । कालेज याद करो। डिबेट में कभी दूसरा स्थान मिला ?"

अनवर ने पीठ थपथपाई । स्वीकार किया । इधर दोनों पत्नियाँ हमारी चर्चा का मजा लेती रही ।

अब समझा अनवर के रिसर्च का विषय, जीविका, जीवनशैली, दांपत्य में एकाकार होने का राज ! वाह...!

साल भर लंदन में ऐसे ही मजे में कट गया । बिलायत घूमना, ट्रेनिंग के बाद वेबसाइट संबंधी ज्ञान आहरण कर लौटा भुवनेश्वर ! ट्रेनिंग आदि पर शिक्षा संदर्भ बनाने में डूब गया ।

। १७ ।

भुवनेश्वर ! गरमियों की दुपहर ! थकान मिटा रहा था । विदेश के कारण पुराने अखबार पलट रहा था । २४ मार्च १९९७ के 'संवाद' अखबार में रविवारीय में छपा था – 'मिस्टर खरसेल' फोटो सहित लाल मोहन और नवीन द्वारा प्रस्तुत लेख पर नजर पड़ी । बड़े–बड़े अक्षरों में था –

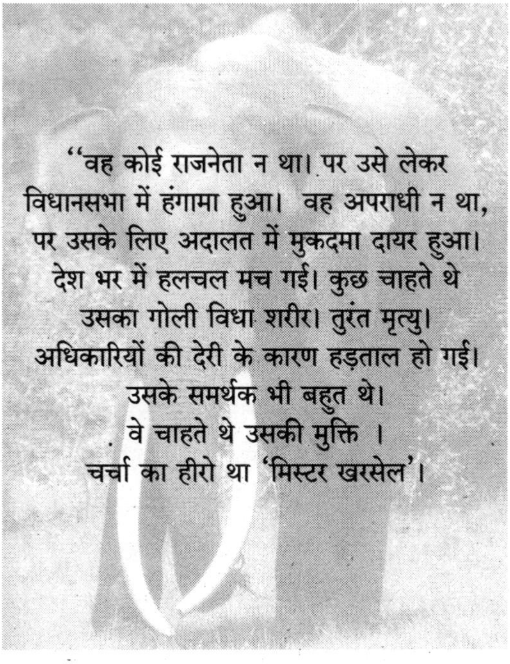

यह कौन ? मन ही मन पूछा । चिंता में पड़ गया । रवीन्द्र का शंकर बेटा तो नहीं ? मेरा गला सूख गया ।

संदेह में झूलने लगा । पूरी खबर पढ़ने लगा –

''एक वर्ष पहले खरसेल के महावत को किसी अपराध में पुलिस ने हाजत में बंद कर दिया। अब खरसेल के जीवन में आया परिवर्तन। महावत को न देख क्रमशः उग्र, अवाध्य और हिंस्र होता गया। दिसंबर में काफी कोशिश के बाद पकड़ कर बलांगीर से उसे चंदका(जंगल का नाम) लाया गया। तब तक यह चर्चित हो चुका था। देश के अन्य हाथियों से खरसेल अलग है। लंबाई१२ फुट ५ इंच है और ऊंचाई १३ फुट ४ ई. है । सिर से अगले पंजे तक। उम्र की तुलना में काफी मोटा है। इस उमर में १० फुट लंबा ९ फुट ऊंचा होने की बात पशुविज्ञानी कहते हैं। सबसे आकर्षक उसके चिकने मोटे दांत हैं। वे ९ फुट ९ इ. लंबे हैं। उम्र के हिसाब सात साढ़े सात फुट होने चाहिए। सफेद झक बड़े-बड़े दांत, सूंढ पार कर अंत में मिलने के ढंग पर बांके हो गए। देखने वाला देखता रह जाये। राजकीय ठानि। निर्भय दांभिक नजर, आभिजात्यपूर्ण चाल... मानो पूरे साम्राज्य के एकछत्रपति सम्राट है। जगत का मानो विरल मर्यादावंत व्यक्तित्व। हर बात में विशेषता। असाधारण हाथी होने के कारण आम आदमी से लेकर विधान सभा एवं हाईकोर्ट के जजों तक चर्चा में आ गया।

''बलांगीर में जनता दल के क्षोभ और आंदोलन के चलते पिछली जुलाई में खरसेल गिरफ्तार हुआ । पेड़ से बांध रखा गया । अगले पांवों में बेड़ी और पिछले पांव में चेन बांध दी गई । प्राणी प्रेमियों में इसकी बहुत जबरदस्त प्रतिक्रिया हुई । सभी अखबारों में बड़ी चर्चा में था खरसेल । बलांगीर के परशुराम शतपथी ने खरसेल की तरफ से मुक्ति के लिए मुकदमा दायर किया 'वाइल्ड लाइफ सोसाइटी' और 'जीव दया' ने हाईकोर्ट का सहारा लिया । किसी की दया-अनुकंपा की परवाह न कर खरसेल ने चेन तोड़ डाली । उसमें अपार शक्ति है -सब को बता दिया ।

''महावत छोड़ने से खरसेल इतना उग्र और उत्तेजित हो उठा – बहुतों का

यह तर्क था । बहुतों ने इसे नहीं माना । कहा खरसेल की उमर २०–२५ वर्ष है । वह प्रौढ़ हो चुका। इस उम्र में हाथी जीवन में जो परिवर्तन आता है, उससे 'खरसेल' बना है सामयिक आतंकवादी । खरसेल की निसंगता दूर करने और उसे मनाने के लिए नंदन कानन (भुवेनश्वर के पास वाले प्रसिद्ध चिड़याघर) की 'प्रेमा' और 'बसंती' को जंगल में छोड़ा गया । पर खरसेल ने उनसे मिलना पसंद नहीं किया । या फिर वे खरसेल से मिलने से डरी । प्राणीविशारदों का कहना था कि जंगली हाथी को तालीम देने यहाँ पर 'कुमुका' जाति के हाथी नहीं हैं, अत: मस्त हाथी को पालतू बनाने में समस्या आती है । १९७२ में भंजनगर के जंगल से एक जंगली हाथी 'अगस्ती' को लाकर नंदन कानन में रखा गया था । वहाँ १२ वर्ष रहा । १९८४ में उसकी मृत्यु हो गई । एक और घटना में 'भोला' नाम हिंस्र हाथी को पकड़ कर पालतू बनाने का उद्यम किया गया । पर कुछ दिन में फिर हिंस्र होने पर उसे गोली मार दी गई ।

फिर भी 'प्रेमा' और 'बासंती' को बार–बार उसके आसपास छोड़ा गया । शायद कुछ परिचय से मिलें और फिर खरसेल की उग्रता कम हो ।

वन विभाग वालों का कहना है ऐसा ही जंगली हाथी संबलपुर के जंगल में साल भर आतंक फैलये था । छ: नंबर राष्ट्रीय राजमार्ग पर यातायात में अचलावस्था पैदा कर दी । उसे पांच –सात दिन में शांत –सरल बना दिया गया । उस हाथी को जब हथिनी मिली और जी भर साहचर्य पा गया, उसकी अवस्था सामान्य हो गई, नींद के इंजेक्शन का भी मत्त हाथी पर कोई प्रभाव नहीं हुआ, पास में स्टेशनपाड़ा में रह रहे महावत की पालतू हथिनी के पास ले गए, दोनों में परस्पर मैत्री का अवसर दिया । प्रेमपागल दीवाना हाथी महावत की संगिनी बन कर पास के पहाड़ी इलाके तक ले गया । उसके साथ रात भर रहा । सुबह उन्मत्त हाथी का आचरण स्वाभाविक हो चुका था । हाथी का यह प्रेम पागल रूप देख कर और सीधे होता जान कर अधिकारियों ने हथिनी को महावत को सौंप दिया । इक्कीस महीने पर हथिनी ने एक हाथी बच्चे को जन्म दिया । महावत और हाथी

परिवार सब सुख से हैं ।

परंतु बचपन से पालतू और भिन्न परिवेश में पला खरसेल दूसरी हथिनी संग मेल नहीं कर पाया । निःसंग हो गया । इधर–उधर फिरने लगा । उसके प्रति लोगों में संदेह भर गया । फिर भय और आशंका । इसके बाद खरसेल हो उठा उग्र आतंकवादी।

''पिछले साल भर से बौध, फुलवानी और बलांगीर जिलों के जगंल आतंक के इलाके बन गए । लोगों ने उसे जंगल में फिरते देखा है । पर जंगल सुरक्षित नहीं मानता । बाघ के साथ लड़ाई की है । उसकी देह में क्षत चिन्हों से स्पष्ट था । जनपद में लौट कर व्यापक आतंक पैदा किया । स्थानीय लोग त्राहि–त्राहि कर उठे । बलांगीर में एक मिठाई वाले के यहाँ विवाह के लिए मिठाई बन रही थी । गंध पाकर वह वहाँ गया और सारी मिठाई खा गया । मिठाई के लिए खरसेल ने और भी उत्पात किया । जिस दुकानदार ने उस पर आग का लुआठा फेंका, या पटाखे से उसे हुड़काना चाहा, वह और भी उद्धत हुआ, प्रतिशोध परायण हुआ । उस आदमी को ढूंढ–ढूंढ कर सूंढ में उठा कर फेंकने लगा । पर जो उसे बुला कर खाना देते, उसे शांत भाव से ग्रहण करता । उनको कुछ नहीं कहता । वरन सिर व सूंढ नीची कर लेता, सूंढ उठा आशीर्वाद देता ।

एक बार बारात जा रही थी, बाजा –गाजा, धूमधाम से पटाखों के साथ । पटाखों की आवाज सुन, पता नहीं कहाँ था, धमकता आ गया । बिजली की तरह। बराती बिखर गए । पटाखों के बोरे को लेकर पास के पोखर में फेंक दिया। जहाँ आग देखी, सूँढ से पानी ला कर डाला। आग और पटाखों के प्रति सख्त नफरत। स्कूल–कालेज के बच्चे डर कर नहीं गए। स्कूल, कालेज बंद रहे। ऐसी भयावह स्थिति हो गई फुलवानी और बौध मुख्यालय में। अत: वहाँ बंद (हड़ताल) रखा गया। हाथी को मारने के लिए जनआंदोलन तेज हो गया। लोग पशु के अत्याचार और आतंक के

प्रतिवाद में सड़क पर उतरे।

“परिस्थिति जटिल होती गई कि भूतपूर्व मंत्री ए.यू सिंहदेव ने विधानसभा के मौसमी अधिवेशन में एक ध्यानाकर्षण नोटिस दिया । खरसेल का आतंकवाद बढ़ने के कारण १४ जुलाई को बलांगीर के डीएफओ आफिस का घेराव हुआ । अत: प्राणिविभाग के मुख्य इस हाथी को मत्त या पागल घोषणा कर मारने के लिए स्वीकृति प्राप्त शिकारी कलकत्ता और मुंबई से बुलाये गए । शिकारियों को देख मत्तहाथी शांत हो गया! वे वैसे ही लौट गए । कर्नाटक के वन्यप्राणी विभाग के मुख्य डा. खादरी भी आये । राइफल देख हाथी पांव उठा रोने लगा । डा. खादरी का मन नहीं हुआ। कहा नंदन कानन ले चलें ।

आखिर खरसेल को नंदन कानन लाने की योजना बनी । पांच टन वजनी बारह फुट पांच इंच लंबे, १३ फुट ४ इंच ऊंचे हाथी लाने के लिए एक खास पिंजरा बना। यह सोलह फुट लंबा और पंद्रह फुट चौड़ा था। पिंजरा बना। इतने बड़े हाथी को काबू में लेकर पिंजरे में डालना आसान न था। अब मत्त दंतावल को पकड़ने शिमलिपाल अभयारण्य के प्राणि विशेषज्ञ डा. लाल एके सिंह, संबलपुर के डी.एफ.ओ एन नायक और बलांगीर के डीएफे शिशिर कुमार आचार्य के संयुक्त नेतृत्व में पचास कर्मचारी तथा दो प्लाटून पुलिस फोर्स के साथ खरसेल के ‘अभयारण्य’ पहुचे। पांच घंटे तक हाथी के पगचिन्हों का पीछा करते –करते मस्त हस्ती का संधान मिला। मत्त हाथी के पग चिन्ह बड़े होते हैं। अगले चिन्ह का व्यास था साढे बाइस इंच और पिछले पांव का व्यास साढ़े इक्कीस इंच। उनकी परिधि क्रमश: ६५” और ५८” थी। आम हाथी से वह बहुत अधिक़ थी। अत: विशेषज्ञों को पहचान करने में आसानी रही। इतने लोगों को आता देख समझ गया। पकड़ने आ रहे हैं। चारों ओर से घेरा है। खरसेल पेड़ों के नीचे से बाहर आ गया। आज्ञाकारी की तरह सिर नीचे कर लिया, घुटनों के बल बैठ आत्म समर्पण कर दिया। सब आश्चर्य में थे।

''फारेस्ट रेंज आफिसर कमल लोचन पुरोहित का कहना है – आतंकवादी हाथी को आयत्त में करने का यह एक कूंबिंग आपरेशन था। इसके बाद 'डाय' निश्चेत इंजेक्शन बंदूक में रख स्थिर दंता के शरीर पर निक्षेप किया। आध घंटे में शायद नशे में आ सो जाना था। पर वैसा नहीं हुआ। निश्चेतक इंजेक्शन जाइलाइजाइन (Xylazine) को ४.५ एमएल केटामाइन (Ketamine) ४ मि.लि. की डोज प्रयोग की । वह शरीर में जाते ही खड़े–खड़े ही वह पांच मिनट में ऊंघ गया । खर्राटे भरने लगा । अब तो आपरेशन वाले दल के उल्लास का क्या कहना। मानो किसी आतंकवादी पर घेरा डाल कब्जा कर लिया । या उस दल का सफाया कर दिया । कुछ उसी तरह माहौल दिख रहा था । कोंबिंग की सफलता में पूरा दल झूम उठा । ऐसेमें उसके पांवों को मजबूत रस्सी से बांध दिया गया । सिर को गीले बोरे से ढांप दिया । इस तरह जानवर पूरी तरह कंट्रोल में आ गया । अब फिर उसे होश में लाने के लिए एंटीडोट देनी पड़ती है । अत: इस सारे कार्यक्रम के बाद सात मि.लि. एंटागोजिल (Antogozil) मोटी सूई द्वारा दिया गया । यह इंजेक्शन मांसपेशी में देना होता है । एक क्रेन लाकर उसकी सहायता से बड़े पिंजरे में पहुँचा दिया । चारों ओर दर्शक जनता की भीड़ थी । मानो कोई सिनेमा की जगंल में शूटिंग चल रही है । सब स्तब्ध हुए यह अद्भुत एपिसोड देख रहे थे । हाथी को अपनी पूर्वावस्था में आने में काफी समय लग गया ।

एक दिसंबर को रात ११ बजे इस पिंजरे को ट्रालर में लाद कर लिया गया । देर रात गए बलांगीर पहुँचा । इसे देखने के लिए सैकड़ों लोग, वनवासी खड़े थे । मानो कोई बड़ा तमाशा हो रहा है । जब वह आतंक फैला रहा था, जिनके हाथों खाना खाया था, वे तो हुलु ध्वनि और हरिबोल कर रहे थे । उधर जिनका नुकसान हुआ था वे भर्त्सना कर गालियां देते जा रहे थे । मानो दो दल हैं । एक पक्ष का और दूसरे विपक्ष का । रात में दोनों का समावेश है ।

खरसेल ने भोर चार बजे बलांगीर छोड़ा । मानो कोई वीवीआईपी

जा रहा है। जगह-जगह रास्ते में जनता और समर्थकगण उसे अभिवादन दे रहे हैं । संवर्धना जता रहे हैं । उसको सम्मान प्रदर्शन में ट्रालर रोक कर अपने भाव व्यक्त किये जा रहे हैं । सोनपुर, बौध, चारछक, दसपल्ला, नयागढ़, खुर्धा तक हर जगह इस प्रसिद्ध खरसेल को अपनी आँखों देखने का सौभाग्य जनता छोड़ना नहीं चाहती । पिंजरे की ट्रौंली की ऊँचाई के कारण जगह-जगह ट्रक रुक जाता । सड़क के किनारे के पेड़ काटने पड़ते । यात्रा में विलंब होना निश्चित था । ३३५ कि.मि. रास्ता पार कर ट्रालर शाम साढ़े सात बजे नंदन कानन पहुँचा । उसके साथ दूसरे ट्रक में 'प्रेमा' और 'बासंती' भी चली आयी । अब तक सब शांति से चल रहा था। लेकिन खुरधा के कुछ आगे टमांडो में पत्थर क्रशर चल रहा था । उसकी आवाज में 'प्रेमा' विदक गई । ट्रक का डाला टूट गया । दूसरा ट्रक भेज उसे लाया गया। नंदन कानन पहुँचा तब तक खरसेल अर्धचेतन हालत में ही था। आतंकवादी 'हीरो' कुख्यात, विख्यात उस हाथी को देखने नंदन कानन में बड़ी भीड़ थी। मानो उसके आगमन पर स्वागत समारोह का भव्य आयोजन हो रहा है ।

अखबारों में छपा था। विधानसभा में खूब चर्चित हुआ था। न्यायालय में काफी बहस हो चुकी थी। ऐसे विरल हाथी को देखने की इच्छा को टाल न सके संस्कृति प्रेमी मुख्यमंत्री जानकी वल्लभ पटनायक और उनके अन्य मंत्रिमंडलीय सदस्यगण। ऐसे अनूठे हाथी की वंश वृद्धि, सेवा, सुरक्षा, देखभाल में कोई उपेक्षा न रहे-सबको ताकीद कर दी। विशेष अर्थ की व्यवस्था की घोषणा की गई। मान्यवर मुख्यमंत्रीजी ने इसके लिए सभी प्राणीप्रेमियों, चिंतनशील जनों का आह्वान किया था।

उस रात खरसेल पिंजरे में रहा । नशा उतरने के बाद वह खड़ा हुआ । पिंजरे में ही फल, केला, डाल-पात खाने को दिये गए । कुछ नहीं खाया । सूंढ से हटा पांव से मसल डाला । बाहर लाकर मोटी जंजीर से पांव बांध दिये गये । पिछले पांव में मोटी बेड़ी बांध दी गई । फिर मोटे मजबूत साल के

पेड़ से बांध दिया । नशे के बाद प्रयोग की गई गोली अस्त्रोपचार कर निकालनी पड़ती है । वरना मांस में रह विषैली गांठ पड़ जाती है । प्राणी के लिए घातक हो जाती है ।

इस बीच मगरा से पशुचिकित्सक को बुलाया गया । सवा तेरह फुट ऊंची सीढ़ी पर चढ़ कर घाव की जांच की गई । पता चला कि पहली गोली कान में छेद कर निकल गई थी । अत: हाथी पर निश्चेत प्रभाव नहीं पड़ा । दूसरी गोली पीठ पर लगी और प्रयास सफल रहा । अब पीठ से गोली निकालना जरूरी था । वरना उसे पेरालिसिस की संभावना थी । नशा खत्म होने के बाद सचेत हाथी का आपरेशन मुश्किल होता है । एक और निश्चेतक गोली की जरूरत पड़ी । उसे भी निकालना होगा, वरना विष संक्रमण की संभावना रहती है । दुर्भाग्य ! खरसेल को कष्ट हुआ । उसने सूंढ से झटक दिया । वे गिर कर बेहोश । उन्हें मेडिकल पहुँचाया । बच गए । वरना खरसेल की बदनामी में एक और अध्याय जुड़ता । अत: खाली गोली नहीं निकाली जा सकी ।

चंदका के डी.एफ.ओ. डा. डंबरुधर साहु का कहना है खरसेल अब इतना उद्दण्ड नहीं रहा। फिर भी वह मुक्त नहीं हो पाया। अगले पांव में मोटी सांकल बंधी है।

शरीर में जगह-जगह घाव और नाखून के दाग दिख जाते हैं। स्पष्ट है कि एकाकी घूमते समय जंगल में वह बाघों से लड़ाई करता रहा है। उस इलाके के लोगों ने बाघ की गर्जन और हाथी चिंघाड़ना सुना है। इसकी भयावहता पर थाने में रपट लिखाई है। इत्तला पर थाना आफिसर एवं वनविभाग के कर्मचारी हथियारों से लैस होकर खरसेल वंन इलाके में गए। छानबीन की। देखकर आश्चर्य हुआ कि पानी के पोखर के पास हाथी और बाघ की भयंकर लड़ाई हुई है। क्यों खरसेल वाले वन इलाके में अकेला बाघ कुछ दिन से फिर रहा था, हालांकि बाघिन प्रसव से पूर्व बाघ से दूर रह बच्चे को जन्म देती है । इलाके में

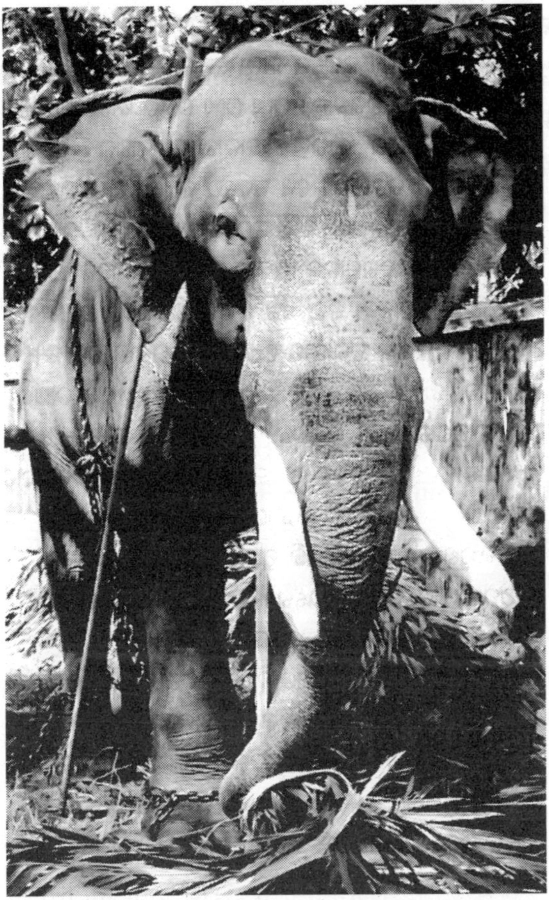

किसी के प्रवेश को नहीं सहती। अतः बाघ सहानुप्रवेश करने वाले संग लड़ाई अवश्यंभावी थी। वह जगह ध्वंस विध्वंस हुई है। पेड़–लता तहस–नहस। जमीं पर बाघ के पंजे के निशान, हाथी के खोज। एक इंच जगह नहीं आदमी के पांव धरने को। जगह–जगह खून के दाग, पेड़ पर खून के छींटे, जान गए। किसका है खून? हाथी का या बाघ का? लोगों ने कल दंतावल को इधर देखा है। वह दर्प के साथ जी रहा है! बाघ? खून के दाग, हाथी–बाघ के खोज पर गौर कर विशेषज्ञों

ने जाना कि बाघ घायल हो दूर भाग गया। हफ्ते भर बाद। चार छक के निकट सातपहाड़ महानदी कूल पर घायल बाघिन का मृत शरीर मिला। शव व्यवछेद किया तो पता चला कंकाल में लोहे जैसे तीक्षण अस्त्र घोंपा गया है, इससे बाघिन मरी है उसके पेट में चार मृत शिशु मिले। अब संदेह को जगह न थी। दंतावल के साथ ग्याभिन बाघिन लड़ी है। वह था खरसेल। अंत में बलवान हाथी के दांतों की चोट से बाघिन मरी है। जान बचा कर घायल अवस्था में भागी और फिर प्राण त्यागे। तभी खरसेल निर्भय हो जंगल में न खुद रह सका और जनपद को सुरक्षित माना। हर जगह उसे दुत्कारा, भगाया गया! उसे कहीं न स्नेह मिला न स्वागत। डा. साहु का कहना है कि इसी उपेक्षा में वह आतंकवादी बन गया। खरसेल के घावों पर डिटॉल, पावडर लगाया, सूख गए। शायद बाघिन से लड़ाई में दांत की जड़ में घात हुआ है। अत: विशेषज्ञ उस पर विशेष ध्यान देते हैं। ईलाज जारी है। श्रद्धा, स्नेह, व्यवहार, उत्तम खाद्य और चिकित्सा पाकर खरसेल क्रमश: शांत होता गया। समझदारी आती गई। फिर भी मुक्ति नहीं मिली। पिछली स्मृति के कारण संदेह बना है उसके पिछले पांव मजबूत सांकल से बंधे हैं। जगली जानवर का क्या विश्वास? यदि फिर कभी अचानक मत्त, उद्धत, पागल या हिंस्र हो उठे! डीएफओ डा. साहु पूछते हैं – इसकी रिस्क कौन लेगा? खरसेल का भविष्य क्या है? मेरे मन में विराट प्रश्न घुमड़ रहा था।

।१८।

मैं जानता हूँ विशाल जंगल में हाथी ही क्यों, अन्य वन्यप्राणियों के भी निवास स्थल और रास्ते निश्चित रहते हैं । खासकर हाथी और बाघ के रोज के रास्ते अलग -अलग होंगे । बाघ हाथी की राह में शिशु हाथी के लिए रास्ते मे छुप कर घाट में बैठा होता है । पर हाथी उनसे बचकर चला जाता है । कभी-कभी अकेला दंतावल उसका सामना कर बैठे या कोई जिद्दी बाघ राह न छोड़े तो संघर्ष हो जाता है । इसमें दोनों का नुकसान होता है । कभी-कभी दोनों लड़ कर मरते हैं। आखिर है तो जानवर । लड़ाई में आज तक किसका भला हुआ है ? या किसे लाभ मिला ? दो तलवार टकरायें तो दोनों की धार भोथरी होती है । हाथी मरे या बाघ, जंगल का तो लड़ाई में नुकसान हो जाता है । दोनों ही उसकी शान हैं, गौरव हैं । पंजे भिड़ा कर कब जंगल में हरियाली पनपी ? आदमी का भी तो यही जंगलीपन आज तक जारी है । लड़ता है । मरता है या मारता । घायल होता या चोट पहुँचाता ! मानवता तो कमजोर ही होती है । हाथी ने लड़ने की बजाय संघबद्ध जीना सीख लिया । ताकि बाघ आक्रमण की हिम्मत ही न कर सके । दंतावल होता है मुरबी और दल का रक्षक भी । अत: सदा चौकस रहे ।

वन विभाग की सर्वे रिपोर्ट के अनुसार हाथी अभयारण्य के लिए पश्चिम ओड़िशा का कलाहांडी, बौध, रायगड़ा, बलांगीर, सुवर्णपुर, बारपहाड़ मुख्य स्थान है । यहाँ वे साल के आठ महीने बिताते हैं । एक राह

में हाथी अनगुल–रेढ़ाखोल जंगल होकर पहुँच जाते हैं । बौध जिले के कंटामाल –घंटपड़ा इलाके में। वहाँ से तेल नदी पार कर नदी किनारे –किनारे बलांगीर जिले की सीमा से सुवर्णपुर की सीमा में प्रवेश कर कुंवारमुंडा के रिजर्व फारेस्ट होकर बारपहाड़ पहुँचते हैं । एक और रास्ता है बौध जिले का कंटामाल से माताकुपा रिजर्व फारेस्ट होकर शहरीपाली पहाड़ के सहारे – सहारे सीधे तेलनदी पार कर पहुँच जाते हैं अर्जुनपुर रिजर्व फारेस्ट बारपहाड़ तक, इसका क्षेत्रफल ४६५० हेक्टर है, १०३ कि.मि. बउण्डरी है । खाद्य, जल और रहने की सुविधा देख कर दल खुद अपना रास्ता तय करते हैं ।

लगता है जब बलांगीर से मत्त हाथी पागल कहलाने वाले दंतावल को आग के लुआठे, पुलिस –फौज लगा पास के खरसेल जंगल की ओर भगाया गया, ताकि अन्य होथियों से मिल सके। पर वह वन के हाथियों से मिल नहीं सका। मिलना संभव भी न था। वह जन्म से आदमियों से मिलाजुला था। मानव श्रद्धा से पला था। वन का हाथी और आदमी द्वारा पाला हाथी – दोनों की गंध अलग होती है, अत: मेल असंभव है । हाथी की देह में मानव गंध हो तो वे संघ का सदस्य नहीं बनाते । घृणा करते हैं । हाथी को अलग कर देते हैं । चंदका रेंज फारेस्ट आफिसर कमल लोचन पुरोहित का कहना है – दस वर्ष पूर्व चंदका जंगल में सद्य जात हाथी बच्चे को देखा – वह ट्रेंच में गिर गया था । उद्धार कर नंदन कानन में रख उसे दूध पिलाया । अगले दिन शिशु को पेड़ के साथ गमछे से बांध आये । कुछ दूर रह गतिविधि देखते रहे । शिशु का स्वर सुन एक झुंड आकर पास खड़ा हो गय़ा । माँ और मौसी सूंघते रहे । ग्रहण करे या नहीं इसी में रहे । उसकी देह में गंध मानुषी लग चुकी थी । हालांकि पांव से हलका गमछा तोड़ डाला, पर ग्रहण नहीं कर सके । उसे छोड़ कर दल पलायन कर गया । पीछे–पीछे शावक था । हथिनी बार–बार मुड़ कर देखती रही । पर दलपति का निर्णय अकाट्य था । वह जानता है मानव के संपर्क में आये कि अपनी स्वाधीनता गई । वह उन्हें काबू कर लेगा । आदमी की शक्ति, सामर्थ्य, करामात जानता है । पर बच्चा

कितनी दूर जा सकेगा? आखिर पुरोहित बाबू ने लौटने का इशारा किया । पास आकर शिशु ने सूंढ उठा दी । शायद भूख लगी थी । शावक को लेकर आये और बोतल में दूध पिलाया । वही आज 'हीरा' के नाम से प्रेम और बासंती संग नंदन कानन में घूमता फिरता है ।

ऐसे वनपाल दिवंगत सरोज चौधरी कई बार पालतू प्रौढ़ा खैरी बाघिन को शिमिलिपाल जंगल में छोड़ आये थे, मुक्त सहवास के लिए । जंगल के बाघ खैरी की आवाज पर पास तो आये, पर सूंघा और न छूया उसे । मानुषी गंध क्या बाघिन खैरी की देह में इतनी थी ? स्पष्ट है जंगली जंतु मानव को घृणा करते हैं । या शान से दूर रहना चाहते हैं । वन जंतुओं की दृष्टि में मानव सबसे खतरनाक जीव है ।

'संवाद' ओड़िया दैनिक के रविवारीय पृष्ठा पर छपा लेख 'मिस्टर खरसेल' को दो बार पढ़ गया । मन में तूफान मच गया 'खरसेल' वही रवीन्द्र का प्रिय शंकर बेटा है ? उसकी जन्म कथा भूतनी हथिनी की बात सारी जानता हूँ । भूतनी को मैंने अपनी छोटी किताब में 'गुठनी गज लक्ष्मी' कहा है । लेख पढ़ जड़ हो गया । व्यथित और चिंतित हो गया । एक वर्ष में भयंकर भूकंप के साथ सुनामी की तरह इतनी उलट–पलट ? दृश्य परिवर्तन इतना ज्यादा ? मैं मर्माहत हो गया । लगा समझदार शंकर बेटा अन्याय से अत्याचारित हो रहा है । मानो मेरी छाती पर बुलडोजर चल रहा है । शंकर बेटा की बुद्धिमानी, महानता, क्रीड़ा निपुणता और समझदारी को मेरे और महावत रवीन्द्र के अलावा कौन जानता है ?

पर जनता की धारणा क्या हुई ? एक की महानता , देवत्व, अच्छे गुणों का प्रचार नहीं हो पाया । पर पशुत्व आसुरी गुणों का प्रचार तुरत हो जाता है । हाय रे विधाता ! शंकर बेटा । रवीन्द्र और अपने भाग्य को कोसने लगा । वह कैसे अपराधी बना ? क्यों ? मेरा विदेश गश्त न होता तो शायद इतनी बड़ी दुर्घटना को टाला जा सकता था । रवीन्द्र का कसूर क्या है ? वह अपराधी कैसे

बना और क्यों ? बिना उसके शंकर प्रतिशोधपरायण, हिंस्र हो गया । आतंकी बन गया ? स्वाभाविक है ऐसा होना, पुलिस की भूमिका पर मुझे संदेह हुआ । पुलिस क्या नहीं जानती कि महावत से पालतू हाथी छीन ले, उसकी दशा क्या होगी ? मुरबीहीन और पिताहीन पशु का दावित्व कौन लेगा ? इस अपरिणामदर्शिता पर खुद को कोसा । ठीक से प्रशासन करना आज बड़ी चुनौती है । तभी समाज में न्याय से वंचित हो, हथियार, कानून हाथ में ले रहे हैं लोगबाग । देश में आतंकवाद बढ़ रहा है । शोषित अत्याचारित होकर आखिर हथियार उठा रहे । जी कर मरने से मार कर मरना श्रेय मानते हैं – खरसेल इसका उदाहरण है । किंकर्त्तव्य विमूढ़ हो सिर पर हाथ रख लिया ।

मन करता मेरे पद को छी कर दूं । पर जीविका न हो तो जीवन कैसे जिये आदमी ? शरीर बिना आत्मा कैसे टिके ?

निर्दोष शंकर को मुक्त कराना मेरे लिए बड़ा चैलेंज था । ऐसे समय में मेरा कर्त्तव्य क्या ? कहाँ जाऊँ ? रवीन्द्र या शंकर बेटे के पास ? रवीन्द्र का तो अता-पता भी नहीं मालूम इस वक्त बेचारा किस जेल में दु:खी करुण जीवन बिता रहा होगा। पर शंकर बेटे को तो पकड़ इस नंदन कानन में बांध रखा है । पहले उसे देखा जाय । मन उतावला हो रहा था, प्रभु विघ्नराज गणेश को प्रार्थना की शंकर बेटे का विपद नाश करने। जीवन में इतना आंतरिक निवेदन प्रभु को कभी नहीं किया । अपने या किसी आत्मीय पर संकट के समय भी। तुरंन्त जरूरी कारण कह लंबी छुट्टी की दरखास्त दे दी और आफिस दायित्व से मुक्त हुआ । नंदन कानन में शंकर बेटे के लिए एक टोकरी सेव, एक घौद पके केले, मीठे फल, कुछ नारियल और लड्डू लिये ।

शंकर को सांकल में बंधा देख आँखें भर आयी । कितना चंचल था । अपना खेल दिखाते समय ! फलों की टोकरी उठाये ऊंचे स्वर में चिल्लाया – शंकर बेटे ... शंकर बेटे ! आँखें भरी हुई । कहाँ से यह शब्द आया । वह मानो स्तब्ध रह गया । सिर उठा कान हिलाये । मैं सम्हाल न पाया खुद

को । उसकी देह और सूंढ सहलाने लगा । वह पहचान गया तुरत । मेरे मन और हृदय की व्यथा समझने में देर नहीं लगी । उसके आचरण से मैं जान गया । उस दिन खेल दिखाते समय मेरे माथे पर सिंदूर लगाया था और दक्षिणा लेकर रवीन्द्र को दी थी । हाथी की दृष्टि शक्ति विशेष प्रखर न होने पर भी घ्राण शक्ति, स्पर्शशक्ति और स्मृति शक्ति तेज होती है । एक बार सूंघ ले, देख ले, जीवन भर याद रखता है । अंधा लकड़ी के स्पर्श से वस्तु जान लेता है । राह चलता है । अपनी सूंढ से स्पर्श कर वह जान लेता है । हृदय पढ़लेता है । बहती हवा के स्पर्श से और बाघ के पेशाब की गंध से उसकी स्थिति जान पाता है । भूकंप का पूर्वाभास गर्जन से दे सकता है । एक बार बरगद के नीचे सोते समय रात में आंधी –तूफान की खबर देकर आसन्न खतरे से बचा लिया था । रवीन्द्र से ये बात सुन कर ताज्जुब में रह गया । सृष्टि का कितना उपकारी जीव है वह । तभी हमारे पुराणों में, सभ्यता के आरंभ से पशुओं में इतना ऊँचा स्थान दिया गया है । पुराणों में वर्णन आता है समुद्र मंथन हुआ तो उसमें चौदह अनमोल रत्न मिले । उनमें एक ऐरावत भी था । इस ऐरावत को स्वर्ग में नंदन कानन ले गया । पृथ्वी जब आग में जल रही थी, स्वर्ग से गंगा को लाने के लिए महाराज भगीरथ ने घोर तप किया । गंगा को प्रसन्न कर लाये । अवतरण करते ही असुरों के इंद्रजाल से यह मेरु कोटर में लुप्त हो गई थी । भगीरथ ने विनती की तो ऐरावत ने मेरु पर दंताघात किया । एक दांत टूटा, पर उससे पुण्यतोया गंगा का जल प्रवाहित हुआ । संसार ध्वंसानल से मुक्त हो सका । इस कथानक से हाथी के अपार बल का और मानव सभ्यता के लिए अवदान पर प्रकाश होता है । चाहे इसे पौराणिक प्रतीकात्मक उल्लेख कह लें । आज विश्व में जितने हाथी हैं, वे ऐरावत के वंशधर माने जाते हैं ।

खरसेल की मुक्ति पर नंदन कानन के डायरेक्टर सरोज कुमार पटनायक से बात की । किस परिप्रेक्ष्य में खरसेल को बंदी बना कर यहाँ लाकर उसकी चिकित्सा कर रहे हैं, सब कुछ विस्तार से बताया । उन्होंने

कहा – मेरे जीवन का यह अनूठा अनुभव है । खरसेल का बायोडाटा, चरित्र, मति–गति, आकार–प्रकार, शारीरिक गठन और विशाल दांत के बारे में विस्तृत विवरण CCBM (Centre for selular and Molicular Biology) हैदराबाद भेजा है, इस पर अधिक रिसर्च संभव होगा । हैद्राबाद में देश का यह संस्थान CSIR नई दिल्ली के अधीन काम करता है । यहाँ पर प्राणी के डीएनए एवं (Cloning) प्रणाली से उन्नत जीव सृष्टि के लिए और उनकी वंशवृद्धि के लिए प्रयोग विज्ञान विकास तथा रिसर्च चल रहा है । वहाँ से डा. टीम ने आकर खरसेल के खून एवं मांस का नमूना लिया है । यह सब जानकर थोड़ा आश्वस्त हुआ ।

इसके बाद ७.७.१९९५ की ओड़िशा विधान सभा की कारवाई का अध्ययन किया । बलांगीर के विधायक ने बलांगीर रेंज में हाथी उत्पात पर और सरकार के उठाये कदमों पर विधान सभा को बताने का अनुरोध किया । बताया गया कि महावतहीन मत्त हाथी बलंगीर –बौध रेंज में उत्पात कर रहा है । उसे काबू करने के उपायों का विवरण था । देश की अनेक जगहों से अनुरोध की बात थी कि इस हाथी की हत्या नहीं की जाय । बंदी बना चिकित्सा का अनुरोध किया गया। मंत्री महोदय ने सब बातें विस्तार से कही । इस बारे में सारा विवरण हाइकोर्ट को सरकार के दृष्टिकोण सहित बता दिया गया । सरकार के आभिमुख्य से थोड़ा मानसिक स्तर पर हलका लगा ।

।१९।

बलांगीर थाना। अथवा परिचय दिया। आरटीआई (तथ्य अपना जानने का अधिकार) के आधार पर रवीन्द्र केस के रिकार्ड, अभियोग संबंधी फाइलें देखी। पुलिस के आगे रवीन्द्र के दिये बयान को देखा। रवीन्द्र एक भयंकर आतंकवादी नक्सलवादी है! आश्चर्य हुआ। रवीन्द्र परमाणिक अब कहाँ है? थाना बाबू ने कहा –''हमने उसे बलांगीर जिला जेल में रखा था । हालत बिगड़ी, नियंत्रण से बाहर हुई तो उसे बौध जेल में स्थानान्तर कर दिया ।

''क्यों ?''

''उसका दुर्दान्त हाथी, कुत्ता और बंदर यहाँ आकर उत्पात मचाते । चालाक कुत्ते ने बंदर और हाथी को बता दिया कि उसका मालिक यहाँ है । इसके बाद बंदर जेल के आगे पीछे, अंदर का पेड़ छोड़ कहीं नहीं गया । सबको खींस दिखाता । ऊँची दीवार लांघ कर आसामी रवीन्द्र के पीछे – पीछे दौड़ता । एक वार्डर ने पीट दिया तो, उसे काट लिया । इधर कुत्ता जेल में जा सका नहीं । पर उसने जेल के बाहर धरना दिया । सब पर भौंकता, काटने दौड़ता । बाद में मोटा दंतावल आकर हाजिर ! उसके कारनामे कह न सकूं । उसकी प्रचंड हुंकार सुन रवीन्द्र ने सीटी मारी । वरना जेल का गेट ही धराशायी हो जाता । हाथी जान गया कि मालिक महावत जेल की दीवारों में बंद है ! क्रोध में भर कर वह उत्पात अत्याचार, आक्रमण करने लगा । आसपास के पेड़ों के डाल तोड़ने लगा । रास्ते पर ढेर लगा दिया । आफिस

में घुस टेबुल –कुर्सी –आलमारी तोड़ डाले । लोहे के गेट पर धक्के मारे । उसके पागलपन पर हम सब घबरा उठे । अत: रवीन्द्र को सीटी न बजाने की ताकीद की । इतने विशाल दंतावल का किया क्या जाय ? कलक्टर, डीएफओ और हमारे एसपी को खबर दी गई । प्रशासन ने निर्णय लिया कि रवीन्द्र बौध जेल भेजा जाये ।

''फिर हाथी की अवस्था ?'' मैंने थाना बाबू से पूछा ।

फिर वह पागल हो इधर–उधर भटका । कभी जंगल में तो कभी जनपद में जाता । बलांगीर, बौध, सोनपुर, फुलवानी चारों ओर आतंक फैला दिया । लंबे दांत देख कोई भी डर जायेगा । इतना बड़ा दंतावल दुनिया में नहीं होगा । लोग घर –बार बंद रखते । कहते हैं कई को सूंढ से उठा कर फेंक दिया । बलांगीर सार्वजनिक दुर्गा पूजा के लिए प्रसिद्ध है । पूजा खूब आडंबर से होती है । पिछले दशहरे में पूजा पंडाल में पहुँच लंका कांड ही कर डाला । व्याघ्रारोहण किये देवी के आस्थान को तोड़ डाला । मानो कालापहाड़ ही आ गया । पुलिस लेकर उसका पीछा किया । खाकी पोशाक और टोपी वाले सिपाही , बनविभाग एवं एक्साइज विभाग के कर्मचारी देख सूंढ उठा कर गरज उठा । परंतु बंदूक देखते ही जंगल की ओर भाग जाता ।

''एक यूनिफार्म धारी हवलदार त्रिलोचन बराल झराहुआं गाँव से दो हत्या के अपराधियों को पैदल चला–चला कर ला रहा था। हवलदार साइकल लिए साथ–साथ चल रहा था। रास्ते में हाथी के सामने आ गए । खरसेल दौड़ा साइकल लिए हवलदार की ओर । साइकल सहित उठाया और उसे पास के पानी भरे पोखर में फेंक दिया। फिर लौट गया जंगल में। बेचारा हवलदार पोखर में डुबकी मार रहा था। दोनों हथकड़ी लगे आसामी आगे बढ़े उसे बाहर निकाला। तब तक उसके बांये हाथ की हड्डी टूट गई थी । चार महीने अस्पताल में काटने पड़े ।

रात में खरसेल ज्यादातर जंगल में रहता। भैंसों के झुंड में मिलता। पर चरवाहे उससे डरते। पागल दंतावल का क्या ठिकाना! कब पित्त चढ़ने पर क्या कर बैठे।

''कितने जन को मारा है ?'' मैंने पूछा ।

''तीन को ।''

''केस रेकार्ड देख सकता हूँ ?''

''देखिये !''

''शंकर बेटे पर अभियोगों पर नजर डाली । मानो वह हत्यारा है लोगों ने फैला दिया। पता चला कि तीन हत्या के अभियोग हैं उसके विरुद्ध –

अभियोग –१

बलांगीर में मोदी पड़ा है । एतला नं. ६२१–१०८–२०८५ । एतला दी है कीर्तन पृष्टि ने । पिता –स्वर्गत श्रीचरण पृष्टि । मृत पुत्र पीताबंर पृष्टी, उम्र ३२ । जाति गुड़िया, धंधा –मिठाई का व्यवसाय । विवाह के लिए मिठाई का आर्डर था। बनाई थी। दुकान में घुस कर हाथी बड़े–बड़े लड्डू खाने लगा । दुकानदार ने डंकी भर गरम शीरा सूंढ पर फेंका । हाथी आगबबूला हो उठा । पीतांबर को सूंढ में उठा कर फेंक दिया । कुछ दूर जा गिरा, बेहोश हो गया । अस्पताल ले गए, जहाँ पर मृत्यु हो गई । डाक्टरी पोस्टमार्टम रिपोर्ट – हेड हेमरेज और सीवीए (कार्डियोवास्कूलर एक्सिडेंट) । मैंने अनुसंधान किया तो पता चला कि पीतांबर ब्रोंकइल आज्म और रुमेटिज्म एस (माइको सेनोसिस) के लिए पहले ही ईलाज करवा रहा था । उसकी दवा तथा प्रस्क्रिपशन से सब पता चला । हालांकि हाथी फेंकने से पहले से पीड़ित पीतांबर की अचानक मृत्यु हो गई । खरसेल परोक्ष में दायी हो सकता है । मगर दायी करने से पहले उस पर अलबता शीरा फेंक उत्तेजित और प्रतिशोध परायण करने का दायी कौन ?

अभियोग –२

फूलझरा गाँव(जि. फुलवानी) शतुरा पाहाल। थाना में एतला १०१/१९८/२८५ चंदूरी बेवा/ पति स्वर्गत शतुरा पाहाल । उम्र ५८ । जीविका –जंगल से लकड़ी और वनद्रव्य संग्रह । साखी कोई नहीं । सूखा गड्ढे से लाश मिली । पोस्टमार्टम रिपोर्ट – भी.भी.ए. (वास्कोवेगल एटेक (V.V.A)

मेरा मत – बूढ़ी रोज जंगल जाती, वेसे गई । हाथी के आमने–सामने हो गई । घबरा कर दौड़ी । पत्थर से टकरा कर गिर गई गड्ढे में । मस्तिष्क हेमरेज ! देह पर कोई निशान नहीं । खरोंच तक नहीं । भय से हृदय गति बंद हो गयी ।

अीभयोग –३

बिजनपाली थाना – अभियोग सं. ९१/११८/२०८५ एतलादाता – विश्वनाथ गौतिया । उम्र ३८ । पिता स्व. पशि गौतिया । धंधा – खेती, धान की मिल । उनके लकड़ी के कुठल्ले को सूंढ और दांतों से धक्का मार तोड़ डाला । धान खा गया । कुठल्ला ढह गया । बरामदे में सोये थे मालिक नीलकंठ गौतिया । कुठल्ले का खूंटा उन पर गिरा । वहीं मृत । डाक्टरी रिपोर्ट – सांस घुटने से मृत्यु । नीलकंठ के बेटे विश्वनाथ गौतिया ने दस लाख का हरजाना मांगा सरकार से । मुकदमा विचाराधीन है । मेरा मत – हालांकि शंकर परोक्ष में दायी है । उसके पागल और प्रतिशोध परायण होने के पीछे दायी कौन ? उसका हर्जाना कौन दे ? कौन इसका विचार करेगा ? यह बदनामी सिर पर किसके कारण आयी है ?

“२८ वर्षीय प्रेम और दूसरी २९ वर्षीय बसंती हथिनी नंदन कानन से लाकरआसपास छोड़ी गई । पर अगले दिन देखा दोनों वहाँ से अपने महावत के पास चली आयी। वहीं पहले बांधा गया था। फिर महावत पीठ पर बैठ मत्त हाथी के पास तक ले गया। पर दंतावल ने गरज कर उन्हें डरा दिया। अत: वे पास जाने में घबराने

लगे। अगर मस्ती का समय होता हथिनी से वितृष्णा क्यों होती ? अधिकारियों को इस सवाल ने परेशान कर डाला। अगले दिन देखा दंतावल फिर बलांगीर में। दिन में शहर में फिरता रात में खरसेल जंगल चला जाता। उस दिन लगभग शाम घिर रही। जंगल से लौटते समय कुछ बच्चे खेल के मैदान में फुटबाल खेल रहे थे। हाथी दौड़ा मैदान में। पीछा करते –करते बाल को ऐसा शॉट मारा गेंद आकाश में उड़ एक कंटबेर के झाड़ में अटक गई । बच्चे घबरा कर भाग छूटे । पर किसी बच्चे को कोई नुकसान नहीं किया । लोगों ने सोचा किसी का पालतू हाथी है। गेंद खेलना चाहा, पर साथी कोई न था । शाम को खरसेल जंगल लौट गया । उसके बारे में ऐसी कई रोमांचक कहानियाँ सुनी। यश–अपयश दोनों उस इलाके में फैल गया।

‘‘मत्त पागल के भी कई समर्थक थे । जो खाना, फल –बमूल देता, पास जाता, किसी को कोई नुकसान नहीं करता । शांति से खा लेता । वहाँ के प्रतिष्ठित वकील परशुराम शतपथी के हाथसे पांच किलो अंगूर खाये थे । वे रोज खिलाते खोजते उसे । पर हाथी का ठिकाना नहीं रहता । आज यहाँ, कल दस कि.मि. दूर होता । कभी जंगल में । ज्यादातर वह सोरापली जाता । वह बलांगीर से पांच कि.मि. है । वहाँ जंगल के पास कपड़ा व्यापारी सज्जन लाल केड़िया का बड़ा कृषि फार्म है । गन्ने की खेती काफी करते हैं । उस दिन केड़ियाजी फाँर्म गए थे । बड़े गेट के पास खड़ा हो खरसेल सूंढ हिला रहा है । जोर से चिंघाड़ उठा । उन्होंने इस मोटे–ताजे हाथी की पीठ पर महावत को चकादा गांव में जोरदार खेल दिखाते देखा है । खेल में उनके हाथ से नारियल लेकर तोड़ कर भोग लगाया । माथे पर उनके सिंदूर का टीका दिया । ओह बेचारा हाथी ? महावत कहाँ गया ?

फार्म में गन्ना कटाई चल रही । केड़ियाजी ने आधी बैलगाड़ी गन्ना लाकर गेट के पास रखा । खुशी में चबा–चबा कर खाया । बड़े कुण्ड में पानी लाकर दिया पीने के लिए । भरपेट पानी पीया । केड़ियाजी ने कहा – पालतू हाथी है । महावत न पाकर पागल हो रहा है । पेट की भूख से इधर–उधर फिर रहा है । बेचारा! ऐसे हाथी को भूख लगे तो जगह– जगह फिर कर खाद्य मांगता है। उसे आग का

लुआठा, बंदूक, ढोल की आवाज या पत्थर मार भगाने की चेष्टा में गुस्सा हो जाता है। कुछ का कुछ हो जाता है।

''आंचलिक प्राणी सुरक्षा संघ के सेक्रटरी परशुराम शतपथी ने उसके लिए जिला दौराजज के आगे वकालात की । पागल घोषित इस हाथी की हत्या के लिए भुवनेश्वर मुख्य वनपाल की विज्ञप्ति को रद्द करने की अर्जी दी । उसी तरह प्रकृति और वनप्राणी सोसाइटी की विज्ञप्ति को रद्द करने की अर्जी दी, कटक हाईकोर्ट में भी अर्जी दी । मान्यवर हाईकोर्ट ने असिद्ध घोषित कर दिया । अत: खरसेल को दुबारा निश्चेतक देकर बड़ी मुश्किल से दंतावल को नन्दन कानन , चंदका जंगल लिया गया । अब बलांगीर शांत है । आश्वस्त है । प्रशासन, वन विभाग, पुलिस अफसर चैन की सांस ले रहे हैं । हम शांति से सो पा रहे हैं ।''

और रवीन्द्र का कुत्ता तथा बंदर ? उनकी कोई खबर ?'' थाना बाबू प्रफुल्ल त्रिपाठी से पूछा ।

रवीन्द्र को बौध जेल भोजने के बाद कुत्ता यहीं जेल फाटक के बाहर पड़ा रहा । यहाँ के वार्डर चक्रधर माझी को शौक था । कैदियों के खाद्य से मुट्ठी दो मुट्ठी डाल देते कुत्ती को । अच्छा आज्ञाकारी मोटी-सोटी थी । वार्डर के घर पर एक कीमती क्रासब्रीड कीमती बिलायती कुत्ता था । इस कुत्ती को घर ले गया । उनके कुत्ते बाघ संग कुत्ती की दोस्ती हो गई । महीना भर हुआ तीन पिल्ले हुए । चक्रधर उनकी देखभाल करता है ।

''और बंदर ? वह कहाँ ?'' मैंने पूछा ।

''आसामी यहाँ था तो आसपास के पेड़ों पर फिरता रहता। बाद में हाथी के संग फिरने लगा पीठ पर। लोगों ने देखा है-हाथी फल आम अमरुद आदि लाकर देता। आसामी जाने के बाद अब उसका कोई पता नहीं। सुना है कि वह मित्रपुर में मंगला मंदिर में रहता है। भक्तों से फलमूल प्रसाद लेकर जी रहा है। कहाँ तक सच है, मैं नहीं जानता ।''

–''मित्रपुर कितनी दूर ?'' मैंने पूछा ।

–''लगभग दस कि.मि. हो !''

सच मालिक से साथ छूटने पर अपनी आइडेंटीटी कहाँ रख पाते हैं । बिना पहचान के कौन याद रखता है? किसे खबर रहती है ? पर जिजीविषा भी बड़ी चीज होती है । आदमी आसपास नहीं कुछ दूर जा कर कोई न कोई राह तलाश लेता है । तब उसको खुद को ढूंढना भी कठिन हो जाता है । मगर असंभव नहीं रहता । झूठ –सच के सहारे कहानी किंवदंती लोक प्रवादों से कोई तो राह खुलती है । शंकर बेटा कोई आतंकवादी नहीं यह साफ हो गया । उसे आतंकी करार दिया । कितना सीधा और समझदार प्राणी ! उसके प्रिय प्रभु महावत से अलग कर दिया ! ऐसे में मानव भी पागल हो जाता है । मैं तो उसके जीवन का लेखा जोखा जानता हूँ । आप लोग कैसे जानेंगे ? अत: उसके विरुद्ध सभा जुलूस, नारे, हड़ताल, बंद आयोजित हुए । पूरे इलाके में यश–अपयश फैल गया।

तो अब बौध चलना होगा । वहाँ जेल में मिलकर सब पता करना होगा । सचाई क्या है ? क्या अपराध किया ? माओ नक्सलों से कैसा संबंध ? एक बार में उसका असल रूप और चरित्र पहचान में नहीं आता । अत: जिरह जरूरी ।

बौध जेल परिसर ।

''पहचानते हो रवीन्द्र'' –मैंने पूछा ।

तुरन्त आँखें छलछला आयी । विकल हो पांवों में गिर पड़ा । विलख उठा –आपको न पहचानूं ? खेल में शंकर बेटे ने आपके माथे पार सिंदूर का टीका दिया। आपने सौ का नोट दिया । दक्षिणा में । मनु के लाये आम खा कर पैसे दिये। भूल जाऊंगा ? उस दिन शाम को बंगले पर बुलाया । शंकर बेटा, मनु और मोती के प्रति व्यवहार दिखाया, मरने तक नहीं भूल सकता । मैं बड़े दु:ख में पड़ा हूँ सर! मन करता है जीवन हार दूं । आपको

ढूंढ रहा था,सर ! मन ही मन भगवान से प्रार्थना कर रहा था । जगन्नाथजी की मिन्नत कर रहा । बचपन में माँ से सुना था । भगवान विष्णु ने गज की पुकार सुन उसे कुंभीर के मुँह से उद्धार किया । अत: माघ पूर्णिमा को प्रभु गज उद्धारण वेश धारण करते हैं । द्रौपदी वस्त्र हरण के समय श्रीकृष्ण ने शून्य से वस्त्र लाकर नारी की लाज निवारण की । मेरी माँ कहा करती हे आर्तत्राण, दैत्यारि ! मेरे गज शंकर बेटे की रक्षा करो ! मेरे इस जले जीवन की क्या जरूरत रह गई । भगवान ने मेरी पुकार सुनी । वरना आप जैसे आदमी यहाँ मिलते? क्यों ? आप ईश्वर के दूत हैं । मेरे भगवान ! त्राणकर्ता !

''रवीन्द्र जो पूछूंगा, सच बोलोगे ?''

''रुआंसे स्वर में बोला – सच के सिवा जानता क्या हूँ ?''

''पुलिस को शक क्यों हुआ ? क्या तुमने गलत काम किया ?'' ऊँचे स्वर में पूछा ।

–''गांव की हाट में फिर–फिर कर खेल दिखाता । हाट के दिन दो –तीन बार, बाकी दिन एक बार । पगासिंगा हाट में उस दिन खेल दिखा रहा था । शाम हो गई । खेल मैदान से सामान उठा हाथी पर लाद लौट रहा था । कतरबखा बरगद के नीचे जहाँ रात बिताते । बरगद जटाओं के नीचे की जगह पसंद थी । वहाँ बरगद की डाल उसे मजे में मिल जाती । वहाँ होती बरगद की जड़ । खुला नदी तट । रसोई वगैरह का आराम रहता । महीने भर रहे । खूब घना जंगल । अंधेरा घिर रहा । कहीं से गोली की आवाज आयी । जंगल में इधर गोली की आवाज नई नहीं । बीच–बीच में ऐसी आवाज बराबर सुनता । शंकर बेटा चौंक उठता । सूंढ से आवाज करता । मैं समझा देता । चुप रहो ! चोर –डाकू की जगह। पर हमारा यहाँ क्या है ? शंकर पास रहने तक डर न था । कुछ दूर आया, चौड़े चौराहे पर से उतरा पेशाब करने । वहाँ देखा कोई पोटली पड़ी है सड़क के किनारे । उठा कर खोला । मैं ओड़िया, हिंदी, अंग्रेजी कुछ –कुछ जानता हूँ । एक थैले में गोंद और पोस्टर हैं । ओड़िया तो माँने पढ़ाई थी । हिंदी–अंग्रेजी सरकस में सीखी थी ।

ओड़िया तो थोड़ी –बहुत लिख लेता हूँ । बाकी कुछ पढ़ या बोल या समझ पाता हूँ । पोस्टर देखे – ओड़िया व अंग्रेजी में हैं । बंद का आह्वान है । थैली में रखे हैं कुछ बम । पास रखी है राइफल । उठा कर निरीक्षण किया । कुछ गोलियां भी हैं । सब हैं गैरकानूनी चीजें । ले कर हाथी पर बैठ बलांगीर चल पड़ा । थाने में जाकर खबर दूं । कुछ दूर चला । वैन एक आकर सामने खड़ी हो गई । शंकर बेटा ने सूंढ उठा कर दांत दिखा मारने का उपक्रम किया । मैंने जोर से डांटा । वह रुक गया । राइफल लेकर उतरा । पुलिस बाबू ने हाथ से राइफल छीन कर मुआयना किया । कहा –''यह ३०३ राइफल है । एनपी बोर । हाल ही में नक्सलों ने थाने पर आक्रमण किया । माल खाने से ले गए थे, उनमें ये बंदूक गोलियाँ हैं । मुझ पर कड़क कर कहा –'' ये राइफल किसने दी ?''

–''किसी ने नहीं । एक पेड़ के नीचे रास्ते के किनारे पत्थर पर पड़ी थी । मैं पेशाब करने उतरा तो देखा । खेल दिखाने की चीजों के साथ पोटली रख ली।'' उन्होंने खोल कर पोस्टर देखे । १३ पोस्टर थे, गोंद की शीशी थी । उन्होंने कस कर ठोकर मारी । शंकर बेटा गरज उठा । मैंने चुप रहने को कहा । अब लाल आँख कर पुलिस बाबू ने कहा –'' इस धंधे में कब से हो ? दिन में हाथी, बंदर का खेल । रात में यह धंधा । तो तुम नक्सली हो ! खेल दिखाने का गांव में नाटक करते हो । सरकार से दुश्मनी करते हो !''

मैं रुआंसे हो गया – नहीं, सरकार ! नकसल क्या होता है मैं नहीं जानता । मैं कुछ न समझूं ! ये चीजें रास्ते पर पड़ी थी । उठा कर थाने में ले जा रहा था । मैं सौगंध खा कर कहता हूँ ।

–''नक्सलों को इधर कहाँ देखा ?''

–''खेल देखने तो कई लोग आते हैं । वो मैं कैसे जानूं प्रभु !''

''कहाँ पड़ी थी ?'' पूछा तो पीछे ले गया । पत्थर के उस ओर का दृश्य देख सब अवाक रह गए ! वहाँ डिनामाइट के यंत्रांश, तार और पता नहीं

क्या कुछ था । ये सब बिछा कर बड़ा विस्फोट की योजना थी । पुलिस बाबू ने कहा – समय पर पता चल गया । कुछ समय बाद पुलिस प्लाटून इधर से जाने वाली थी । कूंबिंग आपरेशन नक्सलों को पकड़ने या मारने हेतु जारी है । उनसे सुना । पर पुलिस की गतिपथ वे जान कैसे लेते हैं ? इस जंगल में उनके समर्थक हैं, गुप्तचर हैं । शायद पुलिस लौटेगी, अत: कहीं छुपे हैं । पकड़ मुझे ले गए । मैं रहा हाजत में बंद । मुझे निर्दोष प्रमाणित करने शंकर, कुतिया और बंदर के सिवा कोई नहीं । दुर्भाग्य, सर ! रवीन्द्र ने गहरी सांस छोड़ी, जेल दीवार पर सिर पीटा ।

मैंने देखा बार–बार पीटने से सिर फूल चुका है । अब वह पहले वाला चेहरा न था । एक यातना प्राप्त दु:खी कैदी का रूप ! आँखें आँसू भरी, फूली हुई। कहा – उस दिन शंकर बेटा की अशुभ सूचना और भविष्यवाणी के आचरण की उपेक्षा की । यह दुर्दशा हुई । जब तूफान आया , सही सूचना दी । उस पर आस्था, विश्वास बढ़ा । उसके बाद जो काम करता, शुभ, घड़ी, अशुभ घड़ी देख– पूछ कर करता । अस्ति सूचक में वह सांप के फन की तरह सूंढ नीची कर कान हिलाता । 'ना' करता मैं वह काम टाल देता । यहाँ तक कि गांव की हाट में खेल दिखाये या नहीं, उसका शुभाशुभ संकेत लेकर काम करता । पर उस दिन मौसम सूखा, जाड़े के दिन । छोटे दिन । उस इलाके में पंगासींगा शनिवारी हाट बड़ी हाट है । मेले–ठेले जैसा लगे । दो–तीन दिन से खेल बंद था । खाना पीना कम हो रहा था । खेल दिखा दो पैसे लाने की बात । उसीसे हम चार प्राणी जीवित हैं । उस दिन जल्दी खा–पी कर हाट में खेल दिखाना था । पर शंकर में कुछ व्यतिक्रम देखा । सुबह रोज की तरह कोई सूचना नहीं की । शंकर की तुरही नहीं बजी । मनु उसे सुन घंटा बजाता । उसने भी नहीं बजाया । मैं चूंकि शंकर को नेह करता, हमारे जीवन–जीविका का मूल पिंड है । उसकी मंगल कामना कर श्रीजगन्नाथ की गजोद्धार फोटो रख रोज शाम को ठिकने की जगह नहा धूप दीप दे कर पूजा करता । तब शंकर बेटा तुरही बजाता । मनु घंटा बजाता

और भक्ति स्वर गाता आरती होने तक । इलाके के आसपास गांव वाले जान पाते हमारी उपस्थिति। रास्ते में जहाँ मंदिर पड़ता, घंटा बजाता । पूजा देखता, वैसे ही स्वर कर कुछ समय जाते । मनु मुझसे पीतल का घंटा लेकर बजाता । पर उस दिन ऐसा कुछ नहीं था । शंकर एकदम अनमना था । नटिन की तरह काम करता, दो–तीन दिन से कोई उत्साह न था । खाना-पीना भी ठीक न था । शाम को आधा बोरा धान –चावल खा लेता, कुछ और नहीं मांगता । बस इतने में रह जाता । मैं कभी –कभी लाड़ में कह देता– पेटू ! तू तो दुनिया को अगस्ति मुनि की तरह चुलू कर जायेगा । पर दो दिन हुए उसे जबरन देने पर भी नहीं खाता । मैं शंका में भर गया । तबियत तो ठीक है ? शरीर पर हाथ लगाया । उसका ताप ठीक–ठाक है । कोई ज्वर नहीं । पर पहले की चंचलता नहीं, कोई उत्साह नहीं । न काम में, न आचरण में । मनोभावों में भी आलस भरा । उदास ही उदास । क्यों ? मैं खीझ उठा । इधर हमारे पास खाद्य की कमी पड़ रही । चार प्राणी जीयेंगे कैसे ? कोई बाप की जमींदारी नहीं । हम मेहनत कर पेट भरने वाले ठहरे । मेहनत करो तो खाओ, नहीं भूखे रहो । समझे ? उसके आचरण में दिमाग नहीं लगाया । जल्दी हाट की ओर निकल पड़ा था । हमारे रात के आश्रयस्थल कतबगा गांव के छोर पर बरगद से पंगासिंगा हाट आठ कि.मि. तो होगा । जंगल रास्ता । कम से कम तीन बार खेल दिखाने का विचार था । बरगद के पेड़ से सांकल खोलते ही चलने में कसमसा उठा । तुरत जमीं पर लेट गया । इधर देर हो रही । हमारे संग प्रतियोगिता कर उस हाट में एक बांसरानी का खेल लगने लगी है । अत: जल्दी जाना होगा । वरना हमारी जगह पर वह अपनी खूंटी गाड़ देगी । ‘‘ शंकर उठ बेटे उठ ! मेरे सयाने ... उठ ! जल्दी खेल मैदान चलें । पर वह उठा ही नहीं । आखिर खीझ और क्रोध बढ़ने पर मेरा स्वर कर्कश हो उठा । खैर, अंकुश उठाया, गले पर माथे पर भौंका । वह उठने को बाध्य हुआ । मालिक का कहना न मानने के अलावा चारा क्या था ? खड़ा हो गया । पर सूंढ के उलटी दिशा में गांव की ओर बढ़ा । मुझे लगा

गांव की ओर 'भिक्षाम् देहि' के लिए कह रहा है । अत: उसकी सूंढ पर एक थाप मारी । हमारे साथ चल । चलने को बाध्य था । राह लौट रहे थे । खेल भी दिखाया । पर वैसा उत्साह न था । तीन शो खेल दिखाये । वन जंगल की राह लौट रहे थे । रास्ते में पुलिस के हत्थे पड़ गया । दुर्योग ! दुर्भाग्य ! सर अफसोस हो रहा है । मूर्ख हूँ, चांडाल हूँ, उसका मालिक होने के लायक नहीं । भविष्य वाणी की परवाह ही नहीं की और मृत्यु सम दुर्दशा भोग रहा हूँ । हमारा उजड़ा संसार ! क्यों फिर सजेगा ? शंकर न मिला, जीकर फिर क्या लाभ ? मुझे मर जाना ही ठीक होगा ।

रवीन्द्र की आँखें बह रही । मैंने रुमाल से आँसू पोंछे ।

सरल रूप में उस भोले मानव को समझाया ।

उसने कहा–"ये नक्सल क्या है ? मैं उस बारे में कुछ नहीं जानता ?"

मैंने बताया–"वे उग्रवादी ! कम्युनिस्ट विद्रोही हैं । युद्ध – खून-खराबा, हिंसा, हथियारों से समाजवादी सरकार चाहते हैं । सरकार ने उन्हें गैरकानून घोषित कर रखा है । अन्याय के विरुद्ध संग्राम तो अच्छी बात है । जैसे राष्ट्रपिता गांधीजी ने किया । अहिंसा से विश्वशक्ति अंग्रेजों से मंत्र की तरह हरा कर स्वराज लिया, स्वाधीनता लाये देश के लिए । जो काम शांति, श्रद्धा व स्नेह से हो सके । ध्वंस अहिंसा व रक्तपात से नहीं हो सकता । यह बात विश्व को प्रमाणित कर दिखा दी बापू ने । पर खेद, निर्दोष निरीह लोग अकारण मर रहे हैं । जैसे तुम निर्दोष हो । पर जेल में पड़े हो ! इसका प्रतिकार कानून से होना चाहिए । हथियारों से नहीं, शास्त्र से हो ।"

रवीन्द्र रोता रहा । व्याकुल हो रहा । कहाँ मेरे पालतू जानवर ? शंकर आज्ञाकारी है – याद कर विलाप कर उठता है । जीवन विसार दूं । मन छटपटा रहा । जी कर क्या मतलब ?

मैंने सांत्वना दी । अभय दिया । कहा – इसे नियति का खेल कहें, समय की चाल भी है । शंकर तो नंदनकानन में है । इलाज ठीक है । देख

कर आया हूँ । मोती व मनु भी मजे में हैं । पता किया । वकालतनामे पर दस्तखत ले लिया । तेरा खलास, शंकर की मुक्ति छुड़वाऊँगा । रो मत । परेशान मत होना । कोशिश चल रही । तेरे जैसे अनेक निर्दोष दुःख पा रहे । दुःख देख दुखी हो रहा ।

रवीन्द्र सांस ले रोता रहा । क्या पूर्वातीत मिलेगा ।

।२०।

अब टाप प्रायोरिटी थी रवीन्द्र को बाहर लाने की । रवीन्द्र बिना शंकर बेटे याने खरसेल को रास्ते पर लाना असंभव ।

सोचा खरसेल को जंगल में जगह नहीं । वह लोगों के बीच रहा है । लालन–पालन हुआ । अब उसे घोर जंगल में रहने न देकर यह नंदनकानन उसके लिए ठीक जगह है । विश्व के इस अनूठे उद्यान की खास बात है और उसका इतिहास सिर्फ ५० वर्ष का है । मगर दुनिया में खूब नाम हो गया । जब इसका जन्म हुआ मैं स्कूल में था ग्यारहवीं कक्षा में । फर्वरी १९६० । दिल्ली में चल रहा था कृषि मेला । वहाँ रूसी राष्ट्रपति निमिता खुश्चेव अतिथि बन पधारे थे । हर राज्य का अपने–अपने ढंग से प्रस्तुत स्टाल । पर ओड़िशा ने अपने कृषि पदार्थ प्रस्तुत किये । साथ में थे जीव–जंतु । भालू, बंदर, चीता, अजगर आदि थे । ओड़िशा चाहता था इनके प्रदर्शन के जरिये संरक्षण की वार्ता दी जाये । ओड़िशा पेवेलियन में अलग ढंग से प्रस्तुत किया था । इससे जीवों के प्रति दया और श्रद्धा का उद्रेक ही लक्ष्य था । दिल्ली से लौट उन जंतुओं को जंगल में छोड़ने के बजाय खंडगिरि इलाके में घर बना कर रखा। तब मुख्य मंत्री हरेकृष्ण महताब ने वनविभाग के अफसरों के साथ वहाँ जाकर वन्य प्राणियों को देखा। वे खूब प्रभावित हुए । डॉ. महताब थे प्रसिद्ध इतिहासकार ! ओड़िशा का इतिहास लिखा था । इस कलिंगधरा पर अहिंसा के पुजारी भ्रातृत्व संपर्क और विश्व बंधु दर्शाने वाले थे । यह बात यहाँ पर उल्लेखनीय है कि इस कलिंग भूमि पर यह सब

इ.पू. युग से ही बुद्ध, अशोक खारवेल यह धारा चली । इस वार्ता का प्रचार करने चिड़ियाघर की स्थापना का निर्णय लिया । इस प्राणि अहिंसा के लिए स्थान की खोज हुई । कई स्थानों पर विचार हुआ। इसके लिए कमिटि बनी। राधानाथ रथ एवं उन्नयनमंत्री थे। भुवनेश्वर–बारंग (ओड़िशा के प्रसिद्ध पहले उद्योग काच खारखाना) के पास चंदका जगंल के कांजिया झील और उसके चारों ओर के इलाके का चयन किया गया । इसे 'नंदन कानन' (इंद्र के प्रसिद्ध रम्य उद्यान का नाम) कहा गया। चारों ओर घेरा बना कर विकास किया। २९ दिसंबर १९६० को भारत के कृषि एवं खाद्य मंत्री एस.के.पाटिल ने इसका शुभ उद्‌घाटन किया। उत्सव में हम हजारों छात्र शामिल हुए ।

प्राकृतिक परिवेश से मनोरम यह स्थल पहाड़, जगंल और झील के कारण विश्व में अनुपम स्थान है । वन प्राणियों के लिए खूब आकर्षण का केंद्र है और सुरक्षित अभयारण्य है । पुरी–कोणार्क –भुवनेश्वर के स्वर्ण त्रिभुज के साथ किसी नौलखा हार की तरह पर्यटन केंद्र का गलहार बन गया । हरी –भरी दूब का विशाल बगीचा स्वागत हेतु निर्मित है । विशाल वृक्षों के झूमते समूह और विशाल उद्यान के बीच प्रवाहित कलकल छल–छल करते झरने ने आकर्षण और बढ़ा दिया है । झील के उस पार पहाड़ी से मृदु मंद मलय पवन के झोंके सदा हिंरण भरते रहते हैं । आज यह प्राणी उद्यान और उद्‌भिद उद्यान मिल कर लगभग साढ़े चार सौ हेक्टर भूमि में विस्तृत है ।

जीव–जंतुओं के हाव भाव पढ़ने जानने, समझने के लिए मेरी यह खुली किताब है । जब समय मिलता है पढ़ने चला जाता हूँ । आज भी यह कार्य पूरा नहीं हुआ । यह आकर्षण बांधे रखे है। इससे जुड़ा १९० वर्ग कि.मि. आयतन का हाथी अभयारण्य जुड़ गया। १९८२ ई. में। अतः चंदका अभयारण्य के नंदन कानन परिसर या उसके सन्निकट भिन्न स्वाद और रूप के हाथी सफारी बनाने का स्वप्न, निर्माण की योजना मन में भर गई । सफारी में इस विरल हाथी परिवार की उन्नति, वंशवृद्धि एवं शंकर के साथी सहयोगियों मनु तथा मोती के खेल प्रदर्शन संबंधी विचारों में सक्रिय हो

उठा। क्या शंकर पुन: परिवर्तित और निरंकुश खेल में लौट सकेगा ? मैं संदेह में था । प्राणी होने पर भी इनमें आत्महत्या प्रवणता रहती है । परिस्थिति में पड़कर मरने या मारने पर प्राणी उतारु हो जाता है । शंकर ने अपनी बलशक्ति बलांगीर–बौध –फुलवानी इलाके में दिखायी थी ।

मैं जानता हूँ आदमी ही नहीं, पशु –प्राणियों में भी आत्महत्या प्रवणता कभी–कभी दिख जाती है । आत्महत्या निराशा की निष्ठुर परिणति होती है । जीवन यंत्रणा से मृत्यु के निर्णय में निजात पाने का भाव जब आता है तब एक हीन भाव बनता है। इसमें जीवन से मोह टूट जाता है। माँ अपने शावक को खादक के हाथ से बचाने अपने प्राणों की बलि देना श्रेयस्कर समझती है। अपने प्राणों से वात्सल्य को ज्यादा महत्व देती है। मनु की माँ ने अजगर को निगलते देख उसे बचाने पेड़ से फेंक दिया बच्चे को। शायद किसी की दया से बच जाये। वही हुआ । ऐसी कई घटनाएँ हैं । कुछ भेड़ों को कसाईखाने ले जा रहे थे । भेड़ें रात में झील में कूद गई । उन्हें निकाला, फिर कूदी । अंत में प्राण दे दिये। पशु होने पर भी वे समझ गए कि मंगोलिया के कसाईखाने ले जाने का उद्देश्य क्या है । आसाम के जटिंगा में प्रतिवर्ष विभिन्न प्रकार के पक्षी जमीं पर कूद आत्महत्या करते हैं। पालतु कुत्ते मालिक की मृत्यु पर खाना–पीना छोड़ देते हैं । इस तरह मरने के कई उदाहरण हैं । स्काटलैंड डबार्टन में ओवरटाउन ब्रिज को डॉग सुइसाइड ब्रिज कहा जाता है । क्योंकि यहाँ पर कुत्ते कूद कर आत्महत्या करते हैं। टर्शियरों(एक तरह के वनमानुष) को पिंजरे में रखने पर वे मानसिक दबाव में आकर जानबूझ कर सिर पीट–पीट कर आत्महत्या करते देखे गए हैं। क्रेब विशेषज्ञों ने देखा है जब काफी कष्ट की हालत में होते हैं तो अपने सिर को बार–बार डंक मारते हैं और आत्महत्या कर लेते हैं । कुछ वर्ष पहले लखनऊ चिड़िया घर में दो हाथी थे। एक बूढ़ा होकर मर गया। यह देख उसकी पालिता कन्या 'झूना' ने खाना पीना छोड़ दिया । बहुत चेष्टा की गई । नहीं खाया । वह बूढ़े हाथी के पास रहती, जो जूठा रहता उसे खाती थी । अब बूढ़े को बिसूरते–बिसूरते

प्राण त्याग किये। स्कूल के दिनों में मैंने देखा है कबूतर के जोड़े मजे में रहते है। बड़ा मजेदार होता है उनका दांपत्य जीवन। चोंच से चोंच लड़ा कर स्नेह प्रदर्शन कर अपना संगम करते हैं । कभी कबूतरी ऊपर और कबूतर नीचे, कभी कबूतर ऊपर कबूतरी नीचे। एक बार कबूतर को बिल्ली खा गई। कबूतरी अंडे दे रही थी। कबूतर को न देखा, वह उदास हो गई। कबूतर के पंख और हड्डियाँ कोने में पड़े देखे । समझ गई कि बिल्ली ने यह कांड किया। दु:ख में टूट गई। वहाँ से कहीं नहीं गई। बिल्ली को भूख लगी, अब खाया कबूतर को दबोचा, वहीं कबूतरी को देख उसे खा गई। कबूतरी की पति परायणता स्पष्ट थी। सती दाह से यह बलिदान किसी रूप में कम न था।

महान कथाकार कालिंदी चरण पाणिग्राही का 'मांस विलाप' क्या है ? 'जल्ली' (मृगी) और 'दोरा'(कुत्ता) के बीच पशु-पशु में प्रेम-नेह की अमर कहानी है । केदार-गौरी, लैला-मजनू, रोमियो-जूलियट से कोई कम नहीं । कुछ अधिक मर्मान्तक और हृदयविदारक है । जमींदार बाबू की प्रिय पाली हुई जल्ली और दोरा हैं । जब शावक माँ मृगी से स्तनपान कर रही थी तब मरी । जमींदार की गोली से मां मर गई थी । शावक कुछ समझ पायी कि मां को क्या हो गया ? शिकारी की ओर करुण भाव से ताकती रही । सहानुभूति और करुणा के शर से जमींदार बिद्ध हुए । हृदय विचलित हो गया । मृग शावक को ले आये । स्नेह दे कर पाला । नाम दिया 'जोल्ली' । पालतू एक कुत्ता था 'दोरा', जल्ली -दोरा में दोस्ती हो गई । संपर्क गहरा गया । साथ खाते, फिरते, सोते, उठते । एक पल भी छोड़ कर अलग नहीं रह पाते । शाम को जमींदार के साथी होते । पर एक दिन काले मेघ घिरे । ब्रिटिश कमिश्नर शिकार पर आये । सा'ब ने सारा बंदोबस्त किया । चार रात जंगल में शिकार की तलाश में सा'ब फिरे । निराशा मिली । यह जंगल मीठे मांस के लिए प्रसिद्ध है । बिना जंगली मांस के टूर असफल है । खाली हाथ कैसे लौटें ? सहसा जमींदार से कहा - 'जल्ली' का प्रस्ताव दिया । जमींदार दुविधा में पड़े । सा'ब को मना कैसे करें ? तेज कटार से सिर काटा ।

दुखद दृश्य दोरा देखता रहा । अपने विकट स्वर में वेदना व्यक्त करता है । सामान्य पशु जीव, क्या करता ? उस रात भोजन में मांस के काफी व्यंजन थे। सबने जी भर खाया । दोरा ने छूया भी नहीं । हालांकि मांसाहारी है । अपनी प्रिय जल्ली के मांस को कैसे खाता ? पानी तक नहीं छूआ । खाना – पीना छोड़ दिया ... मृत्यु वरण कर ली । पशु हृदय ! इसकी तुलना नहीं !

ऐसी प्रतिकूल स्थिति में जीने से मरना बेहतर मानते हैं प्राणी । इसके अनेक उदाहरण मिल जाते हैं । गहराई से सोचें, अवसादग्रस्त मानसिक पीड़ा में डूबा महावतहीन शंकर यदि ऐसे उलटा कर बैठे तो ? उसके लिए प्रिय महावत जरूरी है । मुझे ऐसा ही लगा ।

मैंने कानून पढ़ी है । रवीन्द्र का आवेदन खुद बना कर खुद गेरेंटर बना । हाइकोर्ट में तीन बार सुनवाई टली । कितने चक्कर काटे । तब जाकर सशर्त मुक्ति मिली । शर्त –१. मुकदमा खत्म होने तक वह देश छोड़कर बाहर नहीं जायेगा । शर्त २. कोर्ट के निर्देशानुसार वह सुनवाई के

दौरान उपस्थित रहेगा । शर्त ३. जांच में पुलिस के साथ सहयोग करेगा । शर्त ४. कोर्ट के इस आदेश के बल पर रवीन्द्र के विरुद्ध मुकदमा दायर करने वाले थाना अधिकारी एक बांड पर दस्तखत करवा कर अभियुक्त रवीन्द्र पर माफी जामिन पर छोड़ेगा ।

हाईकोर्ट के आर्डर अनुसार रवीन्द्र को बलांगीर के थाने में हाजिर किया । बांड पर रवीन्द्र के दस्तखत ले कर मुझे गेरंटर बनाकर रवीन्द्र को खलास किया ।

मुझे लगा रवीन्द्र शंकर को देखने विकल हो उठा है । मानो कोई प्रेमी अपनी प्रिया को कई दिन बाद देखने को विकल हो उठा है । देह यहाँ है, प्राण तो शंकर के पास हैं । अब मोती बच्चों की मां बन सहृदय जेल वार्डर चक्रधर माझी के घर पर है । मानो लड़की ब्याह कर ससुराल में पहुँच गई है । हम चक्रधर के घर गए । मोती को देखा । तीनों पिल्लों को स्तन से दूध पिला रही थी । रवीन्द्र को देख बच्चों को हटा दिया । अगले पांव से रवीन्द्र के पैरों पर चढ़ गई । स्नेह भरे मुँह से कूं-कूं करने लगी । मानो वह मान-गुमान की भाषा बोल रही है । मैं सब समझ रहा था । रवीन्द्र उसे बांहों में भर कर बार-बार चूमता रहा । माथा सहलाने लगा । छोटे-छोटे पिल्ले थे, मोटे-मोटे, गोल-गाल थे । चक्रधर को धन्यवाद दिया । उनके पिल्लों को देख खुश हो गया । मोती और तीनों पिल्लों को गाड़ी में लिया । मैंने पैसे देने चाहे । उन्होंने इनकार कर दिया । उनकी पत्नी को विदाई के समय हाथ में कुछ रुपये 'बाघा' कुत्ते के लिए ठूंस दिया । सौजन्य के रूप में मना नहीं कर सकी । रवीन्द्र पिल्लों को गोद में ले मोती संग गाड़ी में बैठा । अपना धन पाकर विह्वल हो रहा था ।

अब मनु की बात देखें । मित्रपुर मंगलादेवी के मंदिर का पता नोट किया था । दस कि.मि. है यहाँ से । पूछते -पूछते जल्दी ही पहुँच गये । गांव के छोर पर अमराई के पास ही है मंगला मां का मंदिर । मंदिर पौढ़ हो

चुकी । मनु कहीं नहीं दिखा । रवीन्द्र ने ऊँची आवाज दी । माइक्रोफोन पर बुलाने की तरह -मनु----मनु-- कह जोर से पुकारा । पता नहीं वह कहाँ छुपा बैठा था । अपने साथी और मालिक से बिछड़ कर बिसूर रहा । विलाप कर रहा । आवाज सुनकर उछलता आया । बच्चे की तरह गले से झूल गया । मानो पिता से इतने दिन बाद बच्चा मिल रहा है । छाती से लगाकर चूमने लगा । मैंने जीवन में कभी ऐसा नहीं देखा । आँखें गीली हो गई । पशु होने पर भी स्नेहामृत का मूल्य कौन नहीं जानता? यह अतुलनीय है-मन ही मन समझ रहा था मैं उसका स्वर्गीय अनुभव ।

याद आ रहा था जंगली बंदर का आचरण । काफी पुराना अनुभव स्मृति में कहीं दबा था । नई-नई नौकरी थी मेरी । प्रोबेशन के बाद पहली नियुक्ति पेड़ों भरे कोरापुट जिले में । सूकीं कमर्सियल चेक पोस्ट पर इनचार्ज आफिसर था । ओड़िशा आंध्र की सीमा पर है । ४८ कि.मि. सालूर घाटी के शीर्ष भाग पर है । प्राकृतिक सौन्दर्य, ऊँचे-ऊँचे शैल शिखर । सघन पेड़ों की भीड़ । वहाँ फाटक के पास डाक बंगला है । मैं वहीं रहा करता । कुछ समय मिलता पास के वन-जंगल घिरे आदिवासी गांव के किसी बोंडा वन के वारे में अनुभवी आदिवासी को ले कर इलाके में घूमता। सुंकी के निकट का टाउन थे सुनाबेड़ा, सिमिलीगुड़ा, पटांगी आदि । कभी रोजमर्रे की जरूरत की चीजें लेने टाउन जाना पड़ता । उस दिन मैं मिग शहर सुनाबेड़ा से कुछ सामान लेकर बस में लौट रहा था सुंकी । बस रुकी पटांगी छक पर । अचानक देखा एक बूढ़ा बंदर ड्राइवर सीट के पास वाले गेट से अंदर आकर ड्राइवर सीट पर बैठ गया । बस अगले स्टाप कुंदली पर रुकी । कुछ साथी उतरे, पर वह नहीं उतरा । मानो उसका गतंव्य नहीं आया । आदमी की तरह काच से देख रहा था कि कब उसके उतरने की जगह आयेगी । दो स्टापेज के बाद आया रायगड़ा । बस रुकी । चुपचाप बस से बाहर कूद गया । पास ही विराट पेड़ था । वह कूद कर चढ़ गया ऊपर । शायद बूढ़े बंदर का वही ठिकाना था । जंगली बंदर का भद्र आचरण देख चकित था । ड्राइवर से पूछा

–बताया – यह हमारी 'बासंती' बस का बेटिकट परिचित यात्री है । वैसे अन्य बस पाने पर भी बैठ जाता है । बस वाले सब उसे जानते हैं । अत: बूढ़े वानर का सब स्वागत करते। घृणा भाव से ज्यादा प्रेम भाव मानव–पशु को निकटतर करता है । बूढ़ा वानर यही तो दिखा रहा था ।

मनु मोती और उसके बच्चों को लेकर नंदन कानन की ओर चले । मनु बैठा रवीन्द्र के कंधे पर । गाड़ी में सीट की तो कमी न थी । मगर मनु मानने को तैयार नहीं । मालिक का कंधा ही उसकी सीट है । रवीन्द्र ने मोती के पिल्लों का परिचय करा दिया था मनु के साथ । वह भी उन्हें सहलाना नहीं भूला ।

शाम ढल रही । बलांगीर छोड़ा तब रात के नौ बज रहे थे । ड्राइवर को सावधान किया । दो दिन से बराबर गाड़ी चला रहा है । खाने –पीने, विश्राम का कोई ठिकाना नहीं । जरूरत पड़े तो रास्ते में रुक कर विश्राम कर लेंगे । मेहनत की सीमा होती है । मुझे अजीब आदमी समझता होगा । स्वाभाविक है । पर ड्राइवर सागर जानता है, मुझे पहचानता है । मेरी जीवन शैली से परिचित है । हमारा एक दूसरे पर विश्वास है । वह विश्वस्त कर्मठ आदमी है ।

रास्ते में रवीन्द्र से पूछा – ''शंकर क्या खाना पसंद करता है ?''

''लाल रंग के फल !''

''कैसे लाल ?''

''जैसे सेव, पेटू है । हर तरह के खाकर साफ कर दे ।''

एक बोरा सेव रास्ते से दुकान से खरीदे ।

''और ?'' मैंने पूछा ।

''हरे अंगूर भी पसंद करता है ।''

दस किलो मीठे अंगूर लिये ।

''और ... केले चलेंगे ?'

''हाँ, आमिष छोड़ सब खाता है ।''

एक घोद केले लिए । कार में मेरे हाथ से सेव लेकर मनु ने चबाना शुरू किया ।

–"और मोती ?" पूछा ।

वह भी शाकाहारी है। कुत्ता है, पर आमिष नहीं खाता । दो तो मुँह फेर लेगा। उसके लिए कुछ बिस्कुट पैकेट गाड़ी में रख लिये। उसे खाया। हमने चारछक पर खाना खाया। ड्राइवर ने कुछ देर विश्राम किया।

सुबह–सुबह नंदन कानन। मुख्य फाटक बंद था। खुलने का समय नौ बजे। हमारा जाना जरूरी है–कह कर गेट खुला कर अंदर गए ।

साल भर बाद अपने प्रिय शंकर को देख रवीन्द्र चीखा–सांकल से बंधा देख मन किया पेड़ से सिर पीट लूं ! अपनी आँखों शंकर की दुर्दशा देख वह सम्हाल नहीं पाया । आँखें बह चली । इतने दिन बाद देखकर सूंढ उठा शंकर ने गर्जन छोड़ी । ऐसा तूर्यनाद मैंने हाथी से कभी नहीं सुना । वह जीव–जंतु, मानव –पशु सब को बता रहा था मेरे प्रिय प्रभु आ गए । अब किसी का डर नहीं । उसके अचानक गर्जन में सारा चिड़िया घर प्रकंपित हो गया । चारों ओर प्रतिध्वनि सुनाई दे रही । शंकर सूंढ उठा स्थिर हो गया । उस सूंढ पर वह झूल गया । सूंढ से लपेट खूब जी भर आलिंगन किया । आँसू थम नहीं रहे । आनंद की धारा अमृतमयी थी। वर्णनातीत ।

यहाँ सब मुक्त हैं । मगर शंकर सांकल से बंधा ! शंकर का क्षोभ, क्रोध और भयंकर रूप । मालिक रवीन्द्र के पास फरियाद चल रही है । मानो सांकल तोड़ डालेगा । मगर इस समय सांकल सचमुच तोड़ देगा तो ? समस्या खड़ी हो जायेगी । इससे सांकल से मुक्त करना जरूरी है । पर छूटने पर भयंकर न होगा, इसकी गारंटी कौन दे ! पिछली गतिविधि की तरह पुनः प्रतिशोध परायण हो उठा तो ? इतनी बड़ी जिम्मेदारी कौन ले ? अनेक दुश्चिन्तायें भरी । पहले एटम बम विस्फोट पर उद्भव जैसे परिणाम पर आशंकित था, चिंतित था, मेरी चिंता वैसे ही परेशान कर रही । बिल्ली के गले में घंटी कौन बांधे ? आखिर किसी को जिम्मेदारी लेनी होती है । फिर

परिणाम स्वर्ग लें या नरक, मैंने खरसेल के आचरण, गति विधि, इतिहास, आदतों पर पूरी चर्चा नंदन कानन के डायरेक्टर सरोज कुमार पटनायक के साथ की । अगले कदम हेतु उनका परामर्श और सहयोग ही ठीक लगा ।

मैंने शंकर के लिए फल वगैरह जो ले गया था, सब ढेर कर दिये । बहुत दिन से रवीन्द्र के हाथों नहीं खाया । खोये मालिक को पास पाकर हुलस उठा । उसकी आँखें, हाव-भाव, आचरण सब में दिख रहा । वह मानव समाज से विताड़ित हो निर्वासित का विलाप कर रहा है । मालिक प्रभु -दोस्त के बिना वह पागल हो उठा । नेह चाव के साथ सूंढ से उठा चबाने लगा । प्रभु प्रसाद के लिए वर्षों से वह भूखा था । शिशु खाना लेते समय माँ संतुष्ट होने की तरह रवीन्द्र के चेहरे पर संतोष खिल रहा । उसके चेहरे का आनन्द और बहते आँसू यही कथा कह रहे हैं । फलों में से मनु अपने भाग मांग रहा है । पर आज ! शंकर अपने फल में हिस्सा देने को कतई राजी नहीं । चाहे कितना अंतरंग हो !

मनु पीठ पर चढ़ कर नाचने लगा । कूद उठा । जी भर सोया । मानो हाथी की पीठ का पटा कर लिया । इस पशुशाला के सब जीव-जंतुओं को शंकर दिखाना चाहता है - आओ भई आ कर देखो, प्रियबंधु पास है । अब मेरी हीनावस्था, यंत्रणा, देखकर खुश नहीं हो सकोगे । अंधेरे के बाद आलोक आता है । अब देखना मेरा मुक्त स्वाधीन खुला जीवन , असली राजा का रूप ।

ठीक शंकर के पांव के पास मोती लेट कर तीनों पिल्लों को दूध पिला रही। लार बहती जीभ बाहर निकली है । वह अपने सफल मातृत्य को, बहादुरी को मानो दिखा रही है गर्व से।

रवीन्द्र का आत्मानन्द कैसे कहे कोई! इनके मिलने में मानो प्यासे की प्यास मिट रही है। रवीन्द्र को हिदायत दी-शंकर के पास -पास रहना। वह बार-बार सहला देता है, लाल गमछे से उस की आँखें पोंछ देता है । बीच-बीच में। कितना दु:ख, यातना सही है हमने !

उनका मिलन दृश्य मैं उपभोग कर रहा था जी भर। एक अभूतपूर्व

भावोच्छ्वास में भर उठा । अद्भुत दृश्य । अनजाने आँखें भर आयी । जलानन्द झरने लगा । रुमाल से सहेजने लगा । पुचकारने लगा । कितने दुःख यातना नहीं सहे हैं ।

उनके मिलन दृश्य का आनन्द ले रहा था मैं । मैं मोहाविष्ट हो उठा । कुछ समय बीता । लगा शंकर शांत हो रहा है । सचेत होता लगा । बहुत संघर्ष किया है । जब छोटा था मां बिजली के तार से टकरा कर मर गई । वह बच गया । बड़ी मुश्किल से जब कुछ महीने का था, बाघ के आक्रमण से बच्चा, भैंसों के कारण । उसे जब मत्त घोषणा किया गया, तीन-तीन नामी स्वीकृति प्राप्त शिकारी हत्या करने से मना कर गए । खरसेल दीर्घजीवी बने - मन ही मन यशस्वी होने की कामना करता रहा ।

अधिकारियों से विचार विमर्श चालचलन, हाव-भाव, आचरण, विचरण, जीवनशैली नियमित खाद्यपेय, जल समय आदि का क्लोज बीडियो सीसी कैमरे में रेकार्ड हुआ । इसे 'खरसेल दैनंदिन डायरी' में लिखा गया । इसके लिए ओड़िशा के प्राणीप्रिय मुख्यमंत्री जानकी बल्लभ पटनायक ने आवश्यक आर्थिक व्यवस्था करा दी । खरसेल के लिए विशेष सेवादल तथा डाक्टर विशेषज्ञ नियोजित किये गए ।

नंदन कानन के अधिकारियों से पता चला कि इनमें एक प्राणी को पोष्य करने के लिए विज्ञापन दिया है । प्रवेश टिकट पर उल्लेख किया है । हाथी के लिए साल के पांच हजार ! मैंने पांच हजार देकर खरसेल को पोष्य प्राणी के रूप में ग्रहण कर लिया ।

उस दिन से खरसेल मेरा प्रिय पोष्य प्राणी बन गया ।

ये सरीसृप आज के स्तनपायियों के पूर्व वंशधर है - जीव वैज्ञानिकों का मत है । 'विषामदंती सरीसृप' के देहावशेष से जान पाते हैं । मुँह में चार तरह के दांत और गाल में हाड़ मनुष्य की तरह होते हैं । अगले पिछले पांव का गठन स्तनपायी जीवों के पाद जैसे होते हैं । याने स्तनपायी के पूर्व पुरुष सरीसृप ही थे ।

लेखक हाथी के साथ

।२१।

उसके खूब निकट संस्पर्श में आने के कारण उसे अनुध्यान, पर्यवेक्षण का अवसर मिला । खरसेल के स्वभाव के बारे में अच्छी तरह जानता हूँ । वह मनुष्य का परम मित्र हो सकता है । उसे इतर पशु कह कर घृणा किये शत्रु भी बन जाये । यह भी प्रमाणित हो चुका है । वह तो शांति का प्रतीक है, युद्ध का वाहक । रवीन्द्र कहता है – पानी उसे बहुत अच्छा लगता है । मेघमय आकाश को देख खुश हो जाता है । इंद्रधनुष उसे एकदम उल्लास में भर दे । मोर जैसे मेघ देख पंख फैला देता है, वह सूंढ ऊपर आकाश की ओर उठा कर स्वागत करता है । परंतु बिजली की कड़क पर खीझ उठता है । प्रतिवाद में चिंघाड़ने लगता है । लाल गुड़हल फूल तो उसके खूब प्रिय हैं । लालफूलों की माला दो उसे पहनने की बजाय सूंढ में लेकर बाई मुँह में डाल लेगा । लाल रंग उसे खूब सुहाता है । केला, केले के पत्ते, पपीते, पपीते के हरे पत्ते, बांस के पत्ते उसकी पसंद हैं । उसकी डायरी से पता चलता है कि एक दिन में १५०–२०० कि.ग्रा. खाद्य चाहिये । दिन में चार घंटे सोता है । कभी चुपचाप खड़ा रहेगा, कभी चारों पांव पसार सो जाये । उसका वजन पांच टन (५० क्विंटल) से अधिक होगा । पिछले पांव की पगथल का व्यास २१.५ इंच और घेरा ६५ इंच है । यह दुर्लभ है ।अगले पांव के पगथल का व्यास २१.५ ईंच और उसका घेरा ५८ इंच है । यह एक रिकार्ड है । उसकी सूंढ आम हाथियों से मोटी है । लंबी सवा ग्यारह फुट है । साधारणत: ९–१० फुट होती है । यह सूंढ होती है उसके ऊपरी होंठ का

फैलाव । सूंढ शरीर की सख्त मांसपेशी युक्त प्रधान अंग है । इस सूंढ के संचलन हेतु जरूरी मांसपेशी हैं । उसे जमीन छूता है । आगे –पीछे, बांये – दांये, ऊपर–नीचे भी करता है । इसे कई काम में लगाता है । बड़े–बड़े पेड़ों की ऊंची डाल तोड़ सकता है । पानी खींच कर मुँह में डाल लेता है । मुँह में खाद्य डालने हेतु वह सूंढ को हाथ बना लेता है । हाथी का यह पांचवां पांव भी होता है । ऋग्वेद में हाथी को 'हस्ती' कहा है । अर्थात् हाथ वाले विशाल पशु । इस से हिंदी में 'हाथी' बना है । इस सूंढ से वह हाथ की तरह ५०० कि. तक वजन आसानी से उठा लेता है । भारी –भरकम लकड़ी को सूंढ से दो दांत में उठा कर टिकाता है । सूंढ से कई छोटे–मोटे काम भी कर लेता है । अंधेरे में आँख मूंद चीजें पहचान लेता है । महावत रवीन्द्र बताता है कि नथुने से छू कर चीजें पहचान लेता है । हाथी का खेल दिखाते समय आँखें बंद कर देता है । मानो अंधा हाथी है । कुछ चीजें रखता है – गेंद, बैट आदि अन्य कुछ चीजें । खोज कर लाने का निर्देश देता है महावत । सूंढ से छू–छू कर ठीक चीजें उठा कर देता है । मानो अंधा अपनी लाठी छू कर जानता है रास्ते में खाई, खड्डा, ऊंचा – नीचा, कंकड़–पत्थर सब पहचान ले अपनी राह में ।

प्राणी विशारदों का कहना है कि हाथी की सूंढ ऊपरी होंठ की प्रसार है । पहले सूअर की थूथन की तरह था । विवर्तनवाद में वह फिर लंबी सूंढ बन गई । वह बिवर्तन का अंत नहीं है । हाथी सूंढ के पुन: परिवर्तन का सूचना मिली है जो नीचे फाट दिखा रही है । आदमी की इसी जिज्ञासा ने डेढ़ सौ वर्ष पहले चार्ल्स डारविन ने स्रष्टा का अस्तित्व प्रमाणित करने के बजाय मानव और प्राणी अस्तित्व का कारण खोजा । इसके लिए विज्ञान का सहारा लिया । इसे ही कहा गया Theory of evolution या विवर्तनवाद का सिद्धांत । यह किसी धर्म तत्व या ब्रह्म तत्व पर आधारित नहीं है । विज्ञान के तिपाये पर टिका है ? निरीक्षण, परीक्षण और विश्लेषण । वैज्ञानिक डारविन का कहना है कि मानव सृष्टि का लक्ष्य नहीं, परिणाम है । वे कहते

हैं – प्रकृति और जीव जगत का आकार, विकार , प्रकार, रूप , रंग के मूल में है – यह विवर्तन की प्रक्रिया । इस प्रक्रिया के मूल हैं : म्यूटेशन (मौलिक जैव परिवर्तन), वेरियेशन (मूल पदार्थ भिन्नता और विस्तार), नेचरल सिलेक्शन (प्राकृतिक प्रक्रिया में दूसरों से अधिक पुष्ट और क्षमता प्रवण) । अंत में अर्थात् सबल का प्रभुत्व विस्तार । जीव जगत बिना विवर्तन प्रक्रिया में मानव सृष्टि संभव नहीं थी । सृष्टि के कारण संयोग या चांस या अकस्मिकता है । इस संयोग को माता–पिता का मिलन 'विवाह' कहते हैं । संयोग से 'क्रोमोसोम' का मिलन है। विवर्तन प्रतिक्षण में प्रति जीवकोष में प्रवाहित हो रहा है । शनैः शनैः। क्रम विकास की विचित्र धारा में हिन्दू धर्म के दशावतार और चौरासी लाख योनि होकर मानव सृष्टि की बात को अवांतर या कोरी कल्पना कह कर उपेक्षा नहीं कर सकते । इस क्रम विकास स्रोत में मानव मस्तिष्क ४०० क्यूबिक सेंटीमिटर से १५०० क्यूबिक बनने में ४० लाख वर्ष लगे । सोचा सृष्टि के शिशुओं में यह मानव शिशु अन्य पशु–पक्षियों की तरह स्वयं कुछ नहीं कर पाता । सिर्फ रो पाता है । पूरी तरह पराश्रयी है । पर यही दुर्बल शिशु दुनिया का सर्वश्रेष्ठ, सर्वशक्तिमान जीवन हो जाता है, कल्पना भी नहीं कर सकते । इस क्रमविकास के पीछे उसके मस्तिष्क की भूमिका प्रमुख है । उसका पुनः विकास, पुनः वर्धन होगा । अवश्य होगा । जीव का क्रमविकास और विनाशधारा सृष्टि का वैचित्र्य है । आगे है ... ओर है ...

६०० करोड़ वर्ष पहले पृथ्वी पर जीव के उत्पन्न होने का अनुमान किया जाता है। जीव के उत्पन्न होने से पहले उद्भिद की सृष्टि हुई। प्राथमिक रूप में शैवाल –सब्ज शैवाल हुये । कालक्रम में उनमें जीवकोष में वृद्धि होकर सब्ज वृक्षलता हुए । बाद में जीव के खाद्य प्रस्तुतकारियों का मंडल फैला । पहले तृणभोजी आये । उद्भिद खाकर शरीर के लिए शक्ति आहरण कर वंश वृद्धि की गई । बाद में परान्नभोगी मांसाशी प्राणी बने । उद्भिद भोजियों का शिकार कर जीये । सरल गति करता गया । आज वसुधा माता की सर्वश्रेष्ठ

संतान मानव है । उसे आये केवल ७० लाख साल हुए । कैसे जाना ? कुछ फासिल और जीवास्म लेकर जिज्ञासा और विश्लेषण कर डारबिन ने जीवोत्पत्ति और विवर्तन प्रक्रिया को पहचाना । विवर्तनवाद के गूढ़ रहस्यों पर प्रकाश डाला ।

यहाँ डा. सिडनी स्मिथ की जीवनी की एक झलक भित्तितत्व याद आ रहे हैं । काहिरा(मिश्र) में डा. सिडनी स्मिथ थे । एक दिन उन्हें डाकिये ने एक पार्सल दिया । उन्होंने पार्सल खोला । उसमें तीन छोटे-छोटे हीड्डिओं के टुकड़े थे । साथ है पुलिस रिपोर्ट । लिखा है - ''एक कूंए का पानी सूख गया । उसमें तीन हड्डियाँ पड़ी थी । कोई जीव मर गया । उसकी हड्डियां हैं । इसे निश्चित करने आप जांच करें ।'' कुछ दिन बाद डा. ने रिपोर्ट बना दी । लिखा था -''२३-२५ उम्र की औरत की हड्डियां हैं । उस की ऊँचाई ५'१'' के बीच है । तीन महीने पहले मरी है । कम से कम एक बार गर्भ धारण किया है । लंगड़ा कर चला करती । घर की शॉटगन की गोली से मरी है । गोली लगने के बाद ७- १० दिन जिन्दा रही ।'' रिपोर्ट पुलिस को बढ़ा देने के बाद पुलिस आफिसर ने जरा विद्रूप में कहा -'' आँख का रंग कैसा था ? अनुमान कर बता सकेंगे ?'' डाक्टर बिना बिचलित हुए कह उठे -'' नीलपीत मिश्रित रंग ।'' डाक्टर रिपोर्ट और दृढ़ ऊत्तर पर पुलिस स्थिर नहीं रह सकी । जांच जोरशोर से चली । उनके विस्मय की सीमा न रही । मिश्र वाली तरुणी तीन महीने पहले अचानक गायब हो गई थी । वह लंगड़ा कर चलती । उसको एक संतान हुई थी । युवती के पिता को गिरफ किया गया । उन्होंने स्वीकार किया बंदूक साफ करते -करते अचानक गोली चल गई । बेटी गंभीर रूप से घायल हो गई । कुछ दिन बाद उसका देहांत हो गया । लाश कूंए में डाल दी । कूंए का ढक्कन बंद कर दिया गया । पुलिस ने डाक्टर से पूछा -''इतना सब कैसे जाना ?'' डाक्टर ने समझाया, ''जानना आसान है । त्रिकास्ति, अस्थि और कटि अस्थि तीनों को देखा उन्हें जोड़ दिया । 'बस्ती' बन गई । उन हड्डियों और बस्ती से पता चला ऊपर क्या है, ऊँचाई कितनी

है, पुरुष है या स्त्री । पता चला पेट में बच्चा था । दो हाड़ों में एक का वजन अधिक था, लगा जरूर लंगड़ी थी । एक हाड़ में गोली रह गई । हाड़ की धार से लगा वह जुड़ जायेगी । जब आपने पूछा –" उसकी आँख का रंग कैस था, मैंने कहा – वह नीला–हलद मिशर था, मिशर देश के लोगों की ऐसी ही होती हैं ?"

एक डाक्टर यदि तीन हड्डियों से सही–सही पता लगा लेता है डारविन के तथ्य सत्य, तो विवर्तवाद जानना नि:संदेह है । फॉसिल बता देते हैं जानोत्पत्ति का रहस्य । क्रमपरिर्वतन का इतिहास । हर जीव अपना इतिहास लिख देता है पत्थर पर । उनके वंशधर परिस्थिति के साथ मेल रखते कुछ परिवर्तन कर गए हैं । प्रकृति एक पर एक जीव पैदा करती रही । पृथ्वी पर वे चल पाये या नहीं । पृथ्वी के गठन, जन्मस्थल, जलवायु, उत्ताप में परिवर्तन के साथ–साथ परिस्थिति को मेल कर सके, या नये जीव की सृष्टि कर सके । जैसे हाथी की सूंढ उसके ऊपरी होंठ के फैलने से बनी । भविष्य में और किसी परिवर्तन की कल्पना बेकार नहीं लगती । हमारे पुराणों में लिखा है कि ब्रह्मा के तीन सिर थे, रावण के दस सिर । इन्हें कवि कल्पना कह सकते हैं । पर भविष्य में एकाधिक मस्तिष्क धारी मानव का वास्तव रूप असंभव नहीं । सृष्टि में कोई स्थिति स्थिर नहीं । सृष्टि के चक्र की चक्राकार प्रक्रिया हर पल चलती रहे । सक्रिय रहे । कल का दृश्य पटल आज बदल जाता है, घूर्णन में कल वह जारी रहेगा । बदलता रहे स्थिति, अवस्थिति । आकार –प्रकार अनन्त काल तक । जीव और जड़ का चित्र–चरित्र,चर –अचर जगत का रूप रंग बदल है । यह निस्संदेह और निश्चित है । शायद कई मन्वन्तर लग जायें । वैज्ञानिक पद्धति में 'प्रकाश वर्ष' निर्धारण करने की तरह मुनियों ने 'मन्वन्तर' समय की दीर्घता मापने को लिखा है ।

१८ निमि – १ काष्ठ
३० काष्ठ – १ कला

३० कला	– १ घड़ी
६० घड़ी	– १ दिन (दिन–रात)
१५ दिन	– १ पक्ष
२ पक्ष	– १ मास
६ मास	– १ अयन
२ अयन	– १ वर्ष
४०३२००० वर्ष	– १ युग
४३२०००० युग	– १ महायुग
७१ महायुग	– १ मन्वन्तर

नूतन इस विश्व का परिवर्तित नक्शा कवि–कल्पना में अंकित हो चुका है । पहले कवि कल्पना करता है । उसका वास्तव रूप या रूपांतर चित्र देखने शायद मन्वन्तर निरूपति वर्षों सौर जगत में अन्यत्र जीवन के संधान में वैज्ञानिक रिसर्च जारी है । मानव की यह जिज्ञासा और सत्यानुसंधानी कामना अनन्त तक चलती रहेगी । अन्वेषण का कभी अंत नहीं होता ।

जीव वैज्ञानिकों का मत है – ये सरीसृप आज के स्तनपायियों के पूर्व वंशधर है –। 'विषामदंती सरीसृप' के देहावशेष से जान पाते हैं । मुँह में चार तरह के दांत और गाल में हाड़ मनुष्य की तरह होते हैं । अगले पिछले पांव का गठन स्तनपायी जीवों के पाद जैसे होते हैं । याने स्तनपायी के पूर्व पुरुष सरीसृप ही थे ।

।२२।

जीव मंगल सप्ताह । उस साल पहले दिन हाथी सफारी का जोरदार उद्‌घाटन उत्सव । उत्सव भरपूर । उत्सव में अतिथियों की पंक्ति में मुझे भी निमंत्रित किया ।

नंदन कानन अधिकारियों के निमंत्रण का स्वागत कर अपनी सहमति भेजी । याद किया खरसेल के साथ अपनी अंतरंग संपृक्ति, नि:स्वार्थ मनोभाव, उसके साथ श्रद्धा –ममता और सेवा भाव ने सबको प्रभावित किया था । वास्तव घटना जो भी हो, यह मेरे लिए परम सौभाग्य की बात थी । पर इस सौभाग्य के संदेश में दुर्भाग्य की बात थी, बेलघर फारेस्ट डिविजन वाले मेरे प्रिय अनुगत सुबल के साथ वर्षों की विछिन्नता – मेरे मन प्राणों को वह इस वक्त बींध रही । अनंत महाकाल के गति पथ में गुम चुकी चौथाई सदी पुरानी स्मृति मन दर्पण में बिंबित हो उठी । आँखों के आगे उद्‌भासित हो उठा सुबल का खिलखिलाता चेहरा ... । विवेक डंस रहा कि जिसका साथ मुझे हर पल अनुप्राणित करता, जंगल जीवन के अनेक संगुप्त रहस्यों का पिटारा, कंध संप्रदाय की कम पढ़ा मेरे आगे खोल कर मेरी जिज्ञासा और जंगल–अनुभूति का समृद्ध करता, इस बीच उसे भूल गया कैसे ? मेरे कर्ममय जीवन की व्यस्तता के बीच संपर्क की कमी मुख्य कारण था । पर मैं स्वयं को क्षमा नहीं दे पा रहा । अपने भाव प्रवण उद्वेलित मन को समझा नहीं पाता । भुतनी हथिनी की मृत्यु के बाद उसकी शिशु संतान शंकर बेटा को डेकन

सर्कस के मालिक ले गए । उसके बाद शंकर का अंधकारमय भविष्य और उसके संघर्षपूर्ण जीवन का इतिहास सुबल कभी नहीं जान सका होगा । मैं तो उसे ले कर एक नूतन पृथ्वी का मानचित्र दे रहा हूँ । मेरी तरह एक वन में फिरता आदमी जंगल विभाग द्वारा आयोजित उत्सव में अतिथि आसन अलंकृत करने निमंत्रण पाकर उल्लसित हो रहा है । पर सुबल ? उसे इन सब की कोई खबर नहीं होगी । जानना भी संभव नहीं । आज खुशी मनाने की इस शुभ घड़ी में उसके प्रिय स्नेहवत्सल शंकर बेटे के बारे में उसे बताना उचित होगा । नैतिक कर्त्तव्यबोध में मन कुछ भारी हो गया । मन की बात करने मन एक और को ढूंढने लगा । इतने वर्ष बाद सुबल को जी भर देखने को मन विकल हो उठा । कोई उपाय न देखा तो उत्सव के दिन से कुछ दिन पहले मेरे पास लिखे पते (सुबल भोई, ग्राम –कुंवारामुंडा, पो. अंबादुला, जि. रायगड़ा) पर मैंने निमंत्रण पत्र के साथ एक चिट्‌ठी लिख भेजी ।

आज प्रतीक्षा का शेष । उत्सव है । बड़े–बड़े अफसर, अधिकारी निमंत्रित हैं। विपुल जन समाज ... कोलाहल भरपूर ... उसमें सुबल कहीं नहीं दिखा । कुछ निराश था । क्यों नहीं आया ? मेरे पत्र की कभी उपेक्षा नहीं करता । मन को समझा लिया – डाक की गलती से चिट्ठी नहीं मिली । सभा मंच पर बैठा था विशिष्ट अतिथि के रूप में निमंत्रित हो कर । पर सुबल नहीं आया । कैसा है ? क्या हाल है ? जीवित है या नहीं ? (आजकल दुर्घटना भरी) बड़े अतिथि केंद्र सरकार के जंगल और परिवेश मंत्री श्री सुदर्शन भोई – रायगड़ा के एमपी थे । स्थानीय सांसद गोलोक मुर्मु के बाद बने थे । पर उस दिन दिल्ली में मौसम ठीक न होने के कारण मंत्रीजी नहीं पहुँच सके । तूफान की संभावन थी । मंच पर उनकी कुर्सी खाली रही । मंत्रीजी की प्रतीक्षा में कार्यक्रम देर से शुरू हुआ । उनके बदले मुख्यमंत्री जी ने दीप जला कर उद्‌घाटन किया ।

सभा चली । जंगल परिवेश मंत्री विलंब से ही सही । दाढ़ी मूंछ वाले नेता मंच पर पहुँच गए । प्रतीक्षा कर रहे कार्यकर्ता खुशी और आनन्द में

भर गए । विलंब के कारण की सूचना देकर क्षमा मांगी । फिर वक्तव्य रखा ।

अंत में उपसंहार की तरह मेरे भाषण की बारी आ गई ।

मैंने कहा–'वन का राजा कौन ? बाघ या हाथी ? यहाँ दो बलवान पशुओं में शक्ति और स्वाभिमान का सवाल है । स्वाभिमान अहं जनित स्वभाव है जिसके प्रति सजीव ही क्यों निर्जीव में भी दिखाई दे, या हिसाब लगाये । इस बारे में 'फूल बड़ा या फल' जैसे जटिल स्वाभिमान के प्रश्न का समाधान किया स्रष्टा विचारपति स्वयं ईश्वर ने । फूल –फल के स्वाभिमान की कहानी कहना उचित लगा ।

एक बार फूल व फल में विवाद पैदा हो गया । फूल बड़ा या फल ? पहले कौन ? सृष्टि के लिए कौन जरूरी ? संसार में किसकी आवश्यकता ज्यादा ? फल ने कहा – मैं विश्व का खाद्य भंडार, स्वयं लक्ष्मी का हूँ आयुध । जीव जगत की भूख मिटाता हूँ । मशीन में फ्यूएल की तरह । मेरे सिवा जीव जी न सकें, भूख में जड़ हो जायें । हाँ, मैं भी बीज को अपने अंदर धारण करता हूँ । संख्या बढ़ाता । संसार में सब जीने हेतु मुझ पर निर्भर रहें । ईश्वर मुझ पर श्रद्धा कर खाते हैं । मैं उनका प्रसाद– उस प्रसाद को सब प्राणी आनन्द पूर्वक खायें । अत: दुनिया के लिए मैं बहुत जरूरी हूँ । पर फूल ने कहा – तुम यदि देह हो तो मैं आत्मा । बिना आत्मा के देह जी नहीं सकता । मैं सौन्दर्य का प्रतीक हूँ । रंग और महक का वाहक, बीज बोने में मेरी सिथति और जरूरत अपरिहार्य है । मेरे बिना वृक्ष रहे नि:संतान, स्थाणु और जड़ पिंड । मुझे ईश्वर ने चाहा है, सब मुझे ले कर उन्हें भक्ति से चढ़ाते हैं । मैं ईश्वर के मस्तक पर शोभा पाता हूँ । तेरा स्थान केवल पेट में है, मुँह में है, मेरा स्थान ऊँचा है, फल का इतना ऊँचा नहीं ।

फूल और फल के कलह में स्वाभिमान का सवाल है । अहंकार का जटिल मुद्दा है । कौन बड़ा, कौन छोटा है ? कौन पहले, कौन है पीछे ? कौन मुख्य ? कौन गौण ? कौन आदरणीय , कौन वर्जनीय ? पर समाधान ?

किसी विवाद में फैसले के लिए विचारपति जरूरी है । दोनों पक्ष उनकी राय मानते हैं । पर न्याय देने वाला निरपेक्ष हो । यहाँ न्यायपति कौन हो? वादी और प्रतिवादी दोनों सम्मत हों चुनने के लिए । अतः दोनों ने तय किया समाधान के लिए सृष्टिकर्ता ही निर्भरयोग्य विचारपति हों । चलें वहाँ प्रस्तुत करें । पर कैसे ? दोनों राजी । पास में घने वन से घिरी पर्वतमाला के शिखर पर बहु पुराना शिवालय है । पता नहीं किस युग से है । रात बीतते एक फूल और फल दोनों शिव के चरणों में रख आयें । ईश्वर का जो आदरणीय है, वे उसे ग्रहण करेंगे, वही बड़ा माना जायेगा । अगले दिन पौढ़ खुलने पर राय मालूम होगी ।

दोनों ने वैसे ही कार्य किया । शुद्धपूत मन से एक फल और एक फूल ईश्वर के चरणों में रखा । पट बंद किये । अगले दिन द्वार खुलेंगे । रात भर दिलथाम कर प्रतीक्षा की । पट खुले । दोनों ने प्रवेश कर देखा–जहाँ फूल-फल रखे, जगह खाली है । न फूल है और न फल है । तो दोनों को ईश्वर ने ग्रहण कर लिया । दोनों ईश्वर को ग्रहणीय हैं । प्रश्न अधूरा रहा । फूल–फल का अहं वाला विवाद वैसे ही रहा । फिर फूल–फल गए कहाँ ? एक को ईश्वर लेते तो दूसरा वहाँ होता । फूल होता तो मस्तक पर रहता, फल होता तो कुछ प्रसाद स्वरूप भक्तों के लिए होता !

पर असल बात थी – खिड़की की राह फूल हवा में उड़ गया । मंदिर में चूहों की कमी नहीं । चोर चूहा फल लेकर बाहर भाग गया । उसे खाया, फिर बीज जमीं पर फेंक दिया । उससे जन्मा एक पेड़ । मौसम बदला । उसमें बीज से अंकुर, क्रमशः पौधा फिर पेड़ ! हरे भरे पत्ते, सुन्दर यौवन भरा पेड़ । उस हरेभरे पेड़ पर जितने पक्षी घोंसला बनाते, आशा लिये होते, पशु-पक्षियों के शावकों की काकलि, हर्ष – उल्लास के परिवेश में हुलस उठे । पर स्वास्थ्यवती वृक्ष –तरुणी का दुःख कौन समझे ? पूर्ण यौवन लावण्य होते हुए भी फूल लगें, झर जायें, अकाल में मां के पेट से गर्भ गिरने की तरह । वह यों निष्फला वृक्ष ही रहेगा ?

निसंतान अभिशाप की ज्वाला कितनी मर्मन्तुद पीड़ादायी यह नारी ही समझ पाये । उसका जीवन असफल, असार, मूल्यहीन है । एक गहरी , हताशा में समय बिताती मंदिर की दीवार । दीवार के पास वह वृक्ष तरुणी । कितनी विकल हो ठाकुरजी से प्रार्थना की थी, वंश चलाने के लिए, मां बनने की आशा और अभिप्राय से । कितना निवेदन ! इस बांझ जीवन से मुक्ति के लिए ईश्वर को बता रही । वर्ष दर वर्ष कई वर्ष बीत गए ।

ऐसे में एक दिन । दुपहर में । जब मृदु -मंद मलय बह रहा था । हवा में बसंत; चारों ओर काकलि । ऐसे सिहरते दिन में स्थान, कांप उठा । अभिनव सिरहरण में वृक्ष हुलस उठा । कैसा स्वर्गीय आनन्द ! सर्वांग में अमृत स्पर्श । किसने बहा दी यह संजीवनी । यह स्त्री -पुरुष मिलन का अमृत रस है । संगम का अपूर्व क्षण, जिसके लिए वर्षों से व्याकुल थी । कौन है वह इस पीयूष देवदुर्लभ का वाहक ? उसे कोटि प्रणाम ! कोटि दीर्घायु हो !

यहाँ शरत के अंत में हर वर्ष बसंत आने पर होता है बसंत मेला। बसंती प्रकृति के मनलोभी परिवेश में वन मुखरित हो उठता है। दूर-दूर से श्रद्धालु भक्तों के रेले आते हैं पर्वत शिखर पर। यहाँ यह मंदिर पता नहीं किस युग से विराज रहा । धूप, घंट, घंटी, हरिबोल हुलुध्वनि , खोल, गिनी, पिपिहरी आदि की ध्वनि में इलाका भर जाता है । षोड़श उपचार, पूजा में प्रांगण भर जाता है । नाना फूल-फलों की महक चारों ओर भर जाती है । मधुप आकर्षित होकर फूलों पर बैठते, आकंठ मधुपान कर फिर उड़ आते हैं पास के वृक्ष की डाल पर । ऐसे भंवरे ठाकुर को अर्पित फूलों से मधुपान कर आकर बैठे इस वृक्ष पर । कली उझस रही थी डाल पर । बैठा खिले फूल पर । जी भर मधु पीया । प्रतिदान में परागर के अणु बिखेरे फूल पर । वे रेणु उसके पांव में लगे थे । दूसरे फूल से मधु पीते समय । पराग रेणु का स्पर्श सर्वांग में फैला वृक्ष के ।

एक परिपूर्णता की तरंग में भर उठा हृदय । हर साल उसमें फूल आते, पर झर जाते हैं । पेट झरने की तरह । स्वपराग संगम सफल नहीं होता उसके लिए । पर पर पराग संगम में होता है उतना उन्माद । सचमुच ! गर्भ धारण के इस पवित्र लग्न में अनुभवी ही इसको जान पाता है । वर्णनातीत है यह अनुभव ।

आज वृक्ष का निष्फल जीवन सफलता के द्वार देश पर पहुँच रहा है । वह माँ बनने जा रही । कुछ दिन बाद नवागत के स्वर में जच्चाघर भर जायेगा । उसका पहला फल उस मंदिर में पूजित हर हर महादेव को अर्पण कर मान करता है वृक्ष । उद्ग्रीव हो देखा उस शुभ दिन को ।

आनन्द का दिन आ गया । वृक्ष फल-फूल से लद गया । भक्ति गद्गद । श्रद्धा में भरे नयनों से पहले पके फल को लेकर दौड़ा मंदिर के अंदर । अर्घ्य स्वरूप अर्पण किया ईश्वर को । हे प्रभु ! पुष्प रेणु बिना फल पाना असंभव है । फल बिना पुष्प का अस्तित्व सोच भी नहीं सकते । ईश्वर ने प्रसन्न हो कर कहा –''फूल और फल का संबंध बहुत गहरा है । दोनों एक अविछिन्न एक-दूसरे के परिपूरक, एक सिक्के के दो पार्श्व की तरह हैं। वे शरीर को खून में लाल और सफेद रक्त कणिकाओं की तरह हैं । पर भूमिका भिन्न-भिन्न है । सृष्टि प्रक्रिया को अनंत काल तक क्रियाशील और वंश विस्तार के लिए जीव जगत में फूल और फलों की अपरिहार्य भूमिका है । बिना फूल-फल के जगत में जड़ पिंड बन जायेगा। जिस फूल से फल आत्मप्रकाश करता है, उसे सदा सिर पर रखूं । मैं खुश होऊंगा । उसी दिन से दाड़िम फल सदा फूल को सिर पर रखा है । वह फल ईश्वर को बहुत प्रिय है । वृंतच्युत हो कर भी जो पकाफल फुल को सिर पर रखता है, उसे ईश्वर बहुत चाहते हैं।

इस तरह स्वयं ईश्वर ने फल और फूल के विवाद का समाधान किया ।

''वैसे ही वन में 'राजा कौन हाथी या बाघ'? उस की शक्ति और

स्वाभिमान की लड़ाई मानना होगा ।

बाघ कहता है – मैं बलवान हूँ । मेरे पंजे में ताकत है । गाय – भैंस जैसे जीवों की एक थप्पड़ में गर्दन तोड़ दूं ! घसीट – घसीट कर मीलों ले जाऊँ !

हाथी कहता है–मैं स्थल भाग का सब से बड़ा प्राणी ! मेरा वजन पांच टन ! तुम से बलवान हूँ । मनों वजन की चीज दांत से उठा कर सूंढ से लपेट जितनी दूर कहो ले जाऊँ । तुम ले सकोगे ?

बाघ–पर राजा होने के लिए खड़ग –सा तीक्ष्ण हथियार चाहिए । दांत मेरे तीक्ष्ण हैं । मेरा मुँह कितना बड़ा ! मेरे नाखून कितने पैने हैं ! किसी प्राणी को मार

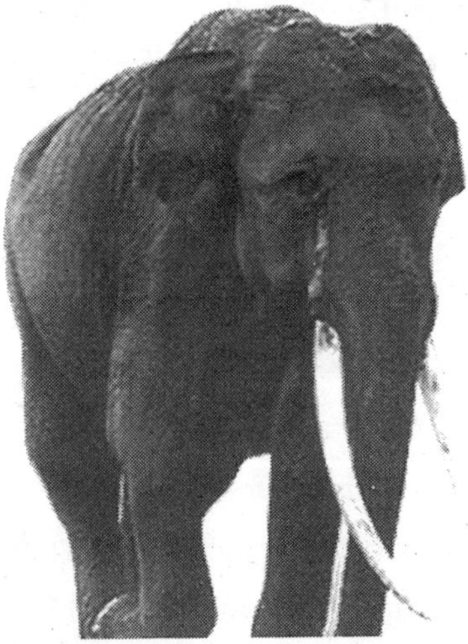

WHO IS THE KING OF FOREST?

कर छिन्न–भिन्न कर उसका खून पी जाऊँ ! मांस को खा कर डकार लूं ।

हाथी – मेरे भी कई अस्त्र हैं । दस फुटे दो दांत कितने मजबूत । जो उन में फंसे, छूट न सके । मौत का फंदा समझ लो । संडासी दांत भौंक कर किसी जीव को ओर उसे सूंढ में लपेट कर चूर–चूर कर डालूं । तुम सकोगे ?

बाघ – राजा के लिए रूप, सौन्दर्य, ठानि, राजकीय पोशाक चाहिये ।

देखो रंग, देह का रूप ! रेशमी –सी देह चक–चक कर रही । सारी देह पर पट्टेदार सुन्दर चादर, लाल–चमकीले चमड़े पर काले पट्टे, देख कितने सुन्दर दिखते ! सफेद बाघ देखा ?वह तो और भी कमनीय ! तू विराट, विशाल है । काला –कलूटा देखने में, बेडौल ! मैं पीतल की हंडी तो तू माटी की काली हंडी ? कहाँ पीतल और कहाँ माटी की हंडी !

हाथी–रूप–रंग तेरा है, गुण बिना सब असार है । कोयल काली, पर मधुर कूक में सबको मोह लेती है । कौवे–सी कर्कश तेरी दहाड़! मेरा स्वर मधुर ! मैं सुर दे कर तुरी बजाता हूँ । तू धांव–धांव कर ढोल पीटता । ढोल या तुरी ! किसका स्वर मधुर ? मधुरालापी आदर पाता है । कर्कशी तो घृणा पैदा करता है और पता है–मैं भी सफेद हाथी होता हूँ । श्याम (थाइलैंड) के सफेद हाथी का नाम नहीं सुना ?

बाघ – मुझ से हर प्राणी डरता है । क्यों कि वे मेरे खाद्य हैं । मैं खादक । जिसमें भय दिखाने की शक्ति नहीं, वह राजशासन कैसे करेगा? प्रजा सिर पर चढ़ेगी। अत: राजसिंहासन का अधिकारी हूँ। जगंल का राजा । तू औरों की तरह प्रजा और सेवक मात्र है।

हाथी – केवल तलवार के बल शासन होता है ? राजा को दयालु, क्षमाशील, श्रद्धावान और प्रजावत्सल बनना पड़ता है । मैं सब जीवों के प्रति श्रद्धा रखता हूँ । किसी की हत्या नहीं करता, किसी का मांस नहीं खाता । एकदम शाकाहारी हूँ । निरामिष ! घास–पात, फल–मूल खाता हूँ । परोपकारी हूँ । ईश्वर ने शरीर विशाल दिया, चमड़ा मोटा किया क्योंकि घने कांटेदार वन लता में घुस कर मैं जा पाता, किसी की परवाह नहीं करता, सब के लिए राह बन जाती है । मैं पथ पदर्शक ! और विशाल कान ! किसी के हैं इतने बड़े कान ? कोसों दूर से मैं सूक्ष्म स्वर सुन पाता हूँ । विपद का मैं पूर्वाभास भी देकर लोगों को सर्तक कर देता हूँ । पर तेरी तो आदत चोरी की है, दुष्ट बुद्धि है, हीन प्रवृत्ति है । छुपे –छुपे दबे–दबे जा कर जीव मारता है । गुहाल में से बकरी, भेड़, गाय, –बछड़ा खींच लेता है, वध कर देता है । मेरे बच्चों पर तेरी नजर ज्यादा । पर मुझे तेरे बच्चों पर जरा भी लोभ नहीं । मैं तेरी तरह रक्तमुखी नहीं । शांतिप्रेमी हूँ । ‘‘सर्वे भवन्तु

सुखिन, सर्वे संतु निरामया''– यही मेरी नीति है । इनमें कौन गुण है तुझ में ? अत: राजा होने के एकदम अयोग्य है । चोर, डाकू राजा हों, शासन चलेगा ?

बाघ – तू तृणभोजी पशु हो । घास मे क्या है ? मांसेन बर्धते बलं । बलबिना राजा होना सम्भब नही । घास खाकर तुम लोगों शरीर में रक्त मांस पैदा करते हैं । ऐसे जीवोकों खा कर हम बलवान वनचुके है ।

हाथी– स्तनपायी जीव देह में दूध पैदा करे । दूध है निरामिष । वह अमृत समान है । दूध और रक्त में फर्क है रंग का । उसे खा कर हर जीव जीता है । तुम जन्म होते ही दूध पी कर बचे । बाद में दूध छोड़ कर मांस खाया । धर्म ही छोड़ा । पर मैं अमृत सम खाद्य खाता हूँ । अमृत की संतान! जन्म से निरामिष खाद्य । पर तुम अमृत छोड़ कर विष खाने लगते हो । तभी तेरी आयु कितनी ? २०–२५ वर्ष । ज्यादा से ज्यादा ३० वर्ष है । अल्पायु हो । मेरी आयु १०० के आसपास । शतायु होता हूँ । मैं डाल–पात खाता हूँ । पर वे पेड़ मेरा स्वागत करते हैं । गाय जैसे दूध देते समय माँ की तरह अनुभव करती है । डाल पात खाते समय पेड़ की कोई क्षति नहीं करता । फिर गाय के दूध हो जाने की तरह डाल–पात से भर उठता है पेड़ । पर तू जिस मुँह से मारता है, उसका जीवन ही खत्म कर देता है । कितना नृशंस है । वह तो एक दम लोप हो जाता है संसार से । पर मैं हितकारी, धर्मवीर ! जगत में देव प्रकृति वाले धर्मवीर शासक हैं । धर्महीन, मांस लोभी तो ध्वंस हो जाते हैं । नृशंस कब तक बचेंगे ।

बाघ – तेरी भावुकता का कोई मोल नहीं । यह दुनिया यथार्थ को देखती है । सृष्टि का नियम है जोर जिसका मुलक उसका । मेरा जोर है, मैं राजा, सिंहासन का अधिकारी हूँ । 'जोर' का दूसरा नाम है खड्ग । खड्ग से शासन चलता है । प्रजा घृणा करना या प्रेम करना बेकार है, कोई मतलब नहीं ।

हाथी – प्रजा तेरा नियम तोड़ देगी । युग अब बदला है, वह विद्रोह कर तुझे गद्दी से हटा देगी । अब राजा अपने हाथ से सिंहासन का अधिकारी चुनेगी । तुझे कोई नहीं चुनने वाला । क्योंकि तु' सबका घृण्य है, शत्रु है, रक्तमुखा है । पर जब कि मैं सबका श्रद्धा भाजन, मित्र, शांति प्रिय हूँ । मेरा

चुना जाना निश्चित है ।

बाघ-हाथी के तर्क और कलह, वाद-विवाद में अंतिम सिद्धांत नहीं निकल सका । जंगल के राजा का फैसला नहीं हो सका। पर समय बीता। सब ने अनुभव किया कि यह विवाद फालतू है। अतः समझौते के कागज पर हस्ताक्षर किये । क्योंकि राजा होने के लिए जो राज्य चाहिए, वह अब नहीं रहा । न निवास स्थल, न चरने की जगह। वन के हम दोनों बलवान पशु खतरे में हैं। हमारा शत्रु मानव है। वन के राजा पद के लिए विवाद न कर जबरन दखल करने वाले मानव के विरुद्ध संग्राम के लिए समझौता करें । वरना राजा नहीं, हम स्वयं निश्चिन्ह हो जायेंगे।

दोनों सहमत हुए, जी कर मरने की बजाय मर कर जीना बेहतर है । हम मरण को वरण करेंगे मिल कर युद्ध करेंगे । वन -विप्लव में भाग लें । बुद्धिमान मानव के पास है बंदूक, हथियार । फिर भी हम लड़ेंगे -मरेंगे । पशु समाज के लिए शहीद होना है -

उस दिन से हाथी और बाघ तथा हिंस्र जंतु समूह बस्ती की ओर बढ़ते हैं। आक्रमण और संग्राम जारी है, मानव हत्या की है उन्होंने :

मित्रो, आज स्थल भाग का यह सबसे बड़ा प्राणी, सर्वशुचि का सूचक, मंगल का प्रतीक, सपने में भी दिख जाये तो आनन्द मंगल का सूचक होता है । प्रकृति प्रेमी, चिंताविदों, प्राणी मित्रों को हाथी की विपदमुखी अवस्था देखकर बहुत चिंतित कर दिया है । जंगल घटने जा रहे, अन्य वनप्राणियों की तरह हाथी भी इधर उधर भटक रहे हैं । घास-पात खाने वाले इन हाथियों को उनके वासस्थल और खाद्य की खोज में पागल कर डाला । पहले की तरह उनके वृक्ष भरे वास को उपेक्षित कर दिया । जो जंगल थे, सब नृशंसतापूर्वक काट डाले । बची -खुची जगहों पर न उनके लिए घास-पात, पेड़-पौधे या पानी के जलाशय हैं । आज की दशा है 'नदी में नहीं माछ, बन में नहीं गाछ' । यह समस्या क्रमशः उत्कट हो रही है । आगे और उत्कट होने जा रही है । पृथ्वी क्रमशः निष्ठुर, पांडुर मरुभूमि होने जा रही । मानव सभ्यता आज दो राहे पर खड़ी । एक हाथ में विज्ञान और तकनीकी विकास है, दूसरी

चंदका का दुष्ट हाथी को हमारे शीकारी दोस्त आर्त्त बक्सी ने मारा

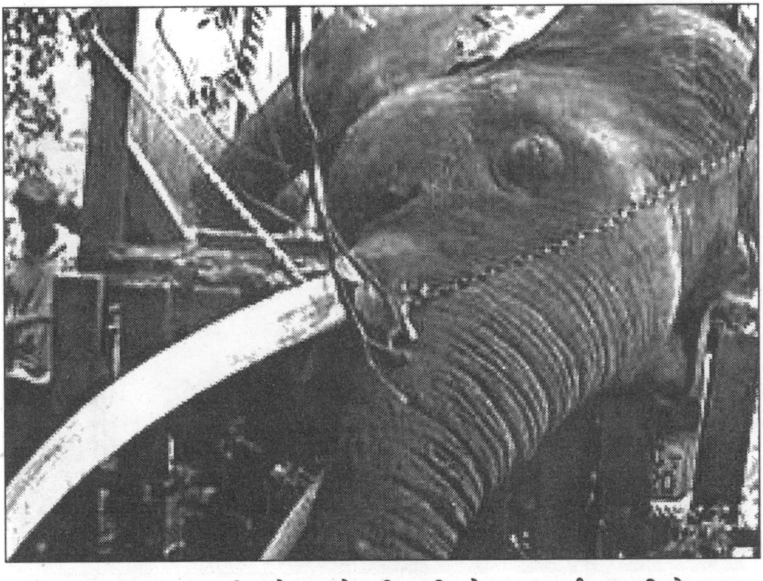

चंदका का दुष्ट हाथी को हमारे शीकारी दोस्त आर्त्त बक्सी ने मारा

आदमी भक्षक बाघ को आर्त्त बक्सी ने १० नवंबर, १९८७ में मारा

आदमी भक्षक चिता बाघ को ४ अगष्ट, १९८८ में मारा

ओर प्राकृतिक परिवेश एवं वन प्राणियों का विनाश है । आदमी के लिए ठीक रास्ता निर्णय करना कठिन हो रहा है । हाथी ही क्यों, अन्य प्राणी भी शहराभिमुखी हो कर बस्ती की ओर चल रहे हैं । जाने को बाध्य हैं । एक ओर सभ्य जग के लोग उसकी संख्या बढ़ाने के लिए गहरी चिंता व्यक्त करते हैं, दूसरी ओर उनके खाद्य वास की विकल्प -व्यंवस्था चिंता का विषय हो उठी है । दुनिया भर के प्राणी सुरक्षा संगठन आशु योजना बना रहे हैं । वन प्राणीयों के लिए अभयारण्य के लिए योजना बना रहे । पर सिर्फ अभयारण्य या निर्दिष्ट सीमा रेखा खींच या चिन्हित करना स्थायी समाधान नहीं । जनसंख्या बढ़ रही, मानव शक्ति, सृजन और ज्ञान कौशल से आकाश में अट्टालिका बना सकेगा । बिल्डर युग आ गया, गगनचुंबी अपार्टमेंट तेजी से बनाने लगे । आकाश कक्ष पर मल्टीप्लेक्स कंक्रीट ग्राम की योजना बन रही । इन वन प्राणियों के लिए ? समस्या मुँह बाये है । मानव - जीवों के बीच संघर्ष लगा रहेगा । पेट के लिए प्राणबलि देते रहेंगे वन जीव । लगता है ऐसी सफारी और चिड़ियाघर ही इनके अभ्यारण्य रह जायेगे । विचित्रतापूर्ण पृथ्वी पर अनेक खरसेल जन्मेंगे, मरेंगे । खरसेल बलवान, शक्तिवान, बुद्धिमान पशु है । उसका जीवन चरित्र प्राणी पृष्ठ का एक परिच्छेद भर बन कर रहेगा ।

धन्यवाद !''

जीवन-मृत्यु की इस लड़ाई में खरसेल अर्थात् शंकर बेटा, शायद मेरा पोष्य संतान । अद्भुत इस समावेश में सफारी के बीच उसका चेहरा देखता रहा । सोच रहा था - कल की दुनिया उसके लिए कैसा रूप, रंग लेकर आयेगी, और उसके उत्तराधिकारी के लिए इस पृथ्वी की हरियाली, सांवलापन, प्रकाश, हवा, पानी और शांत -सुन्दर -शुद्ध निर्मल परिवेश रहेगा या स्वप्न बन जायेगा ?

मेरे भाषण के अंत में श्रोताओं ने खूब तालियाँ और हर्षोल्लास व्यक्त

किया। राष्ट्रगान के समय सब खड़े हो गए, उन तालियों से लगा सबने मेरे भाषण का आंतरिक स्वागत किया है। सभामंच से साधुबाबा भक्त-शिष्यों को हाथ ऊँचे कर आशीष देने की तरह मेरे हाथ स्वत: ऊपर उठ गए, ठीक तभी खादी पोशाक, गांधी टोपी में दाढ़ी, मूंछ वाले मंत्रीजी श्री सुदर्शन ने मेरे पांव छूकर आशीष मांगी ।

कहा–“मैं सुबल, मोहन साहब! आपका वह सुबल भोई! आप मेरे गुरु! गुरु ब्रह्मा गुरु विष्णु ! गुरु की विभूति जैसे हैं । विदा के समय आपने कहा था – सुबल , तुम्हारी भलमनसाहत स्वच्छता और सेवा मनोभाव तुम्हें एक दिन खूब ऊँचे ले जायेगा । मंगल होगा तेरा..... आपके उसी आशीर्वाद ने मुझे इस स्तर पर पहुँचा दिया – मोहन साहब ! आपकी जीवन चर्या और चेतनोद्दीपक भाषण ने मुझे उद्‌बुद्ध किया ....”

सुबल का रूपांतरित रूप देख मेरे मन में कैसी भावना हुई, कानों में क्या सुन रहा, विश्वास नहीं हो रहा । मैं स्तब्ध खड़ा रहा । उपस्थित अतिथि एवं अन्य लोग अजीब नाटकीय दृश्य देखने की तरह चकित हो रहे ! एक दूसरे को प्रश्नवाची ढंग में देखने लगे ।

मुझे याद आया पच्चीस वर्ष पहले का वह दृश्य । रायगड़ा छोड़ रहा था, सुबल की आँखें भर आयी । अतीत में उसे दफ्तर में अधीनस्थ कर्मचारी का प्रस्ताव कई बार दिया । पर कभी राजी नहीं हुआ । संप्रदाय के लोगों की सेवा, सहायता, सामाजिक, सांस्कृतिक पर्व-त्यौहार की असुविधा दर्शा कर नौकरी से वह बचता रहा । इन २५ वर्षों में इतना परिवर्तन ? इतना ऊपर उठ गया ? इसका रहस्य ? इस परिस्थिति में कुछ पूछने -जानने का समय न था । संभव भी न था ।

सभा का परवर्ती कार्यक्रम था मंत्रीजी खरसेल की पीठ पर बैठ सुन्दर सफारी का परिदर्शन करें । रवीन्द्र ने हाथी पर बैठ उसे घुटनों के बल झुका कर प्रणाम किया । मंत्रीजी के निमंत्रण पर मैं भी उनके साथ हाथी पर बैठा । महावत

रवीन्द्र से परिचय करा कर कहा –"मंत्रीजी, खरसेल कैसा लगता है ?"

वास्तव सत्य को छुपाना संभव न था । दबी मुस्कान में मैंने कहा – "यह खरसेल नहीं है । आपकी भुतनी हाथी की संतान ...शंकर..."

मंत्रीजी की मानसिक प्रतिक्रिया पर ध्यान था – आदमी दुखद खबर पर मूक हो जाता है, सुखद संवाद पर भी जड़ हो जाता है । मेरे मुँह से ऐसी अभूतपूर्व खबर सुन स्तब्ध रह गए । अपना पद ही भूल कर मुँह बाये रहे । चीख उठे – हमारा शंकर बेटा ! शंकर बेटा !! हौदे पर से हाथ बढ़ा खूब विभोर, आल्हाद और प्रफुल्लित हो उठे । हृदय के उल्लासानंद का हिसाब नहीं । अनजान आनन्द में वे विभोर हो उठे । "पशु श्रेष्ठ" कह कर मुझे कृतज्ञता जता रहे थे । शाबासी दे कर कहा – जैसे कभी जंगल में सुबल को मैं वाहवाही दिया करता था – थपथपाना चाह कर भी थपथपा नहीं रहे । मुझे लगा साहस नहीं होता । पर गांधीटोपी वाले अपने दाढ़ी–मूंछ वाले चेहरे को कुछ क्षण मेरी छाती में रखा । मैं तृप्त हो रहा था । हम तीनों त्रिवेणी मिलन की तरह संगम में आनन्द अनुभव भर रहे थे ।

दोपहर के भोजन का समय हो रहा था । समय कम था । मंत्रीजी के लिए राजभवन में व्यवस्था थी । उन्होंने साथ चलने का अनुरोध किया । गया । अन्यों के साथ लंच में मैं भी था ।

हाथ में समय कम। ठीक छः बजे की फ्लाइट से दिल्ली लौटना था। हम पास–पास भोजन पर बैठे। लंबी चौथाई सदी के बाद अपनी बात कहने का समय नहीं पा रहे । दोपहर ढल रही। राजभवन की आकर्षक डाइनिंग टेबुल पर लंच था । लंबे कई तरह के व्यंजन थे । हम दोनों निरामिषासी थे। टेबुल से आमिष हटा दिया ।

संक्षेप में मंत्रीजी ने कहा–"आपके परामर्श के अनुसार गांधीवादी गोलोक मुर्मू ने "गजलक्ष्मी' हाथी की प्रतिष्ठा की । वे इलाके की सर्वांगीन उन्नति में नियोजित थे। विशिष्ट स्वाधीनता संग्रामी, आदर्शवादी, सच्चे

समाजसेवी, पूरे अहिंसा नीति के अनुगामी । जीभ पर अमृत, मीठा बोलते । शत्रु को भी मित्र कर लेते जादू के बल पर । वे इलाके में शुरू से द्वितीय गांधी के नाम से विख्यात थे । पिछले चुनावों में जनता की मांग पर उतरे । काफी बड़ी मार्जिन से जीते। उनके उपदेश परामर्श से मैंने प्राइवेट परीक्षा दी। सर्वोच्च अंक रख बीए पास किया। बेस्ट ग्रेजुएट का सर्टिफिकेट मिला । गोलोक मुर्मू केंद्र में जंगल और परिवेश मंत्री बने । वे बीमार पड़े । फेंफड़े की जटिल बीमारी होने से एम्स में भरती हुए । छः महीने रखा । फिर आइसीयू में रखा गया । डायलीसिस । ८२ वर्ष । महीने भर कोमा में रहे । मैं सदा पास में था । केवल संसद अधिवेशन को छोड़ कर । पिछले साल डाक्टर की पूरी कोशिशों के बावजूद बचा नहीं सके । उनकी 'विल' के अनुसार अंतिम संस्कार निराडंबर भाव से किया गया । उनके उपयुक्त दायाद के रूप में जनता ने मुझे उपचुनाव में खड़ा किया । इलाके वाले कहते 'सुबल !' पर सर्टिफिकेट में मेरा नाम है सुदर्शन भोई !

कुछ दिन में सांसद के रूप में सच्चाई, दक्षता, निर्भीकता, गोलोक की विल के आधार पर केंद्र में मेरी इज्जत थी । सरकार ने कुछ दिन जंगल व परिवेश विभाग की जिम्मेदारी सौंप दी । वन, वन्यप्राणि, परिवेश के लिए मैं उत्सर्गीकृत हूँ । संकल्पबद्ध हूँ । देश की जनता, आदिवासी शिक्षा, संस्कार तथा आर्थिक उन्नति मेरे जीवन का लक्ष्य है । पर ...

मंत्री को विदा देने मैं भी एयरपोर्ट पहुँचा । विदा के समय कहा – ''मोहन साहब ! हर साल शरदपूर्णिमा के दिन अंबादुला में गजलक्ष्मी पूजा पूरे ठाठ बाट से होती है । अब की शंकर बेटा और आप उत्सव के मुख्य अतिथि होंगे –अभी से निमंत्रण रहा । अतीत को याद रखना सा'ब । हमारे 'पौषपर्व' में आप कितनी बार मुख्य अतिथि बने हैं । हाँ, लोकप्रिय गोलोक मुर्मू के इलाके का दायित्व लेने के बाद पोढ़ पर्व में अब पोढ़(भैसे) की बलि नहीं होती । पशुबलि बंद, लोग ठर्रे से लगभग दूर हो गए । जो शराब छोड़ता है, उन्हें थम्सअप –फ्रूटी, कोकाकोला की बोतलें मुफ्त दी जाती हैं । सांसद

के लैडफंड को विशेष कर उनकी उन्नति में खर्च किया जाता है । आपने उस दिन इलाके को अहिंसा उपत्यका में बदलने की बात कही थी ।

एयरपोर्ट पर हाथ हिला कर मंत्रीजी श्रीसुदर्शन को विदा दे रहे थे । मैं क्वार्टर लौट आया । मन के आईने में उस दिन के सुबल से मंत्री सुदर्शन का चित्र झलक रहा था। चाकर से चक्रवर्ती होने में क्रम-आहोरण का उदाहरण भारतीय इतिहास में विरल नहीं । हमारे सांस्कृतिक राजनैतिक इतिहास में भी यह लिपिबद्ध है प्रमाण स्वरूप । भावुकता में जैसे अनमना हो उठा । इस क्षण....रोमंथन कर रहा था जाति का सुनहरे इतिहास के महत्वपूर्ण अध्याय को पुरी गजपति महाराज के शासन -इतिहास की नजीर 'मादलापांजी' (पृ.४१) और एन. हंटर की "Antiquities of Orissa" एक ज्वलंत उदाहरण है । गजपति अनंगभीम देव के बाद मितभानु देव सिंहासन पर बैठे और साढ़े तेईस वर्ष शासन किया । पर वे नि:संतान। अत: श्रीजगन्नाथ जी को उत्तराधिकारी के लिए प्रार्थना की । श्रीजगन्नाथ ने स्वप्नाज्ञा दी- 'कल दरशन के समय बिंमलाई के आगे खप्पर को कुरेदता होगा, तुम्हें देख वह भाग जायेगा, यही बता रहा ।'' अगले दिन बिंबलाई के आगे डर से भाग गया होगा उसे देख महाराज बोले-''तुम कैसे आदमी हो'' । हम सूर्यवंशी कपिल रावत हैं।'' यहाँ राजा बोले हमारे पास चलकर रहो'' उसे लेकर महारानी से कहा -''इन्हें ठाकुरजी की आज्ञा हुई है!'' कपिल पहले ब्राह्मण के घर गाय-बछिया चराता था। एक दिन पेड़ के नीचे वह सो गया । चेहरे पर धूप पड़ रही थी। नाग ने फन फैला कर छाया कर दी। यह बात साथी काशिया ने देखी। बोला तू राजा बनेगा। इसके बाद कपिल ने काशिया ब्राह्मण की गाय चराना छोड़ दिया। फिर वह 'तेरटिया' आवारा के साथ पुरुषोत्तमक्षेत्र में इधर-उधर भिखारी की तरह भटकता फिरा। बिंबलाई मंदिर के सामने कपिल गुड़ का टुकड़ा तोड़ते-तोड़ते महाराज ने देखा और उसे ले गए। यह सुन कर ब्राह्मण ने आँख फाड़ कर कहा -''महाराज ! उस पेड़ के नीचे सोते समय नाग ने फ़न उठा उसके चेहरे को छाया दी थी। यह राजा होने के योग्य है।'' अब बिंब

विलंब के इसे प्रभु श्रीजगन्नाथ का आदेश मान कर महाराज ने उसे 'भ्रमरवर' उपाधि दी। उस दिन से वह बड़ा हो कर कपिलेंद्र देव नाम से सिंहासन आरोहण किया। गंग वंश के बाद कपिलेंद्र देव सूर्यवंश के होने के कारण, उस दिन से सूर्यवंश का शासन स्थापित होने की बात इतिहास कहता है। गजपति कपिलेंद्र देव कम पराक्रमी नहीं थे। उनके पुत्र पुरुषोत्तमदेव भी पराक्रमी थे। गंगा से गोदावरी तक विस्तृत था गजपति का साम्राज्य।

नियति का नियम और भाग्य की भाषा ऐसे ही विचित्र और अबोध्य होती है कई बार । आज जो सिंहासन पर है, कल वह हो जाता है फकीर ! कल का फकीर आज सिंहासन पर होता है ।

कपिल से कपिलेंद्र ... सुबल से सुदर्शन होता है । सामान्य से असामान्य, साधारण से असाधारण, ससीम से असीम । यह सिर्फ भाग्य का खेल है । समय की धारा है । समय कभी स्थिर जड़ नहीं रहता । सागर में ज्वार–भाटे की तरह इतिहास का स्रोत कभी तेज तो कभी मंथर होता है । यह उत्थान –पतन की धारा चिरंतन रीति है । समय के आवर्तन में सुबल के सिर पर कलश उंडेला । कभी अगाध जल से भगवान विष्णु गजेन्द्र को जल राक्षस कुंभीर के मुँह से उद्धार कर सके । वे ही परम करुणिक आज सुबल पर दया कर रहे हैं । अतीत में भुतनी हथिनी को गहरे गड्ढे से उद्धार किया था । उसकी गजोद्धार भूमिका और हाथी प्रीति के प्रतिदान स्वरूप उसके मस्तक पर हाथी ने जलकलश उंडेला और वह राजा बन गया । अतीत का मेरा जंगल गाइड, कवि, गीतिकार, कलाकार, युवक अब है राजा सुदर्शन, – आज के गणतंत्र शासन में केंद्रीय मंत्री सुदर्शन राजा नहीं तो क्या है ? बहुत खुशी हुई । मुझे परम आत्म संतोष हुआ । युवक –सुबल उर्फ सुदर्शन यशस्वी बनें – दीर्घ जीवी बनें । आज के युग में लोग सुबल की क्रमोन्नति में आदर्श जीवन से कुछ सीखें । सुबल से सुदर्शन ... यह जीवन धारा कितनी प्रखर, कितनी उज्वल है । कितनी भास्वर है ... मन ही मन विस्मित हो रहा था मैं । इतनी दूर लंब्री है वह प्रकाश रेखा । मेरे स्वप्न विलासी मन में एक

गहरे आशावाद की झलक मानो लहरा रही है । अहिंसा के अवतार और सत्य के पुजारी जाति के जनक महात्मा गांधी की कल्पना के रामराज्य का अनपहुँच इलाका कितनी दूर है ? मिस्टर खरसेल के जीवन वृत्तांत को उपसंहारी तूलिका स्पर्श दे रही थी । गांधी के तीन बंदर की कहानी । जो मेरी आँखों के सामने तैर जाती थी ।

।२३।

खरसेल उर्फ शंकर बेटा आज उन्नति कर गया । प्रसिद्ध हो चुका । उसने सब की दृष्टि आकर्षित की है। हर मीडिया, अखबार के पन्ने भरे हैं । उसके लिए देश -विदेश के कोने -कोने से सहायता , सहयोग, सहानुभूति, आर्थिक अनुदान का स्रोत छूटा है । जब से खरसेल ने विश्व रिकार्ड में स्थान बनाया है, सिलसिला जारी है । छोटी उ मर में एशियाई हाथी खरसेल का २५ वर्ष की उम्र में दांत नौ फुट नौ इंच ! मूल की मोटाई २१ इंच और वजन १११ पाउण्ड(४९.९५० कि.ग्रा.) । अब तक रिकार्ड था गौहाटी (असम) के हाथी दांत की लंबाई नौ फुट दो इंच । मूल मोटाई १७ इंच । वजन ९० पाउंड (४५.५०० कि.ग्रा.) । अब नहीं है । मरने के बाद दांत को म्यूजियम में रखा गया है रिसर्च और रिकार्ड के लिए । उसकी लंबाई भी अद्वितीय है । १३ फुट ४ ई. । ऐसे विशालकाय और समझदार हाथी की वंशवृद्धि के लिए दुनिया भर के प्राणि प्रेमी संस्था में और संगठन सहायता और सहयोग का हाथ बढ़ा रहे हैं इस जीवित आश्चर्य के लिए ।

वाइल्ड एनिमल शेल्टर, न्यूजर्सी, यूएस ।
नेचरल हिस्ट्री सोसाइटी, मुंबई,
नेशनल ननवायलेंस फाउंडेसन, जोधपुर,
प्लांट एंड एनिमल लवर सोसाइटी, कोलबा,
करुणा । क्लब राजस्थान,

पशुपति कल्याण परिषद, उदयपुर,
रेड क्रास एंड रेड क्रीसेंट, यू. एन. ओ.
आल लवर्स एनिमल, कोलकाता,
हिलव्यू फार्म एनिमल रिफ्यूज, नीलगिरी,
प्रिवेंशन आफ क्रुएलिटी टु एनिमल सोसाइटी, उटकमंड,
कंपाशनेट क्रूसेडर ट्रस्ट, कोलकाता,
पीपुल फार एनिमल्स.... आदि ।

इनकी शुभकामना और सहयोग राशि बढ़ने में लगी है । इनकी दैनिक सूची मोटी हो रही है । आज इस खरसेल को २५ वर्ष ५ महीने हुये हैं । हाथी की औसत आयु ८० से १०० वर्ष होती है । खरसेल की यह बढ़ने की उमर है । शायद आज की ऊँचाई, विशालकायता, अंगों का आकार बढ़ने की यथेष्ट संभावना है । चंदका हाथी अभयारण्य और नंदन कानन की हाथी सफारी विश्व प्राणि मानचित्र में विशेष स्थान प्राप्त है । खरसेल का रिकार्ड युगों तक अनतिक्रम रहेगा ।

आज चंदका अभयारण्य के प्राकृतिक परिवेश में निर्मित यह 'खरसेल' हाथी सफारी देखने देश-विदेश के पर्यटक दर्शकों की भीड़ लगती है । यह विश्व विरल प्राणी सर्कस के रूप में प्रसिद्ध हो चुका है । यह इलाका लोकारण्य से भर चुका है । सफारी में हाथी, बंदर, कुत्ते आदमी की तरह जीवनयापन करते हैं । चालचलन, आचरण, विचरण, शहरीकरण के कारण । इस क्रमशः 'संकुचन धारा' को प्रतिहत करने स्थानीय जनसाधारण के स्वयंसेवी संगठन, सरकारी संस्थाओं के सहयोग से 'मास्टर प्लान' बना रहे हैं । वन्यप्राणियों के वासस्थान के लिए पतले जगंल इलाके को वृक्षारोपण के जरिये सघन बनाने की योजना जारी है, चंदका प्रवेश पथ भरतपुर के पास मेंडाशाल रास्ते पर 'गोड़ीबारी' में खुले में पाले गए हैं छः हाथी । (यशोदा और शोभा हथनियाँ), नंदन(नंदन कानन में जन्मे हाथी) शंकर, राजकुमार

और महेन्द्र हाथी हैं । प्रत्येक के लिए एक-एक महावत और एक -एक सहयोगी है । ये मुक्ताकाश के नीचे खुले में विचरण करते हैं । अपना खाद्य जंगल से खुद लेते हैं , 'गोड़ीबारी' हाथीशाला में रात में रहते हैं । लोग जैसे गुहाल में गाय रखते हैं ठीक उसी तरह । उनके साथ खुले विचरण हेतु प्रेमा, बसंती, जूली को भी छोड़ दिया जाता है । ताज्जुब है चंदका अभयारण्य का हाथी झुंड (वर्तमान संख्या -२३) इनसे मिलजुल कर रहते हैं । इसका उद्देश्य वनैले या जंगली हाथी बस्ती में प्रवेश न कर फैले । जंगल में खाद्य संग्रह की शिक्षा लें । जलाभाव और खाद्याभाव के समय सीधे और प्रशिक्षित हाथियों की तरह आचरण -विचरण करें । खाद्यप्रदान स्थल नंदन की ओर आयें कि बस्ती में घुसें । यहाँ हाथियों को काफी तृण जातीय, खाद्य दिया जाता है । ठीक शाम को प्रेमा, बसंती, हीरा, जूली आदि पालतू हाथी बिना महावत के नंदन कानन लौट कर रात में खाना खा कर वहीं रात बिताते हैं । उनके साथ चंदका फारेस्ट डिविजन के हाथी भी खाद्य लोभ में भीड़ लगाते हैं । हाथियों का अजीब गुण और अलग परिभाषा है । वे शब्द से जितना भाव प्रकाश करते हैं, बिना शब्द के उतनी सूचना देते हैं । यदि कोई हाथी खाद्य का संधान पा जाता है, वह सूंढ ऊपर उठा कर उस ओर बढ़ जाता है । उसका अनुसरण कर दूसरे हाथी उधर चल पड़ते हैं । वहाँ पहुँच जाते हैं । वैसे ही हाथी बार-बार एक दूसरे की देह को सहलाते हैं । सूंघते हैं। इससे उनका संपर्क सुदृढ़ हो जाता है । उनमें तीव्र घ्राण शक्ति है, एक दूसरे की गंध को याद रखते हैं । किसी हाथी की मृत देह देख कर तुरत उसे सूंघते हैं, वह उनके दल का है या नहीं जान पाते हैं। अत: हथिनी गृहणियों की तरह अधिक सक्रिय होती है । अत: हथिनी को आकृष्ट करने बार-बार हाथी को अपनी शक्ति की परीक्षा देनी होती है । पालतू हाथी और जंगली हाथियों में संपर्क बनाने के प्रयास हो रहे हैं । जंगली हाथियों को शहराभिमुखी स्वभाव को परिवर्तन में कुछ परीक्षण किये, उन कदमों से सफलता मिलने लगी है । पशुपेट के लिए खाद्य और शरीर के लिए संगम-

इसमें मुक्त या कारारुद्ध जीवन का पार्थक्य नहीं होता - अधिकारी एवं पशुप्रेमीजनों के उद्यम से कुछ परिणाम आने लगे हैं । आगामी दिनों में इस ऐतिह्य प्राणी की वंशवृद्धि की योजना मन में आश्वासन भर रही है ।

खरसेल उर्फ शंकर की शक्ति और पराक्रम के बारे में एक रोमांचक कहानी हमारी नजर में आयी । वह जब खरसेल जंगल में था, उसको मनाने के लिए नन्दनकानन की हथिनी प्रेमा और बसंती को छोड़ा था। मगर खरसेल ने उनको पास आने नहीं दिया और उन दोनों को बिताड़ित कर दिया । वे भयभीत होकर जंगल में चली आयी । इधर नन्दनकानन के खुले में पास-पास मिलने का सुयोग मिला । परस्पर सूंघने से निकटतर हो गया । संपर्क बन गया । कुछ दिन बाद प्रेमा और बाद में बसंती का ऋतु उपस्थित हुआ । दोनों के साथ खरसेल का संगम हुआ । चिड़ियाखाने के सब खुश हुए । रविन्द्र उल्लसित हुआ । व दादाजी होनेवाला है ! इसलिए मैंने मिठाई बांटी । गर्भ से शिशु जन्मने के लिये २१ महिने लगते हैं । उस शुभ दिन की प्रतीक्षा थी ।

मगर एक दिन में चंदका अभारण्य में एक दंताबल एंक्लाजर की बाड़ तोड़कर अंदर घुस गया । खरलेस गर्भवती प्रेमा और बसंती का रखवाला था, व सतर्क था । जंगली दंतावल के साथ जोरदार लड़ाई हुई। उनको युद्धदेही में स्थान गर्जउठा, परिणाम भयंकर था । अनुप्रबेशकारी दंतावल का एक दांत टूट गया और उनके दोनों पांव जख्मी होकर भूमि पर सो गया । सबने देखा दंतावल चित्कार कर रहा है । मुखसे ज्यादा खून निकल रहा था । मरना कितना दूर ! पशु डाक्टर पहुँचे । सहकारी अफसर पुरोहित बाबू भी थे । डार्टगन में ट्राकुलार्डजर भरकर हाथी को दिया । व बेहोश होने के बाद क्रेन से उठाकर दूसरे एंक्लोजर में रखा और चिकित्सा की । तीन महीने बाद खड़ा हो सका । नन्दनकानन की हाथी संख्या बढ़ी । उसका नाम 'भोला' रखा गया । भोला ने खरसेल का प्रभुत्व स्वीकार कर लिया ।

इस बीच खरसेल का एक और कारनामा देखा – उस दिन रविवार । छुट्टी होने के कारण नंदनकानन में भीड़ ज्यादा थी । पूर्वान्ह । दर्शक जानवरों को मजे में देख रहे । अचानक सतर्क साइरन बजा । सबके लिए खतरे का संकेत । कारण मालूम होने में देर न लगी । देखा ३२ नं. एनक्लोजर में से किसी तरह महाबली बाघ बाहर आ गया है । खुले फिर रहा । दर्शक भयभीत । इधर–उधर भाग रहे । बूढ़े–बड़े, युवा–बच्चे सब खुशी मनाने आये थे । खुला बाघ देख भगदड़ मच गई। कोई ठोकर, कोई कहीं उलझ गिरा । किसी के सिर में चोट लगी, बेहोश । परिवार वाले वहाँ जाकर देखभाल करना संभव नहीं । क्योंकि खुला बाघ निकट है । वहाँ पेड़ के नीचे बैठा जम्हाई ले रहा । बेहोश आदमी के पास कोई जाने की हिम्मत नहीं कर रहा । कब बाघ हमला कर बैठे, या दबोच ले ! साहस ! सतर्क घंटी बार–बार बज रही ।

अब पकड़ें कैसे ? नंदनकानन का सुरक्षा दल तत्पर हो गया । खुली जगह बाघ को जाल में पकड़ना संभव नहीं । अगर सिक्योरिटी जाल ले कर

पास जायें, छलांग मार कर फिर झुरमुट में छुप जायेगा ! डार्टगन से केटामारिक एवं जाइलोजाइम कार्टेर्ज फाइरिंग से संभव है । उपस्थित पशु डाक्टर के तत्वावधान में जरूरी निश्चेतक कार्टेज में भर करडार्टगन चैंबर में डाला गया । वहाँ के प्रवीण शिकारी और रेंज आफिसर, जो कि सहायक निर्देशक पद पर नियुक्त थे, बंदूक निशाने में पारंगम थे । डार्टगन चलाने का निर्देश दिया गया । तब तक बाघ झुरमुट में छुप गया । पास गए बिना डार्टगन का निशाना कैसे लगे ? पास जाते ही दूसरे झुरमुटे में छुप जाता है । चारों ओर से घेरना होगा । तभी देखा खरसेल हाथी अपनी सफारी में सहयोगिनी प्रेमा, बासन्ती, यशोदा, शोभा एवं सहयोगी शंकर राजकुमार और महेंद्र के साथ दर्शकों को क्रीड़ा दिखा रहा था । महावत रवीन्द्र खरसेल की पीठ पर बैठ निर्देश दे रहा । उपनिदेशक और डार्टगन धारी कमललोचन बाबू ने रवीन्द्र से परामर्श किया । बाघ छुपने के झुरमुट के चारों ओर हाथियों द्वारा सूंढ से सूंढ लगा घेरा बनाने का निर्णय लिया । रवीन्द्र ने खरसेल के कान में कुछ फुसफुसा कर कहा । खरसेल को सचेत करा दिया । वह सारी बात समझ गया । पीठ पर बैठे । सात सहयोगी लेकर झुरमुट की ओर बढ़े । बाघ वाले झुमुट को सातों ने सूंढ से सूंढ मिला घेर लिया । खरसेल झुरमुट की डाल लता तोड़ अंदर घुसा । बाघ दिखते ही खरसेल की पीठ पर से डार्टगन को निशाना साधा । गोली गले पर लगी । हाथी के घेरे में होने के कारण निश्चल हो पड़ा । होश गुम ! सुरक्षा कर्मी झुरमुट में घुसे । बाद में गीले बोरे में बेहोश बाघ को ढांप कर बाहर घसीट लाये । बैटरीवाली बैलगाड़ी पर लादा । ३२ नं. एनक्लोजर में ले गए, जहाँ से वह भागा था । नंदन कानन बड़े संकट से बच गया । डायरेक्टर सरोज पटनायक का कहना है – ‘‘खरसेल हमारे वन विभाग और जनता की मूल्यवान प्राणी संपदा है ।’’

खरसेल का संघर्षपूर्ण जीवन इस ऐतिह्य प्राणी को श्रद्धा करने वाले लोगों को सचेत कर सका है । संघर्ष और संघात बिना जीवन जीवन नहीं । जो जीवन संघर्ष में जीता हो, वह और व्यक्ति नहीं रह जाता, अनुष्ठान बन

जाता है । खरसेल अब अनुष्ठान है । दीर्घायु हो खरसेल !

लेखक अपने मनभावन समय में हाथी के साथ

प्रेमा एवं वासन्ती

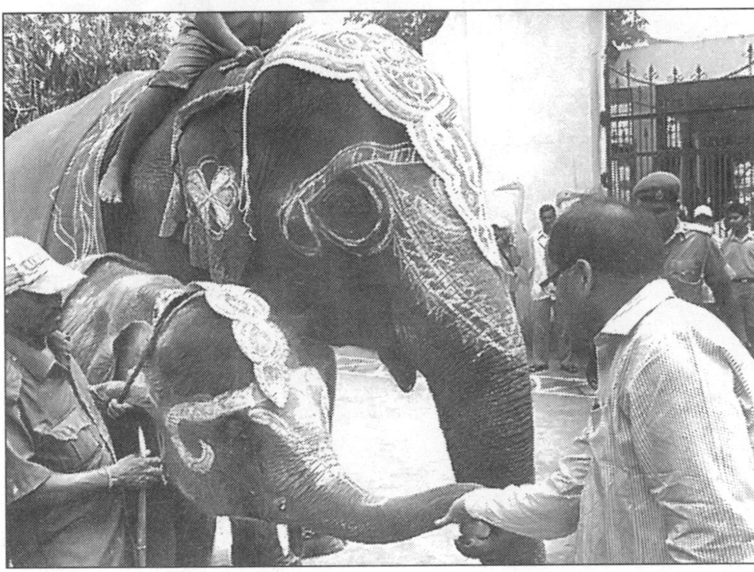

अभिनंदन हे स्रष्टा
('अ' से 'क्ष' क्रम में)

अभिनंदन ले हे स्रष्टा कथाकार 'मोहन' ।
कविता में मत लिखते, देना ध्यान ।।

आजीवन की साधना कथा कहानी ले कर ।
यह कथानक सृजन किया जग में तुलना नहीं ।।

इच्छामय की इच्छा, आशीर्वाद वह बन कर ।
जंगल की कहानी में अभिनव संयोजन कर ।।

ईदृशी भावना अभिनव उपस्थापक की है ।
पाठक निश्चय करें मूल्यबोध उसका आस्वादन ।।

उत्सुकता में पाठक शुरू से अंत तक रहते ।
नामकरण से खोजेंगे 'मिस्टर खरसेल ' कैसे ? ।।

ऊर्जस्वल भाषा में अपना वैसा शब्द विन्यास ।
वर्णन का चमत्कार लगा बना यह उपन्यास ।।

ऋषि नहीं तुम, ऋषिकल्प कैसी भावना पायी ।
किसने कही कहानी कानों में, कैसे लिखी गई ।।

एक तुम्हारी इच्छा, मनको कौन हिसाब करे ।
ऐरावत हाथी का जीवन ग्रंथ कैसे लिख पाए ।।

ओड़िया भाषा में अरण्य कथा का नहीं अभाव ।

रोमांचपूर्ण हर अध्याय यहाँ विचित्र विभव ।।

औपन्यासिका के गुण धर्म रखे हैं वे भाव ।
अद्भुत है हर अध्याय, भरा हुआ विभय ।।

कथा के कारीगर ऐसी सजायी, कथा उपकथा ।
कलम चली और प्रतिष्ठित हाथी बन गया संस्था ।।

खरसेल के लिए इतनी पीड़ा भरे मन प्राण ।
न्याय जगत में प्रतिष्ठित रखा हाथी का मान ।।

गाछ छन छन गहन वन के आकर्षण में भूल गए ।
अरण्य संस्कृति की पृष्ठभूमि में स्थापित किये ।।

घटनाएँ हैं, जीवन गाथा मन को जीत लें ।
हाथी ओ मानव एकात्म भाव, नहीं जान सकें ।।

चारागाह से न्यायालय तक मानवीय आवेदन ।
हलचल फैली, स्थापित किया पशु प्रीत सुमन ।।

छांव-धूप के खेल-खेल में जीवन की लिपि ।
लिखी स्रष्टा ने जो देखी, पशु जीवन की छवि ।।

जीवन युद्ध के हे संग्रामी कभी नहीं रुके कहीं ।
कभी किसी के अनुसरण में तुम पीछे नहीं ।।

जग में कोलाहल खरसेल का जीवन लेकर ।
जीवन का अधिकार दिया तुमने ही लड़ कर ।।

झुके नहीं संग्राम पथ में कितनी डगर सम्हाली ।
ऐसे तर्क तुम्हारे सबने उनकी गति मानी ।।

टक्कर देते रहे विचित्र वर्णन करते रहे ।
टीका टिप्पणी चली तुम्हारी अनूठे बने रहे ।।

ठीक तुम्हारा विरल सृजन है, यही कहेंगे ।
उत्कंठा से पूर्ण कहानी, रोम रोम भर देंगे ।।

डील डौल में तगड़ा शंकर बेटा आसीस शक्ति दी ।
स्वामिभक्त की कथा, रवीन्द्र मुक्ति भी रख दी ।।

ढलती गई कहानी, वह उग्र रूप लेती गई ।
प्रतिशोध की ज्वाला जली, कुपित कर गई ।।

तथ्य अनेकों, गुण भी कई शंकर बेटे के गाये ।
मानवता भूल मानव को, पशु के गुण भी भाये ।।

थिर भी हुआ नंदनकानन में आश्रय मिला ।
उच्च न्यायालय में सबकी अकल को रास्ता मिला ।।

दरद भरा जीवन, फूल चंदन भी उसमें मिला ।
खुला जीवन बिताया, मुक्ति का आनंद मिला ।।

धनी मानी गुणी से बड़े बन गए हो मोहन ।
जीव दया व्रत ले कर कितने महीयान ।।

निरीह नीतिज्ञ कंध सुबल को भी दिया उच्चासन ।
प्रमाणित किया भाग्य देव, समय बड़ा बलवान ।।

पशु हंता के हाथ से बचा, कैसी अजब कहानी ।
जीत सका ना मरण उसे जीवन, शीश झुकानी ।।

कैसी गहन दृष्टि पायी है तुमने, लेखन में जो देखी ।
पशु तक शुभ–अशुभ संकेत जानें पहले मति देती ।

फेंके कितने गुप्त तथ्य बातों के मिस तुमने ।
दी प्रेरणा, संस्कार दिये मानव को जो तुमने ।।

बही बन्दूक के मीत बने हो, शब्दों के जादूगर ।

मन को मोहा बार-बार हे अभिनव कथाकार ।।

वंशीधारी स्वर लहरी में तुम होते अभिराम ।
त्रिवेणी संगम हुआ तुम्हारे ही हे राधामोहन ।।

बहुत गवेषणा करते -करते लेखन को समृद्ध किया ।
धन्य तुम्हारा श्रम, साधना, किसने इसका मोल दिया ।।

भूतनी हाथी की अद्‌भुत जीवन कथा सुनाई तुमने ।
सुबल की गज उद्धार कहानी स्तंभित किया तुमने ।।

मानव है श्रेयकर, पर छोटा नहीं जीव कोई है ।
वे हैं रक्षक इस सृष्टि के, वे ही राह दिखाते हैं ।।

मानवमय जग में क्या कोई जगह नहीं पशुओं की ।
मरने की परवाह नहीं, कमरकसी, वरना बारी मिटने की ।।

यत्न से विविध तथ्य कहानी में सजोये हैं ।
नाथशर्मा से अनवर अली तक शेष में खरसेल है ।।

रक्षक जग के, करता जग में सारा वही सृजन ।
रचना जो दुर्बोध बशनही हो, क्या करना आकलन ।।

लेखनी में रखे, पुराण, धर्म, संस्कृति लोक विश्वास ।
चिकित्सा विज्ञान, दर्शन तत्व में जोड़ा है इतिहास ।।

लक्ष्य तुम्हारा सफल हुआ, अभिनव वार्ता दी समाज को ।
परिवेश संतुलन रक्षा हो, साथ में जीव-जंतु की रक्षा हो ।

वध करना ना वन जीवों का, स्नेह उन्हें देना है ।
आगामी पृथ्वी रहे सुरक्षित, यही तुम्हारी अभिव्यक्ति है ।।

शिकार भूल कर जंगली जीव इतना अपनाया ।
सुरक्षा हेतु आत्मा तुम्हारी, मन कितना घबराया ।।

षडभिज्ञ बने, अनुभव इतना, सत्य तथ्य रख लेते ।
कथा कथा में हृदय वेदना, व्यथा साथ भर देते ।।

सारला की महाभारत बनी है जाति का विश्वकोस ।
विश्वजन की आँख खोल देगा तेरा यह उपन्यास ।।

सांप्रतिक परिवेश, परिस्थिति विश्व को करे निःस्व ।
विश्व दरबार में दिग्दर्शन देगी तेरी कृति –इतिहास ।।

हे स्रष्टा मोहन, कथा साहित्य में अपूर्व यह सृष्टि ।
ऐसा सृजन सार्थक होता, कृपा करें परम दृष्टि ।।

गुणमुग्ध अनुजप्रतिम
श्रीबैकुण्ठनाथ शतपथी
कवि, साहित्यिक, समीक्षक, आलोचक, गीतिकार, नाटककार,
सेवानिवृत्त राज्यपाल एवं राष्ट्रपति पुरस्कार प्राप्त शिक्षक !
उपदेष्टा –डर्रीीळ खपीींर्ळीींश ेष ीलळशपलश । ढशलहपेश्रेसू,
इरश्ररीश (जवळीहर)